邢定康 著

求缺集

Qiuqueji

——一个旅游人的手札

东南大学出版社

**图书在版编目（CIP）数据**

求缺集：一个旅游人的手札/邢定康著 . -- 南京：
东南大学出版社，2015.4
ISBN 978-7-5641-5587-2

Ⅰ. ①求… Ⅱ. ①邢… Ⅲ. ①游记－作品集－中国－
当代 Ⅳ. ① I267.4

中国版本图书馆 CIP 数据核字（2015）第 058423 号

求缺集 —— 一个旅游人的手札

| | | |
|---|---|---|
| 出版发行 | 东南大学出版社 | |
| 社　　址 | 南京市四牌楼 2 号 | 邮编　210096 |
| 出 版 人 | 江建中 | |
| 网　　址 | http://www.seupress.com | |
| 电子邮箱 | press@seupress.com | |
| 经　　销 | 全国各地新华书店 | |
| 印　　刷 | 虎彩印艺股份有限公司 | |
| 开　　本 | 700mm×1000mm　1/16 | |
| 印　　张 | 22.25 | |
| 字　　数 | 410 千 | |
| 版　　次 | 2015 年 4 月第 1 版 | |
| 印　　次 | 2017 年 4 月第 2 次印刷 | |
| 书　　号 | ISBN 978-7-5641-5587-2 | |
| 定　　价 | 48.00 元 | |

本社图书若有印装质量问题，请直接与营销部联系。电话（传真）：025-83791830

# 代序：小时候……

那时候我在农村插队，回城在自家的阳台上背靠着香椿树，听我说"小时候……"当然，不会讲什么"求缺"。

### 1

我，出生于民国三十七年（1948）六月的上海，而记得的事"多展子"都在解放后的南京。

"多展子"，南京方言，意思是"什么时候"。

"多展子"，佐证了我就是个地道的南京人。

### 2

我静下来的时候，曾做过自我穿越的遐想：假如在离我家七八百米处的总统府还是那个总统府，我恐怕至今仍然生活在民国年号里；假如没有"文化大革命"，我自信是在研究机构或大专院校搞科研、执教；假如上山下乡的知识青年未掀起回城潮，我必定一辈子是个新型老农民；假如不恢复高考，我会是区属大集体企业的退休老师傅；假如我的上司不从区政府机关调去组建市旅游局，我恐怕不可能与现在从事的旅游工作结缘；假如……

这么一想，我怎么觉得，自己在江湖上混，似乎始终是被动的，从未主动过，随大波而逐小流矣。

这也算我的履历，看上去有点曲折，不过，与父辈相比又要简单得多。

3

我的老家在江苏省高淳县，现在应是南京市高淳区了。

祖父邢璧珩，是高淳薛城的大地主，在县城也有相当规模的商铺，具体说是地主兼工商业主。我读书时填写家庭履历表，总是将祖父的成分写成工商业兼地主，而不是地主兼工商业。这么写，是想弱化一下他的地主成分，也好让自己少背一点家庭政治包袱。那时候，社会上是很讲究家庭成分的。这也只是自我抚慰。实际上解放后，祖父，还有祖母都戴上了"地主"分子的帽子。

祖父在我的印象中很慈祥，到南京来的次数不多，每次来差不多是为了向父亲借钱。他在县城的商店公私合营了，生意很差。他作为私方代表，得想方设法找钱给职工发薪水，发不出薪水，急了，就往城里面跑筹款。他最后一次来是为了看病，在医院做了手术，最后还是没治好。父亲在南京为他办了挺隆重的葬礼。

祖父去世后，祖母从高淳迁到父亲这里来生活。她很勤劳，整天忙上忙下，一旦闲下来就会做些手工活。高淳出产一种手工制品团形羽毛扇。羽毛扇中心有一个碎布拼结的团花。祖母就在家中制作这种团花，然后托人带到高淳换点碎钱零花。这活儿挺繁琐的，首先要将丢弃的旧衣服收集起来洗干净，然后过浆晾干，再剪成碎片扎花瓣，最后将若干花瓣拼为花朵。她戴上老花镜，不厌其烦地巧手制作，给我留下极深的印象。这种做法，现在应该算非物质文化遗产了吧。我们在祖母身边一天天长大，说实话，怎么也无法将她与"地主"挂上钩。幸好她还算长寿，一直到"文革"后摘掉"地主"的帽子方离开人间。否则，父亲给她在南京置的墓地，会因为她是阶级敌人而无法获准下葬。

说这些，现在的年轻人可能听不懂。有点搞笑的是，后来听编写高淳地方志的人告诉我，祖父因解放前做过不少善事，例如遇荒年开仓放粮等，被认定为开明绅士。这真是此一时彼一时也。

再说件事，我们在高淳凤山插队的时候，生产队开大会忆苦思甜，贫下中农不讲地主如何作恶，而是诉说三年自然灾害饿死了多少人。这让在场"接受贫下中农再教育"的知青们也听不大懂了。

4

父亲邢精旺（1908—1997），学名朝彝。名字中的"精"，是高淳邢氏大族的辈份排序。如果按照这个排序，我是"华"字辈，名华毓。这是前不久我看到高淳薛城的邢氏家谱，才知道自己曾有过的名字。

父亲是长子，弟妹有六个，生长在这样一个"名门望族"中，本应安安稳稳继承家业的。祖父甚至包办了他的婚姻。然而，他还是抉择离家出走，独自去闯上海滩了。他从银行的练习生做起，一直做到了襄理。家乡的一位比他小十多岁的知性女性跟随其到上海，与他结为伉俪。这位女性就是我的母亲。

母亲耿逸平（1921—1971），新中国的首届南京师范学院（今南京师范大学）中文系毕业生，毕业后以优异成绩留校执教。其间，她曾随从导师刘开荣女士赴江苏师范学院（今苏州大学）创办中文系，几年后又返回南师，教授中国现代文学。令人深感切肤之痛的是，在"文革"中她蒙冤不愿再苟且偷生，永远离开了我们。

母亲是我最崇拜的人。她是有了我们兄妹三人才参加高考并榜上题名的。这有多么不容易。她在班上年龄最长，外地的同学暑假常会上我们家住宿，一口一声叫她"大哥"，向她诉说着学习和生活中的苦楚。我们有时会听到他们之间的交谈，还真有点弄不懂，母亲怎么是"大哥"呢？

那时候，父母对待孩子的学习与现在大不一样，不会揪住不放，更多是仰仗自身行为的影响。母亲是我们全家学习的楷模。记得偶尔半夜醒来，母亲的书房一定亮着灯。那黄灿灿的光晕，给了我们温暖和进取心。

　　说件早就被自己忘得一干二净的事。这得谢谢九中初中同桌李太生的记忆力。在一次老同学聚会上，他对我说："那时候我们还在读《十万个为什么》，你从桌椅抽屉中拿出的却是罗曼·罗兰的《约翰·克里斯朵夫》，让人羡慕死了，还向你借读过。"有这等事儿？真的一点印象也没有了。这肯定出自母亲对我的影响。想起来了，每逢寒暑假，母亲会带着我走访省文联的朋友。省文联是在旧总统府内。每每走进层层朱廊的总统府大院，就有种深不可测的感觉，如同从文联借回来的一大堆中外名著一样，其中自然会有罗曼·罗兰的作品了。

　　再说件母亲的在天之灵资助我上大学的事。全国恢复高考后，我从区属大集体企业考进南京师范学院的中文师资班。那时我已进入而立之年，没脸再向家里伸手要钱，好在读的是师范类院校，免除了学费，还发放伙食补贴。尽管如此，购买教科书仍然是一笔不小的开销。也就在这个时候，母亲遗留的书橱成全了我的自尊、自立，帮助我顺利完成了学业。

　　还有件刻骨铭心的事。母亲的离世，对我们全家来说犹如天塌下来。那档口大哥在外军训拉练联系不上，家里将我从插队的农村匆匆召回。我一路上不知道家里发生了什么事，回到家却无法相信眼前已经发生了的事。

　　1956 年夏，全家合影。这一年，母亲完成大学学业，成为新中国南京师范学院中文系首届毕业生。

父亲瘫倒在床。我成了家里的主心骨。母亲的校方冷酷地通知我们立即去清凉山火葬场领取骨灰，过时不候，并告诫我们划清界线。也有好心人劝我：放弃吧，以免与"现行反革命分子"扯上关系。我当然不会理睬，独自代表全家上清凉山火葬场。那山很矮，似乎又很高。山上的烟囱冒出的浓烟，遮住了蓝天。我不知道是如何爬上山的，就觉得双腿铅一般沉，又絮一般软。火葬场人员让我购一只骨灰盒，然后将母亲骨灰装进去。盒子稍小，得拍打几下，方能合盖。每一声拍打，我都心如刀割。就这样，母亲的骨灰被我捧回了家，置放在我卧室的书桌上，伴我度过了无数个春夏秋冬。后来，我们悄悄将母亲的骨灰埋葬。直到1979年，母亲方得以平反。

我曾无数次在梦中惊醒。梦中的母亲缓缓地走到我面前，俯耳叮嘱。她的身影那般的清新，她的细语那般的甜蜜，忽而就在眼前化为了乌有。没法相信，天地间竟如此冰冷。

5

不知从何时起，应该是我也老了的时候吧，忽而觉得父亲的形象越发高大。我们兄妹三人在为父母扫墓时，回忆起父亲，大哥、小妹也都有同感。

1970年，全家合影。祖母端坐正中，父母分坐两旁。后排从左至右为妹妹定宁，我，哥哥定钰，嫂子刘楣。次年的6月、8月，母亲、祖母先后离世。

父亲的形象之所以变得无比高大，是因为过去我们竟然没意识到，正是父亲支撑了一个大家。这个大家，不止是父母和我们兄妹三人，还有祖父、祖母。双目失明的外婆也是和我们一起生活的，直至由父亲忙里忙外为她送终。姨妈（母亲的妹妹）一直跟随着母亲，而且成家后仍然与我们生活在一幢楼中。舅舅（母亲的弟弟）、表姐一家也一度住在我们的楼里。这确实是一个大家，足以透视出父亲宽大的胸怀。

我们居住的那幢楼，位于网巾市紫阳里，系二层楼西式建筑，应该是民国时期建的，在1994年旧城改造中遭拆除，被后来建起来的"火柴盒"式多层建筑所取代。

我们一家最初从上海迁到南京，并不住在紫阳里，而是在羊皮巷单门独院的三层楼建筑中。院子很大，种满了花草树木，至今依稀还有印象。这是父亲亲历亲为建起来的，倾注了他的许多心血。那时他已是银行的代理经理，手头很有些积蓄，本可以调往台湾金融机构的，甚至已为全家预订了飞往台北的机票，而最终选择留下来迎接新中国。南京解放后，父亲手头越来越紧，不得不忍痛割爱，将羊皮巷的三层楼房连同大院卖给了市三女中，再购买了紫阳里的二层楼房。为了谋生，他还与几位朋友创办了工商会计学校。没多久，

我和妹妹都是上山下乡的知青，在紫阳里的住宅前留影。

教育部门接管了会计学校，将父亲分配到市三十三中当会计。

父亲工作算是稳定下来，而手头则拮据起来。他总会花最少的钱为我们提供最好的生活。例如，大凡煨排骨汤，他就会在汤里放上几片金华火腿，使得满屋子香味扑鼻。又如，他喜欢养一窝一窝的鸡，以保障家庭有鸡肉和鸡蛋供给。记得我还陪父亲将鸡送到兽医站打针，以防鸡瘟。特别是三年自然灾害时期，他会找门路弄几听从香港进口的猪油罐头回来。打开罐头，看到白花花的猪油，真让我们开心不已。时不时地，他又会把我们从床上拖起来，赶大早到新街口三星糕团店门口候着。店门一开，就冲进去占位子。占到了位子，就有资格买到一碗豆腐脑、两块带芝麻的小酥烧饼。在那个连火柴、肥皂都要凭票供给的年代，这可是很奢侈的享用了。对长身体的我们来说，"吃"，无疑比什么都重要。

父亲在"文革"中也受到极大的冲击，也有过一次自杀经历。他所在的市三十三中校园里，有个小水塘。他曾在绝望中跳进了水塘，未想水塘的水过浅，不足以没顶，才不让他做一次水鬼。红卫兵抄了我们的家，没抄出什么"罪证"来。对我来说，最大的损失是不见了几大本集邮册。至于还损失了什么，不完全清楚。现在来看，当时抄走的一幅傅抱石的画最有价值。我很小的时候，就觉得家里为何总挂着这么一幅很难看的画。画的是山，山中还盘坐着一位老人，整体上黑漆一团，看上去一点也不美，看久了倒有一种神神秘秘的感觉。父亲每次提到这幅画，总那么津津乐道，说是傅抱石喝了酒，即兴泼墨画就送他的。画上确实题有父亲的名字。这幅画如今至少要值上千万吧。倒不是几个钱的问题，父亲当时失去了这幅画，以及其他的心爱之物，会是怎样的心境呢？我们忽视了。

父亲始终是个乐天派，除了那次想不开的"跳塘"以及抄家，一直保持着豁达、开朗的状态。即使是那次"跳塘"，事后他回到家中也没露声色，我们竟然丝毫没有觉察。母亲去世时，他在极度悲痛中才悄悄告诉我发生过这个事，还暗示我不要透露给任何人，包括我的兄妹。这是多么乐于生活的惨淡呀。

我们又一次的忽视，是拆除网巾市紫阳里的房子。拆除前，父亲与我们在房前留影。身后的房子，是他所剩无几的最后的心血，马上就要轰然毁灭。父亲在相机的镜头前面带着微笑，让我们没多在意他那一刻的心境。打那起，父亲的身体每况愈下，终于如同紫阳里的那幢楼房一般彻底倒下。

父亲心血的遗存也没完全灭失。我在 1980 年结婚的家具，是父亲给予的。这套家具纯西洋式，计十二三件，是民国时期父亲在上海购置使用的，传到我手里基本完好，只是在我结婚前做了些整修和重新做漆。要告诉大家的是，2006 年我搬迁新居时，家属希望能购买一套新家具，替换老家具。我内心是不情愿的，但还是做了妥协。老家具怎么办呢？我实在不舍处理给他人，就全部捐给了南京民俗博物馆。博物馆收藏这套家具的理由是，它代表了 20 世纪 40 年代一部分中产阶级生活的状况。这应该算是父亲离世后留给社会的一份小小物件。

其实，父亲留下的不在于有多少物件，而是他对社会的理解和宽容、对生活的热爱和向往、对大家庭的责任和使命。那样一种精神的财富，应该是无价的。

6

现在，偶尔走进网巾市，就会在紫阳里的遗址前发一阵子呆。那里，储藏着我小时候太多太多的记忆。

紫阳里，门牌为网巾市 12 号，是一字排开的 3 幢楼房组成的弄堂。我们家在第一幢。第二、三幢住着彭家和张家。三大家的孩子们，少男少女加起来有十多个，放学回来做完作业，就会一

1994 年，紫阳里行将拆除。父亲与我及孩子、妹妹及孩子在家门口留影。此时，父亲面带笑容，一点看不出内心的苦楚。

起在院子里玩耍。"两小无猜，青梅竹马"，还真那么回事。

那时候我们没多少作业要做，有的是玩耍的时间。跳牛皮筋，斗鸡，拍洋画，掼沙包，打弹子，打康乐球，玩官兵捉强盗……快快乐乐，无忧无虑。

暑假，我们的活动范围当然就不会局限在紫阳里了。

我们会从网巾市往南横穿长江路，钻进钻出邓府巷，眼前就是中山东路了。在中山东路上往西走，有个工人文化宫。我们会在那里的露天旱冰场外，傻傻地观看大人们溜出的花样，有时也会租上旱冰鞋跌跌撞撞地溜上一回。在中山东路上往东走，就到了全市最大的新华书店。那是我们常去的场所，里面的书真多，特别是琳琅满目的小人书陈列在一排排玻璃柜中，太诱人了。伙伴中有个高臂长的，在我们望风下悄悄从中掏出几本书来，然后大家躲到一个角落里紧张地翻看，看完后再悄悄将书放回原处。看书的过程真是既过瘾又刺激。

我们也会从网巾市往北走，走过碑亭巷，经过鸡鸣寺，再往前就可以到解放门，进入玄武湖了。鸡鸣寺路口有个石牌坊。据说将小石子抛到牌坊横梁上不掉下来，就会带来好运。我抛过许多次，仅成功过一两次。这个石牌坊至今还在，现在每每走过，仍会有美好的回忆。这些个回忆，自然少不了在玄武湖天真而浪漫地撒野。去玄武湖，虽说路比较远，次数也不多，但多数是与紫阳里的女孩一起去，小心脏总是跳动得特别欢。

夏日的晚上，紫阳里会忙活起来。天未黑，各家都在门前、二楼凉台上泼洒凉水，搬好竹床、凉椅。晚饭后，我们就待在那里摇着扇子纳凉，听大人讲故事。如果家里买了西瓜，那会在白天打上井水，将西瓜浸泡起来，纳凉时再将它开膛，啃起来一直可以透凉到心。我们家的对面开了个老虎灶。老虎灶旁边就有口水井，打井水挺方便的。还有，我们会把西瓜籽洗净晾干，然后炒了吃。那味道，香呀！

现在流行着一句话：时间都到哪里去了？对我而言，期许时间能够定格在紫阳里：那院子里的少男少女，那院落水门汀地上粉笔画的方格，那竹床凉椅，那水井……时间为啥会离去呢？

7

紫阳里。

我们家的楼前，有棵高大的香椿树。这是父亲亲手种植的。

到了春天，香椿树抽出新芽。我们在二楼凉台上正好可以够到它，会摘下一些做菜吃。不过，我们很少去摘，更愿意让它长得茂盛一些。

这棵香椿树给整个楼房带来了绿荫，伴随着我们成长，似乎也成为我们家庭的一员，很有灵性。

香椿树的灵性，是后来我们顿悟到的。1971年，母亲突然离世。那一年未等到秋天，香椿树叶便早早落尽。第二年春天，它再也没有抽出新芽来。父亲说，它枯死了。

过了若干年，父亲重新买了棵香椿树，取代了那个枯干。新的香椿树长势也不错。那时候，我们兄妹三人有读研的，有上大学的，也有工作的，如同那棵新树一般。直至1994年，新树连同老楼一起淹没在波涛汹涌的"拆"文化之中。

8

我小时候读的是长江路小学以及附属幼儿园。从紫阳里到长江路小学，也只有五分钟路程。那时候我们都是自己上学、放学。而现在，不知从什么时候起，变成孩子们上学必须得由家长接送了。

长江路小学当时很上规模，有一座十分气派的教学楼，楼内的每一个教室都很宽敞明亮。教学楼的北面是一个很大的操场，我们每天都在那里做广播操。教学楼的南面活动场地更大，我们在那里上体育课，踢足球，放风筝……

这是一所旧时的教会学校，叫新生小学。校长在操场上或在教室的广播喇叭里，给同学们上政治课时，常会将新生小学与美帝国主义联系在一起，谴责教会的奴化教育。那时候处在"大跃进"的时代，南操场砌过小高炉大炼钢铁，提出的口号是十五年赶超英美。既然美帝如此不堪，干嘛要赶超呢？弄不大懂。还有好玩的：每逢"六一"儿童节，学校会在北操场搞化装篝火晚会。我喜欢用硬壳纸做顶高帽子戴上，代表着美国佬的形象。那时候的美国人，我们想象中都这么个形象。

我在小学里学习成绩名列前茅。那时候是以学习成绩论学生优劣的。我当过学校少先队大队委，还被选派到玄武区少先队总部担任委员。六年级时，我的一篇作文被学校油印出来，作为范文发给毕业班同学迎考。所谓"油印"，现在的年轻人恐怕不知道是怎么回事了。油印，就是用蜡纸铺在钢板上，将文章刻写到蜡纸上，然后在一个小油印机上印刷。一张蜡纸的寿命，如果本身质量好、刻写得也好，可以印上一千多张。这种印刷术，"文革"时很盛行，大大小小的战斗队都以此法印传单，现在几乎看不到了，也应该归属非物质文化遗产了吧。

现在的长江路小学，南操场早已被外来势力割走。至于其教学楼及北操场状况如何，因没机会再走进去，不得而知。小学的规模尽管小了很多，但身份也高贵了很多。据说，小学周围的学区房一年一个价。

## 9

我的中学时光，初中的、高中的，都在南京市第九中学度过。

九中与长江路小学一街之隔，是南京市的一所重点中学。它附近还有市二十五中、市二十六中、新宁中学等，教学水平自然就不如九中了。最差的数东方中学，也就流传着"东方东方，吊儿郎当"的顺口溜。后来东方中学就不复存在了。那时候，我们都以考取九中为荣。实际上，在我上小学的时候，就几次借用哥哥的校徽探访过九中。哥哥邢定钰，现在是南京大学教授、中国科学院院士，成为了九中的骄傲。他的初、高中都是在九中读的，当然先于我拥有了校徽。九中的校徽，好像是书法大家胡小石的手迹，不过制作的块头比其他中学的要大一号，显得有点笨拙，却又愈加显眼。我的同事张涪宁是十中（今金陵中学）的校友。前一阵他们老同学聚会，他策划仿制了一批十中校徽作为聚会的纪念物。校徽，确实能勾起许多美好的回忆。

离开九中已有 40 多年了，校园里仍然有几个建筑给人留下了印象。

一个是大礼堂。我们报考初中的考场就设在大礼堂。这座大礼堂，宽度很一般，长度就有点过了，室内的地面又是平整的，未设阶梯，并不适合做全校师生开大会的礼堂。而在那里面摆上一排排考试的桌椅，场面就十分壮观了。记得考试那天，天气酷热，校方特别准备了许多大冰块，置放在考场的几条过道上，还派人不时滑动冰块的位置，让每个考生都能分享到清凉。就这么个事，让我没法忘了。要知道，当时我们还只是考生，并不是九中的正式学生。听说这个礼堂现在已经改造成学校的体育馆了。

另一个是黄粉墙的教学楼，叫和平楼。尽管和平楼还不如长江路小学的教学楼，但在校园里已是最大号的了。现在的和平楼已改造得面目全非，恐怕也不会叫和平楼了。想当年，只有高中生才有资格在这座楼里上课；而刚入学的初中生，则被安排在校园尽头的一排平房教室里。不管怎么的，我们都正儿八经地戴上了"南京九中"的校徽。

还有一座至今保持原貌的小洋楼，是校领导的办公场所。也只有这幢楼，尚能让我们找到九中昔日的一点姿色。

九中与长江路小学一样，也是座教会学校。它建于民国十四年（1925）秋，是上海天主教法国耶稣会创办的，始名上海震旦大学预科学校，后为纪念意大利旅行家利玛窦一度改名利济中学，抗战胜利后恢复震旦校名，并于民国三十五年（1946）改名为南京私立弘光中学，以表达对抗战胜利的弘扬光大。至于南京市第九中学的校名，则是在1951年市军管会接管弘光中学后定名的。写这段履历时在想，我怎么小学、中学读的都是昔日的教会学校呢？不光是新生和震旦，20世纪西方教会在中国各地、包括十分偏僻的荒野，建了无数个教堂以及医院、学校。这到底是弊大于利还是利大于弊，功过谁人予以评说？

10

九中的学生，我的感觉是干部子女比较多。尤其是来自部队大院的，一身黄军装，有的还戴着黄军帽，骑着自行车成群结队地进出校门，挺威风的。后来观看《阳光灿烂的日子》，就觉得影片中部队大院的那群学生很眼熟，演得很像那么回事。

　　学生中最显眼的是一批印尼的华侨子弟。他们的穿着蛮花哨的，有的还留着小胡子，常能在校园里看到或听到他们的吉他弹唱，犹如刮来的一阵阵轻风。特别记得的是，他们中有几个篮球打得很棒，是校队的主力。当时全市中学生篮球队数九中和十中的最强。我和同学们去十中看过一场两校篮球队冠亚军争夺战。那场球打得很激烈，场外的气氛比场内的还要紧张，最后十中队以微弱优势拿到冠军。现在来看，当时九中是在客场比赛，不能算输，应采用主客场赛制才公正。

　　上初中的时候，我是班长，大家都叫我邢头。我这个班长其实不怎么称职，因为并不完全听从老师的教诲，常带着同学顽皮。班主任魏超是美术老师，既批评又袒护我，有时还会从体育教研室偷只足球抛给我们，让我们自习课上踢着玩。那时候，学校挺重视文体人才的。班上有位同学叫

这是初中的全班毕业照。照片中的我恐怕已不太好找了吧。

戴振权，不知被哪个伯乐相中去练举重，在全国青少年举重比赛中拿到过名次。他后来与我一起上山下乡，回城后在中学任体育老师，并凭借老底子，通过考核成为举重国际级裁判。再有，不知从什么时候起，班上出现了几个共青团员，挺私密的。班上的政治气氛开始升温。不过，学生的个人威信主要还是建立在学习成绩上。

初中毕业，我报考的依然是九中，考分在全校录取生中排名第一。不过，这回我仅担任了班级学习委员，班长一职则由家庭出身过硬的人担任，而且班级有了团支部。我当然不计较谁来当什么班长，只是觉得班上的政治氛围愈加浓了，让人感到挺不舒畅的。那时候，学生的家庭出身已成了蛮重要的东西，强调的是"有成分论，不唯成份论"。这种所谓的成分论，到了"文革"得以全面爆发。造反派的口号是"老子英雄儿好汉，老子反动儿混蛋"；样板戏《红灯记》则唱道"栽什么树苗结什么果，撒什么种子开什么花"。那是个不堪回首的荒诞岁月。

而今，我们九中初中班的同学每年还会聚上一聚。有位同学叫羊大全，一直很仔细地保存着全班的毕业照。我已将照片扫描下来发给了大家。而高中班的同学好像很难再相聚。好在我们班有七八位同学曾一起在农村插队，除了前面提到的举重的戴振权外，还有王首峰、陈文华、秦志远、汪宗仁等，以及我们辅导班的小同学高允善。我们之间现在常会联系。其中有位叫杨洪耕的，插队时迁往了四川老家，以后便失联了，有时会想到插队时他带来的红红的干辣椒粉。令人扼腕的是，曾与我同一知青屋的汤明，在教师岗位上退休没几年就病逝了。他烧得一手好菜，引得周围的知青常上我们这里来蹭饭。如今，空留下一缕炊香，人生实难料焉。

11

九中的老师，好像年龄都偏大了些，相当一批还是旧社会过来的"遗老"，颇具有长者的风范。他们手执教鞭，以其昭昭，使人昭昭，尽职敬业，令晚生们以手加额。也正因为此，"文革"期间也就满校园皆"牛鬼蛇神"了。

九中的校领导，也有几位让我颇有印象。例如，儒雅的李广琦、慈祥而方言过重的许光、讲话具有煽动性的严文藩等。他们在"文革"时均遭到了"横扫"。

在我上高中的时候，学校开始进来不少年轻的老师，给校园增添了许多色彩。不过，尽管他们很青春，仍逃不脱"文革"的罗网。例如，冯亦同等四位语文老师就被打成了"四家村"。初一的一个"红卫兵"（应该算"红小兵"）用浓浓的墨汁刷大字报，极为幼稚地丑化他们的名字。别的不记得了，只记得将"冯亦同"刷成了"粪一桶"。这位"粪一桶"后来转行当上了作家，还担任了市作家协会副主席。倒是有位叫储兆瑞的年轻老师，是教初一俄语兼班主任的，与班上红卫兵并肩战斗，好像躲过挨批斗的一劫。他之后也转了行，考上省社科院读研，读的是"毛泽东思想"专业，后期又从事性学研究，成为全省性教育的权威。

总之，九中的老师及领导给我的感觉是：好大一棵树！九中也正是有了他们，才叫作九中。

1968 年底，九中被遣散到了八卦洲，挺"八卦"的举措。与九中一墙之隔的二十五中，成了校园的主人。就这样，九中似乎从南京地平线上消失了，让我们再也找不到母校。时间移至 1997 年，市教育部门取消二十五中，重新恢复了九中的校名。一部分九中的教师也得以回归。尽管如此，

我（前排左二）和高中的几位同学即将离校上山下乡，在学校办公楼前留影。

我们打心底里并不认同。新九中毕竟只是建立在二十五中的基础上。这种"不认同"持续了许多年才逐步改变。这是与新九中培养出了一支业务很强的教师队伍分不开的。这才开始有了我们心目中的母校形象。我还一度出任了九中校友会的副会长。

12

写了九中的几个桥段，是因为2015年九中步入90岁了。我正在搞一本著作《求缺集》，就想着以此作为祝贺九中90华诞的礼物。

《求缺集》的开篇是"小时候……"，写着写着就不免勾起对九中的回忆。严格地说，上了中学，特别是到了高中，就已经不是"小时候"了。既如此，就让我不严格一回吧。

顺便提个想法：建议九中搞一个校友会书屋，将校友的作品收集入库；或在学校图书馆置校友作品专柜，供学弟学妹们阅读。这或许可以激发同学们励志。

13

"小时候……"不仅是《求缺集》的开篇，我也将其作为全书的"代序"。至于"代序"及书中的其他文章与"求缺"书名有何干系，倘若读者能耐下性子去读，应该能嚼出一二。

2014年5月7日
于金陵名人居

# 目录 CONTENTS

# 目录 CONTENTS

## >以色列：与上帝角力的地方

海外篇
*HAI WAI*

### 1

以色列，希伯来语，意思是"与上帝角力者"。

这缘于：犹太祖先亚伯拉罕的孙子雅各做了个梦，梦见自己在和上帝玩比角力的游戏。于是乎，他将自己的名字改称"以色列"。这表明，犹太祖先与上帝是多么的亲密无间。

公元1948年，犹太人在先祖生活的地方建立了自己的国家，国名就叫以色列。

### 2

以往，从未在意"以色列"的含义，也没想过会去这个国家。突如其来的一天，就这么去了。人世间的事，往往是没去想的反而会从天而降。

八月某日晚10时，我们从北京出发，乘坐以色列航空前往特拉维夫，大约飞行了11个小时。到达目的地，应是北京时间次日9点，因有5个小时的时差（以色列夏令时），实际为凌晨4点。我们就直接去了酒店休息。

夏令时，关系到一个国家和地区的节能与环保。我们国家也试行过一阵子，后来不知怎么就废掉了。

特拉维夫是个滨海城市。

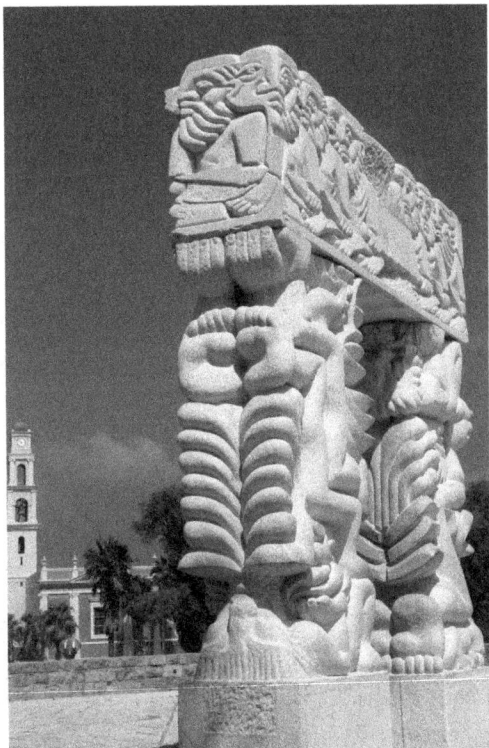

犹太人在雅法古城遗址建了座凯旋门。

我们下榻的酒店就连接着地中海的海滩，环境十分优美。我在想：当年犹太人建国选址，好眼力！导游刘先生则介绍说：这地方别看现在这般漂亮，过去只是荒蛮之地，除了雅法等少数几个地块还能住人，整个就是个沙漠。当时也没多少人看好犹太人能在这里存活多久，甚至在等着看他们被驱入地中海的笑话。再也没想到，犹太人不但存活得很好，而且将这里建设成了绿洲。真可谓：见证奇迹的时候出现了。

现在的特拉维夫，是首都又非首都。怎么说呢？它在以色列建国时，就是首都。到了20世纪60年代以色列在"六日战争"赢得全胜后，宣布耶路撒冷为新的首都。不过，迄今为止，仅有南美的委内瑞拉、玻利维亚在耶路撒冷建有大使馆，其他国家包括美国、英国、中国在内的大使馆仍在特拉维夫。国家总理现在在新、老首都均设有办公场所。再有，全国唯一的国际机场也在特拉维夫。这其中的原因挺复杂的，要交代清楚得占去很大篇幅，还是算了吧。总之，尽可把特拉维夫视为以色列的地标城市。

我们的以色列之行，也就从特拉维夫开始。

3

地中海畔的雅法，是我们在特拉维夫参观的第一个点。

前面提及，雅法是过去这一地区少有的有条件人居的地块。我们在这里看到了大约4000多年前原住民修筑的城垣遗址，可见其历史有多么久远。这里还保存着一条老街，街两旁都是用石块砌就的民居。这是四五百年前阿拉伯人修建的，如今是以色列艺术家聚居的地方。老街上有一座微型剧院，使得整条街洋溢着艺术氛围。也许是为迎合游客需求，一些建筑开设了店铺，销售地方特色的工艺品。刘导风趣地提示我们：这些工艺品，有些是当地手工制作的，有些来自中国义乌，得分分清。不过他又说，在义乌未必能看到，是专门定制的。

义乌小商品，不仅在雅法，而且在全球似乎都有它的话语权，真可称得上是现代中国的神话呀。

雅法，大约在一百多年前迎来了23户犹太人家。他们在这里创业、繁衍。这似乎也成了近现代犹太人重返家园的象征。现在，在古城垣遗址旁建了座小型石雕凯旋门来纪念这一象征。凯旋门上雕刻着许多犹太教的故事，其中就有"与上帝角力"。我们也是在这里听刘导讲述"与上帝角力"的故事，也才了解到了"以色列"的含义。

4

在特拉维夫，我们车游览了列入世界文化遗产名录的白城。

所谓白城，是一大批建于 20 世纪三四十年代的建筑，据说足足有4000 余幢，因外墙呈灰白色，所以有此称谓。为其建筑设计的都是犹太人，而且是清一色的德国包豪斯学院的高才生。他们因在欧洲受歧视纷纷移居特拉维夫，并创建了白城。这批建筑大多为二层楼的别墅，外观看上去并不抢眼。刘导介绍说，它的贡献在于内部设有独立厕所和厨房，开创了现代民居之先河。不过刘导仍然不明白，这样的现代建筑竟能成为世界文化遗产。这恐怕也是刘导仅仅安排"车游"的缘故。我本想提出让车停一停、下来看一看，只是车上的人都提不起精神，只有作罢。

我之所以想下车转转，是因为听说过包豪斯。我原先只知道包豪斯是世界建筑师的摇篮，不知道从中诞生了许多犹太裔的大师。犹太人，长着怎样的一个脑袋瓜呀。

我所在的南京旅游学会，有个搞环境艺术设计的会员单位，取名就叫"包豪斯"。这家包豪斯的负责人朱先生与我挺熟的。我们还一起搞过汤山颐尚温泉文化廊的创意设计。我得动员朱先生到特拉维夫的白城来看看。当然，要提示他的是别再像我一样"车游"了。

5

在特拉维夫的拉宾广场，导游刘先生过了一把导演的瘾，拉了我们其中的一个扮演拉宾。

拉宾的名字，对我们来说并不陌生。他曾是以色列的总理，也是主和派的左翼代表，在政治舞台上名声显赫，同时也遭到了国内主战派右翼势力的竭力反对。1995 年 10 月 4 日，拉宾在国王广场向民众发表演说后遇刺，举世震惊。这个国王广场，自此改名为拉宾广场。

那一天，拉宾是在广场的天桥上演讲的。他讲完话从天桥上走下来，热情的民众簇拥上去。混入其间的刺客趁机贴身到拉宾身边，举枪就射，使其顷刻倒地。

我们现在看到，在拉宾倒地的地面上镶嵌着铜牌，标明他当时的站位。地上还有几块铜牌，标着拉宾保镖及刺客的站位。那刺客似乎无须伸直手臂，便可将枪顶住拉宾的脑门。保镖们也太大意了吧。刘导拉我们的人在铜牌上站好，然后比划着讲解当时的场景。他说，每次带团来都要充当一次导演，好让大家有身临其境之感。

在拉宾遇刺的地面上镶有铜牌，标明当时拉宾及刺客等人的站位。

我后来问刘导刺客的情况。刺客叫伊戈阿米尔，是个20出头的毛孩子，入狱后因以色列无死刑被判无期。他在狱中受到许多右翼小姑娘的疯狂迷恋，后从中选了一位做新娘，还通过体外受孕有了下一代。人世间的事真是无奇不有。

想起来了：以往为何未曾有过到以色列的念头，是隐隐约约觉得这地区充满杀气，存有安全隐患。刘导反问我：你们这次来，感到过不安全吗？没有吧。他拿出一张地图，指着图上绿、黄、灰三色说：近东地区分A、B、C三区。C区是以色列国范围，绝对安全。A区是巴勒斯坦地盘，犹太人不会去，安全也没问题。B区行政上属巴勒斯坦管辖，目前仍有以色列部队驻扎，稍有麻烦，不过也相对稳定。他还说，他的家几公里之外就是B区，从未有过安全问题。

我仔细看地图上的色块，A、B、C 三区犬牙交错，几乎搅合在一起。怎么会这样呢？刘导说：这次将安排大家到 A 区的伯利恒游览，你们各自去体会吧。一听会去巴勒斯坦，倒是充满了期待。

6

刘导，全名刘贤三，现年 45 岁左右，中国台湾人，台湾交大毕业，曾被台企派往以色列，期间结识了在以色列大学教授汉语的犹太姑娘，与之结婚并生有一儿一女。他目前不光做导游，更凭借理工学业的优势充当项目及设备进出口的中介和翻译工作，常穿梭于以、中之间，还被江苏泰州医药高新技术区聘为驻以色列代表。

我私下与刘导聊。刘导告诉我：现在来以色列的中国游客越来越多，大多是公务团体，导游十分紧缺，恨不得能有分身术。我问：公务团都公什么务呢？他说：很容易找个理由吧。例如，来学习滴灌技术。以色列发明的滴灌技术名气很大，凭此将沙漠变成了绿洲。来考察比较多的还有参观人民公社。人民公社？我很诧异。他解释说：犹太人建国前，大多以人民公社形式重返古老家园的。现在，以色列已有 280 多个公社，按马克思的平均分配为原则过集体生活。要知道，马克思也是犹太人呀。这听起来挺新鲜的，也有点不可思议。刘导还说：大凡来公务的，有些很认真；有些就是过个场，半天解决问题，所谓"醉翁之意不在酒"。

刘导呀刘导，真是个中国大陆通。

我突然想起：来以色列之前参与南京导游大赛评委工作，有道知识问答题，问"世界上哪个国家是教育王国？"答案是"以色列"。我就此向刘导讨教。身为以色列"女婿"的刘导，倒是不知有"教育王国"一说，只是认定它是个充满创意的国家。毕竟许许多多发明，例如 U 盘都是以色列人搞出来的。不过他转而又说，他原本是想让全家迁往台湾的，后与妻子反复商量，还是觉得一儿一女在以色列上学，要比在台湾强。这是否又验证了"教育王国"一说呢？

来以色列的第二天，我们从特拉维夫出发，前往耶路撒冷。

刘导说，沿途会带我们参观若干个游览点。说话间，旅行车已驶入一个叫凯撒利亚的地方。

凯撒利亚，滨地中海，是古犹太国的一座城市，建有行宫。犹太王为讨好罗马帝国，在这里大兴土木，并将其改称为凯撒利亚，意思是"罗马皇帝之城"。

走进凯撒利亚，感觉规模相当之大。实际上我们看到的只是残垣断壁，而这里的考古工作非常之好，标明的建筑遗址多达63项。许多项目如赛马场、大剧院等似乎是投罗马皇帝所好建筑的。目前唯一修复的是斗兽场。修复工程也有思考，将圆形的复位为半圆，另半圆仍保留遗址，形成对比。修复的半圆搭了舞台，设置了灯光，好像是搞成了一个能够举办音乐会的场所。从这座经修复过的斗兽场，可以想象其他建筑乃至整座古城的恢宏。这称得上是犹太人逢迎拍马的经典之作。马屁拍得再出彩，到头来还是遭灭顶之灾。这就是历史。

凯撒利亚，尽管是犹太人的耻辱，但以色列仍将其保护起来，辟为国家公园。历史就是历史。更何况早在2000多年前，犹太民众就建起了如此宏伟的城市，是多么值得骄傲和自豪的事。

离开凯撒利亚，旅行车将我们载到了海法，游览巴哈伊阶梯花园。

海法，是仅次于耶路撒冷、特拉维夫的第三大城市，也是一座海滨城市。海法，据说是希伯来语，意为"美丽的海岸"；也有一说，得名于拉丁单词，有"上帝就住在这里"的意思。海法有座山，名卡梅尔山。"上帝之荣耀"（巴哈欧拉）的巴哈伊教世界中心就设在这里。这个宗教信仰选择了海法，是否与"上帝就住在这里"有关呢？

巴哈伊信仰创立于19世纪中叶，是世界各大宗教中最为年轻的教派。我国最初将它称作大同教。这是1935年清华大学校长曹云祥首次翻译巴哈伊教经书时，认为其与中国传统儒教的"世界大同"理想有相通之处，于是译为大同教。到了 20 世纪 90 年代，才改成国际上的统一称谓。

巴哈伊阶梯花园，从卡梅尔山的山脚"梯田"式而上，计 18 层，延绵千米，达三分之二之山腰，垂直落差有 225 米。花园中心位置是一座乳白色墙体、金色半球形穹顶建筑，即先知巴孛的陵寝。远看，看不出是某个教派的世界中心，更像一座空中花园。

刘导告诉我们：这座花园的建设，始于 1891 年，经过一代一代信徒的百年打造，至 2001 年方建成向世人开放。仅过了七年到了 2008 年，它就被列入了世界文化遗产名录，可谓其文化艺术价值不鸣则已、一鸣惊人。

我们是乘坐旅行车直接上花园顶层，也就是第 18 层来观景的。来的游客甚多，在入口处排起了小队。其中有不少是伊斯兰教徒，男男女女，扶老携幼，不亦乐乎。其实，巴哈伊教原本就源于伊斯兰教什叶派，类似基督教信仰脱胎于犹太教。当然，这些穆斯林绝非为朝圣而来，而是与我们一样纯粹来观光的。

站在花园顶层俯瞰，一条白色大理石砌就的阶梯位于花园中轴线上，宛如挂在层层叠叠的绿茵中的玉带。玉带两侧对称着花木、水池、雕塑、灯饰，十分工整，愈加衬托出半球金顶白墙的核心建筑。第一眼看下去，就觉得很是妖艳。再看，又感到艳而不俗，高雅华贵，惊叹于竟有如此天上人间。有意思的是，怎么看都看不出那是森严肃穆的宗教圣地，却越看越让人能够缓缓心静，去感受美，去享受纯洁，去体会神圣。可能正是这种普世的美学，吸引了各宗各派

海法的巴哈伊阶梯花园。

的信徒，也有无宗无派的我们来此陶冶。

9

前面提及，巴哈伊教是从伊斯兰教分支出来的，又说基督教脱胎于犹太教。其实伊斯兰教似乎也有犹太教的影子。巴哈伊教的"一神论"训言倒是做了蛮有意思的阐述：神（也是上帝）已许诺派遣历代先知来指导人类，即亚伯拉罕之后是摩西，摩西之后是耶稣基督，接下来是默罕穆德，现世的便是巴哈欧拉。

针对巴哈伊教的训言，刘导又提出个观点：大凡先知，都会有神化传奇故事。那是因为环境闭塞，信息不畅，三人成虎。现在是数字化时代，不再会有新的宗教先知产生了。就说法轮功，谁信？我补充：法轮功还谈不上宗教派别，只不过是政治产物和傀儡，永远成不了气候。

让我和刘导共同感到有些困惑的是：尽管到了数字化时代，科学已如此发达，但充满臆想和神话的各种宗教仍具有巨大的影响力。包括仅有100多年历史的巴哈伊教，也已遍及到235个国家和地区，呈现出生机勃勃的局面。这是否表明，我们每个人，无论何宗何派，还是无宗无派，哪怕拥有再多的现代科学知识，内心深处都还有极其柔弱的一面，尤其是在困境中总想寻求神的慰藉与力量。神的形象已经根深蒂固，在天上，也在我们体内。

之所以要与刘导讨论宗教，是因为接下来的旅程大部分与耶稣基督有关。要知道，这里可是耶稣的生死之地，许多《圣经》里的故事也是在这里发生的。

10

拿撒勒，圣母玛利亚的故乡。早期的基督徒一度都被称作拿撒勒人。

据圣经记载：天使加百利找到拿撒勒当地的处女玛利亚并告之，她将圣灵感孕，怀上救世主耶稣。玛利亚当时已与木匠约瑟订婚。加百利又向她告之，会托梦让约瑟知道真情。为此，这里有"圣母领报洞""约瑟木作坊"等遗迹。1966年在遗址上建起一座中东地区最大的教堂，叫宣告堂。

它很快成为当今基督教世界最神圣的礼拜堂之一。

宣告堂，中文名天使报喜堂，翻译得实在妥贴。教堂的外墙呈粉红色，洋溢着喜气，让我们来到这里，一个个兴趣盎然。这多半也与这里是我们追寻耶稣足迹的第一站有关。

走进报喜堂大门，看见内廊的墙壁上嵌着一幅幅圣母玛利亚的画像。刘导说："这是世界各国和地区基督组织为教堂落成送来的。你们注意到没有，这些画像中的玛利亚有什么不一样？"经他这么一提示，还真看出了名堂：每个玛利亚都融入了各地的文化色彩及审美观，包括人物的胖瘦、面部表情以及衣着。日本的穿的是和服，韩国的则是朝鲜族服饰。在教堂内，我们还看到台湾送的圣母玛利亚塑像，竟如同一尊送子观音。看来，各地都有自己心中的圣母玛利亚。尽管形象不一，但展现的真善美又是一致的。从这个意义上说，圣母玛利亚文化属于这个世界。

在报喜堂北侧，建有圣约瑟堂。这座纪念玛利亚丈夫约瑟的教堂，规模虽比报喜堂小得多，但外型特别硬朗、庄重。教堂内的陈列也都显得十分内敛，唯有几幅彩色玻璃雕像熠熠生辉。其中一幅描绘的是约瑟与玛利

圣约瑟堂中饰有约瑟与玛利亚婚约的彩色玻璃像。

报喜堂内的韩式圣母玛利亚像。

亚在神父面前誓婚。刘导说，游客都喜欢在这幅彩雕下留影。何以呢？约瑟的宽厚、大度，以及对爱情的大局观，都让后人津津乐道。你想呀，用现代人的眼光来看，无论如何约瑟都是要担着戴绿帽的风险的。假如我们都能像约瑟一样，还会有现代婚姻的种种困惑吗？

我们一行有几位，包括我在内都在这幅画前拍了照。不为别的，就是出于对约瑟的欣赏。

11

结束报喜堂及圣约瑟堂的游程，我们又连续走了若干个耶稣胜迹。假如将这些都写下来，似乎是在重复圣经故事了，就此打住。想了想，还是点上一点，好给自己留下记忆：

婚姻教堂。这是耶稣第一次展现神力的地方。他参加朋友婚礼时，因大家将酒喝尽尚未尽兴，便现场点水成酒，初试锋芒。顺便提一下，这里的小酒壶和葡萄酒卖得挺火。

八福堂。这里是耶稣宣讲八德及八福的八福山教堂。他登山训众，给虚心的、哀恸的、饥渴慕义的、怜恤的、清心的、使人和睦的、为义受逼迫的八种人送上了祝福。

迦百农。这是耶稣布道初期旅居在门徒彼得渔夫的住所，有"彼得的家，耶稣的城"之称。

五饼二鱼堂。这个中文名称翻译得也极好。相传这里发生饥荒，耶稣在这里传教时仅用五块饼、二条鱼喂饱了5000众生，再次施展了神力。

彼得受职教堂，又称彼得献心堂。这是耶稣点化门徒彼得的地方。在受职堂内有块凸凹不平的石头，被称作"最后的早餐"桌。耶稣和12个门徒就是在这里吃过早饭后，前往耶路撒冷受难的。

约旦河洗礼地。这是耶稣受洗之地。现在，来自世界各地的基督徒都会到这里来领洗。

上面讲到的这些地方，大多在加利利湖畔的提比利亚市周边。我们在这座宁静的小城住了一宿，还乘船游览了加利利湖。

加利利湖，海拔负213米，是地球上倒数第二低的湖泊（仅次于死海）。

乘船在湖上游览，可以看到对岸的戈兰高地。令人意外惊喜的是：游船启航前，船长让我们选派一人升起我们祖国的国旗，同时奏响国歌。这着实让我们热血了一把。同船的当地游客也跟着我们兴高采烈。启航了。仿古木船乘风破浪。五星红旗高高飘扬。戈兰高地历历在目。我们欢呼，我们雀跃。一路走过众多耶稣遗踪，未免有些审美疲劳，这一刻得到了彻底放松。

当然，升国旗、奏国歌，是要付小费的。这一次付费，特别心甘情愿。

12

我们来到了耶路撒冷。耶稣正是在耶路撒冷被钉上了十字架。

不知是有意还是无意，刘导并未急于安排在耶路撒冷看耶稣的终极之路，而是先行将我们带往了巴勒斯坦境内的伯利恒。那可是耶稣的诞生之地。

伯利恒距耶路撒冷仅十公里，尽管离得很近，已是要跨越国境。这让我们兴奋不已。令人看不懂的是：在以巴边境，无论是以色列的还是巴勒斯坦的国门均由以色列军人把守。刘导解释说：大家是否还记得我说过的ABC三区差别。A区是巴勒斯坦；B区虽是巴勒斯坦管辖，但仍有以色列驻军；C区是以色列。伯利恒原在B区，现已转为A区。A区也好，B区也好，出入境都由以色列统管。实际上到目前为止，A、B两区巴勒斯坦的水电气也是由C区以色列提供的。

经刘导这么一说，再在边境这么一看，真没觉得巴勒斯坦像个国家。这个地区实在是你中有我，我中有你。我突然产生一个极其荒诞的想法：两者合一，成立"以色列——巴勒斯坦国"。这恐怕是最好的选择。如果真有上帝或真主，也应该可以办到。

旅行车开进了A区的伯利恒，停了下来。刘导让我们下车与A、C区之间的隔离墙零距离。眼前的隔离墙足有两层楼高，都是用水泥板构筑的，厚重，阴冷，唯有墙上的涂鸦抹上了一丝生气。刘导说：这样的隔离墙，布设在C区与A、B区的所有分界线上，足足有800多公里长，被称作现代长城。

我们端起照相机，对准隔离墙一阵扫射。在镜头里，我偶尔发现涂鸦中的一个有趣画面，是画了一个人在撑杆跳，试图越过这道隔离墙。瞧，民众也有"两者合一"的企盼呢。

13

到伯利恒，目标只有一个：参观圣诞主教堂。

圣经云：行将生产的玛利亚，在实施人口普查之际来伯利恒报户口。因伯利恒旅舍爆满，她临时在一个马厩过夜，生下了耶稣。马槽成了耶稣的摇篮。

据说，后由东方三博士在伯利恒星索指导下找到了这处马厩。公元327年，在马厩遗址建设了圣诞主教堂。教堂前则是马槽广场。刘导告诉我们：这座古老的教堂仅在公元529年重建过一次，之后便再没大动过，绝对是货真价实的千年建筑。略有改动的是教堂大门。最早的大门可以骑马通过，后经过两次改小，小到要想入内得弯腰钻进去了。

世界各地的信徒到耶稣受洗地领洗。

我们弯腰进入教堂。弯腰，正好让你放下身段，产生崇敬。教堂内光线昏暗，令人迷茫，一根根挺拔的石柱，无不透露出千年的沧桑。游客众多，在一角落排起了长队。原来他们是要去一个半地下室。那里面是马厩的位置，也就 40 平方米的一个暗室。室内一堵墙的正中设圣坛。圣坛下有个洞穴。洞口由银质的 14 角伯利恒星覆盖，正是耶稣圣诞地。我径直从出口处进入。暗室里悬挂着昼夜不灭的银油灯。排队的人群依序到伯利恒星前跪下，用手抚摸，磕头，亲吻。我因未排队，仅在一旁观看。看着，看着，竟被大家的虔诚和感动而感动了。

不光是感动，还有感慨，因为联想到：就这么个被指定的耶稣圣诞地，导致又被指定的两件大事。一件是圣诞节。一件是公历纪元。

圣诞节。每年的 12 月 25 日被指定为耶稣诞辰。这一天，包括这一天前后，西方国家都要庆祝圣诞节，就像我们过春节一般。圣诞节文化也已波及到全球。那么，这一天果真是耶稣的诞辰吗？据说，当代历史学家发现了一册公元 354 年罗马基督徒习用的日历。在日历的 12 月 25 日页内记录："基督降生在犹大伯利恒。"由此得出耶稣诞辰，并研究出罗马教会早在公元 336 年就已经将这一天定为圣诞。这仅是一种说法。由于圣经的《新约》没有明确记录，还有各种推断及说法。东正教的圣诞节则定在了 1 月 7 日。至于耶稣到底何月何日生，恐怕只有上帝知道。

公历纪元，简称公元，通常以拉丁文缩写的 A.D. 表示。公元前则以 B.C. 来表达。公元，产生于基督教盛行的 6 世纪。那时期有僧侣用某一种算法假想出耶稣的生年，主

信徒跪在由伯利恒星覆盖的耶稣诞生地的洞穴前祈祷。

张以此作为起算的纪元。1582 年，罗马教皇制定了格里高利历时，并采纳了此纪年法。自此，所谓的耶稣生年就成为了公历元年。由于格里高利历时精确度很高，遂为国际通用。我国是从 1912 年，即辛亥革命的次年采用公历的，同时并用民国纪年。以此倒推，我国的西汉平帝元年应该是公历元年。

我们往往为自己"被"这样、"被"那样而烦恼。其实，神马都在"被"。这么一想，神马都不是浮云了。

在苦路的第 13 站，信徒们前仆后继地跪拜。

14

我们又回到耶路撒冷。这一回，刘导要带我们陪伴耶稣走完他的最后旅途。

耶路撒冷有关耶稣的遗踪有不少。例如，橄榄山的万国教堂，是耶稣被捕前做祷告的地方。又如，锡安山的马可楼，为"最后的晚餐"处所，以及圣母玛利亚去世的多米森教堂等。当然，最具影响力的还是苦路和圣墓教堂。

苦路，是耶稣的死亡之路。通常从旧城北面的狮门进入，走上几步就到了苦路的起点。苦路，包括圣墓教堂内的5站在内共计14站。每站都有刻着罗马数字的圆形青铜标志。每站都有一个生动的故事。

第1站，是已被伊斯兰教一所小学占用的古罗马总督府。耶稣就是在那里遭鞭打、被审判的。在第2站，耶稣被戴上了荆棘枝冠，背负起180斤重的十字架。从第2站开始至第10站，都是耶稣背十字架行走的路程：有三站是耶稣3次跌倒的地方；有一站是玛利亚见到了受难的儿子；有一站是有男子西蒙为耶稣背了段十字架；有一站是有女子韦洛尼加用手帕抹去耶稣脸上的汗血；还有一站是耶稣宽慰围观的妇女不要为他哭泣。第10站到终点的14站，是耶稣钉上十字架、死亡、被安葬的地方。4世纪初，罗马君士坦丁大帝之母希拉娜巡游于此，下令建设了圣墓教堂。

我们现在看到的已经不是最初的教堂建筑，好像是12世纪重建的，也很有历史。教堂里游客相当之多，相对集中在第13站和第14站。第13站是一块卧着的带有血色斑的大理石板。据说，耶稣从十字架上被卸下后，就躺在那里。我看到游客或是信徒前仆后继地跪下来祷告。有的用橄榄油在上面擦拭，似在给耶稣的身体按摩。有的将随身物件摆放上去，类似于佛教的开光。第14站为耶稣的墓穴。没能看到墓穴是啥样。因那里排起了长长的队伍，大家都十分遵守纪律，没办法挤进去瞄上一眼。据说，那只是一个不足2米长的石穴。耶稣就被安葬在了那里，而且3天后尸体消失了。也就是说，耶稣复活了。这才有了复活节。40天后，耶稣在加利利湖升天。你信吗？看到那么多人在此顶礼膜拜，不信能行吗？

从圣墓教堂走出来，刘导告诉我：现在，有游客在背十字架模拟走苦路。十字架是当地宗教组织为虔诚的游客常设的，当然不是 180 斤，改成了 40 斤。我很想回过头去拍照，无奈因集体活动，失去了机会。

我一直在想：果真有这样一条苦路吗？果真有苦路的 14 站吗？西蒙帮耶稣背十字架的第 5 站，街墙上有个凹进去的指穴，说是因耶稣支撑不住十字架，扶墙抠出来的。连这样的细节都表现出来了，让你不信也信呀。我是搞旅游的。假如我们的人造景观都能搞出这样的水平，那真是可以做到"假亦真"了。

### 15

耶路撒冷，不仅基督教奉为圣地，也是伊斯兰教，更是犹太教的圣地，被誉为三大宗教的圣城。这三大宗教的文化中心大多集中在差不多 1 平方公里的耶路撒冷旧城。旧城被列入了世界文化遗产名录。

哭墙，犹太人最神圣的地方。　　　　犹太孩子抱起藏经彩盒，欲行成人礼。

我们在旧城外的橄榄山上眺望旧城内的圣殿山。圣殿山上最耀眼的建筑是金色圆顶的清真寺。圆顶罩着的是一块岩石。这是伊斯兰教的圣石。其实，在《古兰经》中并末提到耶路撒冷，但伊斯兰教传统认为：先知穆罕默德在梦中被唤醒，骑上银灰色人头牝马追随天使来到了耶路撒冷，正是踏着这块岩石，升上七重天接受了天启，获取古兰真经的。因此，耶路撒冷通常也被认为是伊斯兰教的第三圣地。在麦加之前，穆斯林祷告的方向就是耶路撒冷。

令人不可思议的是：同样是圣殿山上的这块岩石，早在伊斯兰教前的犹太教旧约中就已经提及，以为万物是从这块岩石开始。

所谓的圣殿山，即锡安山。大约公元前 1000 年，犹太国大卫王在耶路撒冷定都建城。公元前 970 年其子所罗门接位，用 10 年时间在锡安山建设了圣殿。这座圣殿在公元前 586 年被巴比伦国军队摧毁。犹太人也沦为了巴比伦之囚。后波斯帝国灭巴比伦，允许犹太人重返耶路撒冷。公元前 516 年，犹太人在圣殿山建起了第二座圣殿。至公元 70 年，罗马军队将第二圣殿铲平，并将所有犹太人驱逐出耶路撒冷，禁止他们居住。从此，犹太人流离失所，浪迹四方。

我之所以要费点笔墨写上这么一段，是因为想将犹太人进出耶路撒冷的古老历史讲清楚。然而，越是想交代清楚，越是看不透犹太人的那颗犹太心。你想呀，两千年都过去了，犹太人似乎从未放弃对故土的依恋，似乎一直在执着地梦想着重返家园。这看起来根本不可能实现的，竟然梦想成真。如今，他们又在这片热土上"与上帝角力"了。唯犹太人，还有谁能做到呢？

我在想，犹太人能够做到的原因和理由肯定很多，其中的核心应该是血缘维系的信仰。我们从圣殿山被毁圣殿残存的一堵西墙可见一斑。

西墙，因犹太人每逢安息日等重要日子，会悄悄到西墙哭泣哀悼，所以又称哭墙。当年罗马军一定不曾想到，铲除圣殿时并未能斩草除根。留下这堵墙，便是留下象征的圣殿，留下亚伯拉罕的魂灵，留下犹太人的坚持和希望。哭墙，已成为犹太人最神圣的地方。

刘导带我们来到哭墙。

那是个风和日丽的好日子。哭墙前的广场非常热闹。盛装的犹太男人们以家庭为单元聚合成若干个群体，各自在举行成年礼。这个场地是禁止女人入内的，连我们团队的两位女士也被刘导安排到场外隔栅观看。我们几个男的虽是局外人，倒可以大摇大摆穿梭其间。

所谓犹太成年礼，是男孩子到了 13 岁，就要参加家长为他举行的一个仪式，表明这孩子已经长大成人了。

我看到的成年礼，大致是：父亲领着孩子到藏经屋取出一个圆柱体的彩盒，由孩子抱着它走到预订的场地，慎重地放置在桌上。孩子打开彩盒，将里面的经书捧出，然后用希伯来语朗诵其中的一段。父亲向孩子表示祝贺。周围的家属鼓掌欢呼，有的还围着孩子又唱又跳。母亲则在隔栏外微笑着向孩子招手。这些孩子毕竟只有 13 岁，有的个头挺高了；有的还很瘦小，根本抱不动那个圆柱彩盒。于是乎，父与子往往共同抱捧着彩盒一步步往前走，呈现的场景很有感染力。

我问刘导：是不是每个犹太男孩都要接受成年礼？回答是肯定的，而且都会在犹太教的重要场所办。哭墙无疑是最隆重的场所。许多欧美国家的犹太家庭都会专程来哭墙行成年礼。我又问刘导：女孩子办不办成年礼？回答：女孩在 12 岁就办成年礼，是在家庭内部搞，规格要低得多。这样呀，原来以色列如此重男轻女。

成年礼不过是个形式，还会有什么特殊意义？有人问到这个问题，恰好央视 4 套《文明之旅》栏目近日播了档节目，做了回答。节目邀请了清华大学教授彭林，以及美国学者莫大伟等谈礼仪。彭教授特别倡导恢复古代冠礼，即成年礼，而且认为要搞得庄重，才会给人留下深刻印象。现在的年轻人都二十大几了，好像还不懂事，缺少担当，甚至还在啃老，恐怕也与未行成年礼有关。当问到美国有无成年礼时，莫先生回答：好像没有，不过犹太家庭有，是在 18 岁举行。显然莫先生并不了解犹太成年礼是男 13、女 12。至于他们为何将年龄定得这么小，没搞明白，我也没去追究。

犹太成年礼给我的感觉，整个过程既隆重且不繁琐，既欢快又不失严肃。

尤其选择面对哭墙举行成年礼，还是上了一堂爱国主义教育课。

以色列国家确实十分注重爱国主义教育。最主要的教育基地有一古一今。古：马萨达遗址，以色列新兵入伍都要在这里宣誓。今：犹太大屠杀纪念馆，也是以色列新兵必到的教育场所。

## 17

马萨达遗址，位于犹地亚沙漠上的一座岩石山之巅，原是古犹太希律王的行宫，后成为犹太人抵抗罗马军队的最后战场。

马萨达的那座山看起来高大陡峭，海拔竟然是零。原来它在死海之滨，而死海的海拔是负 422 米。

我们是从游客中心乘坐缆车上山的。山上到处是残垣断壁，好像看不出什么名堂。不过，刘导带着我们边走边讲解，如数家珍一般，倒让我们领略了两千多年前犹太人建筑行宫的聪明才智。那山上可谓设施齐全，住宅、仓库、储水池、瞭望塔、大型浴所、犹太会堂等，应有尽有。特别是建在三层岩石阶地的北宫，位置极佳，用现代话说是再好不过的风景房了。值得一提的是，满山的残存建筑唯一完好修复的是一所公厕，里面做了现代装备，供游客使用。我进去方便了一下，有一种不似穿越的穿越之感。

据考证：这座行宫是犹太人自行摧毁的。

自公元 70 年罗马军队铲平了耶路撒冷的第二圣殿之后，一支包括家眷在内不足千人的犹太残军退守到了马萨达。罗马军为扫除最后的障碍，不惜动用 1 万人攻打马萨达。战事旷日持久。终于有一天，罗马军队行将攻上山头了。犹太人誓不做俘虏，而犹太教义又不允许自杀。于是，犹太人做出了一个惊天骇世之举：由男人杀死妻儿老小；再由男人组成若干个 10 人小组，由每组抽签留下的 1 人杀死其他 9 人；以此类推，再组再签再杀；最后的 1 名男人放火烧毁建筑，然后自尽。也就是说，仅有 1 人违背教义自杀而成全了所有的人。如此令人不敢相信的悲壮的故事，最初只是传说，后经考古人员的严谨工作，一一加以证实，还找到了当年生死抽签的石片。马萨达理所当然地列入了世界文化遗产名录。

如今犹太人有句口头禅：经历了马萨达的民族，还怕什么？

还有：以色列著名的情报组织摩萨德，也是马萨达的另一种译音。

当年的罗马军再不会想到，他们留下的圣殿西墙以及马萨达遗址，已成了犹太人的精神支柱。

18

犹太大屠杀纪念馆，全称亚德韦希姆大屠杀纪念馆。亚德韦希姆，希伯来语，意为"有纪念，有名号"。它取自犹太教圣经："我必使他们在我殿中，在我墙内，有纪念，有名号，比有女儿更美。我必赐他们永远的名，不能剪除。"这似乎成了建馆的宗旨。

实际上，以色列在建国后的第二年，便着手进行大屠杀幸存者证词录音工作，陆续为4.4万名幸存者录了音，并于1959年在耶路撒冷最高的赫茨山上建设了纪念馆。

我们现在参观的是2005年建成开放的新馆。新馆建筑呈三角形，寓意犹太人标记"大卫星"的下半部。它被从山地冒出的三角柱悬臂小心托起，犹如在谷中漂泊。它的外部清一色的钢筋混凝土，无任何装饰，唯有屋顶凿开狭窄的采光玻璃顶窗。

进馆前，刘导做了简要的介绍，并说：里面不允许讲解，也请大家不要拍照。其实，这段历史离我们很近，不用讲解我们也能感同身受。毕竟，我们来自侵华日军大屠杀的南京。

进馆了。从阳光灿烂中坠入阴暗，我们的心情瞬间变得沉重。幸好还有顶窗洒下的光线，让我们感到彼此都还存在。这是一条顶部采光下的长廊，左右两侧是10个展厅。我们依次进入参观，尽管过去通过文献包括影视作品对大屠杀犹太人了解甚多，但目睹那么多有名有姓遇难者的照片、遗物，还有视频，仍感到无比震惊。600万犹太人，全球犹太人的一半人口，像牲口一般惨遭屠杀，说没就没了。600万呀！他们的血真的是可以汇成河的！

馆内为援助过犹太遇难者的国际人士设立了"国际义士"厅，罗列的名录有2万多人，其中有外交官何凤山、潘均顺等不少中国人的姓名，透析出犹太人感恩戴德的本性。最让人印象深刻的是"名"厅：厅中央悬挂着圆锥形物体，上面镌刻着收集到的300万遇难者姓名和部分人的照片。来自"天堂"之光倾泻在锥形体上。四壁从墙根至墙顶则是遇难者的档案柜。厅内不时发出不同人的讲话声音。身临其中，好一会儿恍不过神来。待恍过神，忽而想起在侵华日军南京大屠杀遇难同胞纪念馆内，好像见过类似档案柜的陈设。看来，南京人到这里来取过经。

在那里，我们还参观了独立的建在地下的儿童纪念馆。这个馆唯有入口露出地面，走进去完全黑暗，得摸扶着栏杆向前移。先是什么都看不到，再往里深入，眼前飘过一张张灿烂笑脸的犹太儿童照片，还有远处闪烁的无数的昨夜星辰。据统计，当年有150万犹太儿童未能在屠刀下幸免。这是最为不能容忍的悲哀。

我问刘导，以色列现在是否还在憎恨德国。刘导说：德国不断在正式

见识了守教犹太人的婚礼。

场合向犹太人道歉，还曾有德国总理下跪谢罪，而且每年会支付战争赔款。现在的以色列并不立足于仇恨，而是要在科技、经济诸方面使自己更加强大。他们还有一个观点："别人的道歉是次要的，重要的是我们不能漠视淡忘记忆。"

这也正是我心里想说的。

19

写了几节耶路撒冷，还想补上一节：走进这座城市的第一印象。

第一印象不是城市的建筑和市容，而是马路上行走的人。挺热的天，忽而冒出了许多头戴黑礼帽、一身黑礼服的人。这太给人感觉了。

刘导说：这是守教的犹太人，相对集中在耶路撒冷。特拉维夫也有，比较少而已，也就没引起你们的注意。犹太人通常分守教的和世俗化的两种。犹太教义共计623条，其中主要的戒律有10条。守教的会遵守每一条教规，世俗化的守住10条即可。我问：这样的衣着是教规里的吗？回答：是的。妇女规定要穿过膝的中裙。注意到没有，男人留着胡须，也是教规。教义还规定，不可以节育和人工流产。以色列建国时守教的只有5000人，现在已发展到50万人。原来是这样。

巧的是，我们刚入住耶路撒冷的酒店，就发现邻家酒店的露天院落在举行守教犹太人婚礼。我赶紧取出相机跑过去，可能因我是老外，又没穿礼服，被拦住了，只好在场外观看。场内搭了个仅能容纳七八个人的小舞台，全部用白纱装饰。舞台下的座位也都是白色的。而嘉宾都穿着黑礼服。这纯粹的一白一黑，让人感到特别纯洁，特别神圣。新娘一身白礼服，脸上罩着白纱，与新郎立于舞台中间。拉比（相当于基督教神父）好像在为他们证婚。家长似在舞台上讲了什么。接下来几位长者在童男、童女引导下，先后上台表示祝贺。我在场外，看不实在，估摸也就这么几个程序吧。新郎、新娘相挽着走下舞台了。此刻，新娘终于撩开了面纱。亲友们围着他们又唱又跳，簇拥着一同步入酒店。至于酒店里有没有设宴席，那就不清楚了。这就是我看到的守教犹太人婚礼。

我问刘导：守教的都从事什么工作？刘导说：差不多有一半人不工作，

不创造财富，得政府养着。不过，也不能这么说。他们的工作就是学习教义。他们囿于自己的生活圈中，包括婚姻在内。他们有自己的学堂，无须服兵役，很少与外界接触，连电视也不看。这已经成为颇为头痛的社会问题。刘导的看法，我倒不完全赞同。犹太教义也算是非物质文化遗产吧。社会上能有一批人忠实继承传扬教义，是必要的，应该也是难能可贵的。问题在于其人口有些失控，会越来越加大财政负担。如能破上一规搞一搞计划生育，那就再好不过了。

20

在以色列走了几天，接触的多为宗教文化，有犹太教的，有天主教的，有伊斯兰教的，还有巴哈伊教的，有点晕。同行的几个已经有点不耐烦，宁愿少去一个教堂，好早点回酒店"牌"教。我虽想多看看，只是少数要服从多数，挺无奈的。

想想也是：人，想象并创造了神，不止一个神。神与神之间倒还和谐。人与人之间拿各自的神说事，相互角力，玩刀玩枪玩大炮。近日，美国驻伊拉克大使葬身火海，起因竟是一部好莱坞的小制作冒犯了伊斯兰先知穆罕默德。何苦来哉？

不说了。再说，神要不开心了。

说点高兴的，我们去了死海玩漂浮。

死海，位于以色列与约旦之间的约旦谷地。这个谷地深到低出海平面400多米，就凭这一点，足以让我们感到与众不同。去死海的途中，旅行车开到海拔为零的地方停了下来。我们在"零"标志牌前留了影。

死海被沙漠和干巴巴的山岩环抱。前面提到的马萨达就在它的东南岸。再有就是西岸的山岩，曾出土两千多年前的文书，为羊皮纸写本和纸草本，书写着希伯来文经文，以及希腊文、阿拉美文的译本，价值连城。怎么又扯到宗教上去了，叫停。

死海之所以称作死海，实际上是一个内陆盐湖，湖水要比海水咸10倍，又富含矿物质，几乎没有生物可以在那里生存。它的湖水比重也就超过了人体的比重，所以才能在死海里玩漂浮。

所谓漂浮，就是仰卧在湖面上。我们中间有位女士是初次下水，不敢往下躺，得托住她慢慢往下放。放平了，她就漂起来了。我平日在游泳池里只会蛙泳，没做过仰泳，这回正好尝试一下仰的滋味。不过，我还是不敢去深一点的水区。因为水深处，仰卧下去没问题，爬起来就不易了。弄不好，咸水溅到眼睛里，会受不了的。我漂浮在水中，刚开始挺舒服，时间稍长就觉得颈子不适。小结一下，原来我始终让颈部往上提着劲，以防咸水没到眼睛里。这显然是动作不够放松。于是乎，我干脆像枕着枕头般躺下去，又闭上眼睛睡上一会儿。这一回，别提有多么轻松，多么惬意。我们还用湖里的黑泥将自己全身涂满，相互拍照。这种黑泥含有大量的硫化物和多种矿物质，能起到非常好的护肤作用。确也如此，从死海爬上来，冲洗后就觉得皮肤特别光滑，似增添了质感，整个人好像也年轻了几岁。

死海也留下些许遗憾，没舍得下手购些死海原料制作的护肤品带回来。一来品种太多，形形色色，弄不清哪头对哪头；二来价格也不菲。本应简单的产品，干嘛要搞出了那么多名堂？

直到现在，一想起死海漂浮后皮肤滑溜的劲儿，就后悔当时自己太抠门儿了。

21

以色列之旅的尾声，迎来了安息日。

安息日，希伯来语的意思是"休息"，时为每周的周五太阳落山前20分钟至周六天黑后15分钟。以色列全年的日历上都注明了每周的具体时分。

安息日，是古犹太人与上帝神圣的约定，从不更改。这一天，无论守教的还是世俗化的犹太人都不可以干活，市内公共交通也全部叫停。什么叫干活？由哲人拉比归纳出39类工作禁做，包括下雨外出不能打伞（打伞属工作），在家不可以开关电灯、煤气等家用电器（只能提前使用自动程序控制）等等。那天，我们下榻的酒店就有两部电梯（共4部）每层楼必停，哪怕并无旅客进出。刘导还向我们讲了这么件事：他的一位犹太朋友家里的总开关跳了闸。按说只要将闸往上推一下就可以了，而那一天是安息日，不得不大老远地跑过来请他帮忙。这是多么自觉的不干活呀。

据说，以色列航空公司在安息日也是禁飞的。幸好我们的航班是晚上10点，已过了安息日的法定时间。我们的旅行车司机是阿拉伯人，干活不受限制。刘导说：旅行社用的司机都是阿拉伯人，不光是避免安息日的尴尬，开车进入巴勒斯坦 A、B 区也安全。

阿拉伯司机将车开到了一家中国餐馆。这是我们在以色列的最后的晚餐。餐前，刘导拿出一叠以色列风光明信片，表示如果我们看中哪张，可以帮我们寄回中国。我挑了张犹太人在西墙行成人礼的明信片，寄给了太太。我在明信片上留言：

"我们的孩子已经长大成人。辛苦你了。寄自以色列耶路撒冷哭墙。"

求缺集

1

吴哥，神往已久。

2011年元月，总算有机会与朋友去了一趟柬埔寨，目的地只有一个——吴哥。

不过，最早晓得柬埔寨，还不是通过吴哥，而是该国的君主西哈努克亲王。亲王曾在我们中国政治避难，受到最高的礼遇。那时正值"文革"期间，银幕上除了八个样板戏，就是纪录片。亲王频频在纪录片中亮相，俨然成了中国的电影明星。我们当时并不清楚柬埔寨国内到底发生了什么事情。乱云飞渡仍从容吧。这位亲王也真传奇，几经沉浮，岿然不动，至今仍健在，长期居住于北京。

知道吴哥，是20世纪90年代自己"搞"上了旅游。"搞"旅游，未必就有机会去柬埔寨。吴哥何以能与中国长城、埃及金字塔、印尼婆罗浮屠并称为东方四大奇迹的呢？

吴哥，成了心中的一个谜，一个梦。

2

去吴哥，得先去暹粒。上海至暹粒每天都有航班往返。

去吴哥，得住在暹粒。吴哥是没有宾馆的。

暹粒，意为战胜暹人。暹，一度是泰国的简称。原来18世纪泰国曾占领过这片土地。柬埔寨将其收复后便命名为暹粒，暗喻高棉人最终战胜了暹人。

实际上，柬埔寨历史上常受到与之接壤的越南、泰国侵犯。"暹粒"的称谓无疑是振国威。

暹粒，是个很清静的城市，白天行人很少，只有到了晚上才热闹起来。游客除了中国人之外，以俄罗斯和韩国人居多。大家从冰天雪地一步跨进初夏，感觉别提有多好。不过，导游告诉我们，也就是这个季节最适宜。到了3月至5月，天热得烤人；7月至11月是雨季，每天都要下一场雨。

看来，我们来的正当时。

## 3

晚上，在暹粒夜市上逛。

夜市上露天排档吃的，小市场摊点卖的，挺丰富。尽管导游说市场上商品百分之九十来自中国，大家还是一头钻进去选购。最有趣的是：露天里摆放着不少超大鱼缸，里面养着众多小鱼。鱼缸沿边设木长凳。坐上去双腿往鱼缸里一伸，就可以享受鱼疗了。露天里，还有不少足浴摊点，捏一次脚只要花1美元，太实惠了。

在暹粒，美元通用，人民币多半也管，柬币倒很少用、而且用起来也不方便。导游给我们兑换柬币，为的是付客房清洁工的小费，每人每次2000柬币。用100元人民币可以兑换到手46000柬币，厚厚一叠子呢。

我在想，俄罗斯和韩国人到这里来，除了避寒，还因为这里价廉物美。不过，在这里不能生病，否则就要被宰。和我同房间的小老弟春良，偏偏就感冒发烧了，带去的药不管用，要去挂水。这让导游为难了，怕送去医院被人怀疑串通宰客。后来他帮挑了家医院，又遇到一位山东籍的移民医生，总算顺当。小老弟花了800元人民币，挂了4瓶"水"（2大瓶、2小瓶），"水"到病除，没事了。柬"水"真有那么神奇？或许是从没用过的"水"特别管用，或许是原本的感冒就快好了。不管怎么说，这算是一次既公道又立竿见影的治疗。

## 4

在暹粒，我还亲身经历了一件有趣的事。

那是行程的最后一天。因要赶当日夜间的飞机返回上海，白天我们就在暹粒活动。几天下来，我的小腿肚子发酸，就老想着花1美元捏个脚。其实，要不是陪病友，我早就去捏脚了。这一次大家来到老市场，又钻进了商铺群里购物。我独自去找捏脚的地方，找了一圈没见到，又不便走远，正犹豫着，碰上一个足浴的店家。店家门口的柬妹主动迎上来，递上一张价格单。单子上全是英文，看不懂。能看懂的是半个小时收费3美元，1个小时是6美元。店家的当然比露天的要贵，这么想着，就指了指1个小时收费的项目，随柬妹走入店堂。

　　店堂里大约有六七个座位，已有两位俄罗斯女子在那里泡脚。人家老外真懂得享受，不像我们的人就知道购物。我坐下来泡脚。泡完脚，那位迎客的柬妹就来给我修剪脚指甲。她修剪得十分仔细，蛮受用的。时间一分一分过去了，让人有点着急。再这么修下去，啥时间捏脚呀？我看到邻座的柬妹端了个小盆，让老外将双手浸入盆中，忽然意识到：误入店门了。这里多半是专为女人美容指甲的地方，忽而进来个纯爷们，恐怕被当作伪娘了呢。果不然，人家也端个盆让我泡手。我立即回答，NO！修完脚，再无捏脚的指望。一结账：3美元。人家没按进门时说好了的6美元收费，还蛮有职业操守的。

　　这也是我生平第一次做了回脚指甲美容。

吴哥窟一瞥。

5

游客到暹粒，无论是中国的、俄罗斯的、韩国的，还是其他国家的，无论是购物的、吃风味的、捏脚的，还是美容指甲的，目的都是为了游吴哥。

想象一下：假如没有吴哥，恐怕也就不会有暹粒夜市，不会有暹粒机场，或者说不会有这样一座城市。

6

从暹粒到吴哥，也就六七公里。

吴哥，中文的意思是城市般的寺庙。

吴哥位于洞里萨湖北面，占地有 45 平方公里，确具一座小城的规模。在这片热土上，散落着众多的用石块垒起来的庙宇，或孤零零的一座，或连绵不断的一组，使之成为世界上最大的宗教建筑群。在每座庙宇里，都有一个同样用石块垒起来的莲花蓓蕾形宝塔。这样独特形状的石塔成了吴哥庙宇的象征。

吴哥的寺庙群体是古柬埔寨被称作真腊国的杰作，始建于 802 年，止于 1201 年，整整延续了 400 年。说是寺庙，倒不是我们通常理解的庙宇，而是国王死后的葬庙。按照婆罗门教解释，国王们生前都会选择一位神，建庙供奉，乞望死后入葬与这位神化为一体，成为真正的神。这种"神王合一"的宗教文化，是来到吴哥才听说的。

柬埔寨的国教为小乘佛教，是佛教的一个支派。它与我们熟知的佛教有所差异，如出家人食物荤素不拘，只须遵守"过午不食"即可。而历史上的真腊国信奉的是印度教，期间也有过与佛教相互更迭的短暂阶段。随着吴哥王朝退出历史舞台，印度教也突然消失在高棉大地上。

7

在吴哥，吴哥窟无疑是其中最为辉煌的一座寺庙。

吴哥窟，又称吴哥寺或小吴哥，梵语意为寺之都。它的规模相当可观，占地有 5.6 平方公里，建筑面积达 195 万平方米，四周环绕着护城河，与其说是一座寺庙，不如说更像一个城池。它是吴哥艺术成熟期的代表作，也是吴哥古迹中保存最为完好的石建筑。

这是由苏利耶跋摩二世国王建造的，供奉的是毗湿奴神。尽管苏利耶跋摩二世于1113年即位后就着手营建，但由于工程过于浩大，历时89年方完工，使得他过世后50年才得以入葬其中，与毗湿奴"合一"。

吴哥窟最令人赏心悦目之处，是高耸的5座莲花蓓蕾形石塔：1座居中，4角各1。居中的高65米，是吴哥地区的致高点。这一地区的所有现代建筑均限制在这个高度以下。这样一个美轮美奂的造型，不仅成为吴哥的标志物，也化为柬埔寨国家的代言。

吴哥窟的艺术魅力，还在于拥有总长800米的浮雕故事回廊。回廊的浮雕石刻除了反映葬庙主人的生平事迹，主要取材于印度的两大史诗《罗摩衍那》和《摩呵婆罗多》。这两部史诗既是宗教经典，又是文学作品，内容比较复杂，一时半会儿也说不清，好像涉及到王权、神权，包括许多道德规范、自然哲理、人生法则和行为仪式，其中当然不乏有毗湿奴神的故事。在浮雕回廊上，一定要缓下脚步来慢慢地阅读，细细地品味，才有感知。不过，即使无暇停留，匆匆一瞥，也会被石刻的生动人物和宏大场面冲击心灵。

吴哥窟的回廊石刻，是吴哥古迹中保存最好的浮雕石刻。惜于20世纪末，印度专家在帮助修复吴哥窟时，用擦光粉清洁了部分浮雕，反倒使这部分石刻遭到磨损。古迹修复实在是门太大的学问。自吴哥古迹列入世界文化遗产名录后，对其保护及修复已成为全球的责任。我看到在通往主殿大道的两侧各有一座藏经石屋。一座已经日本专家修复，另一座正由德国专家在修。我在想，什么时候会出现中国专家的身影呢？

作为吴哥窟匆匆的过客，仅看了其中一隅，就不得不按团队时间表打道回府了。回眸用巨石堆积的寺之都，深感古人之智慧、之伟力。我之所以用"堆积"二字，是因为所有建筑的石块之间都不用灰浆或其他粘合剂，完全像搭积木一样堆起来的。据说，建造吴哥窟，共用了30亿吨石头，有的石块单个重量超过了8吨。这是怎么做到的呀。

我忽而想到明成祖朱棣为立大明孝陵神功圣德碑，"斫石于都城东北之阳山"之事。碑材依山开凿，碑座、碑身、碑额三块巨石大体凿就，总重量近9000吨，后停工弃之。后人评说：如此庞大的碑材根本不可能运至目的地，是朱棣在作秀。现在看来，有何做不到呢？万不可低估古人的能力。阳山孝陵碑材极有可能因政治而开凿，又因政治弃而不用。

8

除了吴哥窟，印象深刻的还有位于吴哥王城中心位置的巴扬寺。

所谓吴哥王城，又称大吴哥，占地9平方公里，系历代皇家家族所在地。不过，现在我们已经看不到皇宫的建筑。那些人居的宫殿都是木结构的，早已荡然无存，仅剩下遗址。在吴哥王朝，只有"神王合一"的寺庙才是石结构的，才是永恒的。

巴扬寺，是阇耶跋摩七世的葬庙。这位七世国王一生充满传奇色彩。他曾在王位争夺中选择了避让；而当王城被占婆国攻陷后，又挺身而出，收复吴哥，登上王位，并将王城的繁华带到了极致。由此他也获得了护国之君、建设之君的称号。他还勇于革新，竟放弃印度教，引入小乘佛教。巴扬寺也就成了供奉佛教的葬庙。

巴扬寺与供奉印度教寺庙的最大不同是，塑造了200多尊四面佛像。巴扬寺有54座高低不一的佛塔。每座塔的四面都刻有1尊佛像，被称作四面佛。这些佛像差不多一个表情、一个模样：低垂的双目，微微上扬的嘴角，发出神秘而安谧的笑容。特别要提到，在众多的佛像中有1尊与众不同：双目不再低垂，而是平视。这使得面孔更为直观生动，更具神秘的穿透力，被称作"高棉的微笑"。实际上"高棉的微笑"是将阇耶跋摩七世似人似神的形像定格在了吴哥王城之上。

巴扬寺与吴哥窟一样，也设立浮雕回廊，所不同的是拥有外层和内层两个部分。外层回廊浮雕，表现的是吴哥的民间习俗，以及为保卫吴哥与占婆人的战斗场景。我们意外地发现，有中国人与吴哥人并肩作战的浮雕。当时吴哥人眼里的中国人，是留着山羊胡须、绾着发髻。浮雕中还有绾着发髻的与当地人在玩斗鸡。斗鸡，至今仍活跃在柬埔寨民间。咱们中国人好比种子，在哪里都能生根发芽呀。内层回廊浮雕，讲述的还是印度教的神话故事。由此可见，巴扬寺尽管供奉佛教，仍不可能摆脱根深蒂固的印度教的影响。

吴哥王城随着阇耶跋摩七世的去世走向没落。从吴哥艺术角度来看，如果说吴哥窟是成熟期，那么巴扬寺建筑将其推向了顶峰，同时也是终结。如今，我们穿梭于巴扬寺中，无论在哪个角度，似乎都能瞧见四面佛低垂的双目，都能感受到"高棉的微笑"。这究竟要告诉我们什么呢？一切，似乎"神马都是浮云"。

9

我有个小老弟屠先生，在摄影界是个腕儿。我问他：有没有去吴哥拍片。他说，有，只是适合拍黑白的照片。他说得不错。吴哥的寺庙差不多都是青灰色的石头，色调单一。不过也不尽然，例如女王宫就色彩惊艳。

所谓女王宫，是保护皇宫后妃的寺庙，建造年代早于吴哥窟。它虽是吴哥的早期建筑，规模不大，却是做工精致，小巧玲珑，被今人誉为"吴哥艺术之钻"。

女王宫的色彩，来自红砂岩的石材。那样一种石材，千年前的原色是怎么样的不得而知，只是觉得经过岁月历练，呈现出的暗粉让人迷恋。尤其是整个建筑的门楣、立柱、屋檐都刻有细腻的雕饰，还有建筑前生动的

巴扬寺中有尊佛像，被称作"高棉的微笑"。

在巴扬寺浮雕中，中国人与当地人斗鸡。

人物、动物雕塑，乍一看，真以为眼前是一座欧洲女皇宫殿呢。也许正是这个原因，今人将其命名为"女王宫"吧。再定眼观看，那些个浮雕和雕塑都是纯东方的，依旧取材于印度教的两大史诗故事，只不过那梦幻般的色彩给人错觉，以至于中西不辨了。

在吴哥，竟深藏着如此完美的建筑艺术品，实在令人叹为观止。

10

让我侥幸未错过而又倍感意外的是，看到了一个叫崩密列的寺庙。

之所以说"侥幸"，是因为我们团队大多都放弃了去崩密列。我也差点随大流。几天来大家在吴哥转，看到的塔布隆寺、东梅奔寺等寺庙大同小异（女王宫除外），有点审美疲劳了。天气也热，出门得淌汗。再则，崩密列是离暹粒驻地距离最远、被当地导游称作最难到达的古迹，往返至少得半天。这么一来大家也就宁可不去，赖在宾馆里纳凉了。

之所以说有意外惊喜，是因为这是在所有寺庙中我看到的最勿容错过的。假如不去崩密列，可以说只看了半个吴哥。

崩密列，是吴哥窟同时代的作品，规模也与吴哥窟相当。它深藏于丛林之中，未加修缮，巨石成堆成堆地散落在几处，保留着崩塌的原始模样。由于"最难到达"，游人稀少，致使原本就幽静的环境显得更加空灵。那样一种意境，让我骤然觉得自己似乎就是古迹的发现者。最令人信服的发现，还是瘫下来的石块。那些个石块，是大小不一的立方体，几乎每一块都不是个人所能搬动的。它们表层细糙，未见一丝一毫的灰浆痕迹，真的仅仅靠表面的磨擦和自身的重量叠加在一起，堆积成寺庙的建筑。这是在其他已经修缮的寺庙中，无法深切认知的。古人的智慧永远超出了今人的想象。

夕照下的崩密列，无比壮丽，也无比惨淡。崩密列，让我迷，让我醉，让我碎。

生活中不乏有擦肩而过的遗憾。我庆幸未与崩密列擦肩而过，心底发出了一个呼唤：珍爱吴哥。

## 11

"珍爱吴哥",是我下了飞机走出暹粒机场时,看到大客车的车身用汉字书写的公益广告词。

在崩密列,我体会到了"珍爱吴哥"的非常含意。

## 12

在崩密列,我们遇到了一群可爱的孩子。

我们一群人大约六七个人。这群当地的孩子凑巧也六七个人。不知从什么时候开始,他们就成了我们一对一的向导了。他们有的穿拖鞋,有的赤足,在寺庙废墟上窜下跳,矫捷如飞,不时引导我们该向哪里走、哪里行不通。令人惊讶的是,他们能讲简单的汉语单词。例如,会指着浮雕说,那是"仙女";会在高低不平的石块上行走时,主动挽着我们的手,说"小心"。其中一个男孩竟然从嘴巴里蹦出"正而八经"四个字。我在想,这里的游人虽然不见多,但中国人来的也不会少,而且光顾过许多南京人,否则怎么会教他们说"正儿八经"的南京话呢。

这群生龙活虎的孩子,本应该坐在明亮的课堂上享受朗朗的读书声,也一定都会是优秀的小学生,而不该整日在崩密列游荡。看在眼里,酸在心里。世道不公不正。

从崩密列返回的途中,看到路边有一所蛮新的小学校。我下车拍了几张校舍照片,发现校舍的外墙漆有一行日文,想必是日本企业赞助建设的。我们南京有几家旅行社在开展"希望小学"的助学活动,不妨也在吴哥搞一个"希望小学",将崩密列的孩子们请进来。在这样一所学校里,他们保不定还会主动要学一口南京话呢。

我这么乱想想,回到南京也就这么乱说说。没想到,有家叫"德高"的企业老总表示愿意这么做,而且是真心诚意的。如何去做,该走怎么样的程序才能办成,不得而知。这倒将了我一军。

从崩密列，看到了以往之辉煌；从崩密列的孩子，看到了今日之贫困。

吴哥王朝的辉煌终极于公元 1431 年。那一年，暹罗（今泰国）军队袭击柬埔寨，冲进吴哥王城，将宫殿珍宝、神庙金佛掠夺一空。时任国王蓬里阿·菲亚特被迫于次年迁都金边。自此，吴哥消失在了莽莽林海之中。

柬埔寨星辰屡弱，固然有外来侵犯的原因，最主要的还是来自内耗。远的不说，最近的、也是最不堪回首的是波尔布特执政的红色高棉时期。那时期，全国近一半百姓倒在红色高棉屠刀下，惨状令人发指。一时间红色高棉成了恐怖的代名词。

我曾问导游小李，他的家人有无遭此涂炭。小李父亲是来自福建的移民，做厨师。小李告诉我：父亲在高棉军人面前装呆，一问三不知，一天到晚傻傻地为军人做饭，逃过一劫。

当时的柬埔寨，有知识的聪明的人，性命是难保的。波尔布特在闹一场史无前例的"革命"，在进行无阶级差别、无城乡差别、无货币、无商

团员张女士与崩密列的孩子们。

我们的团员在崩密列崩塌的石块中。

品交易的所谓"社会主义实践"。当时，有"东方巴黎"之称的金边顷刻变成一座"鬼城"，城里面几百万市民三天之内全被驱出"下放"。家庭甚至也解体了，取而代之的是男、女劳动队和青少年劳动队，一律穿黑色革命服，吃大锅饭，搞大生产。在这样的一个环境下，愚民方能得以安分地生存。

### 15

波尔布特出生于农民家庭，曾出家当和尚，早年留学法国，在巴黎开始接触马列主义，使之成为柬共创始人之一。他是在夺取朗诺政权后登上历史舞台的。

1970年3月，朗诺在美国策动下发动政变，推翻了西哈努克国王的统治，成立高棉共和国。西哈努克在中国帮助下，支持波尔布特抵抗郎诺政权。1975年4月，波尔布特终于将朗诺政权粉碎，"解放"了柬埔寨。然而，君主立宪制也随之废除。自此，进入波尔布特的红色高棉时期，上演了最为疯狂的一幕。

波尔布特实施的全国大屠杀,举世震惊,连一直给予扶持的中国也无法容忍下去了。

这次我们在去"女王宫"寺址的途中,导游小李带大家到一个叫新寺庙的地方停留。寺庙院落立着一个宣传栏,陈列着已褪色的图片。图片反映的都是红色高棉杀人的内容,手段奇异残忍,罄竹难书。院落里还有一座密封的亭子。透过亭子门框的玻璃,可以看到里面堆满了人的骷髅。小李告诉我们,最不能接受的是红色高棉武器童子军,让孩子管制并杀害大人,甚至让子女亲手枪杀自己的父母。

有当代柬埔寨权威人士说:波尔布特的所作所为受中国"文化大革命"影响。倘若"文革"是要在人的灵魂闹"革命",那么红色高棉是直接消灭人的肉体。这样的评价令人尴尬。

波尔布特晚年也只是承认当年搞的"社会主义"过了头。岂止是过了头,他双手的血腥,即使是奴隶主也望尘莫及。为制止波尔布特种族灭绝的做法,西哈努克又怂恿并借力越南军队将他从台上赶到台下。然而,越南军队开进柬埔寨后,就赖着不走了。国难当头,中国再次向西哈努克伸出援手,采取特别措施迫使越南全面撤军。柬埔寨这才真正得以解放。

16

柬埔寨战火留下的祸根,至今尚未完全铲除。

在崩密列,我们看到有几处竖着警示牌,严禁游人进入。那几处遗留着红色高棉布下的地雷,还没来得及扫除。战乱时期,柬埔寨到处都是地雷,吴哥也在所难免。现在虽说多国军队每年都来帮助扫雷,还是没办法完全清理干净。

吴哥,倘若迄今仍深藏在莽原之中,不为世人所知,不受战火创伤,那该多好。

发现吴哥,是在1861年1月,距吴哥"消失"已有430年。一位名叫亨利·穆奥的法国探险家无视规劝,闯入被当地人称作神仙与魔鬼出没的死亡之地。在此之前,也陆续有人深入其中,都是有去无还。而这一次,亨利意外发现了 5 座连体的莲花石塔，以为看到的是海市蜃楼，又疑似真的有仙人居住。他回到法国后发表了探险成果，引起轰动。就这样，吴哥重现江湖。

亨利虽然发现了吴哥，但始终弄不明白吴哥到底是怎么回事，究竟隐藏着怎样的秘密。他翻遍柬埔寨的史料，也没找到答案，仅有一个关于这座神殿的传说。这个传说竟然与中国有关。

相传佛历 600 年，一个叫林桑的中国花匠来此落户。一日，婆罗门教主神宫女岱索塔吉下凡踏青，私采了林桑园中的 6 枝花，被主神因陀罗罚她当 6 年的林桑妻子。他们生下一个男孩，取名比斯奴伽，意为"能工巧匠"。孩子长大后走遍天涯海角，终于找到母亲岱索塔吉。他被母亲带入宫中，受到因陀罗器重并授予技能，使之成为名符其实的"能工巧匠"。正是这个有柬埔寨鲁班称谓的比斯奴伽，以完美的工艺为国王建造了莲花石塔的吴哥寺。

这个充满中国色彩的传说，成为亨利及欧洲学者在考证无门时的救命稻草。他们调整思路，将搜索的目光转向浩瀚的中国史籍，大海捞针般地找到了中国元代著作《真腊风土记》，解开了吴哥之谜。

《真腊风土记》由元人周达观撰写。元贞二年（1296），他随元朝使节前往真腊国，在首都吴哥居住了两年，将所见所闻写成了书。书中详尽记载了吴哥的地理概貌、政治文化、风土人情。书中写道：当国王到"石屋数百间"的吴哥寺举行宗教仪式时，"轿伞云集""鼓乐之声喧阗"。书中甚至还收录了关于比斯奴伽建造吴哥寺的民间传说，中有"俗传鲁班一夜造成"。

吴哥的城市建筑方位，《真腊风土记》也有准确的记录，包括城墙的长度和高度均有说明。后来的探险家和考古学者根据书中的指南，又找到了吴哥的多处遗迹。正是有了这本书，吴哥王朝的历史方大白于天下。

元人周达观生前恐怕再不曾想到，他亲眼目睹的辉煌的吴哥会在人间消失；更不曾想到，他的著作成为了吴哥王朝仅存的历史档案。

17

柬埔寨虽不与中国接壤，但无论是比斯奴伽的传说，还是《真腊土风记》

以及吴哥的浮雕，都足以说明中柬两国历史上十分友善，源远流长。恐怕正是基于这个原因，我也才会突发奇想要在吴哥建一所希望小学，只是个人能力之不及。

我曾有过这么个思考：大汉之族历来好个面子，喜欢称老大，路见不平乐于拔刀相助，其实并不擅长对外侵略。郑和七下西洋便是一例。虽有"弯弓射大雕"的成吉思汗横扫欧亚，然此汗非彼汉也。"汉"之优势还在于，外族欲彻底征服"汉"，必先融入"汉"，继而"汉"化之。满清便是佐证。

中国过去的愚昧、落后，主因与柬埔寨一样是来自内耗。"与天斗""与地斗""与人斗"之"其乐无穷"，注定堡垒从内部攻破。

## 18

吴哥之旅的最后一个游程，是去洞里萨湖观日落。这是在吴哥第二次看日落。

第一次看日落，是来吴哥的第三天登巴肯山。爬上山大约需20多分钟。原以为上去后就可以观看，其实不行，还需登上山顶的巴肯寺方够高度。巴肯寺一度是吴哥王城的宗教中心，有7层高，象征着7重天界。神殿的台阶十分陡峭。我勉强登至第2个台基，就不敢往上爬了。在巴登山观日落似乎已成吴哥旅游的保留节目。巴登寺上面已爬满了游客，秩序有点乱，居然没有任何安全防范措施。再往上攀，即使是抖呵呵地爬上去，日落后如何下来，有点不敢想。在第2个台基上观日落仍然不够高度，只好百般小心地下台阶往回返。途中倒是在一个山坡观望台上看到了不完整的日落，没找到感觉，挺不值的。

这次在洞里萨湖上观日落，自然不会有高度问题。这个湖据导游称是世界第二大淡水湖。吴哥和暹粒都在湖的北岸。湖里鱼的种类十分丰富，原有600余种，红色高棉时期也遭到大屠杀，现仅存活300余种。原来当时的军人捕鱼不用网，是扔手榴弹，炸得成群成群的鱼儿肚皮朝天。战争，遭难的不仅仅是人类。

我们是乘坐机动船前往湖的腹地观日落的。那里的湖面搭有专门的观景台。机动船上只有一个成年人在驾驶，另有两个孩子做帮手。但见孩子

在巴肯山上的巴肯寺观日落的人群。

们在船舷上移动如猴，还替游客捏肩捶腿，以索取小费。这让我继见到崩密列孩子之后，再次领略"穷人的孩子早当家"。在船上，沿途看到不少水上人家。他们的生活起居似乎都在飘浮颠簸的小船上。本想看个究竟，无奈离得远了点，而且机动船的行速也让人晃眼。

登上观景台，已近日落时分。湖确实很大，有大海的气势。此刻，太阳虽不再光芒四射，但仍有力量将天空烧得彤红，将湖水泛得晶亮。红日一点一点往下坠，终于露出了最后的微笑，一个倒过来的微笑。万物寂静。夜色洒落。余辉仍将地平线映得透红。

这是一次难忘的壮观。夕阳无限好，好到了极致，也好到了尽头。

其实在吴哥，许多游客选择到吴哥窟看日出。那会给人一种蒸蒸向上的力量。而我们的团队没人肯起大早，好像都缺失"早晨八九点钟的太阳"之朝气。

洞里萨湖上的日落。

19

　　就要离开吴哥了。

　　在暹粒机场，我又一次看到载有汉字"珍爱吴哥"的大客车。吴哥，确应得到地球村、地球人的百般呵护，百般珍爱。

## 〉朝鲜：没有手机的日子

2011.8.11

1

从沈阳的桃仙机场乘坐朝鲜高丽航空的班机，飞行 50 分钟便抵达了平壤顺安机场。入关没有想象得那么烦，仅在将手机按规定交海关保管时，因语言障碍费了些时间，其他还算顺当。

入得关来，四处寻找一个叫金经熙的导游。因国内的组团社没有派全陪，只告诉我们朝鲜的导游叫金经熙，联系上她就行。没了手机，啥联系呢？看见一位举着"高丽行"贵宾团牌子的女导游，冒然上前打探知不知道金经熙。没想到对方说自己就是。就这么接上了头，也太简单了吧。

在国内发给我们的行程单是"五日朝鲜特色经典之旅"，跨出国门就挂牌"高丽行"了，让人一下子没反应过来。

不管怎么说，我们已经踏上了朝鲜这片神秘的土地。

2

我好像注定要去探访这个"神秘"。

我在旅游部门供职的时候，曾两次主动放弃了朝鲜之行。其中的一次是在担当宁镇扬马（南京、镇江、扬州、马鞍山）4 市赴东三省旅游促销后，已经办妥了朝鲜的签证，却因手头的活儿太多而临阵脱逃。另一次也因工作。现在想想，真有些犯傻，也有点自作多情。缺了你，工作就停摆了？真扯！现在你退休不干了，人家干得一点也不差呀。

两次与朝鲜失之交臂，以为不会有第三次机会了。其实很难说。我时不时想，还有没有可能亲眼看一看与世隔绝的社会主义朝鲜呢。想着想着，一脚就跨了进来。

3

朝鲜导游金经熙，一位 20 来岁的小姑娘，中等个头，肤色白皙，戴着副眼镜，挺斯文的，最可人的是说的一口标准的汉语，听得人舒心。

在车上，小金导作自我介绍，说是毕业于平壤外国语大学，在那里学的汉语，至今还是新裙子。问，什么叫新裙子？答：就是未婚女孩。问，

在平壤城市建筑群中，耸立着在建的金字塔宾馆。

那未婚男孩呢？答：那叫新裤子。

　　哇噻！朝鲜女孩倒是一点也不刻板，挺幽默的。这让我们给朝鲜印象加了分。说实在的，来以前听到的都是有关朝鲜的负面新闻，诸如在海关要翻箱搜身等，印象自然十分恶劣。而这次，从入关开始就有了些许好感。再看车窗外，建筑整齐，道路清洁，车辆稀少，空气新鲜，又无形中在加印象分。总的来说，朝鲜给人的最初感觉蛮不错的，至少不再恶劣。

4

　　我们下榻的饭店在大同江流经城内的江心洲上。这个洲形如羊角，叫羊角岛。饭店也就叫羊角岛宾馆。

　　车子停在宾馆前。小金导提示大家：晚上外出可以随意在岛上散步，但请不要过桥，否则恐怕会带来不便。这番善意，倒是让我们已经完全放松下来的心情，一下子又收了紧。

羊角岛宾馆是 20 世纪 90 年代建的，有 48 层高，楼顶还有旋转餐厅，属特级酒店。朝鲜的酒店不按五星级评级，而是分特级、一级、二级……据说羊角岛宾馆，最先由一位欧洲人投资建设，未完工就将它"烂尾"了；后由澳门人出手援建，也是有条件的，建好后地下层设赌场，由他们经营。澳门人也真"烂尾"，就好开个赌场，竟然开进社会主义朝鲜。朝鲜呢，要么不开放，要么开放给你看——玩赌，够狠的。

实际上，朝鲜已在慢慢地开启门户。就说羊角岛宾馆，10 多年前我的同事住过，客房里没电视机，每个楼层公用地块摆放 1 台，只能收看朝鲜的 1 个频道节目。现在不一样了，不仅每个客房有彩电，还能看到央视 1 套、2 套和凤凰中文台的节目。再看平壤城里，已经崛起了一座金字塔建筑，由于身材高大，位置适中，似乎在城市的各个角落都能看到它的身影。小金导告诉我们：这是埃及人投资的大型宾馆，明年就会开业。埃及人哪是在建宾馆，是将自己国家的文化和形象高高耸立在了朝鲜的都城，聪明着呢。咱们中国人实诚，花在朝鲜的钱不会少，怎么就没搞个形象工程呢？

在羊角岛宾馆，我们到地下层见识了一下赌场。赌场的规模很有限，雇员都是来自咱们东北人，赌客也差不多都是咱们的人。我问小金导：朝鲜人不允许进赌场，而赌场无人把门，怎么能确定没有朝鲜人混迹其中呢？小金导反过来问：朝鲜人胸前都佩戴着像章，你在赌场见到过戴像章的吗？那倒确确实实没有。

朝鲜必须人人佩戴金日成主席像章。这确实也是朝鲜人最鲜明的标志。像章有圆形的，也有旗帜形的。不论何种外形，中间只会是一个人的像。这在全球绝对是独一无二，而又匪夷所思的。尽管全世界的人都为之诧异，但我们这一代的中国人完全可以理解，因为我们也曾被"匪夷"。在羊角岛宾馆吃自助早餐时，邻座两位不相识的同胞也在议像章。他们相互讨论：在朝鲜，会有人将像章的别针刺进肉体佩戴吗？这当然更令人"匪夷"，朝鲜未必有，中国曾经有。

## 5

我们出访的第一站，是开城的板门店。

板门店，大凡我们这一代的中国人哪个不晓。又在说"我们这一代"了，因为80后、90后的未必就知道。它过去只是开城与汉城（首尔）之间的一个村庄，为方便来往过客盖了不少木板店铺，得了个"板门店"的名称。这样一个小村落，成为朝鲜战争的朝、美两军谈判之地，特别是1953年7月27日双方在此签订停战协议，名扬天下。

从平壤到开城，有2个多小时车程。沿途经过了4个人民军检查哨卡，使得气氛骤然凝重。在车上，小金导强调说：我们是在去南北朝鲜军事分界线。这个分界线不是你们中国人熟知的三八线，是停战协议作出调整的界线。小金导从不提"韩国"，而是说"南朝鲜"。我们"逗"她，你认为南北朝鲜能统一吗？她的回答是肯定的。停顿了一下，她又说，可以一国两制嘛。真行呀，"一国两制"她也知晓。自此，在小金导面前，我们

海外篇 *HAI WAI*

压在南北朝鲜军事分界线上的白、蓝平房。

朝鲜卫兵立在分界线的左侧，分界线穿房而过。

说到韩国就都以南朝鲜代之了。

在南北朝鲜军事分界线的两侧，设有非军事区。大约有五六座木板搭建的平房排成一排，并列压在分界线上。蓝色平房是南朝鲜的，白色属北朝鲜。这就是赫赫有名的板门店军事谈判场所。现在，蓝、白房子双方可以共同使用。我们就是进入一座蓝房子参观的。在房子里，从北端到南端，也就是从北朝鲜走进了南朝鲜，只不过南端的门紧锁，到此止步。反之，从南朝鲜来的游客从南门进入时，北端的门也会封闭。我在房内拍到窗外的分界线。界线的北侧临时增设两位人民军哨兵，为我们北方来的客人保驾护卫。

在板门店非军事区的北朝鲜一侧，还有两处军事谈判建筑。其中一处是停战签约的场所。那地方摆放着两张桌子。一张桌子上插着朝鲜旗帜，另一张桌子插的是联合国的旗帜。小金导是这样解释的：美国兵打了败仗，很没面子，不好意思挂美国旗。这可能是导游对外统一的口径。实际上美国确实是以联合国名义出兵的。也就是说，朝鲜包括中国是与整整一个联合国作战，让全世界瞠目。设想一下，假如美国或是联合国不出兵，北朝鲜肯定就收复了南朝鲜；假如中国不援朝，南朝鲜依赖美国也会拿下南北江山。两种假想，都会得出一个朝鲜的结果，不至于南北分割。

假想永远只是假想。历史就是这么复杂，又这么简单。

6

小金导说的没错，谈判桌上本来就该插美国旗。

朝鲜一直视板门店签字是人民军打败了美国佬，是金主席的胜利，是朝鲜人民的胜利。朝鲜不惧美国，敢于与美国较量，即便它霸道到操纵联合国。这在我们参观了"普韦布洛"号船，更有感受。

"普韦布洛"号船，是美国的一艘间谍船。1968年1月23日，朝鲜人民军的巡逻艇在领海捕获了这艘船。船上83名美国官兵，除1人当场毙命外全部被俘。在此之前，还没有哪个国家惹过美国间谍船。一场美、朝之间针锋相对的较量开始了。美国命对方必须无条件送还间谍船和全体官兵，并将核航母"企业"号、航母"猎人"号、对潜航母"约克城"号等

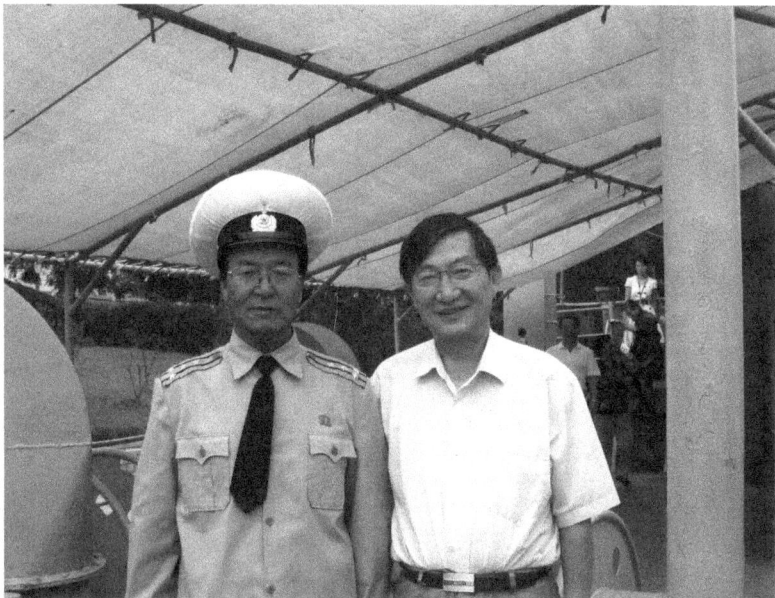

"普韦布洛"号船的船长(讲解员)与笔者留影。

集结朝鲜东海，施以高压。朝鲜则要对方必须公开道歉，才可能释放俘虏；至于退回间谍船，想都别想。这个一触即发、万分紧张的态势持续了236天，终于在板门店谈判桌上一槌定音：美国发表谢罪书，俘虏获释，间谍船成为朝鲜的战利品。这也是美国首度公开认输。

朝鲜有个很有意思的法则，叫"石头剪子布"。石头赢剪子，剪子赢布，布赢石头，是在世界流行甚广的少儿游戏规则。朝鲜自比石头，美国是剪子，日本因殖民过朝鲜是布。布虽然能赢石头，但石头可以利用剪子剪掉布。结论是：朝鲜必胜。

我们登上"普韦布洛"号船参观。这艘船现在已被拖放在平壤市内的大同江边。一位身穿制服的船长兼讲解员接待了我们。他竟然是当年擒拿普韦布洛号的勇士之一，退役后担当了这个角色。他讲述亲身经历的事件，可谓是绘声绘色，很有现场感。我们听了似乎也找到些许现场的感觉，特扬眉吐气。参观完毕，我与这位退役军人合影留念，匆忙间忘了问他的姓名，就称之为无名英雄吧。

这里随便提一下：在朝鲜，每个游览点都有专职的讲解员，讲解得十分投入、百般认真，而且分文不取。这在我们那里，做不到。

### 7

在开城，我们还去参观了高丽博物馆。

建立于公元918年的高丽国，是历史上首个统一朝鲜半岛的封建王朝，首都就在开城。这座城市地位很特别：朝鲜战争之前是在三八线以南，属于南朝鲜；重新划分军事分界线，又在分界线之北，归了北朝鲜。依我之见，开城应该是一座孕育着南北统一的城市。

我们的旅行车从开城的板门店开进城内，正逢市民在进行地方选举。在几个投票点上，都有载歌载舞的盛装人群，选民则排队鱼贯投票，一片和谐的景象。同行的人说，这要比我们的地方选举隆重得多。而我独自在想：开城的市民50多年前经历了一个"跨越式"，从"资本主义"一脚踏入"社会主义"，当时会是怎样一种感受呢？如今南北百姓的生活差距越拉越大，他们又是怎么想的呢？他们懊悔吗？他们满足吗？他们幸福吗？也许我们立马可以断定：他们一定不满足，不幸福，连肠子都悔青了。

不过，这样的判断似乎过于简单、片面、武断了。衡量一个地区百姓的幸福指数，最有发言权的应是他们自己。可惜我们无法深入其中，倾听他们的心声。我们只能通过表面观察，加以揣测。我就注意到，大凡朝鲜男人，都是一副严肃的表情，很少看到有笑脸的。是不快活吗？也不尽然。朝鲜女人有笑脸的不少呵。男人的表情，也许与他们的衣着有关，大多穿的是被称作"国防色"的土褐服装，将脸部衬托得黯然无光。这恐怕是在"乱弹"了吧。实际上我们基本没有自由活动的空间和机会，要了解朝鲜情况更多的是通过与小金导的交流。听小金导说，朝鲜人住房不要钱，看病不要钱，上学包括上大学也不要钱，都是政府供给的。你信吗？应该有可信度。而这些，我们就完全做不到了。不但做不到，住房、看病、上学恰恰是我们负担最重、最劳神、最揪心的三件大事。假如连这几件烦不了的民生大事他们都不用去烦，还有什么可烦的呢？

8

本是要写高丽博物馆观感的，不知怎么胡思乱想了一大堆，话题扯远了。

说实在的，在高丽博物馆走了一遭，还真没有多少想写的东西。这是一处有点历史的建筑，最早为高丽国初叶的顺天馆，是接待外宾的住宿场所，后改作宣讲儒教的僧务馆，再后来成为最高教育机关国子监驻地，称成均馆。现在虽说是博物馆，陈列的文物很有限，没多少吸引力。有点印象的是，文物上的文字都是汉字。那一时期朝鲜文字尚未诞生，使用的文字就是汉字。一个国家没有自己的文字，似乎也就缺少了灵魂。正因为此，后来的朝鲜才煞费苦心地创造出"车轮滚滚"（大多字都会带"O"）的文字。

我忽而想起小金导在机场举的那块牌子"高丽行"。这未免名不符实。这次"高丽行"，行程中看的高丽时期文化仅有两处。除了这个博物馆，还有一处在妙香山，叫普贤寺。普贤寺，是中国传过来的一座佛教寺庙，颇具规模。庙宇的建筑群在战争中毁去不少，现又修复。让我大跌眼镜的是，每个寺殿前都立着一位身穿鲜艳朝服的姑娘，进殿堂方会闪出一位僧人。让僧人天天面对着花姑娘，是要炼就"坐怀不乱"？天底下怎么会有这样的佛寺？还是小金导出来做了解释：因普贤寺历史悠久，现既是寺庙，也是历史博物馆，保存着众多遗迹和遗物，包括高丽时期木板雕刻的大藏经等。那些姑娘都是博物馆的工作人员。原来是这样。

我仍在琢磨，为啥叫"高丽行"？也许，我对开城是一座孕育着南北统一的城市见解是对的。作为统一朝鲜半岛的首个王朝，高丽无疑是一个象征。高丽行，恐怕就不单单是指一条旅游线路。

9

在开城的高丽博物馆里，我还注意到这么一个细节：偌大一个博物馆里游人稀少，而且都是来自中国。到了最后一进的陈列室，仅剩下我们一个小团队。团队中有人先离去了。我留在了最后，忽然看见闪过一个戴像章的身影，心想还是有朝鲜人参观的。直到我走出博物馆大门，才发现那个身影是馆里的工作人员。他始终尾随着我们想干什么？是要保护我们，还是防着我们手脚不干净？

想起来了：在板门店的观景台上，大家都下撤了，我还留在那里摄影。有一位哨卡军人一直守在我身边，还盯着我看。我赶紧也往下撤，他就在后面押送，让人既不好意思也不自在。这样一想，我就觉得朝鲜人长期受战争之累，处处设障，步步为营，搞得人人神经高度紧张，也就出现了疑心症状。这就像我们有一阵那样，阶级斗争的弦始终绷得紧紧的。

其实，在机场小金导接我们上旅游车时，我就有所觉察。因为同车的除了司机，还有一位女导游。我们一共7个人的团队，需要2个导游？这要在欧洲，10人以下的团体，按规定可以司机兼导游1人搞定。小金导解释说，在朝鲜接团都会安排2个导游。而我当时就想，上2个导游是相互间有个监督，一定是这样的。小金导这样介绍同伴：她姓安，也是平壤外

妙香山普贤寺观音殿前的守候者竟然是妙龄少女。

国语大学毕业的，英语专业，正在自学中文，上团是多个学习的机会。安导长得也很漂亮，肤色比小金导还要白皙，像有古希腊人血统。朝鲜人的说法是，北朝的姑娘靓，南朝的男孩俊。北朝的，我们算领教了。我们很快发现，安导只会说几句简单汉语，基本上听不懂我们的讲话。这样，我们与小金导的交流才轻松起来，不用顾忌有第三只眼。

我之所以对2个导游敏感，是因为与10多年前到韩国，呵，是南朝鲜有关。那次的旅游车上，为我们服务的除了导游、司机外，还有位小男孩。那男孩十分勤快，专为我们上、下行李，游览过程中还随时为我们拍照。几天游程结束，在去机场的路上，导游将一大叠照片分发给拍摄的对象，开始演讲了。他首先介绍这位勤勤恳恳的男孩的来历。他说：过去因政治、军事的原因，旅游车上都要安插一位勤务人员，实际上是搞特工的，来监视大家的言行。现在虽完全不需要"特工"了，但"勤务"的传统延续了下来。这男孩就是个勤务，为大家上、下行李，也没工资，靠拍照糊口。大家不要有负担，拍得好的，就留下来；不满意的，就退回去。全留不嫌多，一张不留也不嫌少。大家能给小兄弟捧个场就多谢了。导游的一番话说得入理入情，还挺感人的。那男孩一声不吭，沉默是金。照片拍得也确实是好，尽管价格不菲，大家还是纷纷掏起了腰包。

南朝鲜旅游车的"第三者"已由政治演化成商业；而北朝鲜的仍在以阶级斗争为纲，纲举目张。


10

在朝鲜的第三天，我们是去妙香山，仍然从平壤出发，行程差不多也是2个小时。

所谓的高丽行，短短四五天都是在平壤的羊角岛宾馆过夜，从未在其他城市住宿。实际上除了车游开城的市区外，就没去过别的城市。也就是说，即便要观察朝鲜的表面，也只是表面之表面。之所以补上这小段文字，是觉得越往下写，越触摸不到实际，越无法客观，越难给读者一个交代。特此说明：本文纯属私家主观言谈。

还是来说说妙香山。妙香山是朝鲜五大名山之一。另四座是白头山、金刚山、九月山、七宝山。白头山乃五山之首，也就是与我们中国共享的长白山。七八年前，我爬过长白山，还在中朝界石处转了几圈。那一次就该算去过朝鲜了。金刚山的名气也大，惜于这次没安排去。另两山以往没听说过。对我们来说，最想看的倒是上甘岭。小金导说，那是军事重地，去不了。

妙香山的特点是，山势奇妙，漫山馨香，由此得名。来到此山，果然名不虚传。但见山峦重叠，青翠摇曳，令我等心旷神怡。有道是：三千里锦绣江山皆名胜，未游观妙香山妙莫谈景。

前面提到在妙香山游览过普贤寺，之后又爬了一小段山。不过，这次游览的重点还不在于山和寺，而是国际友谊展览馆。

在妙香山的山谷里，并列着两座宏大的建筑，即国际友谊展览馆。其中一座建成于1978年，收藏着各国政要及友好人士赠给金日成主席的礼品，计22万多件。另一座建成于1996年，收藏着赠给金正日将军的礼品，计6万多件。两馆均选出部分精品公开展出。参观展览馆是件很庄重的事，得衣着整洁，得依次列队，不得喧哗，不得拍照等。金主席国礼馆的综合厅比较有看头。那里面的展品很典型，很有代表性，有的还极具时代烙印。

平壤女导游小金。

平壤女导游小安。

我看到两件十分精致的象牙雕件，都是我国赠给的。一件是万景台金日成故居，雕工之细腻让人惊诧；一件是朝、中军人端着枪打得美兵举双手投降。现在当然就不可能再赠送象牙工艺品了，更不会用这么贵重的东西来雕什么美兵投降了。还看到一幅柬埔寨西哈努克亲王送的漫画，画的是头戴高帽的美国佬"倒栽葱"往下堕，看了让我哑笑不已。总之，这样的陈列展示，还是挺玩味的。展览馆的讲解员也在向我们炫耀：我们的馆在全世界是唯一的。也别说，还真没听说其他国家有如此规模的元首礼品馆。我曾向一位搞旅游策划的讲了朝鲜这档事。他觉得很有创意，又认为咱们也可以搞，国家级的甚至省市级的珍贵礼品不会少，藏着掖着多浪费呀。

11

在参观国际友谊展览馆的全过程中，我注意到无论是导游，还是讲解员，都表现出对金主席及金将军的崇敬，不，应该是崇拜。一方面，金主席父子将私人接受的珍品全部奉献出来；另一方面，国家大兴土木建设展览馆，向公众展示珍品。个人崇拜与崇拜个人结合得如此完美、精彩，实在太有才了。

朝鲜搞个人崇拜，以往是所闻，这次为所见。首先，是戴像章的扑面而来。接下来在板门店，除了看军事谈判场所，还安排参观了金日成主席题词碑。那硕大的碑上其实没有题词，只有"金日成"3个字的签名和签名日期，应该叫签名碑吧。再接下来，"雨露"的滋润似乎无处不在，包括这个金主席及金将军的礼品展览馆。

之所以要再三强调金主席和金将军的称谓，是因为在朝鲜只有金日成方可称作主席，而且是永恒的。金正日虽然也已担任了主席职务，但仍称作将军。将军称谓的地位在朝鲜仅次于主席。

在朝鲜，很想访问一家农户，行程单上也有这个项目，蛮期待的。我们去的乡村叫沙里苑。到后方知，那地方类似于我们的大寨，而且比大寨还要大寨。金主席曾16次到此视察，金将军也已来过8次。两领袖如此深入，超出了我的想象。当地建了个挺大的陈列馆，专门记录和介绍主席与将军每一次到来的详情，对领袖的崇拜可谓无以复加。我们也确实访问了一家农户，当然不是想看的普通的那种，而是样板的。即使是样板，居住条件也很简陋，可以想象那些普通人家。

也就在那个样板人家外墙的铭牌上，我有了新的发现。铭牌记录的是，某年某月某日金主席来访。这看上去很一般，不一般的是某年的表示：先标主体某年，再用括号标公元某年。主体年号？弄不懂。小金导说：这算什么新发现？我们都是这样记载年代的，是以金主席1912年诞辰为主体元年，以此类推。也就是说，如果记载"今年"就应写为"主体100年（2011年）"。经小金导这么一解释，我还真觉得是个大发现。过去封建帝王封年号，现在被社会主义朝鲜传承了，特别是将国际通用的公历年装在括号里，也算是个发明。

我曾与朋友有过探讨：朝鲜未经历资本主义，是从封建社会或半封建、半殖民社会跨越式进社会主义的，难免会有封建思想残存。假如让我来给它下一个定义，可称之为带有封建色彩的社会主义社会，或者就是封建社会主义。

金日成主席的签名，做成了一个碑。

沙里苑农户家的陈设，十分简陋。

12

主体年号的"主体"，源于金日成主席的主体思想。

我们在平壤观赏到了主体思想塔。这座塔立于大同江畔，是为歌颂金主席的主体思想取得丰功伟绩而建的。塔高170米，其中顶部的红色火炬高20米，号称世界最高的塔建筑。塔前塑有工人、农民和知识分子三位一体举起劳动党党徽的雕像。伟大的主体思想塔高高地耸立着，即使在我们住宿的羊角岛宾馆，也能看见燃烧在空中的火炬。这应该是平壤市最醒目的建筑了。

小金导还带我们在市区看了几个主体思想的代表作。一个是千里马铜像，建于主体50年（1961），为纪念金主席49寿辰而立，体现了朝鲜战后恢复建设的勇往直前的气概和永不屈服的精神。一个是凯旋门，建于主体71年（1982），位于金日成体育场前的十字路口，是纪念金主席完成光复祖国使命凯旋的杰作。它是用1万多块花岗石筑成，高60米，宽52.5米，据说比巴黎的凯旋门还要高大。

这次之行的遗憾，是没捞到观看金日成体育场的10万人超大型演出《阿里郎》。这无疑与主体思想密不可分，而且由10万人来演绎，是超难得的文化大餐。当然，《阿里郎》尽管规模宏大，充其量也不过是人海汇就的团体操，不可能像北京奥运会开幕式。我们曾私下议论过：像北京那般搞法，全世界也只有我们中国能行。为什么？因为欧美虽有钱搞，但没办法调动那么多遵守纪律的人；朝鲜或越南纪律严明的人有的是，却没那么多钱投入；而我们既不差钱，也不缺人。这只是调侃，又扯远了。话得说回来，人家的《阿里郎》每年都要组织10万人献演，每演都要持续一个多月。据说每场观众多则也就几千人。如此不讲理地蛮干，我们倒是做不到了。今年是8月1日开演，而我们是在他们演出的前几天离境的，缺了点眼福。

13

我问过小金导：主体思想的精髓是什么？

小金导告之：人的命运的主人是自己，开拓命运的力量也来源于自己；革命与建设的主人是人民群众，推动革命与建设的力量也来自人民群众。

　　我不知道小金导的诠释是否准确。从她不加思索且那么熟练的回答来看，应该就是。我以为，金日成主席创立主体思想并毕生为之努力，并没有白辛苦。他把握住了自己的命运，追逐着一个理想社会，如同前面讲到的，至少做到了让他的人民住房、看病、上学有保障。然而，虽做到了，又未能做到位。例如，人民的吃饭是没问题了，只是吃不好，甚至吃不饱，还要经常依赖外援。民以食为天。吃饭问题解决不好，就不怎么自信了。不自信，恐怕就会加剧搞个人崇拜，再有就是闭关锁国，以消除外界的影响和干扰。据说，平壤目前在世界范围内仅与4城市通航，即莫斯科、柏林、北京、沈阳。你信吗？我不敢相信。

　　我问小金导：我们的手机不让带进来，有何道理？你不也在打手机吗？小金导答，你们的手机就是带进来，也不会有信号。我打的是小灵通。同行的张先生又问：朝鲜的政府官员马上要去美国谈判，你怎么看？小金导说不知道有这事。不知道？这就奇怪了。我们是从羊角岛宾馆客房的电视上收看到这则新闻的。小金导和我们同住一个宾馆，莫非不看电视，不关

平壤城里高高耸立着主题思想塔。

心政治？小金导解释说，宾馆里的导游客房是固定的，那里面只能收到平壤频道。原来这样呀。后知朝鲜总共只有 3 个电视频道，发布新闻高度统一和集中。按说，小金导在朝鲜应该算消息灵通人士。她知道一国两制，而我们说到美国"9.11"事件，却张大了嘴一无所知。"躲进小楼成一统"，烦不了外面的世界有多精彩。这当然也是一种活法。

闭关锁国，带来的是一人清楚，众人浑沌。也就是说，一人可以开拓自己的命运，继而决定众人的命运。这与主体思想是否有相互矛盾之处呢？封闭的人生一定会有问题的。不过，我还是力挺探索社会的小型试验田。试想：假如真能做到人民不愁吃，不愁住，不愁医，不愁上学，该有多美满，多和谐。这样的社会也一定会自信地向世界敞开大门的。

14

你总算说到吃了。啰唆了一大堆，也该讲讲朝鲜的美食了。

对不起，我刚才是讲民生的吃饭问题，并非美食。说实在的，这一趟

平壤凯旋门。

还真没有多少美食可言。每次进餐，餐桌上摆放得都很漂亮，一人一套，件数不少，但没什么实质内容。荤菜是以鸡块和鸡蛋为主。吃过一次烤肉，一人一盘猪肉条，肉质很差。蔬菜也稀少，是黄瓜、泡菜之类的。有一次安排我们品尝高丽宫廷餐饮，每人面前是9个小巧玲珑的铜罐，像我们秦淮小吃那般的微型器皿。依次打开金光闪闪的铜罐罐，是几块黄瓜丁、几片泡菜、几根凉粉、几丝猪肉、几只小元宵……口感怪怪的。这么说，是不是有点刻薄。其实，人家的饮食安排顿顿不一样，是在想方设法调剂我们的肠胃。除了那顿宫廷餐我们不大适应外，总体上味道都还不错，不油腻，也清淡，令人挺满意的。看得出，人家对我们老外已经十分关照，做了最大的努力。

想起来了，朝鲜的男男女女，个个长得瘦瘦条条，满大街竟然找不到一个胖子，连微胖型的也没有。我向同行的调侃：想瘦身，那就来朝鲜旅游吧。同行中有位90后的小女生不同意，说她这几天长胖了。问其原因。她说：在国内，哪会吃那么多呀。而现在不把自己的那份吃完，就觉得太对不住朝鲜人了。看来，真要瘦身，得与朝鲜人同吃同住同劳动。

不说吃了，还是聊聊平壤的城市建设。平壤的公用设施众多，仅大型体育场，除了前面提到的演出《阿里郎》的金日成体育场外，还有可以容纳15万名观众的五一体育场、可以容纳3万名观众的羊角岛足球场等。与主体思想有关的革命教育场所也有不少。我们参观了其中的一个，是"祖国解放战争胜利纪念馆"。馆设30多个展厅，陈列着解放战争的实物和图片，其中看到了黄继光、罗盛教的半身塑像。馆的地下层则是成群的坦克、装甲车、大炮、战斗机等重型装备，以及堆积如山的枪械。馆内浓墨重彩的是，用声光电表现人民军攻克大田的宏大场景。大田是南朝鲜的汉城失陷后设立的临时首都，再次遭到失守方引起美国出兵。为何以此做重点宣传，让人有点看不懂。

平壤地铁无疑是朝鲜的骄傲。小金导带我们去感受地铁，说：外国团体坐地铁只需登个记，不用买票。这个待遇倒是蛮特别的。从地面乘电梯从下走，足足有100米深，感觉有点莫斯科地铁的味道，只不过没有莫斯科的宽大和花俏。问：是俄罗斯援建的吗？回答是否定的，只说用了俄罗

团员在品尝高丽宫廷餐饮。

斯的技术。我们坐了一站地铁，就上来了。有点疑惑的是：地上的马路十分宽敞，汽车也少，经济又不咋的，有必要现在就玩地铁？是出于备战需要吗？更令人不解的是，地上的公交车、包括有轨和无轨电车均破旧不堪。那可都是"面子"呀。"面子"不要，倒是要"里子"（指地铁）。同行的有几位是搞公交的，恨不能立马将南京要淘汰的公交车运来援助。运到这里，就成为一流的了，才有面子呢。

有件丢尽中国人面子的事，这里也得提一下。小金导在车上讲解窗外的平壤大剧院时，说了个段子。她接待过一个广东旅游团，也是在车上向大家介绍大剧院。到了晚上，接到一个团员从房间打来的电话，要去白天经过的地方。问他到底要去哪里？他说是大妓院。广东人把"大剧院"听成"大妓院"了。她不得不郑重告之：朝鲜是没有妓院的。我们听了，假装在笑，心里却深感耻辱。你不仅仅是广东人，你还是一个中国人，你真不是人。我们中国人呀，是该好好反省一下自己。引用主体思想的一句话：自己命运的主人是自己。再加一句：别把自己糟蹋了。

平壤地铁站台。

15

　　万景台，主体思想创立者金日成的诞生地。

　　万景台在万景峰下。据说登上山峰，可欣赏到万个景致，故名万景峰。山峰下的一处平台也就叫万景台。金日成的曾祖父是个守坟人，四代人在此居住，为他人看管坟地。如今，金日成的祖父母、父母都安葬在了万景台，由他人为他们守坟。

　　我们来到了万景台金日成旧居。旧居十分简陋，一处茅草屋，两个摆放农具的茅草棚，如是而已。就在这么一个如此低卑的地方，诞生了伟大的金主席，诞生了主体思想，诞生了主体年号。

　　旧居四周绿地整修得无比美丽，不说有万景，也得有百景千景吧。也许是过于人工雕琢，茅草旧居反而显得过于柔弱，缺少了倔犟、苍劲、厚实。听说旧居相邻原有10多户人家，都被迁走了。我倒是以为，如果不搞动迁，完全保持原状，可能会更显英雄本色，更表伟人之平民本性，更具美学价值。写到这里，我忽而意识到这是个什么地方，岂何妄加点评。原谅我，难得糊涂。

## 16

在朝鲜，最赏心悦目的数观看万景台学生少年宫艺术团演出。

访问少年宫，是行程上计划好的，还让我们准备了些糖果类的小礼品。其实，我对去那里并无多大兴趣，更无多少期待。我们南京小红花艺术团够有名了吧，全国有名。我搞旅游宣传那阵，常与他们接触，还看过他们排练节目。朝鲜的对我来说也就难有吸引力了。

走进少年宫，好大的规模，出乎了我的意料。一位系红领巾的小女孩迎上来，向我们行队礼，好可爱呀。她领着我们一间间参观活动室：有拉手风琴的，有拉小提琴的，有习书法的……看到那么多系红领巾的天真笑脸，再无动于衷的人，出于天性，心中也会变得无比柔软。我的红领巾时代，已是那样遥远，那样难以追忆，此刻，似乎也有些许清晰。

少年宫里的剧院很大，差不多可容纳 2000 个观众。快开场了，观众席上还没多少人，会不会影响小演员的表演情绪？我担起心来。还好，一支

在万景台，全体团员与导游小金（右四）留影。

支队伍开了进来。从他们戴的太阳帽得知，是来自我们东北的学生团体。太阳帽上印着"东三省第29届青少年夏令营"。我很羡慕他们，因为红领巾的我根本不可能出国夏令营。我也替朝鲜的孩子们羡慕他们，因为孩子们做梦也难梦到出国夏令营。我呀，用现代年轻人网络语就是"羡慕嫉妒恨"。我还要感慨于现在南京的青少年学生。他们完全有条件出国夏令营，却不大有太多的机会。因为南京学校趋于保守，出于安全很少组织此类活动。真该学学东北爷们。

演出开始了。

一对童男童女走到舞台中心报幕，没有翻译，也无须翻译，瞧那晶亮的眼神和灿烂的笑脸就可意会。合唱，独唱，舞蹈，小杂技，打击乐，小提琴独奏……演技之清亮、之娴熟、之顽妙，让人痴，让人迷。我们南京的"小红花"不妨来看看，看看"山外山"、"楼外楼"。

原以为整台演出会有主体思想闪烁的元素，没有，似乎找不到，有的只是艺术的纯粹和张力。原以为观众大多来自中国，演员会演个中国节目助兴，也没有，既没演唱也没演奏，有的是对艺术的认真和执着。要说观后感，两个字：纯美。

纯美。我沉浸了许久。这些孩子太不容易了。但愿他们如同雏鹰，长大以后无论在怎样的环境中都能张开不再柔嫩的翅膀。

## 17

7月27日，板门店朝美签订停战协议的日子，被朝鲜视为祖国解放战争胜利日。我们参观过的"祖国解放战争胜利纪念馆"，原来叫"祖国解放战争纪念馆"，后在移址新建时才又加上了"胜利"二字。

这一天，朝鲜全天放假。平壤的主干道布置了国旗和鲜花，呈现出一片节日的景象。

这一天，也是我们返回祖国的日子。因航班是在下午，上午去瞻仰了友谊塔。这座塔是为纪念中国人民志愿军抗美援朝而建的。原是想去志愿军墓扫墓，被告之正在修路，去不了。去友谊塔，是日程上计划好的，只不过不在这一天。小金导无意间调整到这一天，似乎也是天意。

这一天，为了这个胜利日，近80万中国人民志愿军"雄纠纠，气昂昂，跨过鸭绿江"，其中，30多万将士抛头颅，洒热血，捐躯异乡，写下了极其悲壮的篇章。

友谊塔建于主体48年（1959），是在一个小山岗上。那里很寂静，也就显得有些寂寞。塔是用1025块花岗石和大理石筑成，表示中国人民志愿军参加朝鲜战争的月日。那是在1951年，新中国刚建立不久，国家还相当困难，倾其财力、物力、人力抗美援朝，够朋友，够义气，够同志。

我们在塔前敬献了鲜花，入塔内参观。塔内面积不大，圆周有抗美援朝的壁画，中间置放着牺牲了的团以上军人和战斗英雄名录册。名录册很粗糙，翻看了几页，有点伤感。56个岁月流逝了，如今的英灵形象似乎有些模糊，似乎在被淡忘。而我们中国人，既然有机会来到朝鲜，说什么也

友谊塔。

友谊塔内壁画（局部）。

不能够、也不应该忘记他们。

苍天有眼，永佑地下的英灵。

18

在平壤飞往沈阳的高丽航空的客机上。

我的身边坐着位就读于大连大学的 90 后小男生。我问他：朝鲜之行印象最深的是什么。他回答，朝鲜人没有压力。

还是我们旅行团的那位 90 后小女生，在离开朝鲜前寄回一张明信片，上面写了一行字："没有手机的日子，真好！"

这两位后生的回答或留言虽很简捷，但意味深长。我也就以此作为高丽行的结束语。

1

今年的 4 月中旬，我携妻参加旅行团走了趟澳大利亚、新西兰。就我而言，算是旧地重游。

说到旧地重游，是指 15 年前我参加过一次澳新之旅的考察。那时节，澳新旅游线路刚启动，首都的一家组团社邀集几个城市的旅行社老总前往踩线。我算其中一员，是被南京中北国旅约请去的。这也是我自 1987 年入行旅游以来，首次跨出亚洲远行。尽管十几年过去了，旅途的所见所闻，至今难以忘怀。

蓝天白云下的悉尼歌剧院，是澳大利亚的标志。

## 2

那次澳新之旅，印象最深的有三。

一个是墨尔本的"企鹅归巢"。那是发生在菲利普岛的企鹅自然保护区，距墨尔本市区有100多公里。我们是晚上11点钟驱车赶到那里的，海滩的看台上坐满鸦雀无声的游客，就是看不到一只企鹅。半个小时后奇迹发生了：企鹅们如约而至，先是几只，后是若干群，上岸后分成若干小分队，排成行摇摆着回家。我惊奇于它们天生就那么有组织、守纪律，而且块头比南极的要小很多，属袖珍型的，可爱极了。我更惊奇于当地将生态环境的保护与旅游结合得如此完美，以至于众多游客拥入，并未干扰到众多企鹅的正常生活。感慨之余，我写了篇题为"墨尔本：企鹅归巢"的文章，收到个人散文集《印象》中。

另一个自然是悉尼歌剧院了。我们不光从陆地、海上的不同视角去观赏形态各异的歌剧院外型，还步入了这座艺术圣殿，去见识其华贵、高雅、庄重且不奢侈的内部陈设。我在《悉尼：标志建筑》（收入散文集《印象》）一文中写道："我现在明白了，何以国外有些音乐厅的听众十分讲究衣着。在这样一个环境里，衣冠不整者自己也无颜入座。"

再有的一件事，就显得特别诡异。那次的行程安排，是乘飞机由北京出发，先在上海转机，再经悉尼停留，然后至墨尔本办理手续入关的。我们飞抵悉尼时已是凌晨二三点钟，由于不是在悉尼入关，只好在机场内休息。机场的商店都打烊了，仅有一家亮着灯，是个鞋店。我们中间的一位男士，竟然不觉旅途劳顿，作客鞋店。我为解除疲惫在场内散步，两次途经鞋店，看见有位土著女店员跪在地上为那位男士试鞋，好像试了一双又一双，不厌其烦。我当时在想：这里的服务真卑谦、真细密呀！不想：他买了双鞋回到候机室，正在修剪脚指甲、准备换新鞋时，冲进来两个人高马大的巡警，不由分说地将他带走了。他未能跟团队飞往墨尔本，而是两天后与我们在悉尼会合的。据说，那位女店员报警说是受到了性骚扰，后经法庭判他罚款一千美元结案。性骚扰？无稽之谈吧。我当时又在想，华人在这里挺吃瘪的。

## 3

　　这次再访澳新，走的城市与上次的完全相同，不同的是可以从南京直飞悉尼，无须周转折腾了。当然，还有个很大的不同，就是在游览的内容上打了折扣。例如，"企鹅归巢"未出现在行程单中。我曾特地打探：这么精彩的项目，为何取消了？是否生态发生些许变化，不再有企鹅可归巢了？当然不是。"企鹅归巢"列入了自费旅游项目，价格不菲，而且至少要在墨尔本停留两个晚上，才有条件安排。又如，悉尼歌剧院只组织我们外观，而不安排入内游览了。究其原因：入内得购门票。这就得提高澳新旅游团费。现如今，国内的出境旅游市场都在削价竞争，凡收费项目能砍的就砍了。至于想游什么，该看什么，不是游客说了算的。

　　想想蛮滑稽的：这几年各种商品的物价都在上涨，唯独旅游的价格在下滑。以五晚六天的华东旅游地接价为例，十多年前每位交费七八百块钱，现在只要三百块钱就搞定；说的再远一点，二十年前的华东旅游团队餐每位十元，现在的柴米油盐价格翻了几番，而团队餐费纹丝不动。这可能吗？然而，在旅游市场价格的血拼下，旅行社不断压缩旅游收费景点、增加自费旅游项目和购物返利，心思用尽，变不可能为可能了。这对我们消费者来说，是喜孰悲？

## 4

　　那么，这次澳新之旅，印象最深的是什么呢？是天地自然之美，尤其是蓝蓝的天上白云飘。

　　蓝蓝的天上白云飘，小时候在南京城里抬头可见，从未想过还会是什么稀罕的景观。蓝蓝的天上白云飘，确实也应该是最平凡的自然现象。然而，现在南京的上空，蓝天稀缺了，白云也不飘了，总是笼罩在雾霾之中。这才过去四五十年，再过四五十年又会变成何等模样呢？尽管那时候我们早已与世拜拜，但现在总得为后人想想吧。那些个有权制造污染、只为自己建"功"者，想没想过呢？

　　蓝蓝的天上白云飘。也许是今年的头几个月，南京的空气污染特别严重，以至于《南京晨报》告诫市民"出门戴个口罩吧"，因而当我们踏上澳洲的土地，看到处处是"蓝蓝的天上白云飘"，才会有特别的感慨。这样的感慨，包含着深深的羡慕嫉妒恨。

在澳新，我们遇上了几场阵雨。雨前的乌云万般变幻，在我们这里也已稀缺，挺有看头的。再有，澳新的雨水也不容浪费。黄金海岸的导游告诉我们：城里的河流是咸的，饮用水取自于雨水。城市马路上设有专门吸纳雨水的下水道，以储存起来使用。原来，我们南京正在实施的雨污分流工程，人家前几代人就完成了。

在奥克兰的工党纪念碑公园，天空出现了彩虹：先是绘出江南拱桥式的，后又呈现跨海大桥般的，好美！公园里都是来自我们中国的游客，纷纷举起相机拍照，不时发出赞叹声。彩虹，原本寻常，对我们来说却又是稀罕又稀罕了。

我忽而莫名其妙地联想到移民问题。这次从澳大利亚的悉尼到黄金海岸，再飞新西兰的奥克兰，又返澳大利亚至墨尔本，接待我们的4位导游都是中国的移民或准移民。移民，各有各自的原因，家家有本难念的经。不过，近几年的移民热，共性的原因之一恐怕就是"蓝蓝的天上白云飘"了。谁都不会愿意在出门戴口罩的环境下生活吧。

过去流传着一则"外国的月亮比中国圆"的冷笑话，被斥之为反动言行；现在已演变成跨越式发展的真实版了。这足以引为我们沉重的思考。

可以这样预言：现代国力的竞争，将聚焦在自然环境的优劣上。

还要补充的是：上次我们的一员在悉尼机场被诬性骚扰，并非是因受到歧视。澳洲是个移民国家，来自世界各地的移民组成了一个大家庭，被一视同仁。只是在澳洲，任何大小纠纷都习惯于上法庭，都听从于法庭裁判。这是在我追问下，悉尼导游小方作出的解释。那一次肯定是买卖之间有了误会，而我们的人在法庭上语言障碍、辩护乏力，遭到败诉。

5

悉尼，一座蓝天下的滨海城市。

屹立在海滨的悉尼歌剧院，依旧是那样的美，无论从哪个方位去看，都那么的赏心悦目。这次尽管未能再走进歌剧院参观，脑海里总还浮现出上次的印象。想象着这几年郎朗、李玉刚在这里做专场演出，是何等有头有脸。宋祖英也曾有过专场，因在澳大利亚的知名度不如朗朗等，票房欠佳，后在当地华人社团支持下得以圆满，演出也相当成功。悉尼的导游小方如是说。郎朗等人在这座艺术殿堂里大放光彩，自然是咱们华人的骄傲。

毋容回避，这里也有华人的耻辱。方导带我们到玫瑰湾游览。这是一个富人区。方导指着玫瑰湾在水一方的住宅群说：看到没有，最高处有座百年历史的城堡。2008 年，也就是汶川大地震的那一年，中国一位高官曾氏公子花费 2480 万澳元（超过一亿元人民币）将其购走。这在当地本不算什么新闻，也不会引人注目，后来却搞成了家喻户晓。只因曾公子欲将城堡推倒重建。而悉尼政府有明文规定：超过百年的建筑不允许拆除。曾公子坚持己见，以为"有钱能使鬼推磨"，竟然与悉尼政府打起了官司。政府出于无奈，只好将此事披露出来，请市民评判，结果引起公愤。曾公子这才松手，以花重金进行内部装修作结。方导是个充满激情的小伙子，说起此事来倒是挺淡定的，而听者心里实在堵得慌。

曾公子，你应该是新移民了吧。你的钱再多，并非是凭真本事挣来的，毫无荣耀之处，而你的人品永远钉在了耻辱柱上。

尼的玫瑰湾，记录了中国公子哥炫富的耻辱。

悉尼海德公园的雕塑。

在悉尼，除了歌剧院、玫瑰湾，我们还游览了邦提海滩、皇家植物园、海德公园及圣玛莉大教堂。这些游览点，风景都很美，都很悠闲，在其间散步感到特别惬意。我注意到，每个游览点都立有标牌，以各种图形告知注意事项，例如请勿吸烟、禁止遛狗、不可以在海滩做危险动作等。安民告示的内容，因地而异，一看明了，大家都会自觉遵守。我还在皇家植物园内见到个大箱子，不知何用。方导告诉我：这是慈善机构设置的。市民会将多余的衣物投进去；慈善机构对收集来的会做卫生处理，再分配给需要的人。这样的慈善作法，挺值得借鉴的。

我们游览的这几处地方，均不设门票。没有门票，自然就可以有效降低旅游团费了吧。这得感谢悉尼政府，建了这么多的公园，让市民在这么好的环境中休憩。我等老外游客也算借机沾光了吧。可能是受国外类似这样的城市公园影响，国内现在也兴起一种城市建设新概念，即"城市就是旅游"。其实，此说有点牵强。追逐旅游的城市建设，难免会显得做作，甚至本末倒置。城市是什么？城市是市民工作、居住、休憩的聚集地。城市就是城市。城市的这三大基本功能愈加完美，城市就愈显魅力，游客也就不请自来。

在悉尼，还有件开心的事：见到了久违的老朋友杨女士。她是在上海做旅行社的。尽管我们这次碰面仓促，但能在澳洲相聚，就觉得特别有缘，也倍感亲切。她所在的企业在悉尼投资了一家旅行社，她也就成了新移民。投资移民，而今亦是一种时尚。

我脑子里忽而蹦出个问题，问杨女士：你们悉尼的旅行社推不推"企鹅归巢"？她告之：他们的客户主要是公务团体，只要在墨尔本停留的时间充裕，都会安排；只是，近来公务团骤减，业务很难做了。我之所以始终放不下"企鹅归巢"，是因为已烙下太深的印象，以为那是我见过的最完美的生态旅游项目。我真希望更多的游客能看到，感受那样一种美和爱。特别是所有的公务客，都该去看一看，哪怕从中学点皮毛也好。

7

黄金海岸，澳洲最著名的度假圣地。

我们是从悉尼乘飞机飞至布里斯班，再坐巴士抵达黄金海岸的。它是在澳大利亚的东部沿海，海岸线绵延70多公里，分布着数十个金色细沙的沙滩。称之为黄金海岸，名符其实。

黄金海岸的南导是位资深导游，对我们有点冷，不像悉尼的方导那般热情，不过说起话来很有条理，赋有知识性。倘若将其讲话录下音来，绝对是经典的导游词。黄金海岸的雨污分流工程，就是通过他讲给大家听的。其实，其他城市也这么做，只是导游想不起来说。据南导介绍：黄金海岸有梦幻世界、海洋世界、华纳电影城等主题公园，以及鸟园、冲浪者乐园等，在这里待上一周也玩不完转，非常适合旅游度假。言下之意，观光客就没这个福分了。

说的也是，我们在黄金海岸仅逗留了一天半时间，注定只是观光客。

笔者在悉尼见到了久违的上海国旅杨女士（中）。

尽管如此，收获还是蛮大的。特别是在天堂农庄与考拉、袋鼠零距离，观赏剪羊毛，大家都兴奋不已。再有，在蓝滕葡萄酒庄园品尝了各种美酒，也让大家沉醉了一番。

表面上比较冷的南导，内心还是热的，主动带我们到未列入行程的一个海滩观看冲浪。冲浪，勇敢者的游戏。那是在内河的出海口，海浪接二连三，汹涌澎湃。那些个勇敢者踏着滑板迎浪而上，看得人心怀仰慕。其中有位皮肤晶亮的美女，冲浪姿态极为惊艳，将大家的目光都吸过去了。我们中的一员抢拍到了她的瞬间，将照片拿给我看：哇！好生猛。

对了，我们参加了一个自费项目，就是乘坐富人的豪华游艇访问中产阶层家庭。这既为丰富我们的晚间生活，也算给外冷内热的南导捧个场。

原本，我对后者抱有期待，结果蛮失望的。所谓中产阶层家庭，是年薪8万澳元上下的人家。受访户主是位船长，与他的妻子住在一栋2层楼、400平方米的别墅里。女主人为我们开门，脸上没什么表情。接着男主人从楼上下来，领我们上楼参观，也没什么表情。本以为我们可以坐下来交流一番。不可能，因门外已有另一个团队在候场了。男、女主人一定是接待了一批又一批，才搞得动作机械，表情木讷，甚至都懒于说话了。我们的访问变成了看房，挺无味的。

至于乘坐豪华游艇游览内河，也没找到太多感觉。尽管豪华游艇价值二三百万澳元，坐上去并没觉得有多么豪华，况且两岸的景观比较平淡，还不如我们南京的浆声灯影秦淮河。倒是在游艇码头，发生了件不平淡的事：有位女同胞（不是我们团队的）"扑通"一声掉下水，把带队的吓坏了，幸好被人及时拽了上来，安然无恙。这也不算什么，令人搞笑的是：这位女同胞落水后本能地高举双手，一手是手机，一手是照相机，似乎视二物为生命。倘若将这个突发动作定格下来，是不是带有某种哲理性呢？

8

我们是从黄金海岸返回布里斯班，再乘国际航班前往新西兰奥克兰的。因两次途经布里斯班，并在那里作短暂游览，有必要记上一笔。

布里斯班，昆士兰州的首府。补充说明一下，澳大利亚辖六个州和两

黄金海岸半岛风光。

个领地。前面提到的黄金海岸市隶属于昆士兰州；悉尼则是新南威尔士州的首府。

布里斯班，早在 1988 年就成功举办过一次世界博览会。我们这次主要也是参观世博会会址，即布里斯班河南岸公园。这座公园比想象的世博会会址要小很多很多，仅仅是个再普通不过的公园而已。据说当年的中国馆，设有 360 度环幕电影"华夏掠影"，很受欢迎。现在这里仅留下一座尼泊尔手工木雕而成的神庙，作为曾经举办过世博会的记录。

我之所以要记上一笔，是因为世博会这样级别的展会，未必非得如同上海世博会那般规模宏大，规模小的仍然可以担当、可以出彩。这很值得我们去总结。不过，还是得感谢上海世博会的大手笔。那一年的会展影响力实在了得，上海的，包括我们南京的旅行社都赚得金银满盆，以至于世博会后不少旅行社很长时间缓不过神来。

9

在新西兰奥克兰机场入关，我的挎包被一只警犬盯牢。

布里斯班于 1988 年在公园举办过世博会，现如今唯一留下的世博会纪念物，是尼泊尔手工木雕的神庙。

　　一位警员走上前来，询问挎包里是否有水果？ NO ！我回答得很干脆。只是，那警犬不依不挠地追着不放。警员果断地打开我的挎包，结果一无所获。我嘴上没说什么，心里在想：这警犬怎么这么弱智呀。

　　新西兰与澳大利亚一样是岛国，都视环境为生命，都以国人没有非典、没有禽流感，甚至没有肝炎而自豪。这又让我想起"蓝蓝的天上白云飘"，羡慕呀。即便如此，他们相互间的防疫很严格，尤其是不允许对方有任何动植物品入关。这才有了刚才的一幕。不过，依赖这样的警犬把守国门，有点不靠谱吧。

　　新西兰与澳大利亚，独立前均为英国的殖民地，现在都是英联邦成员国。想当年，英国人用武力征服了澳大利亚土著人；而对新西兰毛利人，则采用怀柔政策将其收买。为此，新西兰境内从未燃起过大的战火，一直保持着极佳的生态环境，成了英国人精心打造的菜肉篮子基地。而今的新西兰是以农业为主的发达国家，有绿色王国之称。奥克兰的导游如是说。

　　在旅游巴士里，妻私底下对我言：从澳大利亚到新西兰，怎么感觉像从城里来到乡下。我倒不这么看，深深被车窗外"乡下"的绿草原，还有游走的牛群、羊群、马群、鹿群以及羊驼所吸引。多美呀！忽而，眼前又闪出机场入关的场景，想起来了：我的挎包确实揣过一只香蕉，因不可以带过境，就在布里斯班机场吃掉了。那只警犬一定闻到了挎包里有香蕉气味，才紧追不舍。谁说人家警犬是弱智？神了！

## 10

奥克兰导游姓张，与悉尼方导、黄金海岸南导相比，显得不愠不火，缺少了点个性。倒是来自香港的司机，整天乐呵呵的，带给人快乐。他（忘了问尊姓了）已在新西兰生活了 20 多年，比张导更了解那里的风土人情，还随身带着把六弦琴，在我们下车游览时，就在车里自弹自唱，自娱自乐，挺逗的。在我们邀请下，他给大家唱了几首歌。其中一首的歌谱是毛利人的民歌，歌词则是他创作填写的。他在歌中唱道："各位亲爱的贵宾，欢迎来到罗托鲁瓦......"他俨然成了新西兰旅游的代言人。

实际上，新西兰的旅游除了自然景观外，人文的就是毛利文化。我们

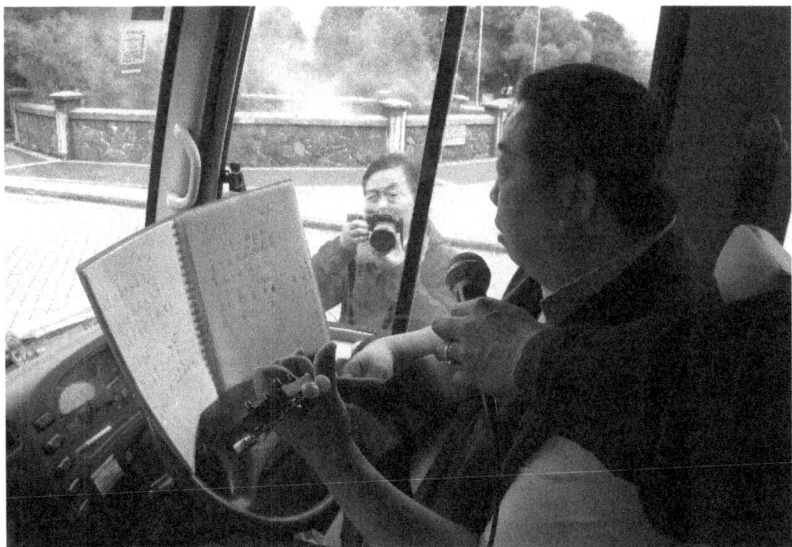

新西兰旅游车司机，闲暇时弹唱自编的歌曲。

这次的旅程，主要是去距奥克兰约 300 公里的罗托鲁瓦市，参观毛利文化村。在文化村，我们接受了毛利人的欢迎礼遇，观看了毛利人的原生态歌舞。我还应毛利演员邀请，上台与他们同舞蹈。我发现他们的肢体语言非常丰富，尤其是伸舌头的脸部表情和手势。后来了解到，新西兰的官方语言有三种：英语，毛利语（需要说明的是，毛利人历史上有语言，无文字。后人用英文字母为其注音，形成毛利语文字），还有新西兰手语。

我对新西兰将手语列入官方语言，很感兴趣。我一直以为不懂外语是人生憾事，特别是出了国无法与当地人交流，就觉得自己是弱智儿了。七年前我去俄罗斯，写了篇文章《俄罗斯：这里的黎明静悄悄》（收入散文集《印象》），提出个想法："我以为，最好的世界语言应该是哑语。全球统一哑语手势，加以普及。这样，各国人民碰到一起，一比划就什么都明白了。"

罗托鲁瓦，既"人文"，也"自然"，是著名的地热中心城市，由此还得了个诨名"硫磺城"。在毛利文化村的一侧，就是核心地热区。难怪我们在村内，嗅到了弥漫在空气中的硫磺气味。进入地热区，雾气腾腾，原来是从地底下冒出来的蒸气。在其中的一处地热喷口，像高射炮发射一样不时喷出水柱，最高的可达十五六米。还有地热泥塘，始终在冒着气泡，像一锅沸腾的黑粥。大自然潜在的力量，实在太伟大了！

在罗托鲁瓦泡温泉，自然是必须的。在这个温泉圣地，15 年前泡过一次，现在又泡一次，人生大幸呀。这次的温泉浴场，虽说比上次的规模要小，风格上也不如上次的"野"，但仍然很纯朴，不玩花样（例如牛奶浴、啤酒浴等），尤其是水质极佳，泡过后皮肤滑溜溜的，顿感变年轻了。我问张导：罗托鲁瓦有几个温泉浴场。他弄不清楚。再问弹琴的司机。他明确地回答：两个。另一个离市区有七八十公里，去起来不方便。是这样呀。不过，我还是有点疑惑：若大个硫磺城，只有两个浴场？不大可能吧。倘若搁在我们那里，不知会折腾出多少个来了。

## 11

我们在新西兰仅停留了两天，就得从奥克兰飞澳大利亚的墨尔本了。

这个行程安排有点问题，要两次入境澳大利亚，手续挺烦琐的，时差

新西兰罗托鲁瓦温泉。

还要倒来倒去（中国与澳大利亚时差2个小时，与新西兰时差4个小时），挺不爽。这可能与飞机航班安排等诸因素有关联，不得已而为之。更不爽的是万里迢迢来到新西兰，屁股还没坐热就又要"飞"了。谁让我们是观光客呢。以往的观光游，出去一趟恨不得多跑几个国家、多玩几个城市。这么游，许多时间都耗在了交通上，而且每到一处只能浮光掠影，难以留下多少印象。其实，选择一个国家或一个城市作深度游，才会有更多、更大的收获。

在奥克兰下榻的宾馆，遇上一个来自珠海的旅游团队。他们这次9晚8天的行程都在新西兰。这是传统观光游的一个进步。

12

墨尔本，维多利亚州的首府，我们澳新之游的最后一站。

墨尔本的导游姓贾名黛，是位年轻的女孩。她对我们说：记住有个假林黛玉，就记住我的名字了。她见我们风尘仆仆地赶早从奥克兰飞过来，个个不在状况，就不再忽悠当晚的自费项目了。墨尔本行程中规定要进一个购物店，她知道我们一路走来背包满满，也不再拖延购物时间，反倒催促我们离店。总之，她蛮能为对方着想的。

在墨尔本皇家植物园游览时，我与贾导有过一次交流。她来自山东青岛，家境一般，懂得父母供她在澳大利亚留学之不易，学习加倍努力，仅用了三年时间就完成了大学本科和硕研的全部学业，现在墨尔本的一家公司搞平面设计，同时兼职导游。这太不容易了。我听到过太多的留学生的故事。我为有贾黛这样的留学生而感到欣慰。贾黛的父母，你们拥有了"假的林黛玉"，福分呀。

作为最后一站的墨尔本，虽没机会再看一看"企鹅归巢"，但也有最后的精彩：游览距墨尔本 1 小时车程的疏芬山。这是一座金矿旧址，起缘于 19 世纪中叶，吸引过来自世界各地的淘金者，包括有近万名中国人来此采矿。它导致所在地巴拉瑞特镇的形成，也影响到墨尔本的城市发展。而今的疏芬山，成为再现 100 多年前澳洲金矿区小镇风情的旅游景点，屡获国家旅游奖项。

记得上次的澳新之旅，也曾游疏芬山，当时就觉得是个非常有创意的

在疏芬山百年旅店内，工作人员充当演员，再现百年旧景。

云雾中的蓝山国家公园，注意，那可不是雾霾啊。

人造景点。特别是身着古典服饰的工作人员与游客之间的互动，给大家留下蛮深的印象。还有淘金镇的百年旅馆，对我们搞旅游的也有足够的吸引力。这一次再访疏芬山，又有了新的认识，以为它还不算纯粹的人造景点，应归入工业遗产类的旅游项目。此类项目，我们在第一站悉尼也见到过一个。那就是距悉尼百公里的蓝山国家公园。它实际上是座大型煤矿，与疏芬山将金矿采尽不同，至今仍蕴藏着丰富的高品质的煤矿资源，因纳入国家风景区而停止开采。这是多么明智的国家方略呀。

工业遗产类旅游，属工业旅游范畴。所谓工业旅游，起源于20世纪50年代的法国，以后随着发端于英国工业考古学的流行得以发展。到了20世纪90年代中期，我国也开始了工业旅游。我们南京的云锦、金箔生产制作，均辟作工业旅游示范点。两者都属于工业遗产类的，而且都是非物质技艺类的。前者旅游搞得还说得过去，后者基本没开展起来。疏芬山，有许多经验值得我们学习借鉴。

就要结束澳新旅程了。我们都像"企鹅归巢"一样想家了。

再见了，澳大利亚。

再见了，新西兰。

再见了，"蓝蓝的天上白云飘"。

天底下，恐怕没有什么比"家"更让人依恋。

## ›在"蓝宝石公主"号邮轮上……

2014 年 5 月 31 日

我和太太于下午 2 点钟赶到了上海吴淞口国际邮轮码头，准备乘坐"蓝宝石公主"号邮轮。

"公主"邮轮就在眼前，洁白的船身，蓝色的船窗，高大且不臃肿，好一个纯美的白雪"公主"。不过，要想攀上"公主"，并非易事。"公主"可以载客 2670 多名。你想想，那么多人拥在码头上准备攀登，会是怎样一个杂乱的场面。

我们先是被带到一个蓬布搭建的大棚中集合，等待导游去办理登船手续。尽管布棚够高够大，但里面的人太多，十分嘈杂，相互间说话要敞开嗓子或咬耳朵方能听清。幸好天气不算太热，否则年老体弱的等不到上船就会晕趴了。这一段的等待时间比较长，只有少数人可以争到凳子坐等，其他人都得站着。终于，导游回来了，给我们发放了登船卡。

登船卡十分重要，相当于身份证，上下船均需出示验证，而且可以与个人银联信用卡对接。这样，在船上的所有消费，只需一张登船卡就可以完成。

持有了登船卡，我们接下来就去港口综合服务楼排长队，办理登船卡与信用卡的对接手续。服务楼建得很有规模，很现代，也很气派，楼内荧屏上打出了"人性化的港口服务"口号，然而面对蜂拥的游客，一下子变得狭小，无法"人性化"了。看得出，码头的设施是近几年新建的，但建设和管理者一定不曾想到，中国人乘邮轮的时代说来就来了。而以往，好像只有老外乘邮轮经停到中国来游览。邮轮的始发与经停，对码头设施的要求是大不一样的。

办好了"对接手续"，还要用护照办理出境手续、用登船卡验明身份登船等。尽管这几道关卡都是排短队，办理的速度也比较快，但与前面的等待和排队叠加起来，仍觉得有点烦琐，难免会有怨言。等到我们进入客舱，已经是下午 4 点半钟了。那一刻，我们都大大地松了口气，好像有了些许归属感。

不过，还没等到我们的那口气完全松下来，就接到紧急通知，要带上客舱中的救生衣到指定地点进行应急演习。有这个必要吗？真有点折腾人。细想想，还真有这个必要。不怕一万，就怕万一。人家的安全措施，不是停留在口头上，而是落实在行动上。

"公主"于当晚6点半钟准时启航，缓缓而行。

我们按指定的时间和指定的餐厅去吃晚餐。我用了两个"指定"，是邮轮为避免就餐拥挤作出的合理安排。邮轮上的早、中餐都是在自助餐厅进行，唯有晚餐很是讲究，被称之为正餐。我们的正餐安排在5楼的Savoy Dining Room（塞芙餐厅）。那里的灯光柔和，侍者衣着正式，彬彬有礼，服务十分到位。在那样一个场合，我们的穿着如果太休闲，反倒不太自在了。侍者递过来的菜单列有中、西菜肴两大类，可以任选。在点菜环节上因语言障碍，有点不那么顺畅。不过，双方咕噜咕噜、比比划划，倒也增添了不少乐趣，也更有身处异国的感觉。旁边就餐的小姑娘帮我们

"蓝宝石公主"号邮轮。

胡乱翻译。她说，学过的英语都丢掉了，这次又捡回来了一些单词。"公主"这次是首航中国执行的第三个航班。侍者们已经在用心学汉语，会用"您好"、"好吃吗"与我们打招呼。一位菲律宾籍的女侍者每次都会对太太说："阿姨，慢用。"她一定没学会说"叔叔"、"伯伯"，否则也会这样招呼我的。

晚餐后回到客舱，收到了《公主日报》，上面刊登了这一天邮轮上的所有活动。我们感到有点疲劳，没再外出便早早休息了。

邮轮行驶得非常平稳，没让我们觉得是在海上。就这样，我们开启了海上生活。

### 6月1日

这一天整个活动都是在船上，没有登陆的安排。

早晨睡到自然醒，然后上14楼的自助餐厅就餐。"公主"共有18个楼层，除了客舱外，还有众多商店、大戏院、俱乐部等各种设施，不亚于城市中的大型"shopping mall"。

14楼的自助餐厅24小时开放，而且会根据不同的时间段安排不同的菜肴及点心。餐厅的特别之处在于取菜的地方有围挡，进、出口处各置洗手液机，并有专人把持。你要进去取菜，必须当着把持人的面使用洗手液，方能领到盘子及餐具。即使你第二次去添菜，也得再洗一次手。这是邮轮为确保游客的饮食卫生，不惜花费两个人工采取的全天候措施。

安全，始终是旅游的第一要素。邮轮为保护游客安全，无论是救生演习也好，还是餐前洗手行动也好，可谓是不厌其烦，不计代价，煞费苦心。

早餐后，我从餐厅所在的船尾走向船头，因为打探到船头的露天平台上允许吸烟。"公主"整体上是无烟区，只有极少数地方可以吸烟。这对烟瘾大的固然很不方便，不过话又说回来，逼迫你少抽烟毕竟不是件坏事。

从船尾去船头寻找吸烟处，得穿过一个大型的室内游泳场，还得再经过一个露天游泳场，然后爬上一层阶梯，到了15楼的露台，便可以自由自在地吸烟了。这个安排挺科学的，因为香烟的烟雾很快就被海风刮没了，不会往下飘向游泳场。在那个大的空间，设置了一个巨大的荧屏，播放着好莱坞大片，游泳的、抽烟的都可以专注或不经意地观赏，海风习习，好惬意呀！

在经过两个游泳场时，看到许多孩子在水中嬉戏；大人或在水里护着，或在池边以欣赏的目光注视着。想起来了，今天是国际儿童节。家长们选择这样的方式给孩子过节，难为了。我还看到，船上活跃着许多坐轮椅的残疾人，有老有少。他们对生命的追求比健康的人要强烈得多，让我挺感佩的。听到其中一位残疾女性用南京话说："船上的设施蛮为我们着想的，比陆上做得地道。"这又让四肢健全的我有一种莫名的愧感。

回到客舱，再次收到《公主日报》，阅读到船上当日丰富多彩的活动。我选择了在舱内休息，太太则去逛商店。购物，永远是女人的爱。

晚上的正餐仍旧在塞芙餐厅进行。这一回侍者亮出了一个"世界领导人晚宴"菜单。所谓世界领导人晚宴，是指2011年1月19日，美国总统奥巴马在白宫举行国宴招待我国主席胡锦涛。那一次开出的菜单为水果沙拉、缅因水煮龙虾、柠檬雪葩、顶级牛排、传统苹果派，仅此而已。实际上，在这五道菜中，只有顶级牛排算是正菜，其他均为辅助。不过，就那份牛排，要想完全嚼吞下去，也是需要一定胃能量的。头一天的正餐，我们也点了牛排，就感到有点力不从心了。西方人不一样，是吃牛排长大的，难怪个个长得人高马大。

"公主"用世界领导人晚宴的菜肴来款待我们，太有创意了。这还让我了解到，人家的国宴尚且如此，一般的宴席可想而知。我们是该从中学到点什么的。

### 6月2日

这一天要登陆到韩国的釜山游览，也是此次旅行的一个重头戏。

起了个大早，在客舱的阳台上看到"公主"缓缓靠岸了。岸上一排排大巴、一簇簇导游早已严阵以待。

原以为这么多游客簇拥着上岸会乱糟糟的，而且还要入境韩国，肯定很繁琐。还好，一切都井井有条，简洁，快捷。看来邮轮经停、游客登陆游览，已是很成熟的旅游产品。

韩国的导游是个假小子，汉语说得挺溜，还有点幽默感。她反复对我

韩国釜山的一排排旅游大巴在邮轮码头上严阵以待。

们说：釜山的景点与中国的比起来是小儿科。她又说，其实整个韩国都没有太突出的景点，好的也有，都在北朝鲜了。她是在给我们打预防针，让大家期望值不要太高。

　　釜山，人口仅有 360 万，说起来已是韩国的第二大城市，按货物吨位计算还是世界第五大海港。釜山的大环境挺不错，具有田园诗般的风光，不过落实到个体景点，正如导游说的就太一般了。由于时间限制，我们仅看了两处，即海东龙宫寺和龙头山公园。龙宫寺是在海边，幸好是在海边，否则就毫无可看之处了。龙头山倒是有一定规模，也就相当于一般的城市公园，并无多少吸引人的地方。这两个景点均含个"龙"字，应该有比较多的故事，只是对行色匆匆的我们来说，似乎没太大兴趣。

　　在龙头山公园，一位操汉语的中年妇女在散发法轮功宣传品。她凑到了我面前。我问，法轮功给你多少钱一天的工资。她答，是尽义务。我又说，不拿钱靠什么生活？总不能不劳而活吧。她尴尬地回了一句"是拿了"，便悻悻离开了。看来她并未被法轮功洗脑，只是个打工的，混口饭吃。人，挺单纯的，在一定环境下很容易被洗脑。据说现在又有了全能神等邪教，倒是冲淡了法轮大功了。其实，生活中也常有被洗脑的事情发生，"传销"便是经典之作，否则就不会有那么多人痴迷其中。再想想，自己何尝没被洗过脑？"文革"时天天喊着造反有理，那真的是曾经的我吗？

中午，我们在一家餐馆吃自助餐，在众多的菜肴中发现了粽子，才想起今天是端午节。韩国人也过端午节，还有许多民俗活动与我们的相同，也应该包括龙宫寺、龙头山的龙文化。这才会有与我们争非物质文化遗产的闹剧吧。

釜山之旅真正的重头戏，是到"乐天"免税商店购物。尽管"乐天"规模颇大，邮轮的游客又被错开时间抵达，仍将场地塞得满满当当的。特别是销售韩国化妆品品牌"兰芝"的柜台，挤进去会透不过气来。这不是

在釜山"乐天"免税商店抢购的游轮游客。

在购化妆品，是在菜市场买青菜萝卜。除了化妆品外，榨果机、电饭煲、品牌包、高丽参等也是热销货。我们的同胞真的不差钱。面对如此壮观的购物场景，"乐天"的老板一定乐翻了天。

我真弄不懂，我们为何如此热衷于在海外购物呢？弄不懂归弄不懂，太太还是挤进去购买了"兰芝"，还买了个品牌包。这个包因不是韩国产品，必须到码头上提货。码头上提货的人那个多呀，排了个把小时队方得手。花了钱，还得费力，真累。

假小子导游自我介绍，她是济州岛人，会乘飞机赶到邮轮的下一站济州岛继续为我们导游，顺便也能回家看看。不过她又说，有大风预报，飞机可能停飞，如是，在这里向大家道个别。

晚上，在公主剧院看了场"天生狂野"大型舞台秀。前一天晚上，也是在这里观赏了"舞动吧"歌舞表演。两场演出均为美国百老汇风格，激情四射，既是为娱乐大家，也是在传播或渗透美国文化。

回到客舱，睡觉时感觉邮轮有些晃动，果然是遇上风浪了。好在船大，晃动的幅度很小，倒是有助于睡眠。

晃呀晃，摇呀摇，仿佛摇晃到了外婆桥……

**6月3日**

早晨，"公主"抵达济州岛，由于天气原因，比原计划晚了一个小时。

济州岛，韩国最大的一个岛屿，面积有1845平方公里，人口不足60万，以三多著称，即风多、石多、海女多。风多，我们在邮轮上就已经领教了；石多，上了岸随处可见；海女多，是指过去岛上的女人都以潜水捕鱼为生，现在已很难见到，成为了一种文化标志。

釜山的假小子导游未能如约，顶替的是位华侨小姑娘。那姑娘在东北待过，一口东北腔，很会讲，东拉西扯，尽说些跑题的话。由于我们在岛上只有半天时间，她带我们去的第一站，是直奔"乐天"免税商店。济州岛的"乐天"比釜山的要小得多，而且游客购物也不再像釜山的那般疯狂了，主要是拾遗补缺，集中购土特产品。韩国旅游部门对游客的购物安排，实在是做到了位。

在济州岛的第二站，也是最后一站，是游览山城日出风景区。这是一座休眠火山，即汉拿山，耸立在海边，云雾缭绕，雾里看山，风景如画，是在韩国见到的最好的景观。遗憾的是受时间限制，未能登顶而观，仅浮光掠影了一番。

在景区，看到有人在一个空旷的露天场地搭建舞台。舞台上打出了"热烈欢迎安利（中国）贵宾"的字幕。原来安利人将在这里举办活动。安利（中国）土豪式地包了一艘邮轮，差不多和我们的邮轮同时启航，显示了强劲的实力。这个安利，是我国有限批准的国外传销的品牌之一。看来，传销本身并没有什么是与非，只是实施起来太容易变形、走样、坑人，不得已才要严加管控。

回到邮轮，稍作休息，便陪太太逛邮轮中庭的商店。这里得说说中庭。所谓中庭，设在船中的五楼，同时占据了六楼、七楼的空间。这几个楼层均有旋梯相通，而六楼、七楼的围栏处如同剧院的楼上看台，可以观看五楼小舞台的表演。这三个楼层的周边则是综合服务台、精品商店、点心吧等。据《公主日报》介绍，中庭设计的灵感，取自于充满活力的欧洲广场。实际上可以理解为，中庭相当于南京的新街口或夫子庙。

中庭几乎24小时都有演出，有静有闹。静时，一位演员弹奏钢琴，或两位演员玩弄吉他等乐器；闹时，杂技小丑与观众互动表演、尽情搞笑。最闹时分，是几个歌手煽动大家疯狂地跳，疯狂地喊，每个人瞬间全都忘记了自己是谁。

太太在中庭六楼商店闲逛，我趁机可以在商店外看几眼五楼的表演，有时还溜到相邻的赌场抽根香烟。赌场，是我找到的第二处可以吸烟的场所。

我们逛够了，正打算往回撤，中庭广场开始了"群魔乱舞"。我们不由自主地驻足，也跟随着节拍兴奋起来。我甚至产生一种幻觉：这几天的邮轮生活，想吃就吃，想玩就玩，尽情忘我，是不是来到了一个未来世界？这个世界是不是共产主义社会呢？

邮轮生活，搞得有点虚幻。

6月4日

"公主"离开济州岛，就开始回归，这一天的中午便可抵达上海的邮轮码头。

早早收拾好行装，等着登陆了。

想起在济州岛下船时，船上的摄影师为我们拍过合影，于是便到"影像长廊"去寻觅。船上配备了好几位摄影师。他们在中庭、餐厅等各个场合为游客拍照。拍好的照片，都陈列在"影像长廊"上，供游客在浩瀚的照片中寻找。我们终于找到了自己的尊容，拍得挺艺术的，尽管照片的价格不菲，还是拿下了。

邮轮除了影像长廊，还有成人休憩区、青少年活动中心、图书馆、艺术画廊等，又有艺术品拍卖会等活动。这些，我们都还没有光顾。原本并未打算写这篇文章，否则怎么也得去瞧一瞧、看一看的。

我们在六楼的一个俱乐部集中待命。太太问我：蓝宝石公主号与泰坦尼克号相比，如何？我回答：泰坦尼克号是百年往事了。"公主"无论是长、

游客在游轮中庭广场上狂舞。

宽、高，还是吃水量等各项数据，都大大领先于"泰坦"。太太听了很得意。毕竟，"泰坦"是大家心目中的标杆。这一回乘坐的是超标杆呀。

在俱乐部等待中，我们与来自上海、武汉等地的游客交谈。一位上海游客说，在韩国游览的几个景点，都是滥竽充数。想想也是。不过，我理解的邮轮之旅，登陆看景点只是个点缀，而在邮轮上经历浪漫，享受慢生活，那才是目的。

来自全国各地的游客，胸前都挂着"舜天海外旅游"的铭牌。因为"公主"的这趟航班，是舜天国旅独家承接的，而舜天国旅是我们南京的旅行社。我骄傲。前面提到，中国人乘坐邮轮的时代说来就来了。舜天国旅今年就一口气包下了5个航次的邮轮，气势很盛。南京的旅行社包下邮轮的还有江苏国旅、江苏中旅、中北国旅、金陵商务等。邮轮旅游，已成为大众消费的产品，尤其今年，俨然是邮轮旅游年。

我忽而想到：为什么叫邮轮，而不是游轮呢？邮轮，1989年版《辞海》注释为："大型定期客船的通称。因水运邮件大多委托一定航线上船速最快的定期客船载运，故名。"这恐怕是过去时了吧。现在称之为游轮，才更为贴切，才名符其实。

2014 年 8 月 23 日　关键词：穿越

有幸应芬兰侨务协会旅游公司邀请，启程去芬兰考察旅游产品。

上午九时半，芬兰航空的客机从上海浦东机场准时飞上蓝天，经过九个小时五十分钟的行程，抵达了赫尔辛基。而此刻，当地时间仅为下午二点十分。就这样，因为时差，轻而易举地赚回了五个小时。

脑子里忽而闪出一个念头：倘若这次不是去旅行，而是定居，人生岂不是多活了五个小时？

五个小时，很容易挥霍或漫不经心地放过。前来迎接的芬兰侨务协会旅游公司掌门人云波女士，恰好利用这个时间差将我们带到了僻静的兰塔萨尔米度假村营地。

芬兰侨务协会旅游公司成立于 20 世纪 50 年代，是芬兰资格最老旳旅行社，早期是为分布在世界各地的侨民服务，现已独立开展各项旅游业务。自云波女士加盟掌舵以后，一心想将芬兰深度游引入中国市场，好让更多的同胞充分感受千岛之国的魅力。

这才有了我们的这次考察之旅。

兰塔萨尔米度假营地，是在赫尔辛基北面，坐落于欧洲第四大湖的塞马湖畔。我们入住到度假木屋稍作休息后，便被邀请到营地活动中心参加晚宴。这已经是这一天的第五餐了。之前，在上海吃了早餐，飞机上供应了中、晚餐，在前往萨尔米度假营地的途中搞了下午茶。尽管经过长途跋涉，还要再吃第五餐，但大家依然情绪饱满，也充满着对晚宴的期待。而此刻，应该是北京时间 24 号的凌晨了。

营地活动中心，亦是一个大的餐厅，完全由石块和原木搭建而成，内部布满了各种烛光，没有一盏现代照明灯，好像带了我们时空穿越。假如独自走进去，恐怕会觉得阴森森的，而当我们一群人拥入，反倒备感温馨。

一位美貌、端庄的女士与我们共进晚餐。她叫唐娅·海斯卡涅，是萨翁林纳地区国际市场部负责媒体运行的品牌经理。据她介绍：兰塔萨尔米城镇仅 5000 人口，源于公元 1658 年，由一位军人受封成为领地的主人，传到她的丈夫已是第十代了。唐娅女士十分强调萨米尔的历史。难怪整个度假营地至今还洋溢着浓郁的中世纪色彩，包括工作人员的黑色长袍也给人以穿越感。

这让我联想到自己正在主编的旅游文化丛书《美好江宁》。南京的京畿江宁，也拥有众多具有五六百年历史的家族村落，可惜现在仅有少数几个因传存家谱方有证可查。

唐娅女士招待的晚宴，主菜是三文鱼，每道菜均配备了不同的葡萄酒，美味而高雅。席间，一位女招待唱起了民谣《小松鼠》。歌词的大意是，一只小松鼠，爬上树梢，四下张望，看也看不够，风光多美好……那歌声纯净，悠扬，令人神往，让人仿佛也爬上了树梢，忘情观赏。

宴席散了，《小松鼠》的旋律依旧在耳旁……

### 8月24日　关键词：海豹 桑拿

早晨，雨哗啦啦地下，让纯美的空气更加纯美。

在度假营地活动中心，一身黑长袍的女主管给大家讲解塞马湖及度假营地。她提到的塞马湖海豹，引起我们很大兴趣。这种海豹只在塞马湖定居，而且仅存活着三百余只，如同熊猫一般珍稀。只可惜，我们来的不是时候，没办法见到。因海豹只有五六月份爬到岩石上换毛，才会露出真容，才能有饱人的眼福。

我们都有一个疑问：既然海豹生活在湖中，为什么不叫湖豹呢？经了解，海豹原本就生活在海洋，后经大陆沉降等自然现象，将一部分海域困在内陆，形成了湖泊。而被困的，正是海豹的原乡。于是乎适者存、不适者亡，极少

兰塔萨尔米度假营地的餐桌。

数优等生才获取了生存的权力。如此说来，海豹堪称是活的动物化石了。尽管这次未能一睹其风采，我仍然选择"海豹"作为关键词，这应该是芬兰旅游的宣传要点。

午时，雨止。

我们来到塞马湖畔。那里停靠着游艇，还有两艘帆船。长袍女指着其中一艘帆船说：这是一位长者自行设计制作的。他今年已71岁，曾驾驶着心爱的宝贝两次环游世界。哇！芬兰人真是了不起的玩家。

我们坐上游艇，在海一般辽阔的湖上奔驰。湖水也与海水一样湛蓝。这让我们如同海豹，竟一时分不清自己是置身在湖里还是海上了。

驾驶游艇的一老一少将我们带到堡岛国家公园的一个绿岛上。我们钻进绿岛的森林中漫步，然后在露天喝着一老一少现场煲的鱼汤，啃着一老一少自制的黑面包，真是神仙过的日子。

返回度假营地，晚餐后结伴去桑拿，迎来了激情时光。

桑拿，现在已很普遍，应该称不上会有什么激情。而在芬兰，肯定会有。我们晚餐前就已经察看了设在湖畔的桑拿房。据主人介绍：桑拿后跳到湖水里浸泡，然后再桑拿，再浸泡……才算"桑拿"。是这样呀。我们看到湖边搭有小型跳台；还在另一侧搞了个滑梯，可从滑梯上滑进水中。同行的男女见此均已磨起拳来擦起掌。我呢，笑笑而已，以为这把老骨头了，只可能作壁上观。

正式桑拿了。前奏与国内的没什么不同：先淋浴，然后钻进桑拿房干烘……不同的是，以桦树木块作燃料，火势很旺，将水泼到桑拿石上，嘶吼而温度剧升；干烘时，用桦树枝叶敲响自己的身体，使张开的毛孔变得柔顺。从桑拿房里钻出来，几个男士已野野地在水中欢腾；几个女士也惊艳地扑入水中。我虽有迟疑，受大家感染，还是从滑梯上滑了下去。"火"与"水"的刹那间碰撞，实在是太刺激、太爽了！不过，我仅尝试了一次，体验到了，也就满足了。而来自沈阳的倪琛善数次钻进桑拿房、数次扑入湖中，乐此不疲，犹如打了海豹血。我忽而觉得，"扑水"方是芬兰桑拿的真谛。

桑拿，是芬兰语。芬兰这个国家有自己的语言和文字，当然，在国际语系中是很小众很小众的。其中，只有"桑拿"一词及发音流通到世界各国，成为国际通用的专有名称。由此可见，正宗的桑拿在何地何方了。

**8月25日　关键词：拜卡 歌剧节**

上午，我们驱车离开了经历桑拿洗礼的萨米尔度假营地。

我们先去参观了堡岛国家公园接待中心。这个接待中心，类似我们的旅游咨询服务中心，同时兼有堡岛国家公园陈列馆、青少年校外课堂的功能。芬兰十分重视对青少年技能方面的培养。接待中心设置了各种实验课堂，可满足1岁至18岁孩子游学的不同需求。我特别注意到挂在墙上的孩子绘画，既充满童趣又表现出潜在的艺术才华。

在接待中心的服务台上，有一张明信片引起我的关注。明信片上是个人物雕塑：光着头，敞着衣领，穿着松垮的裤子，拎着一只老式公文包，露出傻傻的笑。这个人物太可爱了，看上去好像是位旅行家。我连忙买下明信片，向接待方询问是什么样的人。原来他还就是芬兰著名的旅行家，叫拜卡（音译）。不过，拜卡并非真人，而是20世纪50年代芬兰广播电台创作的人物。因拜卡憨厚、喜气，充满芬兰人的幽默，在旅行中又总有传奇发生，因此深受芬兰人民的热爱，以至于为其立了塑像。这太有意思了！我以为，拜卡绝对应该成为芬兰旅游的代言，可在旅途中讲述他的故事，并让"他"带着我们深度游。

我们接下来游览了奥拉威城堡。这个城堡，是芬兰三大古城堡之一，建于瑞典人统治时期的公元1457年，庞大而坚固。它耸立在塞马湖的一个小岛上，处于萨翁林纳南北

芬兰明信片上的旅行家拜卡。

两个湖的水路之间，在军事上有着重要的意义，是瑞典统治者抵抗沙俄入侵的要塞。这个城堡不仅外观宏伟，内部构建也相当复杂，有几处的墙体厚达 3 米，真不知当初花费了多少人力、物力，方垒起如此的庞然大物。

芬兰的历史是一部入侵与反抗、占领与独立的斗争史，曾先后被瑞典、沙俄长期霸占，终于在 1912 年获得了新生。芬兰独立后，城堡失去了防御功能。政府一度计划将其拆除，好腾出地方来建火车站，后决定还是保存下来，使其发挥多种功能。现在，每年都会在这里举办为期一个月的歌剧庆典活动。这个歌剧节历史悠久，始于 1912 年，连续搞了 5 届后停办，到了 1967 年又重新恢复，之后再没中断过，算起来已有五十多届了。歌剧节是在 7 月份举办，与我们擦肩而过，蛮遗憾的。我打探了一下，有没有中国的剧团来参演。云波女士告之，好像上海歌剧院来过，不很确切。我以为，这里可堪称歌剧的奥林匹克盛会，是切磋、交流歌剧艺术，宣传各国文化的极好的平台。而我们的某些明星热衷于去维也纳金色大厅沽名钓誉，恐怕都不知道还有这么个音乐圣地吧。

晚上，我们在奥拉威的一个度假酒店就餐和住宿。那里同样有湖畔的桑拿设施。大家当然不肯放过。尽管桑拿时外面电闪雷鸣，酷爱"扑水"的倪先生还是数次冲进湖中，还有来自珠海的刘宏雄纠纠立于旷野，大有"让暴风雨来得更猛烈些吧"的气概。

### 8 月 26 日　关键词：岩石教堂 汽泡房

这一天的行程有点紧。我们要赶到首都赫尔辛基游览、走访侨务协会旅游公司，还要再乘飞机飞往北方的城市以瓦落。

为了在首都多待点时间，我们早晨六点钟就出发了，十时许抵达。赫尔辛基是一座滨波罗的海的城市，没有高楼大厦，恬静而舒适。我们在以音乐家西贝柳斯命名的公园作短暂停留后，选择性地参观了岩石教堂。

赫尔辛基有三大地标性教堂，即白色的赫尔辛基大教堂、红色的乌斯彭斯基大教堂以及岩石教堂。前两座教堂均有 150 多年的历史，居高临下，以俯视的姿态矗立着。尤其是作为路德宗大本营的白教堂，与参议院广场相连，广场中央立有亚历山大雕像，四周开阔，教堂的石阶下也就成了来自世界各地游人的集散地。不过，我们仅参观了并没有什么历史的岩石教堂。岩石教堂，正式名称叫坦佩利奥基奥教堂，于1969年建成，系在设计大赛中胜出的斯欧马拉涅兄弟的作品。整个建筑包在岩石之中，外表来看根本不像是教堂。走进去，除了四壁是岩石之外，顶部采用圆形天井式玻璃，自然采光，内部没见到十字架上的耶稣，代之的是巨型管风琴雕塑，更像是一个音乐厅。由此而观，这是一座颠覆传统建筑的新型教堂。也许正因为它不似教堂又是教堂，云波女士才刻意选此作为游览点，好让我们见识一下芬兰人充满想象的创造力。

游览完毕，我们在参议院广场分散活动，主要是逛街和购物。购物，永远是旅游中不可或缺的内容。前一阵国内的旅游团队购物问题严重，遭遇了封杀令，实在也是因噎废食的无奈之举，还应想方设法解禁并使之正规化才好。我一般不怎么会购物，家庭购物是老婆的喜好和专利。于是，我就随大流地陪着北京于恩泽、赣州钟华等逛街。逛着逛着，大家就走散了。我跟上钟先生，逛到一个销售土特产品和工艺品的市场广场。在广场一头的喷泉池旁立着个硕大的人物雕塑，是一个光头的小孩，又疑似是老头，竟然在大庭广众之下撒尿。说他疑似是老头，因脸上生出不常见的皱纹。而雕塑的背景恰好是高高在上的红教堂，两者混搭起来蛮有趣的。我随手拿起相机拍照。这到底是何许人呢？我忽而想到那个旅行家拜卡。难不成拜卡老了，痴呆了，也就随地小便了。后来问到云波女士。她告之，赫尔辛基在搞艺术节，临时展出了这个作品。至于他是谁？据说是外星人。外星人撒尿就不足为怪了。不过，我仍然觉得：他就是耄耋的拜卡。

自由活动后，大家回到参议院广场集中，要去云波的侨务协会旅游公司。于先生已拎着大包、小包早早在广场候着。他是同行中我在上海机场就结识的伙伴，身材魁梧，为人爽直，部队大院出来的性格。在他的大包、小包里塞的都是鞋呀、袜呀的婴儿用品。他也老大不小了，刚有个宝贝女儿，一副百分百肝胆柔情的样子，好温暖，真是身在赫尔辛基心在遥不可及的家呀。

芬兰侨务协会旅游公司，在参议院广场附近的一座古老建筑里，一看就能感觉到是个老牌旅行社。芬兰国家旅游局经贸关系部部长安妮·林德女士特地赶来与我们见面。她对我们说，来北欧的中国游客日见增长，但多数将芬兰作为中转，很少有过夜的。这是很大的憾事。为此，她特别支持云波女士组织的这次考察活动。我们也都能感受到云波女士为安排考察的良苦用心。她甚至拉上熟悉芬兰情况的老公于学峰充当司机，又让年仅16岁的纯美聪慧的女儿宝兰全程翻译，可谓倾其所有了。

下午，云波女士带我们飞到了以瓦落。

以瓦落，这座北方的大城市仅有6000余人口，没听错吧。据说，它每年仅有60多个婴儿出生，搞得妇幼医院歇了业。市民再生孩子，得由救护车护送到300公里开外的医院，为此也诞生了不少车厢里的新生儿。搞笑吧。

我们没在以瓦落停留，而是驱车北上，黄昏时分赶到一个叫奈林村的野外酒店下榻。这个村镇的人口少得就更离谱了，才160余人，是萨米人的一个家族组成。接待的主人光头马拉古告诉我们，这里如果有一天能看到五辆汽车，就算非常繁忙了。

野外酒店也是一个度假营地，还是观赏北极光的佳地。北极光？莫非

赫尔辛基的艺术节，出现一个小老头在大庭广众之下撒尿的雕塑作品。

我们已进入了北极圈？是的，不仅进入了，而且神不知鬼不觉地伸进了北回归线内的300公里处。难怪这里人烟更为稀少，空气纯粹到醉心。

野外酒店在湖畔搞了几个观望北极光的汽泡房。所谓汽泡房，形容如同汽泡一般大的带穹形透明玻璃顶的木屋，里面只能容下一个便桶、一张床。在床上，面朝玻璃顶外的天体，随时可以迎接北极光的降临。光头马拉古十分热情，安排每一位都能享受汽泡房，还在房内摆上香槟、葡萄酒、花生米及巧克力。

钻进汽泡房，通过设有便桶的过道，便进入玻璃顶客房了。客房内绝无活动空间，只有上床。躺在床上，看到的天空不见黑，有点类似天快亮的鱼肚白。这大概就是北极圈的极昼现象了。闭上眼睛，眼前忽而闪过一道一道的黄、绿色北极光；睁开眼睛，啥也没有，依旧是"鱼肚白"……就这么折腾了几个回合，睡着了。

有时候，期待比什么都甜美。

### 8月27日　关键词：北极光 光头马拉古

凌晨四点许，从汽泡房里钻出来，想拍一些昏暗下的汽泡房照片，不想天已大亮。汽泡房内只有下水（便桶），没有上水（自来水），只得回客房盥洗。北欧人一根筋，将观景的汽泡房与客房分得很清，从不考虑把汽泡房客房化，再卖个好价钱。这也罢。搁到我们这里，可能就会搞出什么名堂了。

早餐后，光头马拉古带我们参观了一个木头搭起来的东正教小教堂，然后乘游艇到沙拉米岛上野炊。

这里必须得说一说这位胖呵呵的、乐呵呵的、幽默呵呵的光头马拉古了。他最初给我的印象，是文艺作品中的好兵帅克。一想不对，帅克是捷克人，没理由扯在一起。那他应该是现实版的旅行家拜卡了。不知为什么，见到了有趣的芬兰人，我就会联想到拜卡。

马拉古手脚麻利，说话的语速挺快，每讲一段，他自己就会先笑出声来，经小宝兰翻译，也确有可笑之处。我们尚在游艇上，他已经让人点燃露天的篝火，迎接大家上岛。野炊的主食是驯鹿肉，还有现采的蘑菇。十来口人张嘴待哺，他投放的肉料竟然不多不少，既满足了大家的胃，且一点没浪费。吃完鹿肉，他又率领我们采蓝莓，发出指令只许采、不许偷食。在那遍野的草丛中，只要弯下腰、低下头就能采到蓝莓，还有红果果。采完蓝莓，他就指挥几个能干的人烙饼。烙饼加蓝莓，那滋味不要太美噢。间歇，他找到个短木头，拿起刀削呀削，不知要搞啥名堂，最后出乎意料地削出了一朵木花来。好玩吧？他还带上几个人上船捕鱼，捕上来一条，当场在炊火上烤，那个香呀。这还没完，他又取出个航模，无线操纵将其送上蓝天。航模上有摄影机，将湖岛美景连同我们欢呼雀跃的镜头一扫而尽。就这样，他凭一举之力调动了全场，让大家忘情，忘我，忘乎所有。

有时候，个人的魅力，比任何景观都要吸引人。

回到野外酒店，身体有点疲乏，晚餐后想早早休息。光头马拉古哪肯消停，将我们集中到一个小会议室，讲解北极光。他从北极光的传说讲到科学的形成，又放映了他拍摄的众多张北极光照片，教我们如何拍摄北极光。

作者与马拉古在东正教小教堂前。

野外酒店的汽泡房。

原来他是当地著名的摄影家，不少作品已做成了明信片。而他在野炊中的表现，足以说明是个多才多艺的大玩家。

"北极光，中世纪传说是死人的魂魄；而芬兰人以为是狐狸的火焰，象征着一种非凡的力量……""大玩家"如是说，将我们带到了无限遐想的空间中。而当他说到北极光科学形成的专业术语，就有点难为宝兰翻译了，急得她老爸学峰在一旁帮腔。其实，即使宝兰准确地译出来，我们也未必能完全听明白。总之，它就是一种物理现象，而且是在特定环境下才会出现的物理现象。接下来，"大玩家"说了这么一番话：在这里住上两天，百分之八十可以看到北极光；住一周，就有百分之九十五的几率了。而我们是待了两天，遗憾地被列在了百分之二十中。看来下次还得找机会再来。他不光是摄影家、大玩家，也称得上是位优秀的营销员，真会忽悠呀。最后，他播放了航模拍摄的录像，将讲座推上了最高潮。大家在录像中寻找着自己的尊容，欢声笑语此起彼伏。

这还没完。"大玩家"执意带我们乘车去看北极光的最佳观察点。尽管外面下着雨，根本不可能出现北极光，他还是不依不饶。

北极光的最佳观察点，是在一个叫作熊出没地区的帕特桥上。这里既然叫"熊出没"，可见是荒无人烟，没有任何人为光源的影响，自然也就最适合观赏北极光了。有趣的是，这座桥临近着俄罗斯和瑞典的边境。瑞典与芬兰、芬兰与俄罗斯的时差分别为 1 个小时。也就是说，假如平安夜从临近帕特桥的瑞典出发巡游三国，可以三次聆听圣诞的新年钟声。这或许让人觉得人生可以一而再、再而三地重复精彩。

在绵雨中的帕特桥上，我们最终没有见到北极光。

北极光，也许想象的比看到的更为眩目。

### 8 月 28 日　关键词：哈士奇 圣诞老人村

今天，我们从野外酒店出发，前往罗瓦涅米地区的圣诞老人村。

离开野外酒店，真有点依依不舍。不舍的是那闭着眼睛闪现的北极光，是那逍遥自在的野炊，是那光头马拉古……

中途，我们去了属于马拉古家族的另一个度假营地。没想到营地的负

笔者与哈士奇犬营地的汉子。

责人是那位协助马拉古野灶的萨米姑娘。野炊时的风采全被马拉克夺走了，竟然没对她投入太多的关注。而此刻，她为了迎接远方的客人，着一身绚丽的萨米人服装，好漂亮，好漂亮！我们还去了一个哈士奇犬的营地，以及一个辟作旅游的紫晶矿废弃矿山。

这里得说说哈士奇犬营地了。这是度假营地的那位萨米姑娘临时联系安排的。一位彪形大汉牵着条彪形哈士奇犬在门口迎接我们。这个营地，只有到了冬季游客才会纷纷而至，赶来乘坐哈士奇拉的雪橇，除此之外就十分冷清了。也许正是因为这里太寂寞，我们的突然出现，使得围栏里数百只哈士奇扑上扑下，发出嘶哑的叫声。

哈士奇，一个源于西伯利亚的古老的犬种，因独特的嘶叫声而名，表情坚韧，外形如同冷酷、英俊的狼，性格却很温顺，从不攻击人类，而且与人相处友好，还很淘气。老一辈将其作为最原始的交通工具来拉雪橇，以及猎取和饲养驯鹿。现在的哈士奇拉雪橇，已成了红红火火的旅游项目。也有将哈士奇作为宠物的。国内就有人饲养，每只价值上千元。北京的于恩泽曾养过一只。他告诉我，几乎每个养犬的见到哈士奇，都会发自内心地喜欢。可能因为它更像狼，人驯服它就会产生一种虏获狼的心理满足。

我们进入了营地，面对成群成群的嘶嘶吼吼的哈士奇，都感到了震撼。对我而言，尽管它们本性温柔，震撼之中仍有莫名的恐惧。人，很容易被外表所迷惑，所折服。搞旅行社的倪琛善向营地彪汉提出：冬季之外，能否也能安排游客坐上雪橇，让哈士奇拉上一圈，体验一下呢？我不赞同他的想法。那样做，还不把哈士奇累趴了？不过我又想，假如做一个模拟雪地的跑道，倒也可行。那样一来，得有不小的投入，假如没有足够的客源，是要赔钱的。

哈士奇，实在有型！即使坐不上雪橇，我们也能想象出哈士奇驰骋的风采了。

下午五时许，我们抵达圣诞老人村，在村里的度假营地下榻。能在圣诞老人村住上一夜，我们都特别珍惜。太难得了！

晚餐安排在圣诞老人村的服务中心。进餐前，云波女士宣布，这一天是同行的辛春女士生日。辛春，大连广电的项目副总监，气质不错，似有高贵血统，一路上话语不多，爱嘬个嘴，是个冷美人。她恰逢在圣诞老人村过生日，真是生正逢时呀。我在同行中年龄最大，于是代表大家、甚至斗胆代表圣诞老人送上祝辞，领唱生日歌。祝辞中不好妄猜小寿星的芳龄。大家都说她是二八。那就二八吧，反正不是"三八婆"。席间，她也讲了话，不愧是搞广电的，声音甜美，也真能说呀，原来不多话玩的是潜伏。同行中的女性，除了辛春，还有江西的黄茵、上海的范云英、广东的卜美玲等，个个手头都有绝活，或者说都不是省油的灯。别介意，开个玩笑。

这是我们在芬兰的最后的晚餐，因为有小寿星而凭增了喜悦，充满了欢乐。

夜色中的圣诞老人村，宁静而致远。我与于学峰先生在客房里聊天，不知不觉议起了芬兰的深度游。毕竟这是我们此行的主题。

我以为：芬兰深度游，目前推广的对象主要是小众团体及散客。如何吸引他们的眼球，就得找出非来不可的理由。我在这篇《芬兰日记》中罗列的关键词，应该是若干个理由之一吧。也有未罗列到的，例如"爱沙尼亚"。

听云波女士介绍：在赫尔辛基乘邮轮，2 个小时就达爱沙尼亚，可以搞爱沙尼亚一日游。这很有吸引力。毕竟游客能多游一个国家，而且是遥不可及的国家。

我俩聊了许久，不知何时进入了梦乡，投入圣诞老人的怀抱。

**8 月 29 日　关键词：北回归线 圣诞老人**

清晨，阳光普照。假如这一天我们还在野外酒店，恐怕真能看到北极光了。

而这一天，我们经历了两件幸运的事情：跨越北回归线和拜访圣诞老人。

北回归线，是太阳在北半球能够直射到的离赤道最远的位置。在圣诞老人村的地上，设有北回归线的标志，表明北回归线穿村而过，具体为 66 度 32 分 35 秒。村里人带领我们来到北回归线标志的南侧，让我们一个个跨越到标志的北侧，并给每个人颁发了跨越证书。那一刻，挺令人兴奋的，还有一点神圣感。我举起照相机，特意在小寿星跨越的一刹那按下了快门。我要记录她的跨越。她是跨越到"二八"人生的一个崭新的年头中，祝好运。

村里人接着带我们走访了圣诞老人工作室。圣诞老人分别与每个人亲切交谈，并合影留念。尽管我们都知道圣诞老人是由当地人扮演的，但又深感他就是圣诞老人最为权威的代言。在这样一个场合里，我们都觉得自己很是幸运。

圣诞老人，这位地球村公认的慈善而慷慨的长老，深受着地球人的喜爱。相传他今年近 500 岁了，居住在芬兰中部萨乌考斯基地区的科尔瓦托托尼。由于科尔瓦托托尼十分偏远，而他每年都要处理来自世界各地的大量邮件，便在这里建立了工作室以及私人邮局。圣诞老人尽管是虚拟的，但许许多多的孩子都相信是有血有肉的真实的人。至于他的祖籍到底在哪里，也有不同的说法。有趣的是，孩子们普遍认为圣诞老人是中国人。因为他们每年收到的圣诞礼物都来自中国，是中国制造。

离开圣诞老人工作室，我们没忘了去圣诞老人的私人邮局，给家人寄上祝福的明信片。这是回国前做的一件具有纪念意义的事情了。

下午，我们从罗瓦涅米机场飞到赫尔辛基，再转机飞向上海。

我们的队伍在北回归线上。

再见了,赫尔辛基!

再见了,汽泡木屋、桑拿房、岩石教堂!

再见了,哈士奇、光头马拉古、拜卡、圣诞老人!

再见了,圣诞老人村里的北回归线!

再见了,芬兰!

**8 月 30 日**

上午 7 时许,我们乘坐的芬兰航空客机降落在上海浦东国际机场。现在应该是芬兰的凌晨 2 点了吧。一切似乎又回到了原点。

走出机场,抬头是蓝天白天。难得见到上海的天空有这么好的表现,然而,还是觉得呼吸不那么舒畅了。一想,这里已是生长雾霾的故乡。

回家了。故乡纵有千百个不是,依然是我最依恋的地方。

回家的感觉真好。

求缺集

## 1

自打从公职退休下来，南京风华国旅每年都会拉我远行一趟，已连续了四个年头。

今年是到云南看风景，让我有缘第二次走进丽江。

## 2

第一次去丽江，大约是在十二三年前，说起来似乎已"相当遥远"。

仍然记得那次出发前的心情，充满期待和想象。毕竟，丽江也"相当遥远"，又被描绘得十分神秘，仿佛是楼外楼、天外天。那次丽江之行，确实也不虚此行。那里的纯洁的雪山和溪流，那里的独特的文化和生活形态，都给我留下了深刻的印象。很懊恼当时没写下些心得，否则现在拿出来翻翻，一定还会有新"心得"。

再去丽江，之前就显得十分淡定。神秘的不再神秘，也就没有了新鲜感。

我们下榻的王府饭店。

再有，就是与年龄有关。年轻的时候，喜欢说自己老；真的变老了，反而忌讳说了。不同年龄层带来的心理变化，无法说得清。

我这么想：这一回权在"风华"团队中充当个第三者，旁观丽江之变和"风华"人"风华"丽江。我也没指望还能找到感觉写点什么。要写，应该在上一次。

只是，不知怎么搞的，这一回倒是想写了。

### 3

我们是赶早乘飞机从昆明飞往丽江的。大巴将我们从机场直接带到大研古城，入住王府饭店。

王府饭店在古城南门入口处，是座两层楼的仿古建筑，内有一百来间客房，在古城中应该算规模最大的饭店了吧。其内部结构有点像"日"字型，也就是说有两个院落，摆放着桌椅，供人看书、打牌、聊天。其中与大堂联系的一个院落专设了泡茶器具，有小女生伺候。这个院落不可或缺，后面会提及。

就这样，我们在丽江大研落下了脚。

### 4

大研，位于云南滇西北高原的丽江坝子中部，海拔 2400 多米，是丽江的核心和代言。

实际上丽江的辖区广大，除大研、束河、白沙组成的古城区外，还辖永胜县、华坪县、宁蒗彝族自治县、玉龙纳西族自治县。那里山山相连，谷谷居族，交通闭塞，民族众多，酋寨星列，历史上政权更替比较复杂。直到至元十三年（1269），大大小小的酋长部落方统为一个，纳入中央皇朝。其实我们也没必要厘清其历史，还是将目光聚焦到大研。要知道，如今游客说是去丽江，就是到大研。

大研的历史相对要短，始建于元代，盛于明清。它的地理位置十分独特：其北可以眺望常年积雪的玉龙山，而东北依金虹、象山两座山，西北傍狮子山。正是金虹、象山、狮子山将冬秋两季的雪山风寒挡在了城外。其南毗连着丽江坝的开阔地带，春时东风徐来，花木欣荣；夏季南风畅通，荡尽暑气。此乃四季如春。城区建设则依据"负险立寨"、河水先行之古训，北靠狮子山御外，引玉河水入城，使其东、南、西绕流，起到护城作用。

大研的水系除围城外，缓缓分布街巷。游人在街巷行走，总有溪流汩汩相伴，让大家唏嘘不已：真是个好地方呀。

这样一个好地方，始终与外界相隔绝，独享着安逸。直到公元1996年2月3日，发生了7级大地震，将大研顷刻间呈现在世人面前。全国各地动员起来捐钱捐物，同时也发现了世上竟有这么好的地方。接下来是1997年底，丽江古城被列入世界文化遗产名录。联合国教科文组织作出了这样的评价：丽江古城是"保存浓郁的地方民族特色与自然美妙结合的典型，具有特殊的价值。历经1996年'2·3大地震'，基本格局不变，核心建筑依存，恢复重筑如旧，保存了历史的真实性。"再接下来，便是大研古城迎来四面八方的游客，以至于有"丽江旅游是一震成名的"说法。

在交通日趋发达的现代，我们很难想象古往旅行之艰难。这才有了"保存了历史的真实性"的大研。不过，早在明代就有位旅行家徐霞客到过大研。他在《徐霞客游记》中写道"居庐骈集，萦坡带谷""富冠诸土郡"。这是当时丽江的珍贵文字记录。这位徐霞客，在云南边陲腾冲也留下过足迹。我去腾冲曾看到当地人为他立的塑像。徐霞客，我们旅游人的骄傲。正因如此，国家旅游部门将《徐霞客游记》在浙江宁海开游的日子"5.19"，定为了中国旅游日。

## 5

在大研的王府饭店稍加休整，导游就带我们逛街巷。

大研还是那个大研。

窄长的小街，光亮的石板路，潺潺的巷溪，密集的青瓦房……眼前的一切似乎又唤醒了我十多年前的记忆。逛着，逛着，到了四方街广场，视野一下子开阔。穿纳西族服饰的原住民和穿梭不息的游客都喜欢集聚于此。四方街，当地的纳西语称作"芝吕古"，意为市中心。元代大研的四方街，原为沼泽地，后辟成坪场，开设露天市场，逐渐形成中心。有了这个中心，

游客和原住民在四方街广场上坐在一起发呆。

整座古城也就有了一个宽敞的"客厅"。

逛了一圈，没觉得有太大变化。只是，商铺和家庭小旅舍多出了不少。不过也不犯嫌，因为它们装扮得都挺艺术，店名也取得艺术，给人美感。

不一样的是，导游不再安排大家观看纳西古乐，甚至懒于提一下纳西古乐。那可是第一次来丽江，非看不可而且留下很深印象的旅游项目。

纳西古乐是纳西东巴文化的组成部分。而纳西东巴古籍文献于2003年被列入世界非物质文化遗产名录，非常了不得。

那一次去看纳西古乐，记得入门后得经过一个昏暗的过道，神神秘秘的，到了剧场内才又豁然亮堂。亮堂的是那个不大的舞台。舞台上坐着几排摆弄古怪乐器的盛装老人，个个着长衫、罩马褂，是色彩特别鲜艳的那种。这样的服饰，如果一般演员衣着也没什么，但让白胡子老者穿戴，就完全不一般了，华贵而神圣，特有气场。一位老者走到台前道白，讲的是

海内篇 *HAI NEI*

纳西普通话，不大能听懂。听不懂又想听明白，有点着急。后来每演奏一个曲子，他都要走上来说一通，说的比"奏"的时间还要长，如同颂经一般，仍然听不懂，也不想听明白了。听不懂，这就对了，要的就是这么个感觉。演奏的曲子很有品味，只是不像在听纳西古乐，倒似沉浸在汉庭曲韵之中。难不成宫廷乐曲在内地流失，倒是被"纳西"传承下来了？这种感受真的很特别，至今难以忘怀。

再到丽江，怎么就没人提到纳西古乐，莫非停演了？

我将疑惑提问导游。导游回答：演，当然演，是在白天演出，观众大多来自境外，内地游客已很少观看了。

是这样呀。

这个不一样，可能不那么在意、不怎么好觉察，是无形的，超物质的。

由这个不一样，又在大研发现两个关键词："发呆"和"艳遇"。

看到"发发呆？"的木牌吗？

有"艳遇之父"称谓的樱花屋金酒吧。

## 6

在一个叫"丽江8吧"的店铺外板墙上，立了块木牌，上写"发发呆？"

发呆，大研的一个新元素。

过去，谁要说你"发什么呆"，好像是在骂人。现在，不一样了。尤其是大研，很适合在那里发呆。

一度时期社会上讲的是"时间就是金钱"，哪有工夫发呆呢？一个人不是在开会，就是在座谈；不是在请客喝酒，就是在赶饭局；不是在打工，就是在补习；不是乘飞机，就是坐火车，或者在大巴上……神经紧张，精神疲惫。在这个时候，找个地方、偷个空隙发发呆，真的是挺美的。

其实，发呆是人的心理需要。尤其是工作遇挫折、感情受伤害、生活有困难的时候，不要忌讳发一阵子呆。

我最近看到媒体采访刚获普利兹克建筑奖的王澍先生的报道。他生活在杭州，说："我可以每天坐在西湖边什么都不做，只看日出日落。"他是在发呆，而且是发一整天的呆。

如此来说，是不是为了发呆去大研？话应该倒过来说，是去了大研想发呆。何以呢？你想想：只身来到高原雪山下的古城，将工作、情感、生活一箩筐的烦恼抛在遥远的故乡，面对"枯藤老树昏鸦"，怎么也会发回呆吧。就说站在"丽江8吧"外，透过敞开的门窗，呆呆地张望里面稀拉的坐客，真是呆出了情调。

我忽而想起下榻的王府饭店的那两个院落，不也是发呆的绝佳之处吗？

当然，在饭店的院落里还可以艳遇。

## 7

艳遇，有悖于传统道德，深藏于男人女人的内心深处，让人脸热、心跳。

艳遇，有别于一夜情，更不等同于上床。它只是萍水相逢男女的一次聊天，一次对饮，一次相拥而舞，可能还会再深入一点，然后拜拜，或许也还会有下一次。

艳遇，似乎拿不到桌面，见不得光，不大会堂而皇之地张扬。即使在酒局上说，或是低级的炫耀，或是私底的羡妒，或是讥讽的斥责。总之，不怎么光彩。

而丽江，光焰万丈地打出了"艳遇"牌。

在"丽江8吧"的对面，有家名"樱花屋金"的店铺。店铺外的标语是："丽江酒吧街创始人""艳遇之父"。据说店内墙上涂满的"屋语"更加另类："美女不是自行喝醉的""人不泡我，我不泡人；人若泡我，我必泡人""全世界泡吧的人联合起来""艳遇不是洪水猛兽，是溪流中的小拐弯，是动物园偶尔逃跑的小麋鹿"……看来，这家店主人是"艳遇"的始作俑者。

"艳遇"牌，恐怕也只有像这样的地方才能甩出来。我在大研购了本书。书名《让心在丽江休憩》，是台湾女作家亦云写的。她酷爱旅行，迷上丽江，在丽江结识了两个够义气的男人，并非是艳遇呵。她想开咖啡店，也不知怎么搞的没开在丽江，而是开在了杭州。她拟取店名"外遇"，还花了些心思诠释："外来热情的咖啡，遇上内敛温柔的花茶"，"外来神话，遇上本土传说"，"外遇——不论你18岁或80岁都想来的地方"……结果"外遇"店名在杭州注册失败（她还以为是在丽江呢），只好换成了"神话"。我很喜欢她的写作风格，清新自然，毫不矫造，也不知杭州的"神话"搞成啥样了，有机会真想看一看。

大研虽然亮出了"艳遇"牌，但我以为只是个旨在"出奇制胜"的大忽悠。艳遇，可遇不可求。带着艳遇的目的去大研，肯定不会有艳遇。这是经验之谈。

我们逛过老城，午餐后回到王府饭店。

下午是自由活动。我没去活动，躺在床上发呆。我要养足精神，晚上好去酒吧旁观"艳遇"。

真会有艳遇吗？

## 8

夜幕降临。

我和"风华"的小倪、小唐以及无锡的徐先生等六七个人走进酒吧一条街。这时候才发现晚上与白天完全两样：大大小小的酒吧，灯火若明若暗，鼓乐或重或轻；街巷则填满了游人，似赶集一般。走着，走着，我就和同伴走散了，独自在"集市"乱撞。幸好发现手机在"亮"（听不到声音），是无锡徐打来的，让我立刻到"一米阳光"汇合。

"一米阳光"？"一米"，应该是南京人的专利，怎么跑到了大研？

"一米阳光"的规模还真不小，有好几个店，不大像南京人开的。我们去的是旗舰店。店外的宣传口号是："丽江的山，丽江的水；一米阳光，幸福配方。"

我们在播放音乐的工作台旁入座。那位充当DJ的小伙子戴着面具，手舞足蹈，挺逗的。整场音乐的节奏十分强烈，不时发出刺耳的怪音，好像始终是高潮，没有半点儿间隙。我是第一次这么近距离地注视DJ。那些个怪音，就是他不断用手磨擦CD搞出来的。他的任务就是摧残音乐，好像不这么做，就不能让大家足够兴奋。

一箱箱啤酒搬了过来。不知何时，三位靓妹不请自来，插入我们中间，脸皮不薄呀。也不是。原来她们也住王府饭店，当天下午在饭店院落喝茶、打牌，与"风华"人认识了，结成搭子，相约晚上"一米阳光"见。瞧，饭店院落是多么好的交际场所。这算不算艳遇呢？

三位靓妹，一位来自广西，两位是湖南妹，长得真不错，看上去蛮文静，也有气质。不过，她们很快就丢掉了矜持，又是掷骰子喝酒，又是下舞池狂舞，

这里的"一米"，与南京的"一米"不是一回事。

戴面具的 DJ 小伙子。

疯得很。不止是她们，舞池里所有人都已疯狂，在始终"高潮"的音响中高昂地扭动着肢体。

无锡徐没搭子，单舞独蹈，在舞池不过瘾，就蹿上音响的大箱子跳；热了，就扒掉衣裳舞；再热，干脆换上临时买的汗衫再跳。他也老大不小了呀。

我看到邻座有两位女士，悠悠地坐在那里用吸管喝饮料。其中一位偶尔下舞池摇两下就回来。还有一位如同定海神针般纹丝不动。她大约 35 岁左右，长相平平但有品，还有点书卷气。搁在其他场合，她绝不会招人眼，唯有在这样的环境中，格外引起我的注意。她是怎么做到众人皆醉吾独醒的呢？连我这个旁观者也会受到感染，不时起身原地动几下，而她始终保持着一个姿态，真有点看不懂。可能无锡徐也注意到了，送过去几瓶啤酒。我担心对方会不给面子，不想人家接受了，还与无锡徐聊了两回。11 点多钟，她俩起身离席。临走时，她礼貌地与无锡徐打招呼。无锡徐突然说：你是搞医务的。她莞尔一笑。她的同伴则悄悄告诉我们：猜对了，是护士，还是江苏老乡。这个女人，一定是头一次来"一米阳光"，再来恐怕就会阳光"一米"了，所谓真人露真相。我这么想。

欢舞的人群。

午夜时分，音乐停了，周围的空气骤然缓和。这是酒吧一条街的行规，让大环境静下来，挺人性化的。尽管大家意犹未尽，终究曲尽人散。男男女女成双成对自然而然地消失在夜幕中。无锡徐与我似乎有点失落，结伴而归。途中，无锡徐非要拉我吃了顿夜宵，再往回走就找不到北了。大研的街巷，路路相通。这反而容易让人犯迷糊。我们在黑灯瞎火的街巷里盲目地走着，至少碰上两对男女擦肩而过。巧了，这两对都是一个造型：男的背着醉了或佯醉的女的，步子迈得并不轻松。这是不是艳遇的成绩呢？

忽然意识到，我们走错了回饭店的方向。

回过头来再走。边走边想：大研"艳遇"，是先有文化创意，还是后来实践总结？

9

在丽江的第二天，是去玉龙雪山。尽管是第二次去，走的还是老线路，但一旦来到雪山下，仍感到一种莫名的震撼。

在玉龙雪山，也有新鲜的旅游项目，那就是以雪山为背景的大型演出《印象丽江》。这是张艺谋团队搞的。这个老谋子真是个奇才，搞过电影，

规模宏大的《印象丽江》实景演出。

又搞歌剧、芭蕾舞剧，还搞奥运会开幕式，据说下面又要折腾京剧了。一个人一旦名气大了，什么活儿都会交给他搞，他也就什么活儿都敢接。

张艺谋团队的"印象"系列，我先后看了《印象刘三姐》《印象西湖》，还有就是这个《印象丽江》。最早看《印象刘三姐》，感觉实在是棒。印象最深的是：变幻莫测的灯光和大块大块的色彩；大规模大场面的农民演员原生态表演。至于《印象西湖》，我先后看过4次，包括彩排的、首演的、改版的，尽管当时反对意见很多，但我觉得总的来说还是不错的。问题在于领导有意见，它就得改，越改反而越不成型了。

看过的三部"印象"作品，相比较而言，《印象丽江》算是菜鸟了。可能它是在白天演出的缘故，缺少了灯光的粉饰，也就大打折扣。整台演出，也愈加显示出"印象"系列程式化"印刷"，缺少新意，也缺少了地方文化的饱满度。有场喝酒猜拳的大闹场景，看不出有多少地方特色。纳西古乐也没想出办法来得以表现。据说，这个项目的投入耗资2.3亿人民币，显然是夸大了。现在不少项目投资报出来的数字、包括统计部门的统计都缺乏诚信，拍拍脑袋，张嘴就来。假如《印象丽江》真有那么大的花费，那也真像在烧钱了。好在《印象丽江》与景区门票捆绑销售，效益还是不错的，否则真是在烧钱了。

唯一令人欣慰的是，《印象丽江》与《印象刘三姐》一样，全部采用了群众演员。这为当地居民就业和生活改善做了件大好事。从这个意义上说，《印象丽江》值得肯定。

## 10

从玉龙雪山返回，有点累。晚饭后"风华"人又抓紧外出活动，因第二天一早就要与丽江拜拜了。我选择缩在客房里看电视，边看电视边发呆。

在浪迹丽江的美好时光，今晚他们还会有艳遇吗？

1

11月中旬，国旅联合的张先生邀请我去了一趟重庆。这一趟，让我似乎重新认识了重庆。

2

国旅联合在南京汤山搞了一个颐尚温泉，非常成功。之后，他们在重庆也搞了一个温泉项目，也叫颐尚。这次到重庆，是那里的颐尚温泉要提档升级，搞了方案，让我们去帮忙提点意见。

到了重庆，才知道重庆不仅有颐尚温泉，而且到处都是温泉。它宣称"五方十泉"，即城市的东西南北中五方都分布着温泉，以十大温泉为明星、百个温泉为配角。"颐尚"是十大明星之一。这让我很高兴。公允地说，颐尚温泉对南京乃至华东起到过带动性作用，在温泉史上是可以写上一笔的。颐尚温泉来到重庆，假如排不上"十大"，那真要丢大脸了。

重庆是个十分生猛的城市。前不久，城市搞了个万人同一时间泡温泉，创下了上海吉尼斯世界纪录。当时看了这则新闻，就觉得"秀"得太狠，还有点怪异。再往前推，重庆唱红歌也非同凡响，以至于有一时间段大江南北都唱"红"。许多企事业单位为唱红歌，花费了不少资金增购设备、添置服装，工作和工余时间都练唱，引起种种评判。这样做，利弊到底如何呢？说不清，道不明。我是挺反感的。不过，有位曾同过事的"60后"民营企业家对我说，他在走上舞台唱红歌的一刹那，热血沸腾，突然意识到自己还是共产党员。

3

重庆玩万人泡温泉，是有预谋的。它声称要打造世界温泉之都。我以为提出"温泉之都"不是不可以，但不太赞成加上"世界"二字。弄个上海吉尼斯纪录，就"世界"啦？即使是搞到世界吉尼斯纪录，又能"世界"到哪里呢？动不动就动用"世界""国际"字眼，看起来大气了，恰恰是太不自信的表现。

其实，"温泉之都"理应是南京。我在四五年前写的文章《啊！云锦》（收入散文集《行色》）就提出了这个看法。南京江南的汤山温泉和江北的汤泉温泉都与皇室有关。特别是汤山的蒋介石先生温泉别墅至今保存完好。据《南汤山志》：汤山于民国十六年（1927）被中央当局视为休沐之地。用现在的话说，它那时候就已经属于国家级休闲度假区。听说汤山现在还在申请省级的，老土了吧。

"温泉之都"，非南京莫属。

前面说，重庆称"温泉之都"也不是不可以，因为它在二战时期一度是陪都。以往提到陪都，有些不屑。现在不这么看了。在那样一个特殊时期，陪都意味着国家没有倒塌，国家的脊梁仍然倔犟地屹立在消烟弥漫的东方。

这次讨论重庆颐尚温泉改造，我就提出了文化温泉，主题是陪都文化。

### 4

在陪都文化中，有一个特别的旧址值得一提，即大韩民国临时政府所在地。听说旧址至今保存完好，我和张先生在重庆人老刘向导下走了一趟。

旧址是一组二三层青砖墙的民国建筑，坐落在渝中区七星岗上，完全被四周的高楼大厦所包围，其中还有在南京起家的苏宁电器。在纷闹的环境中，它显得有点孤独和清冷。

我们跨入旧址院落，闪出一个人来。他问张先生，韩国人吗？这让我们有些愕然。论长相，张先生应该更像日本人，怎么摇身一变成了韩国人呢？以此推测，

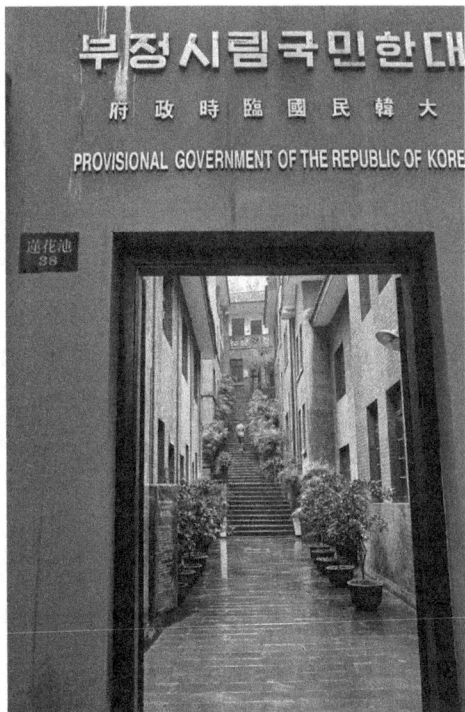

부정시림국민한대

府 政 時 臨 國 民 韓 大

PROVISIONAL GOVERNMENT OF THE REPUBLIC OF KOREA

莲花池 35

大韩民国临时政府坐落在莲花池35号。

来这里的以韩国人居多。

我们在旧址中上下走了一遍。其政府主席办公室、国务委员办公室、外务部、财政部以及防空洞等均是按原形复制，还辟有大韩民国临时政府史展厅和军事活动展厅。在展厅中，注意到几份临时政府高官向中国申请经费的报告。一个国家丧失了主权、寄人篱下是多么的不堪。

陪都重庆是在最艰难的时期敞开残缺的怀抱，接纳了一个已经无法在自己国度建立陪都的临时政府的。这个临时政府不单单是指现在的韩国，也应该包括朝鲜。朝鲜半岛那时候还是一个统一的国家。这个国家灾难深重，自 1905 年始就一直被日本武力霸占。1914 年，大韩民国临时政府在上海建立，成为朝鲜半岛坚持抗日、独立运动的中枢机关。这个机关在同样遭受苦难的中国的帮助下，辗转杭州、嘉兴、镇江、长沙、广州、柳州、綦江，于 1940 年落户重庆，直至 1945 年结束"临时"使命。

那位询问张先生是不是韩国人的旧址管事，倒是可以从讲话口音中判断出他才是地道的韩裔。他告诉我们：旧址是重庆市文物保护单位，在 1995 年修复，得到了韩国的现代重工业、LG 集团等企业赞助；2000 年又进行了一次全面维修。简单交流之间，可觉察到他对旧址注入的情感。

我旋即问重庆人老刘："民国陪都政府的旧址怎么样了？"回答："还在，在重庆人民大礼堂的一侧。建设大礼堂时差点将它废弃，现正在修复之中。"

想起来了，大约八年前我初次到重庆，得知有个地方必须得去、而且是要晚上去。那地方就是人民大礼堂广场，只因每晚都会有四五千人在那里跳舞健身，非常值得一看。我当然禁不住诱惑，去实地看了，场面确实壮观，尤其被重庆人舞动的热辣劲儿激发起了自身的原动力。我还写了篇文章《重庆：群舞每一天》（收入散文集《印象》）。那个群舞的地方，正是曾经的陪都的政治核心呀。

5

听说在大韩民国临时政府旧址的附近，有座十分古老的巴将军墓，想顺道去看一看。

重庆人老刘带我们去找，没找到北。后来还是经"棒棒"民工的指点，方明确位置。原来这座古墓距大韩临时政府旧址仅二三百米，已被收藏到一座大厦的地下室里。地下室的入口正在维修，脚手架将通道堵个正着，得钻爬过去才能进入。这把年纪了，钻爬已是弱项，还是"望梅止渴"吧。不过，也得给巴将军写上两句。这个人很特别，否则他的墓就不至于几千年保护至今。

巴将军，名蔓子，是东周末期重庆所在地巴国的一位将军。是年，巴国内乱。国君派蔓子将军赴楚国谈判，承诺楚国出兵帮助平息内乱后，割让3个城池作为谢礼。"楚王救巴，巴国既宁，楚使请城。"巴将军面对百姓的群情激愤，实在不忍心让他们改巴姓楚，于是便对楚国的使者说：民心难移。要城池没有，要人头有一个。说完，他拔剑将自己的人头割了下来。楚国使者将其人头捧回献给了楚王。至此，"蔓子刎首存城"。

这就是世世代代相传的有关巴将军的史实。据说历史上仅有两位将军级的人物得以举哀厚葬：一位是三国的关公，一位就是巴蔓子。二战时期，蒋夫人宋美龄在陪都万人集会演说中，多次掷地有声地说道："中国自古有断头将军，无投降将军。"一个古老的断头将军，与重庆的陪都文化紧密地联系在了一起。

那么，巴将军墓怎么藏到了地下室呢？原来这一带在进行城市建设时，巴将军墓是一致公认要全力保护的，但如何保护有两种意见：一种是搬迁，一种是就地保存。这才有了后一种的做法，也算是一个创新的尝试。

想起若干年前，有南师大的老师与我聊到在仙林地区建新校址。他说：在地下挖掘到六朝古墓，文物部门取走文物后，就匆匆回填了。我那时候就在想：假如不回填，就地建遗址艺术馆，新校址岂不身价倍增。若干年后，我去仙林地区拍摄南朝临川王萧宏墓石刻，发现石刻与一所新建的民营应天学院仅一墙之隔。我又在想：应天学院建设时，如若将石刻所在地扩充进来，既有利于文物保护，石刻也会成为新校园的镇院之宝，岂不一举两得。这些，也就是个人的胡思乱想而已。

## 6

重庆倒是有可以冠以"世界"的称谓，当然不是"温泉之都"，而是"雾都"。雾重庆，古往今来。二战时期，正是变幻莫测的雾，不断缓解着侵华日军对这座城市持续3年的狂轰滥炸。重庆的雾，还有伦敦的雾，一举载入了世界战争史册。

重庆是山城，又处在长江与嘉陵江的汇合处，水汽充沛，山叠风弱，自然形成了浓雾，据说除了夏天之外很少有日照。一个多雾的城市，总是充盈着文化艺术的色彩。重庆的女孩也因雾气滋润而貌美天下。近日，在微博上冒出一个"中国美女榜"。榜中重庆排名第三。排名一、二的是湖南的岳阳和衡阳。这肯定是湖南人蓄意"微博"出来的名堂，但也更加说明重庆出美女是公认的。

三十年河东与河西。20世纪三四十年代，民间流传着这么一说：世上有三景，即夜上海、雨桂林、雾重庆。而现在，随着城市工业化的进程，以及建筑工地密布、汽车蝗虫般拥入，重庆的雾得追加一个字：霾。美丽的雾一旦化作恶劣的霾，整个城市也就变得黯然失色了。当重庆人老刘带我们去观看长江与嘉陵江交汇的朝天门时，我就有些迷茫。面对这个被千古赞颂、腾云缭绕的朝天门，我感觉到的似乎不是雾的朦胧，而是霾的窒息。

我一路上对重庆雾霾的评判，引起同行的张先生的争议。他认为，无论怎么说，重庆的空气环境要比南京的好很多。张先生不是南京人，部队大院的孩子，又是学地质的，在几个城市居住过。按说，他对城市的评价应该比较客观。况且，他博览群书，记性又特好，常引经弄典讨论问题，是我赞赏的那种。不过，这一回总感到不怎么对劲。我承认，南京的环境污染也挺严重，特别是遇到雾霾天更感不适，不过比之重庆经常性的雾霾还应略逊一筹吧。我虽然这么想，却又以为张先生的话通常都是有道理的，就有些不自信起来。直至返程后看到一则微博报道，才确信这回对的是我。

这则微博报道当然不是湖南人搞的"中国美女榜"，而是联合国今年9月通过官方微博发布的。据世卫组织对全球1081个城市采集的空气质量排名：南京排1009位，重庆排1017位。瞧，南京的空气质量比重庆的要好。只不过，也就是1009步笑1017步而已，况且两城排名又都被甩得望尘莫及，令人十分沮丧。

是否可以这么说：重庆的"雾都"之称已有些名不符实。重庆恐怕要付出十二万分的不懈努力，方能扫除尘霾，重整"雾都"山河。1017 的重庆应如此，1009 的南京也应如此。

7

这次在重庆待了两天，碰上的不是阴雨，就是雾霾。

我们除了用大半天讨论重庆颐尚外，余下的时间在城里逛了几个点。前面提到的重庆人老刘为我们做了全程向导。老刘是重庆颐尚管车辆的头儿，之前当过兵，又在外事车队干过，走街穿巷熟门熟路，让我们一路畅通。游览的几个点，都是张先生指明要看的。他因颐尚工作关系曾多次光顾重庆，看来对雾都挺有好感的，否则也不会与我争两都（陪都重庆和首都南京）的环境气象了。他特别向我推荐了磁器口，说一定对我胃口。

我们是在雨滴中走进磁器口的。踏着被雨水浸透的石板路，左顾右盼着特色各具的商铺，颇有点时空穿越的范儿。商铺有传承下来的老房，有仿旧新建的，也有地基及下半堵墙是老的、上面是续建的，总之老川味十足。而琳琅满目的商铺商品，则蛮时尚，或时尚添加传统，或传统融入时尚。让我感触的是，这些商品不像我们南京夫子庙的大多为统货，而是特具地方文化色彩，还有不少是属于文化艺术类的，很有品味。有个店铺，是一位叫姚叙章画师的工作室兼专卖点。我们在那里驻足许久，欣赏着挂在墙上的画师真迹，以及嵌在镜框里的微缩印刷作品。他画的都是"磁器口民居"、"重庆过街楼""山城吊脚楼"等当地题材，其笔锋似将西画的细腻融进了传统国画之中，让人看了爱不释手。张先生当场购买了七八幅镜框画，要我必须从中挑出两幅带回家，作为到磁器口一游的纪念。

磁器口，原来叫瓷器口，因"瓷""磁"两字相通，不知怎么弄的后来就写成了现名。早在 20 世纪初，此地还叫龙隐镇，后因生产蜀瓷而扬名，鼎盛时期有 70 多家蜀瓷厂。此地的蜀瓷品质好，品种多，量又大，加上处在嘉陵江下游的水陆码头，运输十分便捷，生意火得不能再火了。于是乎，龙隐镇就改称了瓷器口。

说起龙隐镇，倒是与我们南京有关。何以呢？这里最初叫白崖场，因有白崖寺而得名。相传明朝燕王朱棣以"清君侧"为由拿下南京，成功篡位后，建文帝朱允炆仓促逃脱皇宫，亡命天涯。他曾流落到巴蜀，在白崖寺"挂单"隐匿了四五年。该寺因此而易名龙隐寺，所在地白崖场也改称龙隐镇。这个传说流传甚广，以至于现在还能在磁器口看到与建文帝命运相关连的一口"深水井"。当然，传说毕竟仅仅是传说。假如真的有这段历史，龙隐镇恐怕就不至于轻易改名了。

我们顺着窄窄的、长长的磁器口老街往前逛，经过了那口"深水井"，走到"口"头，豁然开朗。原来眼前已是嘉陵江上的磁器口大码头。码头旁停泊着一排游船，摆开了整装待发的架势。重庆人老刘告诉我们：这里过去是十分热闹的水陆码头，主要是货运，有"小重庆"之称。据有关资料显示，这里在陪都时期有商号、货栈和各种作坊达数千多家，每天至少300多艘货船进出。当年留传着一首民谣："白日里千人拱手，入夜后万盏明灯。"拱手者，舶公和划船靠岸的船夫也。

而今，站在磁器口俯视大码头，可以想象当年雾蒙蒙之下的繁忙景象。时过境迁，心境有点杂。社会的发展和变化当然是向着光明的方向，只不

磁器口老街雨绵绵。

过雾变成霾，多少让人有些不安。

8

洪崖洞，是我们下一个目标。

去洪崖洞的路上，已经不下雨了。重庆人老刘对我们说："你们运气不错，太阳花出来了。"

太阳花？虽说天已不像之前那样阴沉，亮了些许，但并未见到一缕阳光，哪来的太阳花？老刘真会搞笑。不过回过来再想，重庆本来就阳光稀缺，才生出了成语"蜀犬吠日"。这就难怪重庆人遇到稍好的天气，也会美滋滋地称作"花"儿了。

"太阳花"，我真的是第一次听到有这样的称呼，多好，多美，多暖人心。

在"太阳花"下，我们来到了洪崖洞。

这是个很特别的游览点。当张先生最初向我推荐洪崖洞时，我以为又要去看什么洞了。其实，完全不是这么回事。那到底是什么"洞"呢？它虽拥有国家级 4A 景区的身价，却似乎与传统的景区不搭，倒又是中外游客到重庆的必游之处。它被冠以国家文化产业示范基地的荣耀，走了一遭虽并未发现"基地"模样，但绝对是文化创意的颠覆性产物。这个"洞"非常了得。

洪崖洞，乃嘉陵江畔的一峭崖，与前面提到的两江交汇的朝天门毗邻，历史上叫洪崖门，是老重庆"九开八闭"十七门中的一个闭门，也就是说是历代的军事要塞。时间迁移到 20 世纪末，这里已布满山地民居，层叠的吊脚楼等建筑已经衰老，成了一处危旧棚户区。此时，重庆"小天鹅"集团的总裁何女士站了出来。她以独道的眼光审视这座棚户悬崖，欣然请缨，要别出心裁地在"洪崖"上创造一个新天地。这听起来有点像天方夜谭，但人家不玩虚的，敢这么说，就敢这么做。2006 年 9 月，一座高达 75 米、总面积 4.6 万平方米的悬崖城立了起来。这就是洪崖洞。

我们在嘉陵江畔洪崖洞前驻脚，往入口瞧，也就是一个洞，看不出里面会有多大规模。走进去，方知是座立体城市，大不可测。城市有若干层组成，每层都有扶手电梯和观光电梯相连。有一层伸到露天，成为城市阳台，供观江景。还有顶部的一层，通到山崖背面的半山广场和社区，尽显山城才可能有的特性。广场上立了座将吊脚楼夸张、变形、重叠堆积的雕塑。这是要告诉我们，洪崖洞乃本土文化的产物。

洪崖洞的魅力正是本土文化。在洞内，青石路、吊脚楼、古牌坊、悬挑梁、雕刻楼廊、半山街市等，无不尽情演绎着古巴蜀和老重庆的韵味，且让人有化传统为时尚之感。洞内业态大致分为风情街、酒吧街、美食街及异域城市阳台。我在旅游工艺品的风情街上溜达，看到一种木制的明信片，有标准形状的，也有异形的，里面印的都是重庆风光。我随手挑了一张异形的，当场贴上邮票往家寄，对身边的张先生说：寄回去琢磨琢磨，可以模仿。不过，售货的立马插话：这是有专利的，专利号在明信片上印着呢。

我们在洞中一上一下，形色匆匆。我忽而感慨：这不是活脱脱的竖起来的南京夫子庙吗？这个何女士，实在太有才了。女人哪，一旦"心狠手辣"地疯起来，十个男人也得玩趴下。所以说嘛，好男真不该与女斗。

洪崖洞：一个女人打造的一座城市艺术客厅。一个女人悬崖上的杰作。

这里是洪崖洞的入口，走进去竟是一座竖起来的街市。

重庆之行，洪崖洞也好，磁器口也好，虽说都留下蛮特别的印象，但较之下面要说的一个地方，就全都变得失去颜色。

这个地方，难以言表，让人惊愕，困惑，心沉，隐痛，欲哭无泪。

到底什么地方让人如此失常？

这是来重庆的第一天，下午要开会，上午空闲。张先生对我说："有个地方想不想看？想看，我们就去找。"我问："什么地方？"回答："红卫兵墓园。"什么墓？我怀疑自己的听力出了问题，结果并无差错。张先生之所以说得去找，是因为他在网上搜索到的情报，自己也没去过。重庆人老刘先生倒知道有这么个地方，是在沙坪坝一带。他主动做了我们的向导。

老刘开车带我们直奔沙坪坝。路上，他告诉我们："初中同班的两个红卫兵就埋在那里，还一直没去看过。"听后，我的心在往下沉。他也仅知道墓园的大致方位，准确地点还得去找。车子走走停停，沿途几经问路，总算摸到了目的地。

其实，墓园就在沙坪公园内，只不过是在公园西南角的缓坡上，四周围筑四五米高的块石灰墙，很不起眼。一般的游客，即使从缓坡下走过，也不会注意到上面还有个墓园。

缓坡上，墓园的铁门紧锁。透过铁门的栅栏，看见墓园内草木丛生，一座座高大的墓碑在稀雨中落泪，墓碑上的毛体"死难烈士万岁"也已残缺败损。骤然间，心境如同紧闭大门的那把铁锁。又一刹那，整个人似乎魂消魄散。

不一会儿，有两位摄影爱好者扛着摄影架上了缓坡，隔着墓园的铁栅门拍照，尽管里面有"禁止拍照"的木牌。我也不由自主地取出照相机拍了若干张。里面不让进、不让拍，没规定在外面也不让拍吧。我又注意到，墓园大门外有块新碑，是2010年8月立的，上刻"重庆市文物保护单位：红卫兵墓园"。既是文物保护单位，干嘛还要大门紧锁呢？

又一会儿，一位楞头青冲上缓坡，在铁栅门外张望片刻，又欲往下冲。我迎上去问：知道这是什么地方吗？回答：当然知道。又问：本地人吗？回答：不是，是山东人，在重庆大学读书。接着他又说了一句：他们怎么可以称作烈士呢？他们当然不可能是烈士。不过，这位楞头青实在太小，根本无法明白和理解"文革"曾经发生的事情。我经历过那个特殊时期。我知道：墓地里躺着的尸骨，个个都是最忠实的红卫兵。他们头可断，血可流，誓死不低革命头；抛头颅，洒热血，誓死捍卫革命路线。他们怎么就不可以是那一时期的烈士呢？

从缓坡退下来，缓缓地往公园门口走。一侧的长廊里，自娱自乐的市民集聚在一起练合唱。绵雨挡不住市民的热情，歌声在空中飘扬。所有的人在那一刻都不会想到，一墙之隔就是墓园。墓园的众主人如果活到现在，也应该是合唱团的一员。然而，他们过早地被"文革"剥夺了生存的权利。为之惜，为之凄，为之透心凉。

10

张先生带来个消息，与墓园管理人员联系上了，只要得到批准并预约，是可以安排我们入园的，问我想不想再去一趟。答案是肯定的。这样的机会怎么可以放过呢？

在接下来一整天的活动中，我们先后看了大韩民国临时政府旧址、磁器口、洪崖洞，而将红卫兵墓园安排到了最后一站。说实在的，前面几站走得都比较匆忙，生怕耽误了时间，影响到最后去看墓园。

终于，我们第二次站到墓园大门。终于，铁锁"哐当"一声打开了。雨后墓碑的"泪"已干，地面依旧湿润，阴风习习，空气中散发着败草落叶的枯香。

接待我们的是一位研究"文革"史料的专家李先生。他领着我们一步一步往里走，平静地叙述着不忍回忆的往事。

重庆在"文革"时期分成"八一五"和"反到底"两大派。两派水火不容，势不两立。有一阵子"文攻武卫"的口号响彻大江南北，将武斗残酷地推上了历史舞台。重庆是兵工厂集聚地，重庆人又天生忠诚、耿直、麻辣。这座城市便成了全国武斗之最，据说除了飞机外，枪、炮、坦克、炮船等全武行都动用了，曾以一夜间发射1万多发高射炮弹而惊天动地。这也造成了大量人员的伤亡。由于沙坪坝当时是"八一五"的势力范围，此处的红卫兵墓园埋葬的都是"八一五"的将士。此外，北碚石子山、潘家坪招待所、建设厂清水池、重大松林坡等不下20处均有"八一五"的集中墓葬地，现在都无迹可寻了。沙坪公园的是目前仅存的一座，恐怕也是全国仅存的一座。

这座墓园占地大约4000多平方米，共有墓葬137座，绝大多数是合葬墓，其中立有墓碑的也有近百座。墓碑造型仿天安门人民英雄纪念碑。碑顶、碑身饰有"八一五"派的徽记，其间还引用了不少毛泽东、鲁迅诗句，诸如"为有牺牲多壮志，敢叫日月换新天""血沃中原肥劲草，寒凝大地发春华"等诗句。这里到底安葬了多少人？张先生从网上获取的情报是400余人。李先生当场予以了纠正，应该是573人。听到这样一个庞大的数字，我们都沉默了。

李先生似乎熟悉这里的一草一木，不仅准确地报出了墓葬人数，而且对每座墓葬情况也都了如指掌。他将我们带到一处墓地，告诉重庆人老刘："这就是他的两个同学埋葬的地方。"这让老刘感慨不已。说实在的，李先生刚露面时，以为是个不怎么好说话的人。为了与他套近乎，张先生还在他面前背诵起了"老三篇"（这个人的记性就是好）。其实，他很坦诚，很乐意和我们交流，更可贵的是个肯对历史负责的人。这样的人已经不多见，令我们十分感佩。

我将为何墓园铁将军把门的困惑向李先生提了出来。李先生说：墓园在清明等特殊日子是开放的，许多人要来扫墓。平日里闭门是不想太张扬。毕竟，这个特殊时期的遗存在现阶段仍挺敏感。20世纪80年代，曾有人投名状告所谓的武斗墓，引起将其铲除和保存两种不同意见的争论。幸运的是后一种意见占了上风。现在如果墓园目标太大，反倒不利于保护。他特不希望有人去拍照、去写文章，影响越小越好，因为太需要将它永久保存下来了。对他的一番话，我们非常能够理解，理解他的用心良苦，理解他对墓园草木的殚精呵护。我甚至犹豫该不该写这篇文章，生怕违背了他的意愿。好在我的文章，读者面很窄，影响很小。再则，不写出来，心里也堵得慌。

我们就这么在墓园里低声轻语地聊着。我突然发现在一座墓碑下摆放着一块长方形的胶合板。板上贴有 12 位学生的标准照，照片已经褪色。这多半是清明扫墓时送过来的。引起我们注意的是其中有 4 位女生的照片。她们个个长得清秀柔弱，一看都是美人胚子，怎么说没就没了呢？李先生告诉我们：这些女生是一个"战斗队"的同班同学，都只有 14 岁，14 岁呀。出事那天，她们是去帮另一个"战斗队"搬家的。另 8 位男孩是她们同校的学长，实际上是局外人，陪她们来玩的。谁也没料到，他们途中遇到了偷袭。一个毛孩子冒了出来，端着冲锋枪疯狂地向他们扫射。就这样，他们全都倒在了血泊中。这听起来简直不可思议，但确是冷酷的事实。现在，他们就在我们脚下，躺在这里已经四十多个春秋了。我们久久地端详着照片上一张张稚嫩的面孔，真不知道能向他们说点什么。

此刻，墓园显得十分寂静。枝叶在轻轻地摇曳。不知何时，几缕阳光浇了进来，洒落在湿漉漉的杂草丛中。太阳花！这不是太阳花吗？我真真实实看到了太阳花。眼前刹那间明晃晃的光影，让我在冰冷中感到了丝丝温暖。

真美！太阳花。真美！

## 11

离开墓园，从缓坡上走下来。

公园里依旧是欢快的人群，依旧是歌声飞扬。而这一刻，再抒情的歌曲我听起来也觉得无比的悲怆。

张先生低声朗诵了一首诗。这首诗是他在《文革诗抄》中读到的，读了 5 遍，就背诵下来了。诗的题目是《献给第三次世界大战的烈士》。红卫兵当时受极"左"思潮的影响，随时准备奔赴未来的第三次世界大战战场，随时准备为解放全人类献出自己的生命。南京最著名的南师附中，也曾一度被红卫兵改名为"第三次世界大战战备学校"。今天，我们说起此事，觉得十分荒诞，但当时的红卫兵真是个个赤胆忠心，胸怀世界，肩负着拯救水生火热之劳苦大众的重任。这首诗充满着革命浪漫主义的情愫，大意是：未来的第三次世界大战时期，一位红卫兵裹尸北美战场。战友来到他的墓前告别、抒怀。

铁门紧闭的阴冷的红卫兵墓园。

　　张先生的朗诵，有几个段落触动了我当时的心境。只是我的记性很差，没能当场记住。事后，我向张先生讨要了这首诗，从中录下几段，作为本文的结束语：

　　"摘下发白的军帽＼献上洁白的花圈＼轻轻地＼轻轻地走到你的墓前＼用最诚挚的语言＼倾吐我深深的怀念"

　　"北美的百合盛开了＼又残＼你在这里躺了一年＼又一年＼明天＼早霞开始的时候＼我就将返回那可爱的祖国＼而你＼却长眠在大西洋的彼岸＼异国的陵园＼再也听不到你那熟悉的声音＼再也看不到你那亲切的笑脸＼忘不了你那豪爽的姿态啊＼忘不了你那双明亮的眼＼泪水滚滚滴落＼哀声低低回旋＼波涛起伏的追思啊＼将我带回很远＼很远……"

**1**

2012 年 2 月 17 日，我随南京风华国旅携华东旅游产品走进云南，在昆明绿洲酒店召开了产品推介会。

我代表推介团作开场白，不知怎么的头脑一热，来了段调侃："这两天看到一则图片新闻，报道重庆的一位高官在昆明滇池给红嘴海鸥喂食。这样一个地方小新闻，竟然全国各地的媒体都刊登了，挺特别的，令人捉摸不透。"也许自己意识到话题过于敏感，于是来了个脑筋急转弯："政治上的事，不是我们要说的。我要表达的意思是，春城昆明确实是座十分休闲的城市。一个人有了烦恼，心情再不好，到了滇池，与一群群红嘴海鸥共舞，就会完全放松下来，很是惬意。"说到这里，我又忍不住画蛇添足："只是，昨天我们去了滇池，见到的海鸥嘴巴似乎都不怎么红。也许它们看到了重庆的高官后唱红歌，唱得太疲惫，嘴巴唱褪了色。"

**2**

我们是在开会的前一天中午抵达昆明的。当天下午空闲，于是便结伴去滇池，观看红嘴海鸥。

滇池十分开阔，称"池"挺滑稽也够幽默的。"池"的尽头是山，山外是蓝天白云。海鸥者，离不开大海。它们选择这个天地来栖息，一定以为这个"池"就是那个"海"了。

滇池一隅，无数只、无数只红嘴海鸥漫天飞舞。让我不曾想到的是，在这里可以如此畅快地、无拘无束地与海鸥零距离。

海鸥，在头顶上，在眼皮下，在左膀右臂旁，拍打着翅膀跃过，实在是好。忽而，它就止足于触手可及的身边，与你长时间对视，似有许多话欲和你倾诉。那感觉太美妙了。

据说 20 多年前，西伯利亚的红嘴海鸥为避寒冬，千里迢迢飞到春城，选择了滇池。自此，它们心无旁骛，每年必准时前来与昆明市民相会。有一年发生禽流感，市民不再敢亲近它们，也不再给它们喂食。那一年，饿死了不少海鸥。禽流感过后，人们担心来年见不到海鸥了。它们肯定生气了，

海鸥在滇池上空飞翔。

成为愤怒的小鸟。不想，它们还是成群结队地来了，似乎通人性，不，就是"性情中人"。而市民，也已将它们视为生活中不可或缺的最忠实的朋友。

当然，对于每个外来的游客来说，我们和它们之间也都是好朋友。

抬头仰望，"朋友们"是那样自由自在地翱翔，充满着青春，充满着活力，给我们带来了欢乐，也带来了对美好明天的憧憬。

3

春城昆明，我以往来过二三次。每次参加过公务活动后就匆匆离去，连驰名的石林也不曾光顾。而这一回见识了海鸥舞滇池后，即便在昆明停留的时间有限，也想多看看这座城市了。首选的自然是石林。

石林，过去因在路南彝族自治县境内，叫路南石林；后来通过旅游名气越玩越大，就将不够大气的"路南"两字删除了，直呼"石林"，连县名也由"路南"改为"石林"了。现在的石林身份显赫，被列入世界自然遗产名录，被评定为世界地质公园以及国家 5A 级旅游风景区。

大凡第一次到昆明的游客，必游石林。我的第一次是到昆明参加国际旅游交易会，日程上也有游览石林的安排，而且是免费接待。可我宁肯多花些时间用在展会布展上，将送上门的机会白白浪费了。真不知当时是怎么想的。此一时也，彼一时也。

石林风景区的范围相当之大。旅游大巴抵达风景区后，还要换乘电瓶车跑上十来分钟，才真正来到园区入口。来过石林的人告诉我：过去大巴一直可以开到这里，现在玩电瓶车，无非是让游客多掏点钱。我倒不这么认为。近一二十年国内旅游发展如此迅猛，采取这样的措施，可以缓解景区入口，包括停车的拥挤不堪，还有环保诸方面的问题，何乐而不为。再说在电瓶车上，我就已经看到两侧呈现的零星石景，小有兴奋，对核心景区的石林也就更加充满期待。

走进石林，顿时被接二连三的妙不可言的石山美景所迷、所醉。上帝之手真的很神奇，将一座座山如此完美地雕刻成一件件艺术品。我愈加觉得：第一次到昆明的时候，为什么面对如雷贯耳的石林，竟然会充耳不闻呢？

石林风光，从地理学科来说称之为喀斯特地貌。所谓喀斯特地貌，是因最早在前南斯拉夫西北部喀斯特高原发现的一种地貌而名。它的概念比较大，指地表可溶性岩石如石灰岩等，受水的溶解而发生溶蚀、沉淀、崩塌、陷落、堆积等现象，形成各种特殊的地貌——石林、石峰、石芽、溶斗、落水洞、地下河，以及奇异的龙潭，众多的湖泊等。我国学术界又将其称之为岩溶地貌。昆明的路南石林，差不多是所有石林地貌中发育最好、最美的石林，也就有了足够的资本直接以"石林"冠景区及县名了。

我注意到，造就喀斯特地貌的、或岩溶地貌的，是水。水致岩溶。水，正是水，是我们的生命之源，也造就了上帝的那只创造神奇的手。

石林的核心景区足够的大，分大、小石林等若干片区。我们的游览时间有限，只能走马观花了。途中在一景点停留，有位颇有涵养的 50 多岁女游客请我帮拍照。我当然乐于服务。后在另一个景点又遇到她，我就主动上前给她拍照。这位女士可能和我一样，年轻时错过了游石林，现在来补课了。与我不一样的是，这回她是独行，可以悠闲地转溜；我则跟着队伍，是行色匆匆的观光客。观光与休闲，是两个层次的旅行。这一比，比出了我们之间的差距。

4

在石林的形形色色山石中，最让我留连的是小石林片区的阿诗玛石像。其实，我平素并不喜欢象形石。像这个，像那个，那又怎么样呢？我追求的是一个意境，一种神韵，而不是像与不像。不过，阿诗玛石像非同一般。这里，原本就是彝族撒尼姑娘阿诗玛的家乡。那尊石像，既形似，也神似。家乡的"水"为疼爱的女儿雕了尊塑像，实在是太传奇了。

阿诗玛，撒尼民间文学叙事长诗《阿诗玛》的主人公。我们这代人未必读过这部长诗，但肯定都看过据此改编的电影《阿诗玛》。演员杨丽坤塑造的阿诗玛形象，质朴纯美，十分经典。那会儿在我们的想象中，杨丽坤就是阿诗玛。用现代流行语来说，我们都是她的粉丝。她还主演过电影《五朵金花》。现在到大理旅游，白族的女孩都被称作金花，就是受这部电影的影响。这样一位大众的情人，一位对云南旅游有大贡献的（注：姑且"马后炮"这么一说）小女子，在"文革"中反倒倍受迫害，被逼成精神病患者。天理不容呀。

现在的年轻人已经完全体会不到、甚至无法理解"文革"的累累伤痕了。而今，面对沉默不语的阿诗玛石像，惊讶于思绪万般的内心忽而变得石像一样宁静。

石林景区的阿诗玛石像。

在昆明虽停留仓促，竟也能同滇池红嘴海鸥相欢，与石林"阿诗玛"神交，够意思了，够满足了。我们甚至还有时间再去一个景点，选择了云南民族村。

其实，我们很想去的地方是罗平。据说在油菜花开的季节，那里的风光美极了，只是远了些，时间肯定不够。同行的张先生建议我看民族村。尽管他以往去过那里，仍愿意陪我再跑一趟。

我真的没想过要去民族村，因为若干年前已经在深圳参观过中华民族村。那应该是完整版的吧。云南民族村也只是步其后尘而已。这个想法显然有失偏颇。

走进云南民族村，直觉告诉我：这里与深圳的不一样。哪里不一样？说不清楚，可能是大环境使然。深圳没有少数民族背景，纯粹是人为造出来的一个村。云南不一样，包括汉族在内有26个民族集居于此，本身就是各民族的大家园。尽管这个民族村也是人造的，但感觉就是不同，或者说更能找到感觉。

笔者和南京市旅游委张农（左二）、徐长福，与傣族导游在云南民族村。

领我们进村的导游是位貌美的傣族小姑娘。她行走轻盈得体，讲解不紧不慢，言行间透露出一种自信。我们是临时离队到这里来的，只能停留一个小时就得往回赶。她就选择了几个村寨让我们逛一逛。她对我们说：云南的25个少数民族在这里都有自己的家园，半天是逛不过来的。

尽管还不是旅游旺季，民族村里的游客已有不少。我们匆忙间参观了白族等二三个民族的起居陈设，挺有新鲜感；又见有几个村寨在表演民族舞蹈，台上台下互动，十分和谐。这得感谢张先生的关照，让我来此一游，继而又后悔时间安排过紧，连走马观花也未能做到。

傣家导游告诉我们，云南民族村至今已有整整20年的历史了。我以为：它之所以能长时间立住足，很大程度在于所处的大环境。而全国人造景区失败的案例比比皆是，许多主题公园可谓"拼命三郎"，拼出性命来搞，可能会轰动一时，但很快又水土不服，销声匿迹。如何结合地方文化建设主题公园，真的很值得研究和思考。

我甚至以为：像云南民族村这样的主题公园，不能单纯作为旅游景区来搞，而更应向民族文化的纵深去发展，少一点作秀，多一些原生态。例如，每个村寨都应设有本民族的小型博物馆。又如，迁入具有代表性的人家，让他们实实在在地生活在民族村中，还可以让游客在他们家中留宿等等。总之，让它成为真正意义上的各民族的家园。

离开民族村之前，在广场上又见到了可爱的红嘴海鸥。它们在地上自由自在地嬉戏着，想来也喜欢上了这个家园。我蹲下身再一次与海鸥对视，发现它们嘴角比上一次看到的要红润得多。也许，它们没能赶上滇池的"红歌会"吧。

6

这晚，我们就要告别昆明，返回南京的家园。

最后的晚餐安排在昆明市区的云南人家。原以为这是家餐馆，其实不完全是。其建筑外形有点怪异，像是座放大的苗家山寨。走进山门，阴冷而昏暗，更有点山寨的味道。大厅正中悬着面大鼓，鼓面书"民俗博物馆"。四周摆放了图腾木雕等众多民间艺术品。墙上则张贴着苗寨人家百态的老照片。真不知道这些照片是从哪里拍摄到的，竟让人过目难忘。

穿过大厅，是宽敞的歌舞餐厅，也就是我们就餐的地方。由于要赶晚上的航班，我们早早吃饭。餐毕，演出尚未开始。那餐，据说是从少数民族菜肴中筛选出的精华，只是没吃出什么味道。也许是边食边欣赏民族歌舞，方能找到吃的感觉。

歌舞没捞到看，倒是还有时间在"山寨"里上下走走。这幢二层楼建筑，底层除了歌舞餐厅外，还有"山寨"主人谭先生开的珠宝商店；二楼则是谭先生私人收藏品的陈列展示。有点意思的是，上二楼的通道口有二三位做苗绣活的阿婆。她们始终蹲坐在矮凳上，默默地忙个不停，成为所谓民俗博物馆的一个象征。从她们身边擦过，再爬经如同穿越时间隧道的昏暗楼梯，便可以观赏林林总总的陈列品了。陈列的藏品以杂件为主，少数民族生活起居的老货似乎应有尽有，让人感到收藏人谭先生实在太有想法了。

听说，这位谭先生确实并非凡人。他来自广西桂林，只身到昆明打工，后来做上珠宝生意，发了家。有财，又有特殊爱好，才有了这么多收藏，也才创意了这么个混搭的"云南人家"。

7

大巴开往昆明机场。

眼前晃动着"云南人家"挂贴的苗家人物照片。"云南人家"里面有那么多宝贝，为什么会是照片留下最深的印象呢？不知道。

"云南人家"的通道口有两位做苗绣活的阿婆。

眼前又晃动着石林的"阿诗玛"石像。是阿诗玛，还是杨丽坤？不好分辨。千不该，万不该，杨丽坤就不该演阿诗玛。

眼前定格在舞动的红嘴海鸥。生活在西伯利亚的红嘴海鸥，何以会选择昆明栖息呢？不知道。知道的一定是那只最先发现滇池的海鸥。

"云南人家"张贴的苗家人物照片。

求缺集

1

学生时期，对青海的印象是王洛宾的民歌《在那遥远的地方》以及《花儿与少年》。那时候就觉得：青海如同歌名一样，遥不可及。

之所以会记忆小时候的青海，是因为我有个表哥从南京跑到青海西宁去读兽医，以后又分配在那里工作。自打他离家出走，也只有在每年春节到姑妈家拜年时，方能见到他。他脸色油润，似乎与常年和牛羊打交道有关。他酷爱京戏，每次见面都会听他亮几嗓子，唱得有板有眼，韵味十足。奶奶夸他的声音像马叫。而我不知怎么的，听他一唱就会联想到"在那遥远的地方"。

记叙这么几段模糊印象的文字，是想告诉现在的年轻人：青海，现在你们想去旅游一趟，应该挺容易的，而那时候对我们来说，真的远在天边。

还想告诉你们：那时候的交通和信息是多么的闭塞。大家生活清贫，不曾有过旅游梦，即便想去如今近在咫尺的大上海，也是一种奢望。

2

今年7月中下旬，"南京文化场馆馆藏书画暨非物质文化遗产云锦展"在青海省博物馆举行。我借此随同南京云锦人王宝林一行走了趟青海。

这已经是我第三次去"那遥远的地方"。前两次都是公务在身，行色匆匆，留下印象的倒不是景，而是人。我曾写了篇《牵挂西宁》的文章（收入散文集《行色》），主要也是写结识的西宁人鲜如桂。

这一次行色应该不用匆匆。接待方青海省文化馆精心安排了6天活动，游程延伸到祁连山草原。遗憾的是我必须提前3天返宁。因南京导游大赛在即，聘我担任评委组负责人。人家难得找我做点事，实在不好意思推脱，只有放弃跟队游览了。好在西宁有小鲜。她表示会尽地主之谊带我在有限时间里多转转。

3

来西宁的第一天活动，就有机会参加了在凤凰山举行的西北五省花儿会开幕式。

要讲清楚花儿会，首先得弄明白什么叫花儿。花儿，实际上是流行于西北的一种民歌样式的总称。它始于明代，发源地在甘肃的临夏。那里居住着汉、回、藏、土、撒拉等9个民族。他们在乡间耕耘和放牧中共同唱着以情爱为主的山歌，歌中将女子喻为花儿，因而山歌也就被称作了花儿。花儿，有的地方又称少年，也是因歌中常赞少年的英俊。有意思的是，9个民族虽都有本民族的语言，但都用汉语唱花儿，形成了一个非常特殊的文化现象。"花儿"已成为了世界级的人类非物质文化遗产。

我也是这次到青海，才了解了什么叫"花儿"的。原先只知王洛宾的《花儿与少年》。其实，它只是浩瀚如海的花儿中的一朵而已。而高亢、悠长、爽朗的花儿，流派繁多，呈现出不同的艺术风格和绚丽的音乐形象。

花儿会，通常自农历四月始在有此传统的各地相继展开。各路花儿高手相聚一处飙歌，周边居民则带上酒食，扶老携幼前来欣赏花儿，就像过节一样。至于西北五省花儿会，是由青海省文化部门组织的，今年为第九届，以此强势张扬花儿文化，也有点花儿霸主非青海莫属的味道。这次组织方就邀请了台湾桃园代表团前来观摩。据说台湾也有唱花儿的。

我偶尔遇上桃园观摩团的领队余先生，询问台湾人唱花儿的事。余先生回答："倒没听说台湾有花儿歌手，但差不多都知道《花儿与少年》，也能哼上几句。"究其原因。他说："台湾中小学课本选有大陆的民歌，除了《花儿与少年》，还有《在那遥远的地方》《小河淌水》等，里面不仅有歌词，还有歌谱。"听后大为感慨。人家对传统文化的珍爱和传承，真是做到了家。

前面提到，西北五省花儿会是在凤凰山上举行的。这山现在已辟为南山公园。上山时，我就在想：花儿们在山谷里飙歌，一定野味十足，风情万种。其实不是这样，仍是舞台式的中规中矩的演唱。我觉得吧：任何自然美丽的风物，一经妆扮，往往就失去了一半的灵性。

好在下山时，欣喜地看到一大家子人在席地野餐。这应该是传统花儿会上的典型场景。瞧这一家子，从花白胡子到小翘辫子，足足是四代同堂。女主人将菜肴一碟碟摆好，然后从一大锅里给大家捞面条。那干挑起来的面条黄橙橙的，实在可爱。女主人见我在一旁愣着，就执意请我入席，态度十分真诚。我真想坐上去尝上几口，但因集体行动，只好拍上几张照片匆匆去赶队伍。后悔的是，没有为他们拍张全家福，留下通讯地址寄过去。现在只有在心中为他们祝福了。

4

上凤凰山赏花儿会之前，邀请方特别安排我们游览4A景区马步芳故居，并卖了个关子：请留神，这座故居可是与《花儿与少年》有关啊。

大军阀马步芳，曾为国民政府西北军政长官公署长官，也担任过青海省政府代主席。我们南方人对他可能并不熟知，而他在西北绝对是个如雷贯耳、令人畏惧的"青海王"。他重兵在握，曾开打青藏战争，阻击了英军欲经西藏向内地的深入。他也曾派兵参加抗日战争。而他最大的战绩，竟然是围剿工农红军西路军，几乎将2万多红军官兵消灭得一干二净。这是个难以拿捏准确的"王"。

所谓马步芳故居，实际上是建成于1942年的马步芳公馆，被公馆主人

一大家子四代人在花儿会场外席地野餐，其乐融融。

取名为馨庐。当时的国民政府主席林森为其题写了"馨庐"二字。整个建筑分7个院落，各院落及重要厅宅均有暗道相通，设计大方、凝重，中西合璧又带有西北风。特别是第一个院落建有玉石厅，还有其他院落也设有镶玉石的墙体，因而它又被称作玉石公馆。

我忽而想，将这座建筑修复并对外开放，为什么没启用"馨庐"或"玉石公馆"的名称呢？称作"马步芳故居"，未必适宜吧。

我们在故居里转了一圈，除了感受一下别开生面的民国建筑外，没看到多少文物史料，收获甚微。倒是在第二个院落的马继援夫人居室里，发现一则与我们南京有关的趣闻。

马继援是马步芳的独子。他的原配系旧式婚姻使然。后来他遇到南京汇文女中才女张训芳，向其求婚。其母不许。他长跪10小时痴求，终于抱得美人归。而这段新式婚姻又遭到马步芳的坚决反对。特别是女方的名字太离谱。泱泱马步"芳"，怎能容忍一个叫训"芳"的女子当儿媳妇呢？最后，以张训芳改名张训芬嫁进马家而告结。

我们在张训芬的小楼中看到了她的玉照，美貌，大方，让我们南京人得意了一把。

## 5

前面卖的关子，是说馨庐与《花儿与少年》有联系。到底有何联系，在馨庐留意观察，还真没看出一点蛛丝马迹。一打听，原来有联系的并非馨庐，而是馨庐的主人马步芳。

又要说到马步芳了。他虽是个武夫，却也喜欢音乐。1944年，马步芳将有"共党"嫌疑被关进大牢的王洛宾捞了出来，招至麾下做军地文化宣传，并向世人炫耀："现在全国各地都在唱一首青海民歌《在那遥远的地方》。这是王教官给我们青海省争来的荣光。"次年抗战胜利，马步芳要搞一场轰轰烈烈的社火活动，请王洛宾任总指挥。他还亲自哼了段花儿，让他以此创作一个歌曲，作为社火的压轴戏。这个歌曲就是《花儿与少年》。据说当时演绎《四季调：花儿与少年》时，是由8个马家军壮汉与8个年轻士兵反串的纯情少女边扭边唱，十分轰动。此歌曲也就一度俗称《八大光棍》。

如此说来，假如开发王洛宾音乐之旅的旅游线路，馨庐倒是可以考虑列入其中的。

还想说的是，虽然《花儿与少年》成为了花儿的经典传世之作，但王洛宾在马步芳部下做事的经历，也为他建国后涉嫌历史反革命罪名第二次入狱埋下了隐患。而第一次是在建国前，他因共产党嫌疑被抓进了牢里。这说起来有点搞笑，又一点儿也不搞笑。

## 6

海北州的门源县。

这是西宁小鲜特地安排并陪伴我游览的第一个地方。

门源，距西宁大约150公里，有种植油菜的悠久历史，以"门源油，天下流"著称于世。我们来到这里，正是油菜花盛开的季节，运气就这么好。

我们团队的画家徐开利当场写生玉石厅。

门源的油菜花在大地上彩绘。

　　门源的地形很特别，被祁连山、达坂山包围着，形成连绵一百多公里长的盆地。在如此广阔的山野里撒满油菜种子，待到山花烂漫时身临其中，该是多大的福分呀。

　　说实话，刚开始进入门源地界时，尽管公路两旁都是黄花，却未让人兴奋起来。毕竟这样的景观，对我们来说并不陌生。直至车子爬上青石嘴的观花台高地，从车里钻出来，瞬间被漫山遍野的黄澄澄的色块吓住了，甚至变得有点手足失措。糟糕的是下起了大雨，气温骤降。我们又淋又冷，进退两难，最后还是被逼回车中，不免有点懊恼。小鲜安慰我：阵雨而已，还有更好的观花台，还会更精彩。

　　趁着下雨，我们在青石嘴找了家农家乐午餐。在农家乐邂逅3位背包客：2位是夫妻俩，与我年龄相仿，来自湖北；1位是30多岁女性，来自广东。他们在旅途中相遇，结成了伴，专程来看油菜花。挺羡慕他们无拘无束自由行的，而我如果没有小鲜做向导，恐怕就无所适从了。

　　午餐后天空放晴。农家乐外面的田野上撒满黄色，就像是油彩泼上去的一般。我情不自禁地端起相机狂扫疯拍，一直摄到该换电池了。其实，这只是路边小景而已。

小鲜没有食言，将我们带上了岗什卡观花台。这是最佳赏花的制高点了。登临岗什卡，俯视铺天盖地、充满霸气的黄色花海，眼恍，心醉，神怡，油然产生一种心甘情愿被大自然俘虏的欲望。

我忽而又有感悟：《花儿与少年》注定会诞生在青海这块热土上。它不单单是哥呀、妹呀，情呀、爱呀，更不是什么"八大光棍"，而具有一种野性的感染、一种大自然赋予的生命的原动。它诠释着青海人爱花如命的天性。

世界上最值得赞美的不正是"花儿"与少年吗？

7

金银滩，王洛宾创作《在那遥远的地方》的地方。

西宁的小鲜懂我，将我带进了金银滩。

其实，我原先并不知道王洛宾就是在这里写下了这首名扬天下的歌曲

笔者与西宁小鲜、小李在岗什卡观花台。

王洛宾音乐艺术馆。

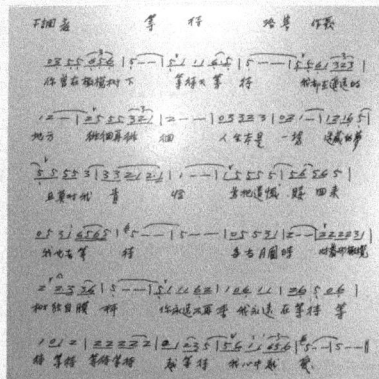

王洛宾《等待》词曲手稿。

的。据说那是在 1939 年，26 岁的王洛宾跟随导演郑君里来到金银滩，与当地 17 岁的藏族少女卓玛拍电影。他俩在 3 天的合作中擦出爱的火花。卓玛还曾娇嗔地抽了洛宾一鞭子。相别后，洛宾忘不了那一鞭，以哈萨克民歌的曲调写下了《在那遥远的地方》。这小子，真是个情种呀。

而今，当地建了座王洛宾音乐艺术馆。其外形蛮特别的，正面的右半部分墙体呈便签纸造型，墙体上刻印的正是手书的《在那遥远的地方》。

走进音乐艺术馆。那里面陈列着许许多多王洛宾的老照片和歌曲手稿，加上讲解员也会给我们唱上几句，就觉得比参观别的陈列馆要有味道。王洛宾实在传奇，两次蹲大牢，无论是在国民党或共产党队伍里，还是在狱中，都在写音乐，忠于爱情婚姻又充满人文情色。他的人生，信手拈来都是故事。令人纠结的是他晚年与台湾三毛的忘年交。馆内陈列着他在三毛自杀后写给她的歌《等待》。歌中唱道：

"你曾在橄榄树下等待再等待，我却在遥远的地方徘徊再徘徊。""为把遗憾续回来，我也去等待。""你永远不再来，我永远在等待。等待，等待。等待，等待。越等待，我心中越爱。"

讲解员当场为我们唱了这首歌，唱得我心碎。人世间的情与爱本是可以超越一切障碍的。情歌王子为啥要徘徊呢？一定是老糊涂了。话又说回来，世上又会有几个三毛呢？

## 8

在金银滩上有座原子城。

所谓原子城，前身为国营221厂，是我国第一个核武器研制基地。第一枚原子弹和第一枚氢弹都是在这里研发的。原子城于20世纪80年代退役，至90年代移交地方，定名为西海镇，同时也成为海北州府所在地。

我不知道当年为何看上金银滩搞原子弹，开个玩笑，恐怕是受到"在那遥远的地方"之指引。

如今，在王洛宾音乐艺术馆的东边建有大型原子城纪念馆。这也是旅游团队主要的游览点之一。

我们参观了纪念馆。馆内展示的大场面、大精神让人自豪和振奋。不过，让我为之感动的倒是一件不起眼的小事：4位女大学生分配到基地，偷偷合影了一张照片。由于基地高度保密，照片一直悄悄地压在箱底，不敢示人，直至办馆时找到她们，经请示后才拿了出来。这其中的酸甜苦辣，只有她们自己才能体会。她们何尝不是青藏高原上的"花儿"呢？纪念馆里如果多一点这样的细节，该有多好。

我还注意到，在金银滩上零散着几处碉堡式建筑，据说是被废弃的研发试验点。这应该是游客更为感兴趣之处，可惜未利用起来。

西海镇有金滩、银滩，有王洛宾、卓玛，还有原子弹，真是旅游资源富矿呀。

在湟源县的丹噶尔古城。

青海有不少老城古镇，是我想要看的。这次青海自由行的时间仅有2天，于是乎小鲜就近选择了西宁所辖的这座古城。

说是古城，实际上就是一条经过整修的老街。走在老街，并没有找到多少历史的凝重感。如今各地为了发展旅游搞的老城镇，好像都跌入一个套路，不再给人新鲜。

街上有个商铺，铺内四壁挂满了老照片，引起我的关注。透过它们，似乎方能触及到一些旧迹。实际上这里因特别的地理位置，早在唐代就成了与吐蕃的"茶马互市"，在宋代是丝绸南路要冲，到了明代发展成为西北最火的贸易集散的城镇。那些老照片，估计多半是洋人拍摄的。老街上至今保存着清末英国人开设的仁记洋行，里面也挂了不少老照片。洋人赚钱的嗅觉特别灵敏，即使是"在那遥远的地方"，只要有"钱"途，就会千方百计钻进来。古今无不如此。

在老街，最吸引人的倒是各种风味小吃。我们找了一处面食店小餐，吃了些什么没怎么记住。记住的是有一种烙饼叫"狗浇尿"。这名字也太怪异了。原来，烙饼时要用尖嘴油壶反复盘旋式浇油。过去烙的饼很大（现在微缩了），浇油时得跷起一腿方能将油浇到位，动作酷似小狗撒尿，于是就有了如此雅号。这道风味小吃，曾出现在2010年上海世博会上，没好用"狗浇尿"了，取了个新名：青海甘蓝饼。

## 10

在西宁，碰上了"斋月"伊始。

我们下榻的酒店附近就是著名的东关清真大寺。小鲜是回族人，让我们不妨去看看。

青海拥有众多的穆斯林信徒。每年的伊斯兰教历九月是"斋月"，需封斋一个月。在"斋月"里，穆斯林每一天从天亮后至天黑前都不能吃东西，包括喝水。斋月满，会举行隆重的开斋节。我们虽没赶上开斋节，但能在斋月第一天去趟清真寺，也是挺有意思的。

东关清真大寺，始建于明洪武年间，与西安化觉寺、兰州桥门寺、新疆喀什艾提卡尔清真寺并列为西北地区四大清真寺。我们现在看到的寺庙是1913年重建的，也包括以后的两次扩建。整个建筑不同于阿拉伯的穹顶式，而是呈中国殿堂式风格，也融进了宣礼塔的清真寺标志物。寺内正中的礼拜大殿有一千多平方米，加之大殿外广场，可同时容纳3000多穆斯林做礼拜。而每逢穆斯林节日，来做礼拜的绝非区区几千人，要达到几万人。那时候，寺庙外的城市主干道上，都成了做礼拜的场所。我们在大寺内看到了万人做礼拜的照片，场面真的有点惊人。

我曾询问小鲜，斋月里的穆斯林群众，哪来的精力、体力干活呢？小鲜回答，在岗工作的，还有病人及孩子，可以不用戒饮戒食。小鲜又说，现在的穆斯林群体，除了共同遵守伊斯兰教的主要信条外，对次要的则持宽松态度，可自由选择不同的生活方式。她提示我，你在马路上看到的女子（不分老少），凡包着头巾、长袖长裤着装的，就是非常传统的穆斯林，而像她那样短袖子露胳膊的应该算新派了。

我久久端详那张万人做礼拜的照片，在想：回族人之所以没有如满人那样完全汉化，肯定是有清真寺在作支撑。我又想起在丹噶尔古城参观的一座文庙。在那么遥远的年代、那么遥远的地方竟也会有颇具规模的文庙。西北各民族的凝聚力，儒教也应功不可没。

我还与小鲜的女儿娜拉做了点交流。她正在北师大读历史专业。我对她说，你是学历史的，以后可以好好研究一下中国回教。她不以为然，十分自信地表示，要专研撒拉族文化。原来她的父亲是撒拉族人。从她那里了解到，撒拉族的信仰也是伊斯兰教。我听后十分感慨。民族文化的传承太需要，也必须依赖这样的年轻人。有这样的年轻人，真好。

让我感到后生可畏的，还有清真大寺的一位讲解员。他长得眉清目秀，说话很有磁性，而且充满情感。我们原是跟随另一位讲解员的，不知不觉就被他吸引了过来。他用诗一般的语言讲解寺庙建筑和《古兰经》教义，让教外人的我们也听得心悦诚服。讲解完毕，不少人还围着他不愿离开。等到大家散尽，我与他私下聊，得知他是本地人，正在沙特阿拉伯的伊斯兰大学读研，现在回来实习。他这般年青，这样有才华，传播的是伊斯兰教，真让我有点羡慕嫉妒恨。

还要补充的是：他很低调，一再强调自己在实习，不愿报出姓名。再三追问之下，才知他叫王少峰。他还说网上会有他的资料。我后来在网上搜索，虽有不少叫王少峰的，但未查到我要找的王少峰。中国人同名同姓的实在不少。

11

就要告别西宁了。

离开西宁前，小鲜陪我参观了中国工农红军西路军纪念馆。这是我指定要去的，倒不是要来一个红色之旅，而是出于某种好奇心。

我在游览马步芳故居时，听说了马家军横扫红军西路军的故事，打探到有这么一座纪念馆，就想去看看。

那是在1936年，红军西路军主力部队二万一千八百余人（据说占了红军总数的五分之二），与马步芳十万大军在河西走廊决一死战，遭全军覆没。这场空前的败绩极不光彩，在党史和军史研究中始终是"禁区"，直至20世纪80年代才向社会揭开历史真面目。纪念馆也是随之而建立的，设在了南川东路烈士陵园内。馆前置西路军烈士群雕塑像。李先念为之题词："红军西路军烈士永远活在我们心中。"馆内主要以照片和绘画展现了西路军浴血奋战的悲歌。印象深的是马家军的杀人如麻，连战俘也不放过，扒心、挑喉、断颈等手段多达十几种，共杀战俘三千二百余人。那些幸存下来的战俘，也都沦为了奴隶，其中的女红军还被逼做了兵痞的小妾，命运更惨。马步芳，人面兽心呀。惨上加惨的还在于：男奴和女妾们好不容易盼到了解放，又一度统统被判为"叛徒"、"历史反革命"。这是何种价值取向？混球呀。

我之所以心存好奇，是因为：在同一个城市里，既建立起红军西路军纪念馆，又修复了马步芳故居。这在过去恐怕想都不会去想，现在办到了。何以呢？是这座城市对历史的正视，理解，宽容和大度。我为之而喝彩。不过我仍然以为，那座马步芳故居，还是叫作馨庐或玉石公馆为宜。何以会这样想，自己也没弄明白。

再见了，青海，西宁。

再见了，花儿与少年。

与笔者同行的南京云锦研究所王宝林（左）、张玉英（右二），和讲解员王少峰留影。

求缺集

### 1

日照，一个多么美好的城市名称。

这个名称，是在20世纪90年代认知的。那一阵在暑期受理的旅游投诉，日照是大户，不是住不上房，就是用水、用电出问题。这是个什么地方呀，白白"抢注"了一个好名字。

南京人夏季玩海似乎成了定势，近一点的到连云港，稍远些的去青岛。不知怎么弄的，以往没听说过的日照一下子冒了出来，变成了大家逐海的对象。

我们曾几次派员赴日照调研，结论是那里基础设施太单薄，远不能满足狂涨的旅游市场需求。奇了怪的是，尽管问题多多，但游温不降反升。日照有何磁力呢？

还有一怪，我在旅游部门供职时虽时不时关注日照，却从未走过一遭。倒是退休了，突然就念想起"日出初光先照"的地方。

### 2

"日出初光先照"的诗句，正是"日照"之来历。诗出自何人之手，不详。作为地名，乃源于宋元佑二年（1087）置日照镇。那地方，往前可追溯到史前龙山文化和大汶口文化，夏商时期为东夷境地，西汉时设海曲县，东汉则称西海县等。无论是海曲、西海，还是日照，都离不开大海。它是在山东半岛的南翼，东临黄海，与日本、韩国隔海相望。在相袭的几个地名中，我挺喜欢海曲。海曲，曲曲伸伸的海岸滋生着沃土，随波逐浪的乐曲伴着你赶海，多浪漫，多壮观。现在的日照未舍抛弃"海曲"，将其作为了路名。

回过头来再说"日照"。虽说日照的地名系宋代所命，却由来古远，与先民的太阳崇拜有关。日照有天台山，自古为日神祭祀之地。这在古籍《山海经》《纪年》中均有记载，此乃"海上日出，曙光先照"之地也。如今的天台山仍遗存着太阳神石、太阳神陵、石鸡、石磨、石椅、日晷等太阳崇拜物。让我想不到的，它竟然是世界公认的五大太阳崇拜文化起源地之一。另四地为秘鲁的马丘比丘、印度的科纳拉克太阳神庙、埃及的阿布辛贝勒神庙、希腊的德尔菲——阿波罗圣殿。日照享有"东方太阳城"的美誉，绝非当下流行的忽悠，而是实实在在的。前面说到"抢注"日照，太过调侃。此地不叫日照，天下还有哪里配得上呢？

3

今年8月下旬，日照得以成行。

我们开辆"汉兰达"越野奔驰了4个多小时，从酷热的南京抵达日照。恰逢日照降温，海风习习，不时滴下细雨，那个爽呀，爽歪歪。不过，这回在日照却见不到日照了，倒是乌云压境。也好，那来势汹汹的乌云，在南京也稀缺呀。尽管气温只有20多度，海滩上还是人头攒动，人气旺旺。看来，日照旅游行情不错。

这次日照之行，我们仅待了2个晚上1个白天。整个行程，也就是在海滩上转了转，乘了回海上游艇，看了个海战馆，又因在下榻的美华宾馆获取黑陶的情报，点名参观了兆启黑陶园，如此而已。回来后查看资料，

日照渔港。

方知有太阳崇拜之天台山这么个地方。否则，时间再紧也得去上一趟，哪怕瞅一眼也好。

虽说行色匆匆，但收获颇丰。感受最深的是日照的人：友情与义气，率直与真诚。这几日正在断断续续看电视连续剧新版《水浒传》，就觉得吧，日照人有水浒人物的影子。还有什么能比结识这么一拨弟兄，更感快意呢。

4

说到人，首先要推出南京国旅的朱春文。这次的日照之行，受邀请方和召集人正是朱先生。他告诉我，以往日照的游客，南京人占了大半壁江山。他朱某人是日照市场的拓荒者，玩成了大户。不过他又说，近几年做日照的同行多很了，他充其量只能算小户了。好在生意不在，情义在，日照永远是他的"水泊梁山"。

朱先生在山东包括日照旅游界的名气过去略有所闻，这一次是亲眼所见。他之所以有名气，恐怕不光是输送众多客源那么简单。日照旅行社的小葛说了件事，让我热血了一把。

大约在10多年前，朱先生的一个旅行团玩完青岛，黄昏时分赶至日照，饭店临时停电无法入住。即使未停电，饭店也已将他们预订的客房出售了一部分，根本不够安排。怎么办？那时期日照的条件就这么个样，所以才会出现许多投诉。当地的接待社拟"见缝插针"地将游客分散到若干饭店住宿。朱先生麾下的导游明确表示不同意，以为这样做非"炸团"不可。他果断地向游客说明情况，然后领大家到海滩落沙而席。他不紧不慢地打开话匣子，侃侃而谈，讲山东风土，说日照民俗，谈人世间情事，还不时插上荤素段子。那一夜，男中音在"海曲"伴奏下独鸣，听众时而鸦雀无声、时而爆出欢声笑语，直至海上日出。当太阳升起的那一瞬间，全体欢呼雀跃，一片沸腾。四五十人的团队一宿未睡，还得忍受蚊子叮、虫子咬，竟然实现了零投诉，堪称传奇。

这不是在讲故事，是小葛亲身经历。小葛，人高马大，一个标准的山东大汉。他说，那时候他还是个孩子，啥事不懂，跟在后面打酱油。这件事给了他震撼和启示，也让他懂得了旅游还可以这么个玩法。五六年后他当上旅行社的头儿,遇到了类似的事件,而且不是一家是几家饭店断电,游客闹翻了天,还把政府机关的门堵了。小葛当时也接了几个团,就把队伍拉到海滩附近的空地搞了一场篝火晚会,通宵闹腾,迎来红日升海。那一天,日照的所有游客,只有小葛的团队没有投诉。他特别感谢有"前车"可鉴。他说尽管现在与朱先生并无多少生意往来,但这样的朋友交定了,是永久的朋友。

日照的条件现在好了很多很多。这样的事件虽说已经远离,多半不会再发生,但至今说出来还是那么鲜活。这是多么经典的旅游危机管理案例,完全可以用在培训教材上。退休前怎么就没听说过呢?看来,坐机关的难以获取第一手情报,官僚呀。

写到这里,得做个说明:这次日照之行阴雨,未见日照,本文为何还要以"朝曦暮晖"为题呢?就因为听了小葛娓娓道来海上"朝曦",深深打动了我。有了"朝曦",也就不愁没有精彩的"暮晖"了。

5

在日照旅游界,有一位响当当的人物不能不提,说的是小孙。小孙来自东北,在日照打拼了10多年,创下一片新天地。我们参观的海战馆,就是他一手"整"出来的。海战馆建筑外观呈灯塔形,是城市的形象工程,建成后一时不定派何用处,就交给小孙接管。他将建筑内部布为海战馆,又通过营销艺术将旅游团队一网打尽。看到的海战馆规模有限,参观的团队却接二连三,好不热闹。又见陪同的小孙颇为得意的神情,心直口快的我有意给他泼点冷水:展馆陈列有些老化,内容也有些陈旧,该更新了吧。他似乎不屑,指着拥挤的游客说:有他们就可以了嘛。不过他又说:更新是迟早的,必须的,不一定再搞"海战",会有全新的内容,还没想好。他没想好,恰恰是挺有想法。

小孙是在创业初期与朱先生结交的。现在他玩大了,生意往来的大户想见他未必会见,而朱先生到了指定会陪。他就是这么个人,干练、果敢,有些霸气,桀骜甚至有点邪。不过,就他那么点邪乎并不讨厌,反倒让我更乐于与之交流,而且受益。例如,他说了这么一个旅游开发项目,让人眼睛一亮：日照有个小岛叫逃活岛。相传南朝陈后主到了日照被海潮围困，幸好逃到这个岛上得以脱身，所以有此岛名。小孙的一个朋友承租了这个岛搞旅游，开始时怎么也打不开局面，后来干脆把岛名改成了桃花岛，游客一下子就多了起来。我问：岛上有桃树吗？他答：没有。问：那有什么？答：只有礁石。这个岛面积仅 50 亩，涨潮时只剩下 11 亩。游客须买船票上岛，上了岛逐海玩。岛主赚的是船票钱。原来这样呀。

这么个岛也能玩旅游，也太逗了，太有想法了。这就是智慧。我以为：它绝对是旅游营销的优秀范例。我又以为：将逃活岛改名为桃花岛，虽效果不错，但未必可取。总不该将那样有文化、有说头的岛名随手丢弃吧。再则，现在岛名叫桃花岛的已不是一处二处，而"逃活"倒是唯一，也越来越对时尚青年的胃口。如果说初期改名桃花岛迎合了市场，那么现在再改过来也是市场需求。不知能否会恢复原名，又不知恢复过来是否会影响已有的品牌营销。

## 6

还要讲到的一个人物，不算旅游界的，是非物质文化遗产黑陶接班人小苏。这是参观兆启黑陶园认识的。所谓兆启黑陶园，由黑陶传承人苏兆启创办。小苏是其子，刚从中国美院毕业，个头不高，架着副眼镜，黑瘦，文弱，寡言少语，似乎不怎么出趟。只有当他介绍黑陶时，方显得神采奕奕，踌躇满志。这也就引起我的关注，关注他的执着和甘于寂寞。一个小年轻，能那么倾心于父辈传承的手工工艺，少见呀。

黑陶，最早发现于龙山文化的遗址，距今已有约 5000 年，是日照的骄傲，也是中国的骄傲。 它"望之似漆，叩之如磬"，代表了中国陶器的最高水平。更显功力的是在黑陶上发现了陶文，比甲骨文要早 1500 年，是中国文字的鼻祖。我看到一个文字：上部是太阳，中部是云，下部是山。这是什么意思呢？假如山的下面再划上两道水，这个字的意思一定就是"日照"了。总之，我挺喜欢太阳、云、山组成的文字符。它应该可以作为日照的旅游标志。

黑陶在世界上也享有声誉。据说，1972 年美国尼克松总统首度访华，指名要看日照出土的高柄蛋壳黑陶杯，因行程原因未能如愿。后由周恩来总理将苏兆启仿制的作品赠与了尼克松。苏兆启的名声也因此而显赫。在兆启黑陶园，我问小苏：黑陶的陶土来自何处？回答：日照。有这种陶土的地方极少，日照是主要产地。我又问：日照地上的土都是吗？答：当然不是。黑陶土分布在一定范围内。取土须掘地五米方能触及黑陶土层。土层大约一米厚，取出后再覆盖如初。听到这里，我突然想起到灵壁县观灵壁石。原以为灵壁石采自山上，谁料想是从庄稼地里挖出来的。采灵壁石如同赌石，通常要挖七八米深，方知下面有无。有，特别是碰上好石头，是运气；没有，自认倒霉。我就在琢磨：农田地底下怎么会暗藏奇石呢？莫非这样的石头像树的树根一样，是山的山根？正想着，小苏又告之，取来的土还得经多次水洗，去粗存细，才能得到纯正的泥浆。我再次发问：黑陶泥得来如此不易，市面上的黑陶品有假吗？答：有，有用鞋油掺假。我一声叹息。假，已经无孔不入，无处不在。而此刻瘦弱的小苏掷地有声：兆启黑陶绝不允许有假。我喜欢这个小后生，也在这个小后生的身上看到了"真"的希望。

### 7

写到这里，倒想从头再来。因为有一个人一直在为我们的日照之行张罗，迎来送往也都在场。那就是邀请方总代表、日照美华酒店 CEO 张冬晓。我第一个要写的人应该是她，而我将她"雪藏"到了现在。

我们是晚上 8 点抵达日照的。张女士和她的团队已在酒店门口迎候，将我们直接领到宴会厅。让他们等待这么久方陪我们用餐，挺不过意的。张女士安排我入座主宾席。她低声对我说：你们的朱先生来日照打拼时，

黑陶传承人苏兆启的下一代接班人小苏。

旅游市场还是空白，甚至不懂旅游如何搞法。那时候也就指望南京来的客源。现在完全不一样了，局面打开了，全国各地都有游客来。日照旅游，朱先生功不可没，应该是我们的荣誉市民。可惜有权授予"荣誉"的领导换了一拨又一拨，没人再会过问拓荒者了。交谈之间，能感觉到她对年长的我十分尊敬，也就有了些许距离感。其实她就在我的左侧，最没有距离。她给我的第一印象，不如大多 CEO 的鲜光和风度翩翩，显得朴实、粗放、诚挚、知性和淡然。

酒席上，张女士抱歉地对大家说：因身体不适刚挂了水，喝不了多少酒，待会儿老公会来助我。我近年来已与酒无缘，正好可以从容与她交流。不知从哪一刻起，我们之间的那么点距离突然消失了。她对我说：原以为你退休下来挂个旅游学会会长的职务，是享个荣誉，图个虚名；没想到你既搞课题，又编杂志，还在干着实事，真难得呀。她的坦诚，让我觉得她就是弟兄，可以知无不言。

酒过数巡，迎来张女士的老公高先生。张女士已私底下向我夸过老公是典型的山东汉子。果不其然，他个头高，嗓音亮，特别是一口地道的山东方言，顿时使全场充盈着"好客山东"的浓意。这对夫妻，还真看不出谁主内，谁主外。

酒又过数巡，我们一行五人，领队的朱先生已经喝高了，其他三人都是做酒店的、又都是行伍出身，虽然不能坐如钟，但能立如松，一个也没趴下。那顿饭一直延续到临近半夜 12 点。未曾想到的是，张女士又安排饭店的刘总监将我们拉出去吃烤羊腿。待羊腿烤好，朱先生已坐如钟地醉睡过去，唯"行伍"们峭然而立，站着喝啤酒、啃羊肉。我在一旁给力：新的一天开始了，昨天喝的不算，重新再来。事后，问他们感觉如何，他们竟浑然不知自己做过什么了。

8

在下榻的美华酒店客房里，一张歪歪斜斜手写的便笺引起我的兴趣。便笺的内容大致是：电壶水已烧开，稍加热即可饮用；外出别忘带雨具，一场秋雨一场寒，也别忘多穿些衣服等。署名是：您的贴身管家小王。吸引我眼球的还不是写了什么，而是用圆珠笔划出来的一个个笨拙的字。这让人感到特别温馨，也让我追忆起自己的过去时光。感慨之余，有意将心得传授给现代年轻的恋人：假如你们彼此之间过去仅仅是通过手机、电脑联系，那现在就还应该增加手写信件，用这种"古老"的方法鸿雁传书，效果肯定翻番。

我问张女士：客房手写的便笺是否刻意所为？张女士说：是的。我们要求楼层服务生必须自己动手写，一方面增强她们的责任心，另一方面也好让客人感受"宾至如归"。从这个细节，可以明察张女士的员工训练有素。而她说到自己的团队，骄傲、自豪之情溢于言表。接下来，她不经意间说了一个事件，倒是让我十分在意，而且吃惊不小。

去年10月的一天，晚上10点50分，酒店发生火灾。张女士3分钟内奔至现场，面对烟雾腾腾的场面，打电话的手也不由自主地颤抖。她做的第一件事就是疏散房客。酒店全体员工紧急出动。有的员工从宿舍的床上爬起身，顾不上穿鞋就冲进火场。快捷的团队行动，使得酒店的260多位房客全部安全转移。其中的1位喝醉了酒，被员工强行捞出来，酒醒后还不知道发生过什么事。

这在日照是个大事件，新闻报道波及全国，好在无人伤亡，不幸之大幸。事件平息后，有关方面突然意识到，这是救灾的成功范例。央视派员来做专题报道。张女士让手下员工接受了采访，自己没肯出面。她说：毕竟给酒店造成了损失，还有何颜面上镜头呢？她又说：要是自己当时不太过紧张，应该做第二件事，即

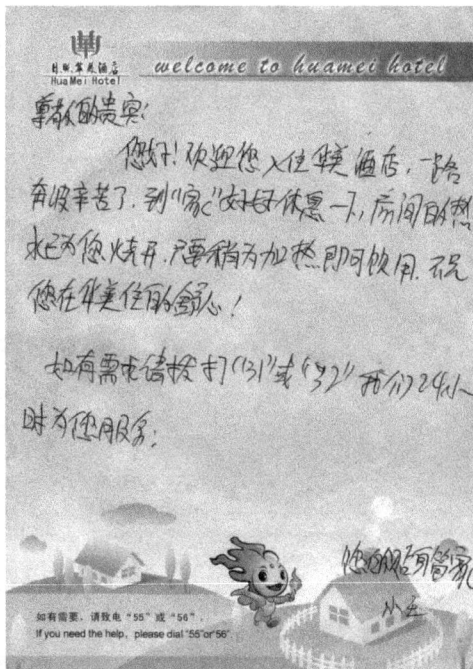

美华酒店客房里留有服务员手写的小便笺，看了挺温馨的。

迅速找出火源，加以封堵，酒店的损失可能还会少些。她一再强调：员工太可爱了，太强大了。正因为此，投资方老板明确表示：酒店维修期间，员工队伍不解散，工资照常发放。

听张女士淡淡而谈，我忽而觉得与她又有了距离。因为她不仅仅是弟兄，也不仅仅是酒店CEO，还是平凡又不平凡的高大的英雄。

9

我想起对张女士最初的印象，有"粗放"的点评，其实是"色盲"。先说件一般人注意不到的小事：我嗜好蔬菜，而头天的晚宴上少有蔬菜。她留意到了这个细节，次日安排我们去抱人谷山庄共进晚餐。桌上摆满了丰盛的野菜和有机蔬菜，让我好好地过了把瘾。再说件事：我们告别日照时，收到她赠送的礼品，是一对兆启黑陶花瓶。这无疑与我们点名去参观兆启黑陶园有关。她的"精细"关照即便弟兄也未必能做到。

与张女士长谈，我又有感悟。她不光是心系酒店，更关注日照的今天和未来。我们聊得最多的是环境。上天赐予了日照阳光、大海、沙滩"3S"

笔者等一行与日照美华酒店张冬晓女士（中）等留影。

休闲旅游资源，是其最大的资本。2009年"联合国人居奖"颁给了日照，是其金字招牌。然而，前景有些堪忧。威胁来自于一家新加坡人投建的造纸厂。这家造纸厂离海港很近，离城区也很近。当地一度建议其迁址，哪怕为其承担巨额迁移费用，但人家不予理睬。工厂一期工程上马了，又建了二期，还在规划三期，号称总投资113个亿。这样大干，还会有什么干净环境？这样快上，"联合国人居奖"又能维系多长？这个新加坡人真横，自己国家不允许建厂，就窜到东方太阳城来撒野，还没法遏制他。究竟是哪路神仙，如此神通广大？她与我两次议此话题，神色忧虑而无奈。我也只有仰天长叹。

我看好"朝曦暮晖"，又以为倘若不知道珍惜环境，"暮晖"何在？

### 10

道别日照，一路上似乎仍在与张女士对话，祈祷日照永葆"朝曦暮晖"。

回到南京，取出礼盒。那对黑陶花瓶油嫩滋滑，煞是可爱，又觉得美中似有不足。只因黑陶表面刻的是"马踏飞燕"，虽属于全国的旅游标志，却未能彰显出日照个性。前面说过，我喜欢太阳、云、山组成的陶文符号。如果刻的是这样的陶文，一定会美上加美。

日照之太阳、云、山，无人可以践踏，更无人可以撼动。

1

说是去山东荷泽，实际上只是去了荷泽市辖区的定陶县。

2

定陶县，去之前真还没怎么听说过。问旅游同仁、包括山东籍的，他们也都不大清楚。这是个什么地方呀？只有"百度"一下了。

定陶，位于鲁豫皖苏四省交汇处，处在荷泽地区的中部，自春秋至西汉800多年间，一直为中原地区的水陆交通中心，更是全国性的经济都会，享有"天下之中"的美誉。它虽有如此辉煌的记录，但随着历史的变迁，逐渐衰落，淡出江湖，以至于现在已不大被众人所知晓。

3

去定陶，是北京的一家公司要在那里搞一个大型的旅游文化项目，让我帮看看，做个参谋。

作为旅游人，我向来对旅游文化有兴趣。只是这一阵，可能出于有中央精神，各地一下子都摆出大干快上文化项目的阵式，让人有点看不懂了。据说我们南京就要上十多个博物馆建设项目。这样的大好事，过去是曾想过，又觉得只是梦想；现在梦想要成真了，倒变得疑惑起来。我是在想，即便建馆不差钱，建成后的维护费有没有列入计划？我有个朋友，为某个贫困县装修了一个博物馆，声、光、电俱备，很有场面。不过，等到开馆之日，领导参观完毕之后，也就到了闭馆之时。不闭馆，得付水电费呀。

好在定陶的大项目，用不着动用地方财政，也就没什么可说的了。不过，项目投资的公司是一家民营企业，怎么就肯选择这样一个不知名的地方玩"文化"？不会是虚晃一枪要"圈地"吧。

带着一连串问题，来到定陶。

4

听定陶人说定陶，方知这个地方很有故事，确实有文章好做。

　　就说那个凸显在庄稼地里的土包子吧，既是新石器时代及商时期的文化遗址，又是汉高祖刘邦登基称帝的高台。它叫官堌堆。

　　所谓"堌堆"，是由远古人的世代生活废弃物堆积而成的土包子。定陶地区一马平川，别说看不到山，也不见小丘小岗。为此，那么个土包子就特别招眼。它的文化层暴露明显，有烧土面、蚌壳坑、灰坑等，从中采集到的古动物化石、石器和陶制品残片更是不计其数。"堌堆"前加个"官"字，是指汉高祖曾在此登基。这一史实曾载入司马迁的《史记》。清代此处立有石碑一通，镌文"汉高祖受命坛"，今已不存。取而代之的是 1979 年立县级文保碑和 1992 年立省级文保碑。

　　我们这次看到的官堌堆，底部大约南北 30 米、东西 15 米、高 8 米。定陶人说：它过去的体量应该有现存的几个大，在上世纪 60 年代人民公社组织社员拉土垫地，挖掉了大半，留下永久的遗憾。

　　十分滑稽的是：有人在官堌堆旁盖了间两三平方米的房子，称作神庙。庙里供着小型观音塑像和官爷爷、官奶奶的牌位，正墙上则张贴着红太阳毛泽东画像。这自然是人民公社社员后裔的愚忠杰作，让人看了忍俊不禁。

官堌堆，现在仅存一个小土丘。

官堌堆旁的神庙。

神庙内的陈设。

5

　　前面提到，定陶地区为广褒的平原，无山丘可言。可就在县城西北6公里处，却有一座山，叫仿山。注意，是仿山，仿而已。

　　据《太平寰宇记》："仿山，古曹国葬地，连属十五里仿佛似山，因名。自曹叔振铎至伯阳二十五代皆葬于此。"曹叔振铎乃周王朝周文王第六子，被封于曹。曹国历代国君为显示权势，将墓葬封土竭力加高加大，逐渐形成高阜，即仿山也。

　　仿山上，不仅墓葬众多，而且庙宇成群。有纪念曹叔振铎的大王庙以及玉皇庙、三清庙、玄帝庙、土地庙、包公庙、三贤女庙等，大大小小足30座。这些庙宇是逐渐积累起来的，然而在"文革"期间遭"千钧棒"横扫殆尽，至20世纪70年代才又陆续在修复。

　　限于时间，我们这次选看了二三个庙。最有看头的是百神殿。这座殿面积仅 270 平方米，竟供奉着百余尊塑像：佛有释迦牟尼，道有殷洪，神有玉皇大帝，贤有孙思邈……这么多被"文革"斥为"牛鬼蛇神"的欢聚一堂，给了我很大的意外和惊喜。当看到齐天大圣孙悟空挤在里面摆 POSE 的塑像，让人笑出声来。

百神殿，始建于东汉，明天启三年重修时，奠定了佛道圣贤同居一室的博大与包容的宗教文化。现殿是 1978 年依原先式样重建的，原有塑像 127 尊，现增至 132 尊。我挺好奇：是谁有那么大的权威来选定 127 尊或 132 尊"人物"走进百神殿的呢？

我还有个想法：百神殿的复建，完全可以不拘于原式样，而是搞大规模；殿内塑像也要按艺术品精心塑造，整体上应与无锡灵山的梵宫比肩。这应该成为定陶旅游文化的最大亮点。

6

定陶除了仿山、官堌堆外，还有春秋左丘明之父墓及左山寺、秦末农民起义军领袖项梁墓、汉高祖刘邦夫人之戚姬寺遗址等。至于与定陶有渊源的历史名人那就更多了，当然，大多也是自春秋至西汉时期的人物。在所有的历史文化遗存中，最为璀璨，却也不曾想到的竟然是春秋末期的越国大夫范蠡留下的。要知道，就连定陶的地名也因他而定。

仿山百神殿。

百神殿内的神像。

定陶，古称陶，亦名陶丘。春秋时期，范蠡助越灭吴后，辗转至陶从商，并长期定居下来，号陶朱公。定陶之名由此而来。

范蠡，那可是吴越春秋的叱咤人物。我们南京历史上的第一座城池，即位于长干里的越城，就是由他一手打造的，所以又称作范蠡城。不过，我所知道的范蠡，仅限于治国良臣、兵家奇才，至于还有商家经历，确实不大清楚。

商业，在当时被视作十分低贱的行业。范蠡是个绝顶聪慧之人，帮助越王勾践打下天下后，认准了与其能够同患难、不可共安乐，遂弃官泛海到齐国谋生。"齐人闻其贤，请为相"。他看透政治沉浮，弃齐"间行至陶"，做起了"不齿"的商业来。这一做，他就做出了大模样，成为巨富，以至于"言富者，皆称陶朱公"。后世商人奉其为商业圣祖。

我们在定陶去看了陶朱公墓。墓在城东北五里处的刘庄村南，与项梁墓毗邻，看来是后人修筑的，很难说陶朱公就葬在墓下。不过，据历史文献：他"卒老死于陶"是确凿无疑的，而且墓葬肯定在刘庄村一带。陶朱公的遗迹还有被称作范蠡湖的养鱼处。据说，当地百姓曾向陶朱公讨教致富之术。他答："水畜第一。"他自己就亲历凿池养鱼，并著《养鱼经》。这应该

百神殿里齐天大圣孙悟空摆POSE。

在仿山，有个摆摊算命的先生，打出的招牌为"中国国际易经研究院"。

是中国首部养鱼专著，其养鱼法甚至远播至欧洲。

范蠡定陶给人的惊奇还不止于此，更有情爱的浪漫和温馨。这里广为流传着范蠡与西施携手偕老的故事。尽管定陶之地并没遗存下来西施的什么蛛丝马迹，但民间传说也不无依据。《史记》中就有范蠡携西施辗转至陶的记述。陶朱公真是个天下的大情种。

在定陶看，听定陶人讲，总的印象：定陶蕴藏着历史文化的富矿。尤其陶朱公，无疑是城市的名片，应该也值得为其做文化整理、发掘和利用工作。这不光是为了推动地方文化旅游业，对提高城市品质及知名度也是不可或缺的。

7

应该说，定陶人还是很要打"陶朱公"牌的。例如，我们下榻的酒店就叫范蠡饭店，虽说只挂"三星"，也是县城最好的之一。其实，倒不在于饭店挂几颗星，而在于入驻后找不到任何与陶朱公文化相关联的影子。所谓范蠡饭店，仅图个虚名。

我们在范蠡饭店也就住了一夜。早晨，尚躺在床上，窗外就袭进来高音喇叭声，朦胧间以为穿越到了"文革"。当然，喇叭里不再是"最高指示"，而是各类商品的吆喝声。实际上前一天刚走进县城，就领教了大喇叭的噪音。只不过没想到大清晨的，噪音就泛滥了。这似乎委屈了陶朱公文明经商的千百年传统。

我这么说，绝无贬低定陶的意思。一座城市的经济与社会发展，总会有这样或那样的过程。走过这个过程的人，再看到过程中的人和事，可能会感到十分幼稚可笑，其实挺正常。

我忽而觉得，定陶发展旅游文化，应该有更深层的意义。文化是力量，更是灵魂。文化又是先驱力，对社会生活有探照功能，同时也是经济与社会发展的牵引器。我这么想，是否过于虚无了？

定陶人怎么想呢？

8

前面说过，我是带着一串疑问来到定陶的，归结起来至少有两个方面问题。

一个是，定陶到底有没有值得开发的旅游文化项目？答案已显而易见。

另一个是，北京的那家公司是否真心实意要搞旅游文化项目？这在与丁先生的接触中，也有了初步的看法。

丁先生是北京公司总揽定陶项目的负责人。他出现在我们面前，一开口竟然是重口音的南京话，让我疑惑这家公司是北京的还是南京的。

丁先生正是北京公司的南京人，而且还曾经在南京中北大酒店干过。也就是说，他本是我们南京旅游的圈内人。20 世纪 90 年代初，他离开南京到深圳打拼，闯出了一片新天地，现在成了这家北京公司的股东之一。他来定陶也只有两个来月时间，一直在埋头谋划搞一个旅游文化的大项目。虽然他来的时间很短，但说起定陶厚重的历史文化已如数家珍、头头是道。就冲这一点，我以为，他确确实实是要在定陶的旅游文化上有所作为。

9

丁先生的心蛮大。他对定陶项目已有个宏大的计划，拿出了一份初步方案给我们看。这个方案的建设内容包括以陶朱公为主角的商圣文化区、以刘邦登基为主题的汉源文化园，还有影视文化主题公园以及大型生态居住区和度假小镇。

我挺赞赏将敏感的房地产项目列入了方案。这是实话实说，也是整个大项目的回报点。如果仅夸夸其谈文化项目，刻意回避投资回报，反而不真实了，也绝无可行性了。

不过我又觉得，方案中的文化项目还应主题更集中、更凝聚；平均用力、面面俱到，其实并不可取。丁先生告诉我，他也是这么想的，重点是要做好、做足陶朱公的文章。他还专门请中央美院的肖先生设计了一尊陶朱公铜像。

碰巧的是，这次在定陶见到了肖先生及携来的陶朱公铜像小样初稿。这尊铜像小样，乍一看相当不错：人物造型挺有范儿，面部表情慈善且带刚毅，头饰、服饰刻画细腻精致。只是细细观摩，又觉得整体形象过于中规中矩，官气过重，商味不足。作为一代商祖的人物塑造真的很难拿捏呀。

定陶曾在 1999 年立了尊陶朱公石雕像，坐落于县城的公园内。这次没安排时间到现场去看，只是在定陶人送给我的《定陶县》一书见到雕像的照片。照片中的陶朱公石雕，做工似乎比较粗放、随意，面部表情也显得有点呆。不过多瞄上几眼，倒是挺耐看的，特别是那身随随便便的布衣，使得整个人物呈现出一种脱俗的韵味。怎么说呢，就像人的长相，有的虽看上去很一般，但越看越好看。

从丁先生那里得知，他要搞的陶朱公铜像有 19.4 米高。也就是说，这尊铜像是整个项目的标志物，如何塑造出人物独特的个性来至关重要。为此，我也就多说了几句。要表达的意思是，肖先生的作品还应仔细推敲，总得胜那尊石雕几筹。当然了，我的观点仅限于个人审美，未必符合大众观。

10

丁先生告诉我，他来定陶之前，在云南楚雄搞了个"彝人古镇"项目，让我有机会去看看。说来也巧，我从定陶回来，随即参加了南京风华国旅组织的促销团，是走进云南宣传华东旅游产品。在云南行程中有一站就是楚雄，而且就下榻在彝人古镇大酒店。

我们是晚上抵达楚雄的。因已经预订了长街餐，车到彝人古镇，就直接被带到一个叫彝人部落的原生态歌舞餐厅。所谓长街餐，是在连通成环形的水上吊脚楼内就餐，吃的是彝家八大碗。边吃边观赏水上舞台的歌舞表演。由于迟到，我们还未能定下神来充分享受长街餐，就又被拉到毕摩文化广场观祭火大典。毕摩，是彝族中部方言区世传的颂经。祭火大典每晚都会在毕摩文化广场举行，着重表现远古彝族对火的崇拜和敬仰。整个大典，前半段气氛神秘，后半段欢快热烈，以至于最后大家都举着火把参与其中了。

我们也就在楚雄逗留了一个晚上，第二天一早就上大巴离开了。这样一个晚上，被运动来、运动去，行色匆匆到了极致，却也触摸到了些许彝族文化，还是有收获的。

离开楚雄前，多看了几眼彝人古镇。这实际上是个新城镇建设项目，说到底是一个全新的复合型房地产项目。所谓彝人古镇，在建筑上除了彝族风格，还大量运用了江南元素。这恐怕与丁先生的江南情怀有关，更可能是出于高档住宅营销的需求。这样的混搭，我们江南人可能看不习惯，但对当地人来说还是蛮新鲜的。最核心的是在整个项目中，楼盘仅仅是一个部分，充盈其间的还有众多的文化和商业项目，而且整体上又以旅游文化来包装。听说，彝人古镇已在2009年被评为国家4A级景区。如此说来，这个项目又不能简单地用房地产或非房地产来界定了。

丁先生以"彝人古镇"来为自己的项目命名，并高调喊出"让世界倾听彝人的声音"，无疑是十分睿智的。

楚雄，虽是处于昆明通往大理、丽江的必经之路，但由于旅游资源先天不如大理、丽江，以往的旅游团队不会在此留宿，顶多停下来吃顿饭而已。而楚雄，是全国仅有的两个彝族自治州之一，蕴藏着彝族文化的富矿，只是不曾被勘探开采。现在"彝人古镇"的横空出世，让人们开始聚焦楚雄，

云南楚雄"彝人古镇"的建筑，看上去像江南水乡的古镇。

倾听彝人的声音。这不仅传播了当地文化,也带来了人气、财气,振兴了经济。

云南好玩的地方太多,太丰富。楚雄旅游能从无到有占得一席之地,应该说丁先生团队功不可没。如果再高估一下:丁先生团队开创了新建古镇的先河。

## 11

从云南归来,我对丁先生要搞定陶项目有了新的认识,心中似乎也有了底。

当然,定陶不是楚雄,在项目和文化定位上恐怕更难准确把握。尤其是项目的名称,需要反复斟酌。例如,是命名商圣文化区,还是干脆就叫范蠡定陶园呢?命名,往往决定项目的成败。

总之,我对丁先生的下一部作品充满期待。

2012.3.4

补白:3月下旬,我与东南大学老师为研发旅游纪念品,前往浙江南浔考察琉璃庄园,无意间又发现两则与范蠡有关连的轶事,录之,作为《范蠡定陶》一文的"插花"。

在琉璃庄园,庄主李先生接待了我们,说了这么一个民间传说:春秋时期,南浔为吴越交界之地。范蠡在此送西施去吴国。离别之际,西施手捧范蠡赠予的定情物,泪流满面。泪水滴到定情物上,化作晶莹,便成了琉璃。琉璃者,留离也。听后,还真有点小感动,继而想:将琉璃研发制作定情物,一定会受到恋人们的宠爱。

在南浔,我们还参观了张静江故居。这个故居过去来过几次,去年纪念辛亥革命百岁增加了陈列内容,值得再看。我发现一张新添的照片,影印的是蒋介石给张静江的题词,上书"恢张蠡策"。蠡,当然指的就是范蠡。原来蒋先生也是十分青睐和推崇范蠡之谋略的。范蠡文库实在太丰富了。

## ⟩南浔：蚕花姑娘

2012.4.14

### 1

4月初，应邀赴湖州南浔参加蚕花节。

蚕花节开幕的前一天晚上，主人在南浔颖园饭店招待我们，闹了个笑话：

席间，有宾客问：蚕豆花有哪些看点？

这也是我想问的。春花来了，梅花、樱花、油菜花、郁金香、牡丹、桃花、梨花等陆续绽放，各地都在举办各种常规性花卉节庆。唯独南浔别出新裁，选择了蚕豆花开。只是，蚕豆花小且隐于蚕豆茎叶之中，不留意未必能觉察，难成景象，如何欣赏呢？

主人说：蚕花节是缘于祭蚕神、祈祷蚕茧丰收的民俗活动。

原来蚕花者，蚕茧也。这个回答，让我们笑而不好意思笑出声。

### 2

蚕花，还不能说就是蚕茧。

它的概念比较宽泛，代表着从蚕蚁开始的养蚕全过程和结茧取得的好

路边的蚕豆花开得正欢，似乎在为蚕花节助兴。

收成。

它又可以单纯地指彩纸或绸绢扎成的花朵。养蚕的女子都爱在发髻上插一朵这样的蚕花，参加各种蚕事民俗活动。南浔地区还有村落专门手工制作蚕花，形成了一个小产业。

江南素有丝绸之府的美誉。而湖州南浔早在南宋时就已"耕桑之富，甲于浙右"了。近代，中国最大的丝商群体就在南浔镇，经营蚕丝业致富的达数百家，民间有"四象、八牛、七十二小墩狗"之说。这是按动物块头的大小来比喻商家财富的多少。家产达一百万两白银以上的称之为"象"，五十万至一百万之间的为"牛"，三十万至五十万之间的就是"小墩狗"了。四象之首的刘氏财产达二千多万两。这在 19 世纪 90 年代是个惊人数字。当时的清政府每年的财政收入也只有七千万两左右。再有，八牛之首竟是本家邢氏。邢姓本不多见，有成就的就更少了。这让我小有得意。而今，南浔古镇遗存的几处代表作，如小莲庄、张石铭故居、俗称红房子的刘氏梯号等，均为"四象"家族之宅院，是所有江南水乡古镇中最经典的建筑，观之惊鸿。

蚕丝业的发达，自然有赖于蚕乡后援。在江南密布的蚕乡中，南浔的善琏是极突出的一个，被视为蚕文化的发祥地之一。当地蚕乡人爱唱蚕花歌，爱看蚕花戏；过年要扫蚕花地，点蚕花灯；结婚要讨蚕花蜡烛、撒蚕花铜钿、新媳妇看花蚕……特别是每逢清明都会有"轧蚕花"的蚕事风俗活动，形成数万人相聚的庙会。相传，清明时分蚕花娘娘会装扮成村姑走遍善琏的含山，留下蚕花喜气。于是乎方圆百里的众蚕农也都会这个时候赶过来"轧蚕花"，希望把喜气带回去。所谓蚕花节，不过是 1993 年取的新名词，实际上就是这个流传甚久的"轧蚕花"。

3

早晨，我们从南浔古镇出发，乘车前往善琏含山参加蚕花节开幕式。

含山地区，处于杭嘉湖的天然中心，一马平川，真是个好地方。在广袤的平原上，也只有一座高仅 60 多米的小山丘，称作含山。含山上耸立着始建于北宋时期的古塔，叫含山塔，因其所在善琏是湖笔之都，又称笔塔。

山及塔是在被京杭大运河环抱的小岛上，远远便可眺望，十分显眼，也就有了"平原第一山"之称。

当地官员对我说，他们要将小岛建成风情旅游第一岛。想法确实很好，目标也可达。只是，与小岛隔河呼应的陆地有家蛮大的工厂，三座烟囱高耸，环境十分恶劣。如果不下大力气大清理大环境，目标也就只能是海市蜃楼。后来在席间与当地官员交谈，可以听出他们整顿大环境的决心。他们甚至已经在讨论今后是架桥还是轮渡抵达风情旅游岛的问题。我个人是竭力反对架桥的，主张的是"客从水入"。我以为，厦门的鼓浪屿就很经典，堪称"第一岛"。人家就从未想过要架什么桥。

进入蚕花节开幕式的会场，得经过拥挤不堪的庙会集市。集市外围的车辆也很多。于是我们便早早下车步行。

马路两旁的农田有几块油菜花地，嫩黄嫩黄的，看得人忒舒畅。又发现路埂上竟长着不少蚕豆，蚕豆花开得正欢。此"蚕花"与彼"蚕花"想必也是心有灵犀吧。

走到集市里面，什么样的吆喝声都有，买的卖的，讨价还价，繁乱嘈杂，虽说都是地摊货色，但实惠，也热闹。这样的"超市"也是不多见了。

好不容易挤出集市，在开幕式会场找到座位坐下，便静候接下来的"按部就班"。

### 4

我说的"按部就班"，是因自己搞了十几年的旅游节庆，熟知开幕式的那一套程序，无非是若干领导致辞，授牌或签约，剪彩，

含山下烟囱高耸。

最高领导宣布开幕及文艺演出等。在这方面,上海旅游节开幕式就与众不同,仅由一位领导宣布"开幕",半句废话也没有。若干年前,我参加过广州举办的花车巡游,也就是指挥长一声令下,便开始了巡游。看来越是经济发达的大城市,越是充满自信,也就越排斥"八股"。

我注意到,开幕式舞台的背景板上虽标明蚕花节,仍打出"轧蚕花"民俗活动字样,便问邻座的一位女地方官员王青:"轧蚕花"的"轧"是什么意思?王女士告诉我,"轧",是吴语方言,念"嘎",意为拥挤,也有结交的意思,如轧朋友。以往每逢这个时候,乡里乡亲、男女老少都奔蚕花娘娘而来,相互拥挤在一起。特别是过小桥时更加不堪挤压,男孩子会把女孩子夹得双脚悬空。少男少女们碰上有眼缘的,也就好上了。原来是这样呀。可不可以这么说,"轧蚕花"也是当地的情人节,或相亲会。

开幕式的流程"一个都不少"地结束了。唯一值得记录的是文艺演出,仅两个节目,简捷明快,而且都颇有创意。

山蚕花节,也是庙会。

高高站立在蚕花上的蚕花姑娘。

一个是唱蚕花歌。一群身著蓝印花布的妇女，在无音乐伴奏下演唱，完全是原生态的。这让我想到我们南京云锦织工的劳作歌，后来演化成南京白局。我在农村插队时，农民田间耕作唱的民歌，悠扬耐听，我也很喜欢。当过知青的听蚕花歌，是能品出蚕农的辛酸和苦中乐的生活态度的。歌词中有"蚕花廿四分"，是蚕农常用的祝福语。农作物收成总共十二分，达到八分就算好收成了。有意思的是，在所有农作物收成中只有"蚕花"有"廿四分"之说，取双倍丰收之意。

我之所以赞赏原生态蚕花歌，是因为十分排斥请大腕演唱。他们唱的与节庆主题往往不搭调，相当多的还是假唱。这也很正常，广场上音响效果好不到哪里去，真唱是唱不好的。他们只要张开嘴、不发声就可以数钞票，数钞票的时间恐怕比张嘴的时间还要长。傻呀！惭愧的是，我搞节庆时虽不愿请大腕还是得请，而且腕越大似乎越显示节庆的档次。"廿四分"傻呀！一个人，要能从不做违背自己意愿的事，是很难的。

另一个节目是评选蚕花姑娘。舞台上，24位手提花篮的蚕花姑娘分别作自我介绍，翩翩起舞，然后碎步走下舞台接受观众投票。在此之前，组织者已经发给每位观众六朵小蚕花，也就是选票。这时候观众就可以将小蚕花投入看中的姑娘花篮中。组织者根据花篮里小蚕花的数量评出金蚕花和银蚕花。但见那位花篮里溢满小蚕花的金蚕花姑娘，脸上露出无比灿烂的笑容。

这样的评选有点意思。想起去年参加的世界旅游形象大使南京赛区、世界比基尼小姐华东赛区以及

观众评选出的金蚕花姑娘。

溧水旅游形象大使等几项赛事，也就是我们几个评委说了算，挺局限的。而这次是全场投票，且不说评选公平公证与否，关键是大家都互动了起来，犹如全民公选，感觉真的挺不错。

一个原本以为再乏味不过的开幕式，想不到还会有如此收获，值了。

5

前面提到，含山所在的南浔善琏是湖笔之都。

我曾多次造访南浔，每次都是奔古镇去的。我确实很喜欢这个古镇，写过《湖州：南浔是吾爱》（收入散文集《印象》）、《南浔：怀旧与时尚混鸣》（收入散文集《行色》）。虽说第一次到南浔，就闻"湖颖之技甲天下"的湖笔大名，但并不清楚其出生地是在南浔的善琏镇，当然也就没有去过。这次来含山"轧蚕花"，无意间走进了湖笔之都。

善琏镇，距南浔古镇大约30公里。据明朝《弘治湖州府志》："湖州出笔，工遍海内，制笔者皆湖人，其地名善琏村。"这个明朝的"村"，现代的"镇"，因为湖笔，2004年被中国文房四宝协会、轻工业联合会命为湖笔之"都"。

我们参观了中国湖笔文化馆和善琏湖笔厂。

善琏湖笔厂创办于1956年，是最早生产，也是目前湖笔制作规模最大的专业工厂。这个厂按工业旅游的要求，设立了陈列馆及参观线路。我们沿着整个生产流程走了一圈，看到的基本上都是纯手工操作，比想象的要繁琐得多。一支湖笔从原料到成品，大小工序竟有120余道，讲究的是"四德"：尖、圆、齐、键。其制作技艺已被列入国家级非物质文化遗产名录。

我问厂家的销售情况，得到的回答是：有相当一部分出口到日本等东南亚地区；国内销售，主要对象则是书画专业人员，也有一部分是作为礼品被买回去做摆设的。总的来说，生产销售呈下降趋势。听后颇有心得。想起我们小时候，哪一个不练毛笔字呢？先是在描红簿上依葫芦画瓢，再照着柳公权或颜真卿字帖临摹，一笔一划，一丝不苟。如今进入数字化时代了，什么都被"数字"了。幸运的是，数字可以在电脑上转化为汉字。若不发明这样的技术，汉字保不定会遭到淘汰。现在的学生写汉字，只需在电脑键盘上敲打几下，完全不用动笔，更不用说写什么毛笔字了。久而久之，"写汉字"也可能会列入非物质文化遗产的名录呢。我这么想着，自己倒觉得有些耸人听闻了。

中国湖笔文化馆是前不久建成的。其建筑和陈设都蛮新的，规模不大，陈列的内容为善琏湖笔的历史、制作技艺、笔工传承等，主要反映的是善琏地方的湖笔文化。也许地方上自身认识到受条件限制，包括馆的面积、实物以及文化发掘等，未将其冠以"博物馆"，而是谦之为"文化馆"。其实文化馆的概念很大，用在这里也有点名不符实。我倒觉得，这个馆应与善琏湖笔厂为邻，相互补充，相互帮衬，融为一体。而现在，看过厂部陈列馆、再参观文化馆，难免有重复之虞。

我还有个想法：倘若非得独立建这样的馆，倒不如更上一层楼，打开视野，搞一个上规模的笔馆。这个笔馆，不仅有包括湖笔在内的毛笔，还可以陈列铅笔、钢笔、圆珠笔、粉笔、蜡笔等中外各种各样的笔。特别是西方古代的鹅毛笔，我在英国斯特拉特福小镇参观莎士比亚故居时见过，写出来的字很洒脱，也很有笔锋，给我留下很深的印象。现在的西方人恐怕不会再用鹅毛笔了吧。这样看来，湖笔要比鹅毛笔幸运得多。

我是不是又在胡思乱想了？

中国湖笔文化馆。

从"蚕花"到"湖笔"，善琏这片土地真的很神奇。世世代代的善琏人可能并未意识到，正是他们在平平常常中创造了神奇。尤其是善琏的女人，更是功高大大盖过男人。她们是伟大的女性。

何以呢？

先说"蚕花"。最伟大的女性自然是蚕花娘娘。在庞大的蚕农队伍中，女性也是绝对的主力军。"轧蚕花"祭拜的正是女性的代表蚕花娘娘。

再说"湖笔"。湖笔的创作者，乃秦代大将军蒙恬大汉也，似乎没女性什么事了。错！蒙恬在改造毛笔、发明湖笔的过程中，有一位合作者就是女性，即他的夫人卜香莲，留下"合灵心"的美好传说。这说明女性至少顶了半边天。还不止于此。湖笔制作的120道大小工序，归结起来主要为八大工序。其中的第二大工序叫"水盆"，技术含量最高，被称为"千万毛中拣一毫"的绝活。这道绝活历来传女不传男。显而易见，制作湖笔，女人比男人更重要。

这也是，女人天生就比男人心更定，神更专，手更巧。

善琏之行，衷心地为"蚕花姑娘""水盆"姐姐送上美好的祝愿。

求缺集

1

前几日，应杭州国际珠宝城约请，我随旅业人员前往珠宝城驻地萧山进行了一番考察。

萧山，对我来说并不陌生。它过去是一个县，现在是杭州的一个区，如同南京市江宁区一般。八年前，在萧山举行了世界休闲大会暨休闲博览会。博览会设百城馆，其中有南京馆。我作为南京旅游部门的代表，从南京馆的选址、策划设计到建成开馆，曾四次赴萧山。其间，还组织百人队伍在休博园举行了"南京旅游"升旗仪式，开展了南京城市日活动。那时候，我就在想：萧山是个很有创意的地方。

这么个萧山，当时怎么能搞成世界休闲大会暨休闲博览会呢？原来是杭州宋城集团受昆明花博会启示，雄心勃勃地要举办一个名符其实的世界级的、而不是自称"国际"性的旅游活动。他们在网上搜索到有一个世界休闲组织（WL），每两年举办一次世界休闲大会，于是就运动政府向这个组织申请承办大会，不仅申办成功了，又运动这个组织同意增设博览会。大会和博览会的地址就定在宋城集团所属萧山的杭州乐园。宋城集团总裁

2006年，笔者与宋城集团黄巧灵（左一）、马根木在世界休闲博览会百城馆前。

马根木告诉我：这个点子，是他们几个高管在海边散步，相互聊天中产生的灵感。他们真敢想敢为呀。

这次再到萧山，尽管活动的时间仅有一天，却又见识了几处很有创意的项目，收获多多。

首先，当然得讲讲邀请我们萧山之行的东道主，即杭州国际珠宝城。

刚接到东道主的邀请，有过迟疑。不就是个购物场所吗？这样的场所，在浙江为数不少。例如皮革城，最初在海宁出现时，很吸引眼球，是个很成功的商业策划典范。只是没过多久，在桐乡等地接二连三地搞起了皮革城，规模都相当之大，就觉得太缺乏商业规划，甚至是在浪费资源了。具体说到杭州，在丝绸、茶叶上具有很强的优势，也有了不少营销场所，而现在突然冒出个珠宝城，让人一下子没反应过来。不过，越是疑惑，倒越是想去探个究竟。

这个珠宝城并非一下子冒出来，是经过一年多时间的酝酿、策划和论证，利用了旧厂房进行改造而成的，总建筑面积 2.1 万平方米，于 2012 年 5 月开始试营业。也就是说，不包括孕育期，它已有了两年的生命。

珠宝城的定位很明确，要成为华东地区的黄金珠宝批发中心。它的最大的成功之处在于招商，引进了中国黄金、中国珠宝、粤豪珠宝、山东招金、浙商珠宝等国内主流珠宝生产及批发企业 80 余家，确保了珠宝城的"含金量"。它开业的第一年营销额就有 20 亿元；第二年正赶上黄金抢购的风潮，营销额达到了 102 亿。这样发展的势头，无疑对地方经济会作出越来越大的贡献。

我问珠宝城总裁石峰，有何高招将这么多黄金珠宝业的领军企业都网罗了进来。他告诉我，最初他们也有这个风险压力，毕竟是在做件无中生有的大事。不过，只要地方政府、中央行业协会和珠宝城达成高度的共识，事情就好办了。况且，萧山的交通十分便捷，向华东辐射的市场巨大，城市本身的环境也极为舒适，企业都愿意来。这也是先决条件之一。他又说，珠宝城现有的面积早已供不应求，正在规划二期工程，目标是建成 30 万平方米的黄金珠宝产业园。这真是个大手笔。我立即意识到，珠宝城与皮革城不一样，是难以复制的。

至于珠宝城为何找到我们，要与旅游结缘。石先生说，他们是以工业旅游对外推介的，期许通过旅游管道，增加珠宝城的人气和知名度，也为进驻的企业带来宣传效应，以及一些实惠。他们的优势在于商品真正做到货真价实，诚信第一。这恐怕毋庸置疑。我们一行本是来考察的，其中好几位旅行社老总瞬间变换角色，成为了买客。由此可见一斑。

我直言不讳地对石先生说，珠宝城真的要搞工业旅游，还有许多内容需补充，如加工作坊、陈列馆、景观小品、旅游服务设施等。石先生表示都会在二期项目中安排。总之，我们都十分看好珠宝城的现在和未来。

## 3

在萧山，一个我在八年前漏看的景点，这回补了个漏。那就是杭州东方文化园。

东方文化园，与宋城集团的杭州乐园差不多时间诞生在萧山。我因在杭州乐园搞休博会南京馆，几次去萧山，虽说那时候的东方文化园已经很有名气，但始终未到此一游。原因是我对主题公园没太大兴趣，况且对方打出"东方文化园"那么大的牌子，总觉得有点唬人。这么多年过去了，不少主题公园纷纷落马，而东方文化园仍不时传到我耳边，展示出旺盛的生命力。

这一次，我总算来到了东方文化园。文化园旅业集团副总裁陈杭辉到园区门口迎接我们，并全程陪同游览。陈先生熟知我，因他几次随萧山旅游团到南京宣传促销，都是由我出面接待的。而我对他没太多印象，挺尴尬的。在与他交流中，方知他参与了文化园的初创，并伴随着文化园的成长，一路走来。这很不易，也让我感佩。而今的旅企高管频频跳槽，心猿意马，已成常态。

东方文化园占地4700余亩，规模相当之大。它采用周易八卦布局，以2700多米长的彩绘文化艺术长廊穿针引线，儒、释、道三家建筑同构，体现了对东方文化的一种痴迷的追求。

由于时间有限，我们仅参观了三大家中的佛教景区。它以具有800多年历史的杨歧禅寺（初名崇福杨寺）为文化基石，满怀激情、无限想象地创造了万佛金塔地宫、华藏世界以及露天可动态观赏的"观音显圣"景观。走进地宫，金碧辉煌，在内部高达19米的空间里，供奉着泰国佛教界赠送的释迦牟尼玉佛卧像以及地藏菩萨金塔、高僧舍利、佛教巨典、象牙微雕等顶级圣物，令人惊叹。陈先生在地宫里告诉我，他们与无锡灵山胜境景区有比较多的交流。灵山的梵宫，就借鉴了他们的地宫创作手法；而他们的"观音显圣"，则学习了灵山的"九龙灌顶"。是这样呀。我一度很赞赏灵山的创意，却漏掉了本该八年前就可以领略的东方文化，实在感到有点惭愧。

我们还参观了园区内的东方水世界和金色大厅。东方水世界，是一个大型的室内嬉水娱乐场所，建筑面积有2万平方米，为杭州的夏季提供了一个清凉天地。金色大厅则为五星级太虚湖假日酒店的多功能综合体，可同时容纳3000人召开大型会议，也可举办2000人规模的宴会。金色大厅系无柱式建筑，净层高9米，净面积达3000多平方米，可谓宏伟壮观。像这样高品位的会议设施，很少见到。这无疑为萧山发展会展经济创造了极好的条件。

东方文化园2700多米长的文化艺术长廊。

太虚湖假日酒店的金色大厅。

印象最深的还是园区的生态环境。那千姿百态的香樟拱形迎宾林，给了我太多的惊喜。听陈先生介绍，园内除了有香樟树生态林外，还有珍稀的楠木生态林、红豆杉生态林、铁皮石斛领衔的百草中药园，以及各种植物园林，堪称植物大观园，也建立了一座庞大的价值连城的绿色银行。

一个主题公园，如此呵护植物，如此珍惜生态，如此崇敬自然，正是其强大的生命之所在。

### 4

萧山之行，额外增加的一个项目是参观浙江旅游博物馆。这是在珠宝城里，萧山区旅游局副局长徐建红参加我们与东道主的座谈，偶尔提到有个旅游博物馆，听后临时做出的决定。

浙江旅游博物馆，设在浙江旅游职业学院内。这个学院与我们南京旅游职业学院一样，均直属于省旅游局。这是国内第一家以旅游为主题的博物馆，得到浙江省旅游局和文物局的批准和支持，于 2013 年 9 月 27 日，即世界旅游日建成开馆。

我之所以要去旅游博物馆，是因为两年前我着手民国南京旅游文化的研究，深感民国时期的旅游文化有太多的内容需要去发掘。我还曾于去年

打开一扇彩绘着江南水乡的门，便进入浙江旅游博物馆。

在总统府成功策展"民国南京旅游藏品展"。巧合的是，这个展览与旅游博物馆同一天开展，只不过我们搞的是临展，人家是正儿八经的博物馆。我迫切想看看博物馆里有关民国旅游的内容。

在浙江旅游职业学院的大门口，合作发展处副处长毛水根迎接了我们。出乎意料的是，他与东方文化园陈杭辉一样也认识我。原来他曾是遂县旅游局局长，也到过南京做宣传推介。看来，我在浙江旅游界还是有点人脉的。

在毛水根先生陪同下，我们参观了旅游博物馆。馆舍面积有1500平方米，分为旅游历史厅、旅游资源厅、旅游产业厅、旅游教育及校史厅等四个篇章，因是在全国首创，表现的内容很有新意。我也从中找到了自己十分关注的民国旅游资料。尤其是民国时期中国旅行社发刊的《旅行杂志》，听讲解员说馆藏比较齐全，有200余册。我正计划编一本民国旅游人写南京的文集，而手头收集到的杂志仅有80余册。看来我得另行安排时间，在这里泡上几天才行。无论成行与否，我都打心底里向旅游博物馆的创立者致敬。

在旅游博物馆大楼的对面，有一个古色古香的老宅，命名为遂园。毛先生告诉我：这是遂县政府精选的一座旧宅，作为赠物拆迁过来的，并成为了旅游博物馆的一个组成部分。这太有创意了，应该是遂县与博物馆的双赢，其间肯定倾注了前任遂县旅游局局长毛先生的不少心血。

让人感到新鲜的还有：整个旅游职业学院定为了国家4A级景区。这是因为学

笔者与浙江旅游职业学院毛水根在旅游博物馆附属的遂园前留影。

院不仅拥有旅游博物馆，还设立了国际教育旅游体验区等多个项目，很适合修学之旅。其实，国外早就有院校之旅的传统，国内也开始兴起。只不过，将院校作为景区定级，尚属首例。

## 5

萧山之行的当天晚上，东道主安排我们在湘湖之畔就餐。眼前的湘湖很美，很恬静。这个湖历史上就有，后来完全淤塞，沦为大大小小的砖瓦窑场，而今废场还湖，重整环境。据说东方文化园也是建立在砖瓦场废墟上的。这是杭州城市建设的一个理念。有了这个理念，才会有西湖西进拓展、西溪生态再现，现在又有了重获生灵的湘湖。

每每造访杭州，包括这次的萧山之行，就会联想到南京莫愁湖、宝船遗址的周边崛起的高楼大厦，每每也就一声叹息。我们的博爱之都，我们的文化南京，是不是应该从中学到点什么呢？

### 1

二月末梢，我和市旅游部门的刘瑜女士随同华东景区促销团赴内蒙古。这是南京的一个叫"风华"的旅行社牵头组织的。

现在做大型旅游宣传，通常有两种形式。一种是以城市形象宣传为主，由地方行政部门组织旅游企业开展活动；一种是由一家有影响有号召力的旅行社携手游线上的景区共同来做，主要是促销旅游产品。作为地方行政部门，对前者以为是其职责，对后者往往有点忽略。其实，后者也是在做城市宣传。

我在旅游部门退休前，曾两次参加一个叫"德高"的旅行社组织的产品宣传；退休后在旅游社团打理，仍有机会参加此类活动。可以说，我还是较早、而且是较积极加入产品宣传行列的。而这一次，是将产品带到了内蒙古。

### 2

"风华"华东旅游宣传的第一站是包头。

我曾来过包头，似乎没留下什么印象。尽管参加过南京至包头的首航式，飞机晚间落地，第二天赶早坐上大巴开往鄂尔多斯，包头长什么样都未及瞧上一眼。

这一次从机场驱车包头，途中有人问为啥叫"包头"。作为过来人，我就说因为风沙大，出门得把头包起来，所以名"包头"。这一调侃，还有人信了。真有点对不住包头这片美地。

包头，音于蒙语"包克图"，意为有鹿出没的地方。话说当年成吉思汗逐鹿至此，鹿失去了踪影，但见一块青石上刻有鹿的图案。他连呼"包克图""包克图"，将石揭开，露出水源。正是这汩汩溪流孕育了包头。

"包克图"够给力吧。实际上我们这次去的几个城市地名，都是蒙语音译。"鄂尔多斯"意为众多的宫殿，与成吉思汗在那里建立的若干帐殿有关。"呼和浩特"则为青色的城市。"呼伦贝尔"水獭的意思。"呼伦"是雌性的；"贝尔"是雄性的。"海拉尔"，野韭菜，长在绿草丛中，怒放着白花，悦目又可食用，美着呢。我对同行的人说，通过地名不光了解了当地文化，也能学会几个蒙语单词。

大巴驶入城中，看见广场上的雕塑有梅花鹿的造型，顿生好感。可惜在整体雕塑中，鹿在顶端，很小，很不起眼，不知"包克图"何意的人不会注意到是鹿。雕塑家缺乏眼力呀。我还以为，包头的景区开发只要做足"包克图"的文章，肯定蛮有意思。

### 3

在包头，除了召开旅游推介会，尚有半天的休整时间。同伴们利用此空隙，奔赴百公里之外的鄂尔多斯成吉思汗陵参观。我去过，虽说还想再去，但这一次选择留在宾馆。室外零下20度的气温让人却步。再则，人过"花甲"，体力明显感到"王小二过年"了。

同伴们参观归来说到成吉思汗，无不眉飞色舞，为之骄傲，为之自豪。我也曾是其"粉丝"，现在的想法大不一样。撇开历史观不说，用现代人的视角来看，他的丰功伟绩，在于用石破天惊的远征铁蹄征服欧亚。他的所作所为，充斥着暴力、血腥、兽性。如此这般有多少可赞可叹的呢。古往今来，人们往往崇拜强者，蔑视弱势。这样的劣根性，很值得反思。

人啦，随着年龄和阅历的增长，看法和想法都有了变化。

上次参观成吉思汗陵后，我写了篇《永远的成吉思汗》的文章。文中感叹"一个人就可以改变历史，真有点悲凉"。

### 4

第二站是鄂尔多斯。

我们中午抵达，下午一直延续到晚上都有推介活动，第二天一早又得驱车赶往呼和浩特，时间满档。本欲与鄂尔多斯旅游界的好友乔明联系，见个面、叙个旧的，想想算了。倒是乔先生不知从哪儿打探到消息，早早备下酒席，待我们刚在宾馆下榻，就被"逮"住了。

乔先生不光是旅游官员，还是位豪放的诗人。他身材魁岸，声音宏亮，浑身充满诗意。上次我来鄂尔多斯，他与我为伴，结下了友谊。不曾想，几年前与之对酒当歌的我，已今非昔比，不再沾杯了。当下，乔先生频频敬酒时，令我好尴尬。幸有刘瑜女士侠义相助，举杯不让须眉。好一场精彩的"龙凤斗"。其实我知道，刘女士的身体也是不可以多喝酒的。我心存感激，私下决定将刘女士下午会议的活儿全揽下来。

在席间，看得出乔先生对南京人特别关照和热情。也确实，南京与鄂尔多斯有缘。想当年，南京有数千名知青赴鄂尔多斯插队落户。我所在的九中就有一批精英放牧于此，为他们壮行的场景仍历历在目。尽管他们中大多数都返宁了，乔先生仍与他们保持着热线联系。这种在特殊时期滋生起来的血脉，是不会随着时间的推移而割断的。

事后，刘女士对我说，在鄂尔多斯喝的不是酒，是豪情。

## 5

呼和浩特。

我是第一次到呼和浩特，感觉它确具区会城市的模样和风范。

呼和浩特，通常被称作"呼市"，叫起来方便，也有种亲切感。简化称呼，习惯成自然。倒如"内蒙古"往往省去"古"，称"内蒙"。又如我们南京有个雨花台区，习惯称作"雨花区"。在"内蒙"，"呼"字开头的还有呼伦贝尔，过去称"呼盟"，现在盟改市了，不怎么好简化了吧。

在呼市，我们一行依然是中午到达，下午开会，次日一早离开，似乎顾不上看一看、瞧一瞧这座城市。这算来过还是没来过呢？

其实，呼市值得看一看、瞧一瞧。来前查阅旅行资讯，心想底线是至少看呼市的两个点。

一个是席力图召。"召"，源于藏传佛教，就是寺庙。呼市素有"召城"之称，民间有"七大召、八小召、七十二座绵绵召"说法。呼市是先有召，才有市的。最早的、也最负盛名的寺庙叫大召。而我最想看的席力图召，则是达赖四世习经和"坐床"的寺庙。达赖四世为诸世达赖喇嘛中唯一的一位蒙古族达赖。在他前往西藏后，这座寺庙正式命名为席力图召。席力图，"法座""首席"的意思。有关达赖转世的整个过程极为神秘，也很难理解。去席力图召感受一下这种神秘，无疑具有特别的诱惑力。

另一个自然是昭君墓及博物馆了。可以想象，后人修筑的"青冢"和博物馆再难保持莽野风貌，不会有太多看点。不过，仍然想去看，想得到些许感应。在内蒙，最受人们尊崇的是一男一女：男者成吉思汗，女人就是王昭君。历代政客和文人给了"昭君出塞"太多的赞誉。殊不知，将一弱女子置于塞外，让她嫁给一个恐怕连语言都无法沟通的老人，让她面对完全陌生的生活习俗和环境。这在现代看来近乎荒唐而又不胜凄凉。想去看"青冢"，是欲重读王昭君，是要聆听远古游思之叹息。

在呼市看一看、瞧一瞧的底线显然无望。尽管如此，还是写上几笔，过把干瘾。

### 6

呼伦贝尔，是我们这次推介活动的最后一站。

从呼市乘飞机前往旧称的呼盟，心在驿动。因为在我的梦境中，呼伦贝尔应该是世界上最美丽的大草原了。虽说这个季节来，明知看不到一颗小草，但内心依然充满想象。

走进呼伦贝尔，带来惊艳的不是草原，而是好客的主人。主人将我们引入一座蒙古包，以烤全羊款待。烤全羊大餐，南京不是没有，我也品尝过几次，但在这样一种氛围下，尤其在主人的煽情下，显得格外隆重。这还不算什么，蒙古包内几位壮男靓女表演的"草原三宝"，将大家都震住了，也将全场的热烈气氛推向了高潮。

所谓"草原三宝"，即马头琴、长调、呼麦，是马背上的蒙古牧民与旷古草原共同成就的民间表演艺术。它们的产生各自都有美丽动人的故事，得写专著方能交待清楚。这里只有忍痛略去了。

先来看马头琴的演奏。马头琴与二胡一样，是两根琴弦，不同的是弓弦在两琴弦之外，运弓可以更加随意、自由。演奏者是位大汉。只见他飞舞着弓弦，如同牵拉着草原上奔驰的骏马缰绳，热辣辣的。琴声时而柔，时而浑，让人的心跳伴随其中。这真是视觉和听觉的大餐。第一次如此近距离地看、听马头琴，似乎觉得与以往欣赏马头琴演奏完全是两回事了。

再来听长调演唱。长调，蒙语"乌日汀道"，意思是长歌。所谓长歌，

同伴们在呼伦贝尔蒙古包内载歌载舞。

即一曲民歌总是由低音区升到高音区，再回落到低音区。有的歌曲要用几个这样的过程组成，使得整曲时而舒缓，时而激荡，连绵不断，犹如蓝天草原无比广阔。长调，是蒙古人聚会、婚典、节庆等不可或缺的文化元素，经中国和蒙古国共同申报，已被联合国入选为人类非物质文化遗产名录。这次为我们演唱长调的是位女性。她身着华丽的蒙古服饰，在马头琴伴奏下，亮出银铃般的嗓音，唱到高音区域，歌声似穿透蒙古包，带给我们一幅大草原的画面。好享受呀！

最不可思议的是呼麦。那样一种唱法，是我过去从未听过的。据说它是蒙古先祖留给后人的一种神奇的唱歌艺术，被称作"人声马头琴"。其特点是运用丹田气为原动力，以阻碍、挤压等手段调控发声，达到声波震动和共鸣的效果，以至于一个人可以同时发出两个或两个以上的声部。其中特别强调泛音，使之成为飘渺于基音之上的天籁之声。它源于蒙古先民在深山老林中狩猎，聆听飞瀑潮涌，山谷回响，遂加模仿而成，又叫"浩林潮尔"。由于呼麦唱法难度很大，当下会唱的人已不多。而眼前的小伙子一亮嗓子，就觉得不同凡响。好一个"浩林潮尔"，全场为之而静。这才是真正的"潮男"。

马头琴、长调、呼麦，不愧是"草原三宝"。这三宝一下子全都呈现在面前，让我们如痴如醉，又觉得过于奢侈。大家兴奋过度，举杯豪饮，又任性狂舞。幸好是在中午，下午还有活动；搁在晚上，恐怕都会放倒在蒙古包里。

## 7

在呼伦贝尔的海拉尔开完会，整个内蒙古的推介活动就算圆满结束了。这也意味着可以彻底放松下来。

我们计划有一天的时间游览，要从海拉尔去满洲里。

出发之前，我们先行参观了侵华日军海拉尔要塞遗址。这个要塞建在海拉尔北山，地上地下工事极为庞大，形成连绵不断的环形阵地，总面积计110公顷，是国内同类遗址中规模最大的一处。尤其是地下工事修筑得十分复杂。当我们探到地下时，恰逢停电，借着手电筒光向前走，倒有点身临其境的阴森感。

这个要塞全部由中国劳工建筑。成千上万的劳工被日寇掳于此，猪狗不如地劳作，最后全部葬身于此，仅有一位运尸劳工侥幸逃出，太残忍了。来自侵华日军屠城南京的我们，面对此情此景，最易产生共鸣。这让我们原本已放松的心境，一下子又收紧起来。

如今，已在要塞遗址建成"世界反法西斯战争海拉尔纪念园"。据介绍，这是按国家5A级战争主题公园标准建设的，投入自然不菲。特别是主建筑陈列馆搞得很现代，很像个博物馆，而陈列的无非是图片、模型及实物，内容并不丰满。其实应以恢复原貌为佳，主建筑完全可以简化；馆内的许多陈列也可以移至地下工事中。这样可能可以带来更好的视觉效果。

我们现在搞景区建设，往往先按什么样的级别标准给自己下个套，内

侵华日军海拉尔要塞遗址纪念馆。

容反倒被形式束缚住了。花上大把大把的钞票，效果反而出不来，只能望景兴叹。而今又到了低碳时代，如此建设实在值得认真反思。

8

满洲里。

满洲里在呼伦贝尔大草原的腹地。也就是说，我们是在大草原上穿梭。眼前是银色的雪海，看不到一丁点儿绿色。尽管如此，仍可以体会到草原碧波的汹涌澎湃。何况，蓝蓝的天空，白茫茫的大地，这样的壮观也是难得又难得。大家的心情顿时变得无比欢快。

我们曾在途中停下车小憩。走入雪草地，无意间踩到一坑洼处，雪没过了膝盖。还好，将腿脚从雪中拔将出来，一点没有湿漉漉的感觉。原来这里的雪不同于南方湿润，像面粉一般，即使在日照下也丝毫不会融化。

途中，听导游讲呼伦湖的传说。传说中呼伦湖的"呼伦"，不再是"雌水獭"，而是位美貌的姑娘，与小伙子贝尔相恋。他们共同抵御妖魔莽古斯在草原的肆虐，最终以生命的代价战胜了妖魔，各自化为呼伦湖和贝尔湖。

呼伦湖是我国五大淡水湖之一，是大草原的源泉。这次行程虽说未安排去呼伦湖，而我还是被它的传说所迷恋。之所以对传说感兴趣，是因为去年我编著口袋书《金陵神话传说之旅》，收集了众多有关南京的传说故事。我以为，口头相传的民间传说，是对本土人文与自然文化最好的诠释。

## 9

满洲里，得名于俄语"满洲里亚"，意为跨进中国第一关。它的市区北端，与俄罗斯接壤。其实，这个地方的地名原本也是蒙语，叫"霍勒津布拉格"，意思是旺盛的泉水。20 世纪初，此地建东清铁路车站，与俄罗斯交往遂密，不知怎么一来就改称"满洲里"了。这恐怕与原蒙语名称太长也有关系。

不过，千万不可小视俄罗斯对周边的影响。就说蒙古语的文字吧，特点是"中间竖根棍，两边都带刺"。自打分成内蒙古和蒙古国后，后者的文字受俄文影响"躺"了下来，变成"中间横根棍，两边都带刺"了。

走进满洲里城区，有些迷茫。城里几乎所有建筑都很欧化，缺少了本土元素。导游兴冲冲地介绍说，近几年城市建设很开放，理念是"精、美、亮、丽、洋"五个字。而我看到的也就一个"洋"字了。车子路过一个新建的俄罗斯套娃广场。主体建筑是座高 30 米的大套娃，据说是世界上最大的套娃了。四周还有不少花花绿绿的附属建筑。导游要带我们下车去看，大家都提不起兴趣。车子也就一开而过。

城市如此建设，或许是要应对从边境大量涌来购物的俄罗斯客商，或许是为博得内陆来的游客的眼球。看来效果适得其反。我们，也包括老外，更愿意看到中西文化在这里的交流和融合，尤其是本土文化的张扬。像呼伦湖的美好传说，为什么不可以通过建筑元素，在这里得以淋漓尽致的表现呢？

我们参观了城区西端的满洲里国门。这是中俄两国铁路连接点。在国门，恰巧看见一个满载木材的火车从俄罗斯的那边开过来。火车拖挂的车皮数量比内地看到的要多好几倍。车皮上全都是切割整齐的木材。这要砍掉多少树木呀。 三十年河东，三十年河西。过去我们的日子不好过，要向国外出口木材，现在不了，改为大批量进口。我们看到的才是一列火车，每年

在呼伦贝尔大草原的公路旁。

每月每天要有多少列火车开进来呀。俄罗斯如此砍伐森林资源，日子肯定也好不到哪里去。车皮上的木材，尽管来自国外，仍是地球村的一片绿荫，一丛森林。

　　再见了，满洲里。离别前，满脑子晃动的还是那一列列满载木材的车皮……

## > 我的宝岛行二三见闻

我有过两次台湾之旅。

一次在 2004 年的 1 月，是十年前的往事了。我带队到台北、高雄两市开展旅游宣传推介，也借此环岛游了一番。那年头，台湾尚未对大陆游客开放，我当时兼着南京旅游业协会会长的职务，是以协会名义组团去的。事实上，当时政府部门访台，均不好以正式身份出面，而冠以某某社团组织，海峡彼岸也就心照不宣。

再有一次，是今年 6 月参加了江苏中旅组织的台湾环岛 8 日游。这是目前普遍在推行的常规旅游产品，团费每人仅三四千元，而刚开放时需万元上下。我这次去，主要是陪太太游览，同时也实地看看三四千元如何编排旅游线路。

应该说，两次登宝岛，均行色匆匆，浮光掠影。第一次因公务在身，心思不在山水，未能写点什么。第二次去似乎缺少了新鲜感，想写点什么又不想写点什么了。不过，一路走来的所见或所闻，还是有二三杂感的，也就二三杂记。

2004 年，笔者与东洋企业集团郭渊源先生在花莲手工艺品中心办公室。

2014 年，笔者与郭渊源先生重逢于花莲手工艺品中

### 一、戴上安全帽观光

戴上安全帽看的风景，是位于台东的太鲁阁峡谷。

我们是上午七点钟从台湾最南部的垦丁出发的，沿东海岸一路向北，中途曾在一个珊瑚购物店逗留，又在立有北回归线标志的公路旁歇了下脚，直至下午四点半钟方到达太鲁阁峡谷。旅游团的一位陈女士调侃道：赶了近十小时的路程，就看这么一个景点，值不值呀？回答当然是：值！

太鲁阁峡谷，是太鲁阁国家公园的核心部分，以几近垂直的大理岩峡谷景观叫绝，列为台湾八景之"鲁阁幽峡"。此峡谷大约 25 公里长，谷底为立雾溪。沿线山岭高耸，谷深莫测，溪流蜿蜒，触目所及皆是壁立千仞的峭石断崖。其中有段燕子口，因地势比较高愈显险恶，看得人惊心动魄。只是，正因为山高坡陡，也会发生落石、山崩等自然灾害。这就是为何到此一游需戴上安全帽的缘故了，恐怕也成为了全球唯一的游峡谷必须戴上安全帽的地方。

在太鲁阁峡谷入口，立有红柱琉璃瓦牌坊，上书"东西横贯公路"。原来这里是台湾第一条横贯东西的公路，即中横公路的东端起点。宝岛台湾的中部地区均是高山峻岭，要打通一条横穿中部的公路谈何容易。特别是太鲁阁一带的地势如此惊险，连当时的美国顾问也认为在这里筑路行不通，而最终却被来自大陆的老兵征服了。是的，中横公路是大陆老兵的作品。有关从大陆撤退到台湾的老兵的故事，我是在前不久央视一套播放的电视连续剧《原乡》中了解到的。那段时间，我和太太每晚都要观看《原乡》，对老兵隔海望穿家乡的命运感慨不已。这次亲眼目睹老兵血肉筑就的中横公路，对他们又有了更深的认识。

燕子口尽头，有一座靳珩桥，是以在开凿中横公路中殉职的一位段长的名字命名的。在桥的一端，立有靳珩半身塑像及"靳珩段长殉职碑记"。段长，应该是施工队伍中最基层的"干部"了吧。不知为什么，为段长这样的小人物树碑立像，给我的感觉特别好。因我在研究民国旅游文化时，看到民国《旅行杂志》中有篇文章，报道了南京火车站为一位叫许朝元的段长塑像。这位段长是有着 30 年工龄的中国第一代铁路员工。当时看到这个报道，就觉得挺人文的，感动到我。这个塑像当然早已不复存在了。未曾想，在太鲁阁又见到一位段长的塑像，再一次感动到了我。

我们沿着太鲁阁峡谷缓行了半个多小时，就被催上大巴拂尘而去，难怪旅游团的陈女士会有所抱怨了。这也可以理解，毕竟游人过多，而峡谷既为公路通道，又是步行观赏路线，游人还要头顶一个安全帽，哪能让大家停留太多的时间呢？此外，大陆旅游团的游程相同，很有可能在差不多时间段都集中到了太鲁阁，以致于造成了景区的拥挤不堪。

游程的设计和编排是一门学问。旅行社在安排游程时，不仅要考虑自身线路的流畅，还应兼顾如何避开"高峰"，不至于让游客陷入"集市"。景区的取舍，对首次或只有一次机会到台湾的游客十分重要。例如，我上次去的阿里山神木，留下很深的印象，而这次被溪头自然游乐区所替代，就有点为其他游客感到惋惜了。又如，高雄的邓丽君纪念馆以及台北的邓

戴安全帽的游客在太鲁阁峡谷。

太鲁阁燕子口立有当年为工程献身的段长靳珩铜像。

丽君墓园很想去看，但均不在游程中。我还觉得，江苏中旅对游程安排趋于保守，在出团通知书中明确标明"中正纪念馆"不可以去。我上次来台湾的时候禁忌确实比较多，现在已不是这样了。这次我遇到湖南、新疆的旅游团，获知他们都去参观了中正纪念馆。江苏中旅未能"与时俱进"了吧。

还要提及的是，三四千元环岛游，最大的弊端是团餐太差，毫无美食可言。不过，话得说回来，三四千元环岛游，让经济条件一般的游客都有条件访问宝岛，何乐而不为呢？

其实，要想玩转宝岛，因没有语言障碍，最宜自助游。真想找个时间，自助畅游一次宝岛。

## 二、一张小学食堂排污图

旅行团成员傅华安给我看了一张他刚拍摄到的照片："花莲县立北埔国民小学校厨房排放污水截流设施处理流程图"。他爱好摄影，善于捕捉生活的细节，拍的照片常给人带来新的发现。他拍了一张照片，是一位小姑娘在"甜在心"糖水铺站柜台，看上去没什么特别的，而特别之处在于其中的故事。他告诉我：照片中的小姑娘是高中一年级的正规学生，不正规的是白天打工，晚上读书。这是台湾教育部门专为生活困难家庭设计的夜校。拍下这张照片，也就纪录了台湾的一种颇具人文关怀、倡导励志的教学模式。

至于这张小学厨房的排污图，是他偶然走到与花莲手工艺品中心相邻的北埔国民学校随手拍下来的。这么个镜头，让我觉得很有收获，于是请他务必将照片传给我。

花莲手工艺品中心，是我们离开花莲的最后一站。这是东洋企业集团郭渊源老先生一手创办的，其中安排了不少大陆老兵的家属。十年前我来过这里，认识了郭先生。此后，每年春节都会收到他的贺卡。2008 年，他参加台湾旅游界代表团访问大陆，我们在南京又一次见了面。他今年已有77 岁高龄了，知道我要来，大热天的打着领带亲自在门口迎接，并一直陪伴我参观。我们交谈甚欢，感慨于海峡两岸的"我和你"有缘三次"在一起"了。我还在手工艺品中心墙上看到了我们在南京的合影照片。照片上的我，好像是退休前参加的最后一次官方活动，看上去还是那么年轻潇洒，与现在的我已全然不一样。时间都到哪里去了？

当我看到小学厨房排污图的照片时，花莲已渐行渐远。否则，一定会麻烦郭先生陪我去那个小学转转，了解一下具体情况。我之所以看重这么一张排污图，是在想：一个普普通通的小学校，竟然对食堂的排污如此这般讲究，其他企事业单位的污水排放就可想而知了。地球只有一个，环境保护，匹夫有责，确确实实需要从点点滴滴做起。明白这个道理简简单单，真真实实做到就太难太难了。

宝岛台湾对环境保护做得很细致。我在桃园君洋城堡宾馆大门外抽烟（客房是禁烟的），碰上几个湖南旅行团的烟民，于是凑在一起闲聊。他们观察到台湾是在用垃圾车上门收垃圾，而且是分两次收集，先收可回收的，再收不可回收的。这说明家家户户的垃圾分类已经做到了位。与之相比，我们做的就有很大差距了，即便马路上的废物箱也分可回收和不可回收的两档，市民向里面丢垃圾时似乎很随便，"分类"也就成了一种摆设。湖南烟民还怀旧道，过去都是垃圾车清晨摇铃上门收垃圾的，很有生活气息，也能保持居民区的环境卫生。想不到这种传统的收集方式，台湾人至今仍在延续。这几个湖南佬，蛮善于观察社情的。

顺便提一下，台湾城市的马路上看不到一个废物箱。由此可见，市民已经养成了良好的卫生习惯。这倒给烟民带来了麻烦，因为在马路上抽烟，没办法丢烟头。我是个老烟枪，在这样的环境里，只有尽量克制自己不抽烟，反倒是受益匪浅。

还有一件小事，也能体现出台湾人的环保意识。导游吴宏文在大巴上拿着一个空矿泉水瓶，边说边表演：大家注意，喝尽矿泉水后，请帮忙将空瓶拧上几下，

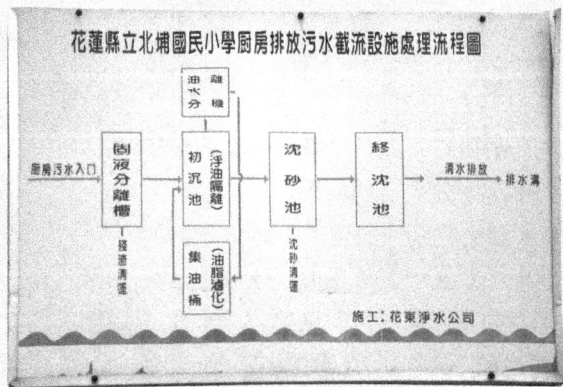

花莲县北埔国民小学厨房排污图。

就可以将它弄瘪，再将瓶塞盖上。这样，空瓶就不占垃圾空间了。你们顺手动一动，还会给回收的人带来很大的方便。吴导演示的这么个小小的动作，包含了许多内容，真的挺有意思，也挺有意义的。我们旅行团的全体成员在几天的行程里，都这么做了。我返回大陆，喝完矿泉水，也习惯了将空瓶拧一拧，发现比较难搞定。原来同是矿泉水瓶，大陆的比台湾的瓶壁要厚出不少。矿泉水瓶用量巨大，两种不同的制作方式，哪一种更环保呢？

有一点没看明白：台湾满大街跑的都是摩托车（注意，并非电动车），如同改革开放初期广州城市交通给人留下的印象一样。那些个摩托车风驰电掣，挺吓人的，无时无刻不在提醒我们，过马路必须走人行横道线，而且必须绿灯行。旅行团的人问吴导，这么多的摩托车，不是增加了城市污染吗？吴导回答，你们在马路上闻到汽油味了吗？没有吧，因使用的汽油经过了处理。他倒是没能说清楚城市的摩托车为什么会多于小轿车。是经济条件达不到？肯定不对。这让我感到有点不解。不过，我也在思考一个问题：我们那里一味地发展汽车业，以至于造就了一个又一个的堵城，也增添了不小的污染。这样的选向是否明智呢？

每个人观察的视角是不一样的。例如，我们那里满大街跑的都是私家车，有的人见到这里还是摩托车当道，就有点不屑了。还听说，有位来自南京六合的游客看到台湾并非高楼林立，惊呼：哎呀，还不如我们六合嘛！而我，更愿意多看一些看不见的文明建设，例如小学厨房排污图、糖水铺站柜台的高中女生……我甚至能感悟到照片的背后故事：学校的孩子们在耳濡目染中增强了环保意识和自立更生的动力。这对他们的成长是至关重要的。与之形成对比的是，旅行团有位带孩子来玩的妈妈，聊到逢年过节必须得给幼儿园老师送红包。细想想，老师收几个红包算不上多大事，但孩子是看在眼里的。他们从中接受了怎样的信息、得到怎样的教育呢？

一个城市，建设一批高楼大厦应该不是件难事，而文明建设得从娃娃开始培育，最终体现在社会的方方面面。我们与之的差距在哪里呢？

### 三、寻觅中国旅行社足迹

再访宝岛之前，恰好我在做民国南京旅游的研究，了解到中国旅行社的一些来龙去脉。这个中国最早、影响力最大的旅行社，建立于民国十二年（1923）六月，叫作上海商业储蓄银行旅行部。民国十六年（1927）六月，旅行部从银行相对独立出来，正式称作中国旅行社。这个旅行社一直到1954年7月在大陆歇业。它在海外的两个分支机构至今仍活跃着，一个在香港，一个在台湾。香港的情况我已弄清楚了；台湾的缺少资料，不知其详。

这次来，因参加的是观光型环岛游，并不指望会了解中旅在台湾的历史情况，没想到接待我们的正是台湾中国旅行社。前面提到的导游吴宏文，业务娴熟，为人热情，得知我的想法，允诺一定提供我想要的资料。接下来便是他的上司、台湾中旅大陆赴台旅游部负责人林聪敏与我见了面。他赠给我一册大部头著作《鸿飞八秋——庆祝上海商业储蓄银行创立中国旅行社八十周年》。这是由上海商业储蓄银行文教基金会于2008年编印的，详细记录了中国旅行社"鸿飞八秋"的旅程。他告诉我，香港中旅也在同一年编印了著作，以纪念之。

看来，香港和台湾都将民国十六年（1927）视为了中国旅行社的诞辰。大陆亦然，北京"中华世纪坛"就将中国旅行社的成立列入1927年（丁卯年）的三件大事之一。不过，我有着截然不同的看法，以为应以上海商业储蓄银行建立旅行部为准，也就是说中国旅行社的出生应提前到民国十二年（1923）。按此认识，2013年为中国旅行社成立90周年，我与收藏家钱长江等策展了《民国南京旅游藏品展》。该展览由我们旅游学会与南京市旅游委员会、南京中国近代史遗址博物馆在总统府景区联合举办，为期5个月，广受欢迎。

我的这个看法是有依据的。因为中国旅行社本身就是从旅行部易名而来的。在中国旅行社《旅行杂志》民国十六年创刊号的夏季版中，收有《中国旅行社之新气

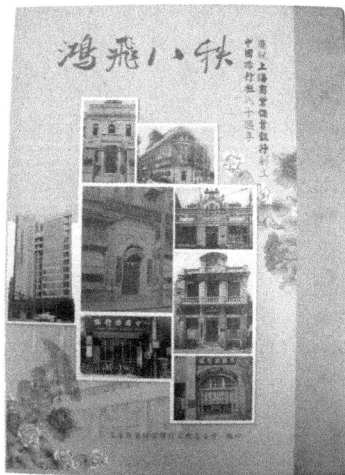

2008年台湾出版的《鸿飞八秋——庆祝上海商业储蓄银行创立中国旅行社八十周年》书籍。

象——易名之经过》的文章：上海银行董事诸君"为本社前途计，为促进外界注意旅行事业计，务使本社之名义与事实格外明显，将来或更有无量之进步，故一致决议，使本社名义上与银行分立，而实际仍为一家。自此案通过后，本社乃易上海银行旅行部之原名而为中国旅行社矣。""本社缘于六月一日在各报登载启事，宣布易名。更于门首油漆一新，作碧绿色，斜晖掩映，倍觉辉煌。途人之经过门首者，莫不驻足一观焉。"再则，中国旅行社虽然在民国十六年（1927）六月登报易名，但直至民国十七年（1927）一月方被民国政府交通部核准注册，获取了第元号旅行业执照。那么，到底哪一年才算数呢？这仅是一家之言，还是不去纠结了。

这次宝岛之行，最大的收获是从"鸿飞八秋"中了解到了中国旅行社在台湾的有关资料。中国旅行社台湾分社是于 1946 年建立的，成为了台湾第一家旅行社，之后又在基隆、高雄设立支社以及开办招待所等。1950 年4月，台湾分社依照《沦陷区工商企业总机构在台湾原设分支机构管理办法》的有关规定，以独立公司重新登记，改称台湾中国旅行社股份有限公司，并由中国旅行社创史人陈光甫出资纾困。陈光甫先生，这位令旅游界无比尊敬的老人，已于 1976 年 7 月 1 日在台北逝世，享年 96 岁。而今，在太鲁阁天祥晶华度假酒店庭园内立有陈先生的铜像。得知这一情报时，我们已从花莲回到台北，否则无论如何应该去那里看一眼的。

这次总算厘清了陈光甫先生一手创办的中国旅行社的最后走向。应该说，台湾中国旅行社是其最直接的延续和传承；而另一个海外分支机构、即 1928 年 4 月开设的香港分社，于 1951 年 7 月由新华社香港分社责成中国银行港澳管理处接管，并进行整顿和改组，重新注册为香港中国旅行社，实行了国有化。不管怎么说，发祥于上海的中国旅行社，标志了中国现代旅游业的开启，值得我们特别关注。

不经意间，已经写了三段文字。作为二三见闻，可以就此搁笔了。

**1**

我知道，文章的题目有点"二"。

其实，得给题目加上标点符号，应是：跟着《跟着大脚走》走"通"、"天"。有了标点，似乎还是有点"晕"，还得加注：

《跟着大脚走》，是江苏电视城市频道的一个旅游栏目名称。"通"，指广西的通灵大峡谷自然保护区；"天"，指广西的德天瀑布景区。

8月，我跟随《跟着大脚走》栏目组织的活动，走了一趟"通"、"天"。

**2**

《跟着大脚走》栏目负责人姓孔，是个女流。孔女士是在2008年组建文化旅游企业、创办这个栏目的，如今已有四个年头。她在头两年不仅颗粒无收，还贴进去不少钱，好在顶住压力坚持了下来，到了第三个年头才牢牢地立住了大脚，迎来柳暗花明的景象。现在，《跟着大脚走》延续了电视栏目，又兴办旅游杂志，开设旅行社，建立以社区居民为主的俱乐部，发展了五六万名会员。

去年底，我曾参加《跟着大脚走》搞的一场新年联谊会。那是在南京人民大会堂举办的，三千多座位座无虚席，场内场外载歌载舞、锣鼓喧天，俨然成了社区居民自己的节日。由此可观，《跟着大脚走》在社区中已有不俗的群众基础和吸引力。

我询问过孔女士，当初取名"跟着大脚走"有无特别含义？孔女士说：那倒没有，就觉得旅游离不开一双脚，目的是"大脚走天涯"（这也是《跟着大脚走》电视栏目中的一个子栏目）。我倒认为"大脚"的提法很有创意。想起近日奥运会金牌得主叶诗文的电视访谈，说起她的游泳天分，手大脚大是善于划水必不可少的条件。大脚，无论在陆地还是在水中行进，都管用着呢。

孔女士很敬业，去年到"通"、"天"踩点，觉得十分值得推荐，今年就组织客户来考察，还不辞辛苦亲自作陪。发现了美，就希望与大家分享，这也是《跟着大脚走》的美德。

这回我们跟着"大脚"走"通"、"天",肯定错不了。

3

我们从南京乘飞机飞南宁,中午抵达目的地后,就坐大巴直接开往德天瀑布景区。

德天瀑布,位于广西的大新县硕龙镇,距南宁大约 200 公里。这么个距离,搁在我们江南,也就两个小时的车程。而这一回路无尽头,足足跑了四个多小时,好像真的要"通天"了。

有句话叫中看不中用,用在通往德天的公路上挺适合的。这条公路大多是水泥铺就,看上去还行,开上去就颠得不行了。同车的人,有的连五脏六腑都要颠出来了。我是老江湖,习惯了这样的颠簸,何况车窗外风景养眼,也就一路好心情。

到底是在广西境内,沿途都是喀斯特地貌,各美其美。我边观光边在想:如此广阔的美景,随便在哪块地方圈起来,搞上些接待设施,就是个 4A 风景区呀。

4

大巴颠过来颠过去,总算在天黑前达"天"。

我们在下榻的饭店安顿好,就被当地导游带到德天瀑布景区内的一个餐馆就餐。餐馆就在景区大门内侧。门口有人严格把关,验明就餐游客正身方可入内。

走进景区大门,再往前走上一小段路,便是餐馆了。忽而听到水的轰鸣声。原来餐馆的一侧是开阔的河面。河的对岸是倾泻的瀑布。水的轰鸣就是从那里发出来的。

这就是德天瀑布。导游说:现在是丰水期,你们来得正当时。

我们一路颠来倒去,就为来这里看这么个"天"。"天"啥模样?天已擦黑,又隔着条河,看不真切,但能感受到它的吼叫的气势,甚至也已触到了对岸飞溅来的水花。至于它的真面目,等待次日揭晓。

也许有人会问:干嘛要到景区就餐,是为先睹瀑布为快?当然不是。

中国德天瀑布（右）与越南板约瀑布。

当地旅行社这样做，肯定与景区达成了默契，可以拿到折扣门票。我们是搞旅游的，一眼就看明白了。不过，这一回倒是歪打正着，尽管吃得不怎么样，"先睹"绝对是额外赚到的。我们姑且善意地看待人家的苦心安排吧。

现在经过市场血拼，旅行社开出来的团队费用已没多少赚头了。越是这样，旅行社越是得在赚钱上费苦心。过去要做到的是让游客满意，现在只要做到游客不投诉就可以了。这也怨不得旅行社，就那么点团费，管吃、管住、管行、管游，还得管自身的生存呀。这么多年了，旅游市场价格的运行和调节，还是没找到良策。占小便宜的是游客和旅行社，吃大亏的也还是游客和旅行社。稍许不公平的是，受指责的只有旅行社。

5

第二天早晨，导游又将我们拖到景区吃早餐。这一次，德天瀑布在阳光下露出了真容，很男人，很气派，不过又觉得缺少了夜色中朦胧、神秘的美感。这再一次验证了我们头天晚上赚到的眼福。

游德天瀑布，当然不会只是隔河相望，势必身临其境。

我们面前的河叫归春河。这是一条蛮有说头的河。它发端于广西的靖西县，流淌了150多公里，就伸入到越南，在异国走了30多公里，再迂回入境，犹如归国遇春，被称作归春河。归春河流到硕龙的德天，又成为中越两国的分界河。我们在来硕龙镇的大巴上，就已经见识过这条河。导游还指着河对岸的一个建筑物告诉我们：那是越南的瞭望哨卡。

早餐后，我们走下几段台阶，来到河边，沿着河岸朝瀑布方向走，眼前呈现出从岩壑中飞泼而下的两组瀑布，疑是看到了河的源头。实际上正是这两组瀑布，人为地将河一分为二，划出了两国边界。我们这方的瀑布，就是德天瀑布，宽阔宏大，合力倾泻；越南那一方的叫板约瀑布，整个就像小蛮腰般的撒野而落。这又恰如两个国度的形象：一个泱泱中国，一个倔强越南。

再往前走，有个船码头。我们乘上竹筏，套上救生服，迎着瀑布逆水而上。

竹筏先是驶向德天瀑布。那瀑布，足足有百米宽，落差也有六七十米，越近越感到它的气势浩荡，声吞河山。其实我们根本无法靠近瀑布，远远地就弥漫在浓浓的水雾中，还不时被飞溅而来的水珠拍打到脸上。那时刻，都没法正常端起照相机拍照，得护着镜头呀。

竹筏又开往板约瀑布。那瀑布瘦瘦的，条条的，虽说较之"德天"的

水上观德天瀑布。

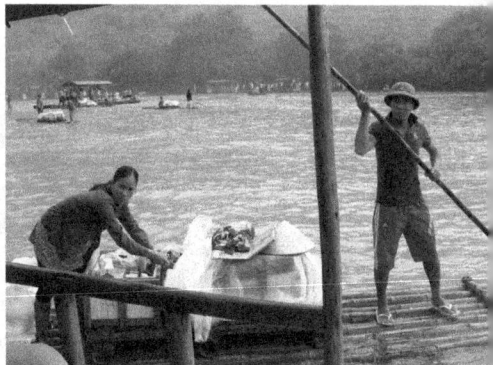

越南小划子水上售货。

能量要小得多，但英姿飒爽，掷出铿锵。竹筏离"板约"越来越近。这时候我们应该是在越南境内了。几只越南小划子向我们袭来。原本他们是来兜售土特产品，有水果、香水、香烟、咖啡、越南黑木制作的筷子等。这样的买卖方式挺有情趣的，也就成交了好几笔。

来以前，看到各家旅行社推荐旅游项目宣传单，号称德天瀑布为亚洲第一跨国大瀑布，以为有忽悠的成分。这一回还真没忽悠。我后来查阅了资料。它在跨国瀑布中名列世界第四。前三位是巴西与阿根廷的伊瓜苏大瀑布、赞比亚与津巴布韦的维多利亚瀑布、美国与加拿大的尼亚加拉瀑布。有旅行社说它是世界第二，恐怕就有些夸张了。

不管怎么说，我是第一次看到了跨国大瀑布，也就不虚此行了。

6

在德天瀑布上游的 50 米处，有一方清代竖立的老态龙钟的界石。这就是赫赫有名的 53 号中越界碑。界碑上镌刻着"中国广西界"五个繁体大字。大凡游客游毕德天瀑布，都会来看一看、甚至摸一摸。此乃北洋大臣李鸿章代表清政府与法国驻越南公使巴特那签订中法条约后，于 1896 年立下的。它的官方正式称谓是"中法广西安南第五十三号界碑"。当时越南还是法国的殖民地。据说，当时所立的 209 方中越界碑，如今仅剩编号"53"的仍在服役了。所谓服役，也是象征性的。在 53 号界碑的一侧已有一方新界碑，标明立于 2001 年，编号"835"。我还在新界碑前拍了张照片留影。

关于 53 号界碑，流行着黑色幽默式的传说：话说几位官兵奉旨抬着界石前往边境立碑。他们跋山涉水，疲惫不堪，来到这里已是黄昏时分，懒于再往前行，就地草草立碑了事。这么一来，清政府白白失去了不少国土。

这肯定不会是史实，只是民间传说。我曾撰写过《金陵神话传说之旅》一书，体会到传说往往反映了民众的一种心态。例如在写明太祖朱元璋搞工程的传说时，发现他

53 号中越界碑。

每次都要拉一个活人来奠基：在玄武湖建黄册库，将一位毛氏老人活埋，以"毛""猫"的谐音来镇鼠；为填燕雀湖，抓了个叫田德满的老汉沉入湖底，以应"填得满"的吉兆；筑聚宝门，轮到民工戴鼎成大难临头，逼得他顶着聚宝盆跳进墙基才建成城门。这反映出民众印象中的朱元璋，就是个杀人不眨眼的皇帝，杀一起打天下的弟兄，杀功高震主的富商，更杀无辜的百姓；同时也折射出自古以来民间对"风水"的敬畏、迷信和追崇，以至于为顺应"风水"视人的生命为儿戏。那么，有关53号界碑的传说要说明什么呢？是要表达民众对中法条约的不满，对政府腐败的讥讽，也不排除泱泱大国的心理作祟，以为自己的国土应该更大更大。我也是顺嘴这么一说，未必能说到位。

在53号界碑前，我们正听着导游讲传说，忽而看见几个民工竟然将碑石从地上拔了出来。他们要干什么？莫非真的要续写传说？当然不是。原来他们是要在地面上铺花岗岩石，再将界石复位。这如同穿着古代上装，套上喇叭西裤，是在搞行为艺术，也可称得上是现代传说了。出这个主意的人，要么太有文化，要么没有文化。

眼睁睁地看着民工们在辛勤作业，不由得一声叹息。

7

围绕53号界碑左右，有一个"跨国"小商品集市。

这个小商品集市，中方的是在去53号界碑的沿路，一字排开，大约有一两百米长；越方的是在界碑的另一头，相对集中在一块地方，是用树干、竹竿加塑料布搭建的，如同菜市场一般。有趣的是，无论中方的，还是越方的，卖的人都是越南人，买的人都是中国游客。据说这样的一个集市，已有10多年的历史了。

我们当然更乐意在越方的集市上溜达。这也是一天两次出入境越南了。一次是在归春河的水上，一次是在这块陆地。

集市上的主要商品，与水上吃喝的大差不差，只是品种更多，内容更丰富。比较受欢迎的是所谓的红木筷子，有本色的，也有上漆的，制作和包装工艺都还不错。越南商贩兜售筷子的法宝是：越南木材、中国制作，

海内篇 *HAI NEI*

*QIUQUEJI*/207

绝对货真价实。游客对橡胶拖鞋也有点兴趣，原因是越南盛产橡胶，生产的拖鞋以橡胶材料为主，比较柔软，也没什么异味，不像国产纯塑料的。

我们在集市上转了两圈，很快发现不少摊位上的小贩都还是孩子。这些孩子都会说中国普通话，都精通讨价还价和数人民币。其中有一个小女孩只有 11 岁。她会说一口流利的普通话，说话时脸部、上肢的表情和动作极为丰富。也许她最初不大会讲普通话，才会有这么多的肢体语言；现在话说得溜了，动作也习惯了。她推销产品很有一套方法。例如，为了说明筷子是未上漆的，她便动作娴熟地用刀在筷子上刮两下，让大家眼见为实。同行的人发现了这个讨喜的女孩，就拉我们去看。我们围上去与她聊天。她刚开始挺热情的，小嘴巴呱呱个不息。后来，她发现我们感兴趣的不是她的商品，而是她本人，就有点不高兴了，小嘴巴也噘起来了。她越是这样，越显可爱，让人看了又不免心酸。这种心酸发自肺腑，还渗着隐痛。

8

跟着“跟着大脚走”，“天”后是“通”了。

15 岁的越南大男孩在售货。

11 岁的越南小女孩在吆喝。

还有位大一点的越南小女孩笑着面对游客。

"通"，通灵大峡谷自然保护区。这让我想起《红楼梦》中贾宝玉身上佩戴的通灵宝玉。因《红楼梦》取材于南京，通灵宝玉往往被指认为南京的雨花玛瑙，色彩斑斓，演绎出悲欢离合的故事。想来通灵大峡谷也定如雨花玛瑙般妙不可言了。

从德天到通灵大峡谷，也就30公里路程，是在靖西县湖润镇境内。据说，这个大峡谷远古时是个盲谷，由于地壳运动，天行地动，其顶部陷落，犹如地球上裂开条缝，形成一个长2800米的天坑。这个天成地作，直到20世纪90年代末方发现并辟作景区。

进入"天坑"，得先下818级台阶。到了坑底，抬头仰望，一线天边缘有山泉缓缓下淌，犹如勾魂之泪眼。这峡谷原本真的通灵呀。

沿着峡谷小路缓行，两侧或千仞绝壁、或古藤老树，地上有深潭、洞穴、瀑布、溪流，还有地下河在隐隐涌动。那感觉真是灵气飘逸，六腑皆清。

深入其间，掠过一道道山来一道道水，迎来了最激动人心的景观：通灵大瀑布。

那瀑布犹如天赐，从200米高空飞了下来，中途无障无碍，不像落差也有70米的德天瀑布分成几层，而是一泻到底。它是那样的无拘无束，无牵无挂，不顾一切，肆意宣泄，掷地有型有声有姿有色。人，假若活得这般，才真的有滋有味。

这一趟"通"和"天"，瀑布算是看了个够。

9

通灵大峡谷的植被很是丰厚，见过的没见过的草木林林总总，还有不少世纪繁衍的原始植物。

接待我们的景区导游是个壮族小姑娘。她长得有点"壮"，不是讨人喜欢的那种，而说起植物来头头是道，渐渐吸引了我们的注目。正是她的指引，我们认识了侏罗纪恐龙时代的桫椤、莲子观音座蕨等植物，还有罕见的"咬人树""耳朵树"等。说起峡谷的飞禽走兽，她告诉我们，过去光是走兽就有500多种。"现在呢？"我问。"现在的走兽只剩一种。""哪种？""我和你呀。"她还挺幽默的。

这位壮族小姑娘,是在大山里长大的。她很珍惜也很热爱导游工作。她告诉我:她的导游员资格证书,是到南宁市考取的,挺不容易。我有意考考她:壮族过去叫僮族,啥时改了名?她回答:1965年周恩来总理提议改的。因"僮"字易读错音,而且书童的字义也含贬义,所以改为同音字"壮"。她说的没错。据我所知,同时变更的还有:夷族改称彝族,猺族改称瑶族。

在全国的少数民族中,壮族是最大的一个民族,有自己的语言且无文字。唐宋时,曾出现过借用汉字形、音、义结构创造的僮族方块文字,但使用面很窄。20世纪50年代,又以拉丁字母为基础形成僮族文字,也没怎么推广开来。这样做的目的,可能是出于某种担忧:如何保存和传承民族语言。毕竟,壮族已有很大程度的汉化。

通灵大瀑布。

在游览峡谷景区的尾声,经过一个搭建简约的壮家对歌楼。导游让我们在楼前长廊下休憩,可以与楼内壮女对歌。壮女(称谓有点别扭,如果叫僮女似乎可爱得多)唱起了刘三姐的山歌。我这才反应过来:刘三姐是壮族的而非汉族的歌仙。也许我们一行年龄偏大,未能放开来对歌,但也未影响心情的愉悦。如果都是年轻人哄起来,那就热闹了。

再见了,"通灵"。你给我们带来了远古绿色生命的呼唤,天地水的阴柔和阳刚,还映入了壮女的欢歌笑语。

10

跟着"跟着大脚走",走了趟"通""天",挺好的。

> 含山选择

海 内 篇 *HAI NEI*

1

今年，不知怎么的与"含山"结了缘。先是4月初赴浙江的湖州南浔参加含山蚕花节，接着就是这一次到安徽的含山县考察。

同叫含山，形态、体量大不一样。浙江的仅是流经南浔的运河小岛上一个60米高的土包子，要不是在那里流传着蚕花娘娘的故事，恐怕不会有人注意那还是座山。安徽的则是"群山列峙，势若吞含"，唐朝在此置县时就命其为含山。唐朝以前那地区居民衍生的历史，可追溯到5300年前安居在凌家滩的先民。可见其文化之悠久。

含山县位于皖中东部的巢湖之滨，距我们南京仅80余公里。这样的一个邻居，尽管"群山列峙"，人文丰厚，但对我来说从未去过，完全陌生。看来，如今的好酒无论"深""浅"都怕不吆喝。

2

我们一行四人是开车前往含山县的，均为南京旅游学会的会员，算是学会的一次小型活动。

我们之中，有位搞环境艺术设计的雕塑家朱泽荣先生，是含山县人。正是他吆喝我们去的。另两位，一位是研发温泉的张波先生，一位是报社的邹尚先生。这样的组合，蛮适合做一番文化旅游资源考察的，或者说蛮可以帮朱先生吆喝家乡的。

我们从南京城区出发，穿越长江隧道，经浦口区，跨过楚霸王项羽自刎的乌江，便到了安徽的和县，再往前就进入含山县境内，交通很是便利。含山及和县，过去属巢湖地区，现经区域调整均归马鞍山市管辖了。

3

含山，虽山势"吞含"，以山名县，但并没有什么高山峻岭，倒也蜿蜒而秀，且有广袤的圩田和丘地，车行其间，感觉挺不错。

我们将车窗摇下，贪婪地呼吸着乡间泥土芬芳的空气。忽而袭来一阵又一阵麻油香味，味浓且持久，让人有点诧异。原来我们经过的环峰镇一带，是安徽省著名的麻油生产集中地。那样一种香味闻起来当然不讨厌，不过假如一天到晚这么闻，恐怕也会麻木了吧。我甚至觉得，这也是一种环境污染，如同香花毒草一般。

我将自己的疑惑向同伴讨教，未得到明确答案。

环保部门会给出什么样的评价呢？

### 4

含山人津津乐道的当然不是环峰镇"麻油"，而是位于城北的"古昭关"。

古昭关，夹在马山与城山之间，形成一道天然屏障，乃古代兵家必争之地。使之名扬天下的是春秋时期流传下来的一则故事：楚国太傅伍奢遭楚平王迫害。其子伍子胥逃往吴国，在楚、吴交界处的昭关受到重重阻截，以至于"一夜急白须发"。伍子胥逃到吴国后，辅佐吴王阖闾征服了楚国，并做出"掘楚平王墓、鞭尸三百"的惊世之举，以报杀父之仇。正是他的生理、心理带来的极端现象和行为，十分富有戏剧色彩，后世以他为题材的文艺作品未曾间断。元曲有之，明传奇有之，现代的代表作则是京剧《伍子胥》。

如此这般，昭关就变得名声显赫。

含山人自然懂得昭关的价值，正在规划建设昭关国际温泉旅游度假区。我们在县人大石先生陪同下访问含山的第一站，就是去度假区的建设指挥部。

### 5

在去"指挥部"的途中，我们闲扯起伍子胥来。

张、邹二生认为：文艺作品的功力实在强大。伍子胥离我们已经相当遥远，历史上类似这样的人物有的是，大多都不为人知，而他至今仍那么鲜活，文化传播使然。

我挺赞同他们的意见，转而又想：这也要有个前提，即人物的历史作用和个性。司马迁曾在《史记》中为伍子胥列传，可见伍子胥的分量。他对江南的贡献巨大，曾建立苏州城。嘉兴城的二代城也是他建造的，与当今的三代城几乎重合。他为官为国精忠，先后辅佐吴王阖闾、夫差打败楚

昭关湖一瞥。

国及越国，也因过于精忠，终被夫差赐死。他的个性不仅体现在前面提到的"一夜白发""掘墓鞭尸"，即使在他被赐死前的遗言也惊天动地：嘱咐家人将其双眼挖出挂在城墙上，欲亲眼看到夫差不听忠告导致的灭亡。这样一个大"杯"大"具"的传奇人物，后世文学家不紧紧抓牢，那才怪呢。

从伍子胥想到同一时代的人物范蠡。他俩的人臣官职都当到了极限。范蠡还是南京最早的城池越城的缔造者。而范蠡最终选择了逃离政治，浪迹天涯，并在山东的定陶找到了从商的乐趣和归宿，成为一代商祖，也被后人奉为文财神。今年初我曾去了趟定陶县，才有了这样的联想。这两个人后半生的不同选择和结局，给今人留下了什么样的人生思考和财富呢？

6

在昭关项目的"指挥部"，一位年轻的副指挥长接待了我们。

这个项目依托于昭关湖，大约有八平方公里范围，目前尚在规划和招商阶段。那位指挥官向我们介绍了项目规划蓝图，又将我们带到昭关湖的坝上（昭关湖原为水库），眺望湖景和湖岸田园风光。那地块确实蛮宜建度假区的。只是如何建，面临很多的选择，弄不好是会破坏环境的。这样的教训实在层出不穷。

年轻的指挥官用手指着远处的一个半岛说，那里打出了温泉，日出水量可达 5000 吨。应该说从南京江宁的汤山、浦口的汤泉，到安徽和县的香泉、巢湖的半汤、庐江的汤池等，温泉资源太丰富了。含山也不例外，与它们同属一个地质带。在温泉开发利用上，同行的张先生最有发言权。他反复强调，周围温泉丛生，应想方设法避免"同质"化开发和经营。我倒不以为然。温泉嘛，就那么几"质"，欲求不同亦会"同"，重要的是做出文化，做优服务，更关键的仍然是吆喝。

我问指挥官：项目蓝图包括文化、休闲、房地产若干板块，打算从哪个板块切入呢？回答：政府要求先搞文化产业园区。文化产业园区？我对这个回答打了一串问号。文化产业园区到底包括哪些内容？先行招商有市场吗？如没有，投资者还会有什么回报？如预测不到回报，又会有谁投资呢？

我很理解政府对启动项目的选项。不过，投资者不是慈善机构，不会做赔本的买卖。我以为，现实点还是先行做温泉板块，易于美化环境，带动人气，产生效益，增进投资者信心，继而催化整个区域的建设。

7

含山县除古昭关外，还留下众多的历史文化遗产。例如，曾是三国时期的古战场，"草船借箭""望梅止渴"的事件都发生在这里。又如，北宋王安石曾在此游弋，写下著名散文《游褒禅山记》等。当然，最引人景仰的，还是开篇提及的 5300 年前先民生活的凌家滩遗址。

凌家滩遗址，发现于 20 世纪 80 年代。文物部门自 1987 年至 2007 年，先后组织了五次考古发掘。这个跨世纪的科学行动，十分严谨和慎重，发掘面积仅为 2650 平方米，出土文物竟达 1700 余件。这才是八百分之一的考古发掘，因据现代遥感技术和考古钻探测试，凌家滩遗址总面积应该有160 万平方米之广。

就凌家滩"冰山一角"的考古发掘而言，成果已相当惊人。其间，首次发现红陶块遗迹，而红陶块应该就是现代建材各类砖的祖先；又掘出大型祭坛遗迹及石墙、水井等，呈现城市而非部族村落的雏形。最出彩的还是出土的玉器。它们造型雅致，工艺精巧，用现代人眼光来看仍很时尚，实在令人叹为观止。

凌家滩呀，地底下究竟还会有什么惊人的发现，谁也说不清。

这次含山之行，我们仅去了两处。不用说，另一处就是凌家滩了。

### 8

陪同的石先生告诉我们：凌家滩与昭关一样，也在招商引资搞文化园区开发，规划范围比昭关的大，有十平方公里。

我们一路上就议论起凌家滩文化园区来。这样的一个阵势，肯定要搞旅游。不过，以先民遗址为主题的景区，在旅游上很难弄出多大动静。名气大的是浙江余姚的河姆渡遗址。尽管在那里建了博物馆，又复原了先民生活的部分场景，还上了作为国家名片的邮票，但作为旅游项目影响力仍然有限。河姆渡遗址发现于20世纪70年代，比凌家滩要早十多年，否则最出名的应该是后者了。

联想到咱们南京距今6000年前的高淳薛城遗址。这个遗址发现于20世纪90年代，做了初步的考古发掘，出土了不少保存完好的人类遗骸，以及陶器、石器、玉器、骨器等文物500余件。整个薛城遗址面积预测近6万平方米。《人民日报》以"南京远祖在薛城"为题进行过报道。不过，南京方面很快将其复盖保护起来，至今尚未开发利用。我很理解为啥这么做。因为作为文化建设，需巨额财政支撑，条件并不成熟；而当作旅游项目开发，投入和产出无法成比例。其实，早在20世纪50年代，南京就发现了北阴阳营文化遗址、湖熟文化遗址，也仅限于采取保护性措施。

我们这样的议论，倒不是要给凌家滩开发泼什么冷水。各地有各地的搞法。凌家滩搞的是大范围的整体规划，拟进行综合性开发建设。这样的选项，应该是合理的，也是可行的。

### 9

我们就这么议论着，车子已开进山间公路。

公路上忽然变得尘土飞扬，仿佛我们不是在山里，而是在建筑工地。

怎么会这样？原来这里不时穿梭着装载石料的运输车辆，也就在不断地制造着尘埃。据了解，含山富含石膏矿，号称亚洲最大，因而采矿、运输十分繁忙。面对这样风尘仆仆的场景，着实恶劣了我们去凌家滩的心情。

这又让我想起我们南京汤山。开发汤山旅游初期，那里到处是采石场。进入汤山，炮声隆隆，硝烟滚滚，哪是搞旅游，是上战场。后来市、区狠下决心，关停一批，再关停一批，直至将大大小小的采石场完全消灭干净，才有了现在这个形势。整个过程我曾亲身经历，深知得来十分不易。要知道，每关掉一个采石场，就是丢掉大把大把的钞票呀。其实，即使汤山不搞旅游，也应该关。总不希望有一天看到汤"山"变成汤"平"吧。

我还想起，六七年前去安徽铜陵参加青铜文化博览会。那地方自商周始就采矿冶铜，一直延续了3000多年。我对当地人说：你们这么搞下去，铜陵真的有一天就会变成铜"陵"了。当地人回答说，现在已严格控制开采，所用铜矿大多是从智利等国进口的。

看来含山也面临着艰难的抉择：是将传统采石膏矿保持亚洲最大，并进一步弘扬光大，还是调整产业结构，留住青山，至少放慢开采的节奏，延长山体的完整寿命。

我这么想，这么说，多少有点心酸。

凌家滩遗址设有简易的陈列馆。

凌家滩遗址陈列馆内全景。

来到了凌家滩。

这里与昭关一样，也是建设指挥部。据了解，含山一共成立了五个建设指挥部，摆开一派大干快上的架势。凌家滩的似乎比昭关的"火药味"要浓一些。指挥部墙上挂着四"为"的横幅："以德为先，团结为重，激情为大，干成为算。"接待我们的副指挥长也很年轻。他反复强调，干事业就是要充满激情，所以说"激情为大"。他又说：现阶段正在结合建设社会主义新农村，开展拆迁工作。这也是赢得建设用地指标的一种方式。

想起来了，为啥会觉得凌家滩的气氛更加紧张，肯定与正在搞拆迁有关。实际上我们的车子一进入凌家滩地界，就看到马路上挂着许多红色横幅，感到了不一样的氛围。那些个红幅标语写的是"以大拆违促进大建设""一户违章，全村受害"等，倒是蛮有激情的，还有些许"杀气"。

当下，不少城里的集团到乡下搞项目，首先是大搞拆迁，将不少村落一扫而空，美其名"走集中集聚集约发展的新路"。这实质是对"村村点火，

凌家滩地界马路上挂着的红色横幅。

户户冒烟"传统农家生活的颠覆。我不知道走这条新路好不好，对不对。我只是觉得内心深处有一种隐痛和忧虑。至于忧虑什么，自己也说不清，道不明。

好在指挥部的那位指挥官对我们说：正在拆迁的几个小村落都在遗址的核心区内，即使现在不拆，今后再进行考古发掘也还会拆。听后略感宽慰。

11

凌家滩之行，我们能为之做点什么呢？

含山籍的朱先生是玩雕塑艺术的。我们就怂恿他仿制和研发凌家滩玉石纪念品。玉石中的玉龙、玉鹰、玉人等实在太精美了。以此研制的礼品或旅游纪念品一定会大受欢迎，不仅能产生经济效益，还可起到非常好的宣传作用。

还能再做点什么呢？一时不好说。人家那样有激情地在指挥部作战，不忍再泼冷水了。一定要让我说什么，那就是期待。

期待不久在这里建成全国最棒的先民遗址文化园。现代人要想玩穿越亲近先民，非凌家滩莫属。

期待不久在这里建成一个新型的美丽家园。家园里的平民百姓，能在这片热土上感应到先民的睿智、勤劳、善良，至少没有欺骗，没有造假，日出而作，日落则憩，诚信为本，美满人生。

1

今年 2 月底，我与园林建筑的三位专家一同去江西抚州考察。

我们是乘客机飞往南昌昌北机场，然后坐车前往抚州的。原计划三天行程。返程时飞机应在晚上 8：20 起飞，结果延误到第二天 0：40，回到南京家中已是次日凌晨 3 点。用旅行社的行话来说，游程由 2 晚 3 天变成了 3 晚 4 天。

尽管我们是滞留在昌北机场，但整个活动一直在抚州，给人的感觉也就是"困在抚州"了。

其实，"困"住的不光是人的身体，人的认识以及想法似乎都有一种莫名的困惑。

何故呢？

2

去抚州，是因同行者李蕾之故。

李蕾，南京园林建筑设计界的大姐大，长我两岁（本人 65 岁啦），仍宝刀不老，至今还活跃在这一领域之中。她曾就读于南京工学院（今东南大学）建筑专业，于 20 世纪 70 年代初毕业分配到抚州地区，先是在上顿公社中学任物理老师，后调到临川中学仍然教物理，一待就是十年。那个年代很荒唐，所学的就非不让你所用。她回到南京方从事本行，直至任南京市园林局总工程师。1985 年，抚州市建设王安石纪念馆，想到了李蕾，让她全权负责规划设计。又过几年，建汤显祖纪念馆，再度请她披甲挂帅。李蕾，与抚州似有血融于水的关系。

这次抚州市拟择新址建王安石主题园（含纪念馆），以及在原址扩建汤显祖纪念馆，尽管市领导已换了几届，仍没忘南京有个李蕾，邀请她来考察指导。我在想：这肯定与她前两个作品有关。还有什么比让作品说话更具说服力呢？

　　抚州,位于江西省东部,距南昌市百余公里,辖两区(其一为经济开发区)10县,面积接近3个南京辖地那么大,而人口只有400万。其中的主城区人口加上流动的,充其量也就50万。

　　抚州自隋朝建州以来,距今已有1400多年历史,素有"文化之邦""才子之乡"的美誉。只是,我们车游主城区,转了好几趟,看到的都是在大兴土木,一派生气勃勃的景象,却很难找到古城文化的感觉,以为更像一座新兴发展的城市。

　　不得不承认,城市的建设都是大手笔。有两座超"航空母舰"级别的巨型姊妹建筑,给人留下颇深的印象。一座是汤显祖大剧院。一座是博物馆、图书馆等文化综合楼。两座建筑之间的广场有两个足球场那么大。气派是够气派了,不过这么一来,一年得花多少养护费呀!而且,这么大的剧院,

夜幕下的汤显祖大剧院。

一年能有几场演出呀！没几场演出，管理费用又从哪里来呀？这让我感到困惑。

还有，姊妹建筑一侧的主干道，马路很是宽大。马路两旁，包括绿岛上的路灯有五六种之多，金属球形的、彩色柱状的、葡萄串式的、玉兰花样的、月亮般的，五花八门，特别是晚上亮起来相当热闹。热闹是热闹了，只是显摆过度，欲追求大气，反而小气。何况，其投入和使用都要花掉银两吧。看来这里似乎"不差钱"。

有一点值得肯定：十分重视城市雕塑。我们在城市的主要角落都看到了各种雕塑。其中在文昌桥头的一组石雕十分生动，描绘的是汤显祖及四才子与知县在桥头对联的典故。这样的反映地方文化题材的雕塑，不多见，很难得。当然，也有败笔。有一处街头立了两只大凤凰，白天看挺别扭，晚上看倒是通体透亮。原以为它们与地方传说有关，问接待方得知是开发商搞的，意为筑巢引凤。这也太"二"了吧。

4

城市雕塑，表现了城市的文化品位。尤其是城市的人物雕塑，反映出城市的历史记录。

我很看重城市人物雕塑。七八年前，我主编了《爱，是屋顶上的蓝》旅游全景手册，专门开辟南京城市（露天）人物雕塑栏目，收集到的雕塑仅有二十七八座。最著名的当然是孙中山铜像了。当时塑像是有严格审批程序的，例如不会批准给活着的人立像等。记得是 1996 年，溧水县在街头为唐代崔致远立了像。崔致远是韩国大学者，曾在溧水做过县尉。当时我还特地赶到现场参加铜像揭幕仪式，后来发现这尊塑像被悄悄移入县博物馆内了。原因是给外国人立像，预先未报批省外办，有违规之嫌。近几年，情况就大不一样了，南京的人物雕塑数量较之以往恐怕也翻番了吧。这其中有政策放宽的因素，也有城建理念方面的转变，还有发展旅游的需要。

不曾想到的是，小小的抚州市搞了个庞大的名人雕塑园。这个雕塑园位于市府大楼正南面，占地达到 800 亩。园内计划要立 166 尊人物雕塑，现已完成 66 尊，稀稀拉拉地安置在各个角落。在这 66 位名人雕塑中，近

抚州名人雕塑园内的盛中国塑像。

现代的、包括活着的人物占三分之一。其中有小提琴演奏家盛中国的雕塑。
我们听说后专门找去看。那尊拉着小提琴的铜像塑得很传神。原先只知盛
中国是在南京出道成名的，原来他还是抚州人。听说现在他常来故里参加
文化活动。

　　作为"才子之乡"的抚州，建一个名人雕塑园，应该说做了件很有想法、
很有魄力的事，本无非议。不过我也担心：园子搞得如此之大，据说投下
去几个亿，以后还要不断投入加以养护，又是免费开放，并无任何经济回报，
能支撑到底吗？想到这里，忽而觉得自己到了抚州就变俗了，始终在算经
济账，不算政治和文化账。杞人忧天了吧。

5

　　在名人雕塑园中，北宋王安石和明代汤显祖两位抚州籍人物的铜像最
为耀眼。尤其是王安石的，置于入口东侧，摆出一付任凭风吹浪打、我自
岿然不动的架式，雕塑得实在是好，很耐看，看了还想再瞅上几眼。据说，

作品出自北京一位雕塑大家，不肯署名；如非让他署名，得另外加酬金。现在的人都怎么了，把金钱看得比名声要重得多。

王安石和汤显祖两大人物，与我们南京都有着不可分割的联系。

王安石，北宋宰相，政治改革家，"唐宋八大家"之一，曾三任江宁（南京）知府，辞官后居江宁城东"半山园"，直至病故。他在南京留下的轶事，莫过于二任江宁知府时泻玄武湖水，改为耕地。至此，玄武湖消失了近300年。这体现出他的以粮为纲的农耕思想。

汤显祖，明万历十一年进士，曾三次游学南京国子监，任南京礼部祠祭司主事等职。他在任浙江遂昌知县后遭到议免，返回故里执意从事戏剧创作。代表作品有《紫钗记》《牡丹亭》《邯郸记》《南柯记》，合称"临川四梦"。后"三梦"都是他在抚州居所玉茗堂完成的，唯处女作《紫钗记》竟是在南京写就。

王安石、汤显祖虽与南京的关系如此密切，却又注定淹没在了南京厚重的历史及人物之中，变得无声无息。而今，王安石的"半山园"遗宅犹存，藏在海军指挥学院的深院中，平民百姓无从探访。至于汤显祖是在哪个街巷创作《紫钗记》的，恐怕谁也说不清了。其实，真应该让他们在南京有声有息。单从我们旅游人来说，他们的经历有故事，有说头。

6

我们参观了王安石纪念馆。此乃李蕾女士28年前的设计作品。

这是座古典园林式纪念馆，挤在市区内，占地有点急促，却搞得处处是景，精巧、雅致，丝毫未随着时光流失而散去魅力。其间，专门辟出个角落，象征性地做了个王安石的江宁"半山园"，让我们南京来客倍感亲切。我这时候才切切实实弄明白：为什么这么多年过去了，抚州要新建王安石主题园及纪念馆，还会请李蕾出山。我不知道李蕾此刻旧地重游有何感触。而作为南京人，我骄傲。

面对如此经典的园子，我迫切地要问：王安石纪念馆迁走后，这里派何用途呢？其实，我内心的潜台词是：万不可拆掉卖地呀；或者搞什么杂乱的经营场所，白白地将园子糟蹋了。接待方告诉我们，目前尚未明确做什么，应该不会拆，多半还会搞文化类项目，也想听听专家意见。既如此，我就提出：听说未来的王安石主题园拟建唐宋诗词馆，不妨就将此园改作此用。如是这样，纪念馆建筑前的主人公塑像可以保留下来，王安石本为唐宋诗词大家；园内的环境也与唐宋诗词氛围极为吻合。试想想：在这样一个典雅的园林中，吟诗颂词，茗茶书法，该是多么美妙的事呀。

这个提议，得到了大家的赞同。

## 7

1992 年底建成的汤显祖纪念馆，是李蕾女士在抚州的又一个设计作品。

走进纪念馆大门，是汤显祖塑像及半亭。绕过半亭，眼前是一条小河。沿河左岸前行片刻，左侧有座两层仿明建筑，即被称作清远楼的汤显祖陈列馆。在陈列馆附近有座亭桥，姑且叫它梦亭桥。跨过梦亭桥，便是汤显祖造梦的"破茧山庄"和演绎"临川四梦"的景区。

李蕾告诉我，这个项目，自己仅负责规划设计，未参与工程施工。地方上可能资金上的原因，在实施过程中并没按设计方案做到位，留下了许多遗憾。

接待方则对我说，纪念馆因早就想扩建及提档升级，所以已有很长时间没进行维修，显得有些破旧。

我们在纪念馆园内走了一遭，虽见陈设呈现老化，但觉布局极为巧妙：

王安石纪念馆内的半山园。

汤显祖纪念馆内的"破茧山庄"。

一河将汤显祖生平史实与他的四个梦境分割开来，又通过梦亭桥将两者连在一起，游线十分流畅。只是，总觉得还缺点什么。缺点什么呢？似乎不够分量，难以压阵。汤显祖与王安石不一样，晚年是在抚州生活和从事创作的。如若将他的居所玉茗堂在园中复建，整个园子也就有了主心骨。这个玉茗堂在老城区内，虽已不存在了，但有详细文献记录，不难恢复。我的这个想法，也正是同行的和接待方共同的认识。李蕾表示：在纪念馆改造设计中，玉茗堂应是重中之重。

我还以为：园子改造的难处在于，如何丰富"临川四梦"这部分的内容。我们参观了抚州新建的一个叫梦园的景区，是以汤显祖《牡丹亭》为主题的园子。那个梦园搞得很有规模，特别是园中的牡丹亭建得非常气派。亭子的四周石栏上像"小人书"般雕刻了百余幅连环画，叙述了《牡丹亭》剧情，挺夺人眼球的。《牡丹亭》乃"临川四梦"中名气最大的一梦。有了梦园，无疑给纪念馆园中表现"临川四梦"增加了难度。

在我看来：要展示"临川四梦"，首先得做普及工作。四梦虽在戏剧界如雷贯耳，但对普通游客而言并不知其剧情。即便是《牡丹亭》，大家也未必知道说的是什么事。前面提到，梦园景区用了百余幅连环画说剧情，好是好，繁琐了些。应想方设法化繁为简。我们在纪念馆园中看到了用"坠钗""别钗""思钗""圆钗"四幅壁画叙述"紫钗"一梦，就十分之好。这是李蕾当年的构思。其他三梦也应该这样做。再有：四梦中有两梦表现了浪漫忠贞的爱情和婚姻。为此，可参照南京情侣园的做法，增设一些充满情趣的洞房、教堂等建筑小品，吸引情侣来拍婚纱照，搞模拟婚礼。这么一来，整个园子就活了起来，就会洋溢着"紫钗""牡丹"的色彩，就会充满着浪漫、青春的气息。

我又觉得：纪念馆园在改造中还可以增加国际文化交流角。汤显祖是世界文化名人，与英国的莎士比亚、西班牙的塞万提斯生活在同一个时代，而且是同一年去世。据闻，联合国教科文组织拟在 2016 年，为三位文豪举办逝世 400 周年纪念活动。这是非常好的契机。纪念馆园可以建立与莎、塞故里的联系并互动，例如赠送人物雕塑等。这样，纪念馆园也就更加开阔了视野，使其登上国际舞台。

## 8

在抚州，我们深入到文昌桥东老城区，参观了始建于东晋的玉隆万寿宫、在全国教堂建筑中排行老三的天主教圣若瑟教堂，还有汤显祖衣冠冢遗址等，深深地被这座城市精彩的历史文化所熏陶、感染。这样的感觉实在是好。还要提到的是，那座天主圣若瑟教堂已有百年历史，外型高雅，墙体呈粉红色，很是少见。我参观过众多教堂，也只在以色列看到过粉红色的宣告堂。宣告堂，中文名天使报喜堂，是为纪念圣母玛利亚在那里圣灵感孕建设的教堂。我忽而联想到：假如决定在汤显祖纪念馆园内搞情侣园，要设微型的教堂，不妨按圣约瑟教堂的外形和色彩来做。这既反映了地方文化，也充满了喜气，一定会得到情侣们的青睐。

晚上，我们在五颜六色的路灯下溜达，全然没有了白天感受到的古城韵味，挺失落的。行走间，偶然发现变色柱状路灯的灯体上有几排黑字。远看以为是涂鸦，近瞧是反强权拆迁的标语。那几排黑字标语虽然已被白漆覆盖，白天是看不到的，但晚上灯光一打就显露出来了。标语的内容有点那个，放在过去可以视为反动标语，抓到要判刑的。而现在，已不搞这一套了。

我们凑过去看了彩灯里的黑字，了解到了地方上存在的拆迁矛盾。这个矛盾，抚州有，全国都有。如果说抚州的反应只是"刷刷白漆"，倒还是蛮大度的。"拆"字，当今似乎变得很狰狞，确含有杀气。现在，各级政府不都在进行反思吗？这是社会的一个进步。

抚州的困惑，当然不在于"拆"字，而是地方文化如何推进、如何发展。现在，从中央到地方都十分重视文化。而文化的发展已不完全是事业型，需要产业化，否则似乎就会失去经济基础。这是一个大的课题，已经摆到了我们面前。

### 1

2013 年的末月，江苏建筑园林设计院的张克贤先生邀我去了一趟海南。那几日，南京城雾霾当道，能逃离出来投入蓝天白云的海南，实在是求之不得。

海航的客机降落在海口的美兰机场。兴匆匆地下了飞机，兴匆匆地走出机场，举目望：虽没有了雾霾，却也不见了蓝天，更别说白云。这使我十分愕然。

老天爷，你怎么啦？

蓝天白云，本是海南的标志。这一刻的海口，尽管空气比之南京要好上十万八千里，但我的心中仍有一种莫名的惆怅。

海南，你到底怎么啦？

### 2

我与海南，有着说不清、道不明的情愫。

早在 1987 年，我刚调入组建中的市旅游局，便随政府代表团前往海南岛考察。那时候海南尚未建省，与大陆也无空中航线。我们是从广州乘海轮登陆上去的。那里的一切，都给我带来火辣辣的视觉冲击力。我在《海南：天涯海角的感慨》（收入散文集《印象》）一文中写道："面对着大海、夕阳、涛声、顽石，骤然间产生一种空壳感，心中的烦躁、周身的疲惫烟消云散。我以为，那正是我所期遇的。"

那一次考察，我们选定在三亚大东海建设度假村。那时候，三亚仅是隶属于通什黎族苗族自治州的一个小县城。我们随即与自治州旅游公司法人钟静海先生达成合作建设的意向。没过两个月，钟先生就赶赴南京，与我们正式签订了项目协议书。

有点搞笑的是，钟先生带着协议书还未来得及赶回海南，便在广州中转时紧急给我们电话：协议书必须作废。因海南建省在即，自治州行将撤销，三亚拟升地级市。他本人也将赴省一级的旅游公司任职。变数如此之快，迅雷不及掩耳。

好事多磨。这以后的两年时间里，我曾多次登岛，参与了项目的再洽谈、立项、策划、规划以及建设，倾注了太多太多的心血。现在说出来可能没人会信：为了催办项目批文，元旦那天，我同市旅游局的一把手李友明滞留在海口，不舍得花钱上馆子，一整日在宾馆里卧着。一把手喊不饿，我也就忍着。上灯了，实在忍不下去了，我就硬拽他上街，一人吃了一碗面条，半饥不饱的，都喊饱了。现如今很想问问李先生还记得不？即使记得恐怕也说不出口吧。堂堂的南京市旅游局一把手，饿成那副模样，怎么可能呢？

1989 年岁末，一座 3 层楼高的邮轮式建筑耸立于大东海之滨。那就是一度成为三亚地标的金陵度假村。度假村的建筑，是我们请南京工学院（现东南大学）钟训正等教授设计的，在全国获得了建筑设计奖。这以后，原来一片荒野的大东海之滨陆陆续续出现了宾馆、餐厅，热闹起来。我们为自己成为海南旅游的开拓者感到骄傲，感到自豪。再以后，大东海的建筑越来越多，杂乱无章，还搞起了房地产。2006 年，我再次来到大东海，深深被那里的开发力度感到震惊。我作出反思：当初在大东海搞开发，是不是个错误？是不是带了个坏头？我在《大东海，永远的痛》（收入散文集《行色》）一文中写道：

坐落在三亚大东海的金陵度假村即将完工（摄自 1989 年 8 月）。

　　"一片森林，要想变金，就去砍伐；一片净土，要想污染，就搞房地产。"

　　"人，在利益的驱使下，可以发挥无穷的创造力，是个巨人；也可以制造无比的灾难，是个魔鬼。"

　　"大东海，一个曾经自以为很有成就感的地方，如今成了我的伤心地，成了我永远的痛。"

3

　　这一次到海口来，是参加全国部分城市园林协会工作交流会。我虽是搞旅游的，却也时不时与园林界人士打交道，常会参与园林规划中的旅游文化策划。他们请我来开会，也就是给我个机会再到海南来转转，看看。毕竟，最近的一次来海南，是五年前的事了。那个让我牵肠挂肚的大东海，已经渐行渐远。

　　五年不见，海南的变化似乎有点过大。就说交通吧，增添了东、西两线的高铁。这次交流会后，海南省风景园林协会的谢盛强先生陪我们南下考察热带雨林。我因要参加杭州的华东旅游高峰论坛，在万宁提前离团赶飞机，体验了一下海南高铁。从万宁到美兰机场，乘高铁仅仅用了一个小时，不过车厢的晃动幅度有点大，不如内地的平稳。在高铁的列车上，我就在想：海南岛面积不算大，干嘛要建高铁呢？特别是作为以休闲为主的国际旅游岛，应当想方设法让旅行的节奏放慢下来才是。再说，高铁尽管为电动力，但在建设和使用中，对环境的破坏及污染还是在所难免的。

　　我挺迷恋最初几次登岛的经历。那时候仅有东、西、中三条国道。从海口到三亚，西线较长，通常是东线去、中线回。走东线，中途必定会在兴隆华侨农场午餐，同时感受一下热带植物的乐趣。我曾写过一篇文章《菠萝蜜汁粘我手》(收入散文集《行色》)，就是专讲海南热带水果的。走东线，途中还会游东山岭，品尝东山羊和一种特制的烙饼。而从中路回，在五指山间穿插，那就更有意思了。后来东线有了高速公路，游客就只走东线了，由于二三小时就可以抵达三亚，中途也很少再作停留。那时候，就觉得海南的交通已经非常方便了。现在又搞高铁，是不是方便得有点过头了呢？

　　人们总是在拼了命地追逐高速度、快节奏，自然收获多多，到头来忽而觉得：这是我们真正想要的吗？

4

在海口参加园林协会工作交流会，少不了要安排我们考察园林建设作品。这些作品均融入在房地产楼盘中。我们接连看了美林谷、盈溪谷等二三个档次颇高的小区。

这几个小区的园林确实建得不错。其实，海南的植物资源极为丰富，取之用于园林，怎么摆布都是美景。小区的楼盘正在热销中。售楼小姐以为我们是来看房的，热情地安排我们里里外外察看。房屋建筑外观气派，内部经过精装修也很悦目，只是都为欧式的，缺少中国元素。中式建筑难道就不值得继承创新吗？这还真是建筑设计界面临的一个研发课题。

看了几处楼盘，总算来到一处规模挺大的公共绿地，即位于滨海大道中段的万绿园。据海南省风景园林协会谢盛强先生介绍：这是于1994年兴建的，占地有千余亩。在建设过程中，市民有捐款的、也有参加义务劳动的，社会反响十分热烈。他当时在园林局工作，是万绿园建设的指挥者之一，对其充满了感情。他告诉我们，不少房地产商现在都虎视眈眈地瞄着这块

笔者与海南省风景园林协会谢盛强（右一）、江苏省园林协会陆文祥在兴隆留影。

绿地，幸好人大为其立了法，方使得保留下来。这话，听起来有点悲怆。

在海南，房地产商如狼似虎地吞噬绿地，已成了不争的事实。

5

海南房地产开发遍地开花结果，有这个需求吗？

记得五年前，我到海南参加博鳌国际旅游论坛，经过琼海市区，看到那里在建的一排排建筑，多得吓人，而许多建成的房屋似乎也空无人居，就曾有过疑惑。我在《博鳌：会议制造》（收入散文集《秋潦》）一文中写道："我在车内望着窗外掀起的建房热浪，不禁心中泛起阵阵忧虑的涟漪。"

五年过去了，房地产依旧强劲，看来我是多虑了。我身边的朋友，就有在海南文昌买了房的。冬季，他们就飞过去避寒，如同候鸟一般。南京还有家很牛的旅行社，老总带上中层骨干，在海南房地产十分低迷的时候购了一二十套住宅，旨在让他们的父母冬天集体去那里生活，打打牌、聊聊天，彼此有个照应。之后海南的房价突如其来飚升，他们对父母的孝心得到了意想不到的高额回报。

可以这么说，现在内地人到海南购房，有自用的，更多的是作投资的。

老师带着孩子们在海口万绿园休憩。

这样的投资，保值增值应该比较靠谱。不过，我还是心存疑虑：如此大规模的房地产开发，是否都做过科学的论证和规划呢？

这次到万宁兴隆，这样的疑虑变得更为强烈。我们看到一个叫石梅山庄的楼盘，是建在山里，规模十分庞大。那里的环境实在美得不行，然而这样来搞房地产，对山体的自然生态的损坏恐怕是无法挽回的。我们还看到石梅湾的一个叫"海语山林"的楼盘，是由华润集团建设的。据说，这个地方做过影片《非诚勿扰2》的主拍摄地。"海语山林"正在风风火火建二期，位置在滨海的山丘上，一排一排的建筑几乎都要将山体掩没了。"海语山林"（二期）楼盘的宣传册作了这样的抒怀：

"不知从何时起，对海南华润石梅湾这片热土，

萌生了一种无法言语的眷恋。

忘不了晨曦中那次与朝霞和大海的偶遇；

忘不了涛声里那次与海鸥的亲切攀谈；

忘不了青皮林畔踏车溜湾的惬意；

忘不了月色下她眸中闪过那一点迷离的渔火……"

读了如此美妙的文字，再看看喧闹的建设工地，真的是"无语山林"了。

我忽而想：海南少了蓝天白云，除了可能由大陆飘来的雾霾外，是否与全岛自身成了大工地，以及引进了其他项目的因素有很大的关联呢？

实在是"无语山林"了。

当然，五天的海南之行，也不是没有见到蓝天白云，至少有二三次吧。巧的是，海南归来不几天，就获机会去了趟泰国的普吉岛。那里可是天天蓝天白云。那个蓝才叫蓝呀，那个白才叫白呀。联想到在我小的时候，南京的天空不也如此；这才过去四五十年，便雾霾霾一片了。

6

这次海南之行，心中的"蓝天白云"是到了兴隆热带花园，见到了花园的主人郑文泰。

兴隆热带花园，位于兴隆华侨农场南旺水库区，占地 5800 亩，是一项庞大的热带雨林修复与保护项目，被世界旅游组织称之为"世界自然生态

保持最完美的植物园"。我们乘坐电瓶车，在花园中足足穿行了一个多小时，深深被其间茂盛的热带雨林植被，尤其是众多的珍稀植物所陶醉。不曾想，21年前这里还是一片老化的橡胶园，以及丢荒耕地和残留沟谷雨林的土地。更不曾想，这样一个雨林巨变，竟是出自印尼老华侨郑文泰的一举之力。

郑文泰是一个具有传奇色彩的人物。出生于印尼的他，家境富裕，是个独苗，15岁时便独自离家归国，学习中文和就读热带植物专业，19岁到海南兴隆华侨农场落户，生活了七年，又赴香港攻读建筑和酒店管理专业，后在海南五指山经营酒店。1992年，47岁的他将目光转向了生态，再次回到兴隆华侨农场，发下"痴人说梦"般的宏愿，决心要修复一片低海拔的热带雨林。他变卖了在香港、广州、海口等处的全部产业，同时也放弃了对殷实家业的继承，全身心投入到被他称作花园的热土上，脚踏实地地实现其"中国梦"。前面说到，他是凭一举之力建设花园的，不算太夸张吧。

与郑文泰见面之前，并不知道他的传奇故事，就觉得他的架子有点大。因为海口的园林工作交流会，他本因到场却缺席了。这次我们是专程与他洽谈业务的，而到了花园，仍未见到他的身影。直至我们午餐后坐下来休息，他突然出现了。

这是位个头不高的小老头，头顶棒球帽，一身工作服，肤色黝黑，好像是刚从丛林里钻出来的。颇感意外的是：与他握手，就觉得那丛林般的手似柔软无骨；说起话来也是轻声细语，如同柔弱小生。他的形象上的反差，似乎代表着雨林的神秘，也恰好折射出他温暖而刚毅的内心。与他交谈，很合拍，挺爽的。他讲道：现在有人要搞跨海大桥，可谓劳民伤财，

兴隆热带花园主人郑文泰。

对生态也十分不利，应坚决予以反对和制止。这与我质疑海南建高铁的观点很是契合。他不仅身心系雨林，也身心忧天下。

我在想：在海南全岛开发的滚滚热浪中，倘若能多几个"郑文泰"，那该多么美好。

7

见到了郑文泰，有了心中的"蓝天白云"，本文也该告一段落了。

文章得有个题目，于是随心写下："莫愁"海南。

南京有个莫愁湖公园，是以古代传说中的莫愁女为名的。莫愁女的名字叫得好：莫愁，即不愁。然而，古代的莫愁女凄美，忧郁，是个悲剧性人物。2002年，我在莫愁湖公园搞了个旅游纪念品研发研讨会，突发奇想，拟突破过去的传统，以"快乐"为主题塑造全新的莫愁女形象，称作莫愁女孩。我还为之写过一篇文章《莫愁湖，莫愁女，莫愁女孩》（收入散文集《印象》）。"莫愁女孩"后来成为了南京导游的形象代表。按理说，现在公园的主人莫愁女应该无忧无虑了。遗憾的是，莫愁湖的周边很快被万科等房地产商盖起了高楼大厦，将湖水团团围住。在如此生活空间的挤压下，莫愁女再难快乐起来，真是应了郭沫若为古莫愁女题诗中的一句"莫愁哪得不愁"。

"莫愁"海南，就是要提个醒：蓝天白云的海南，倘若不倍加珍惜和呵护，保不定有一天也会"莫愁"起来。

写到这里，眼前又浮现出拥有热带雨林肤色的郑文泰。愿以郑先生的几段语录作结：

"中国只有一个海南，唯一的热带绿洲在海南。我是学热带植物的，对濒危的植物不补救，那岂不是千古罪人？"

"修复这片热带雨林，学科上测算过，需要400年时间。我没有那么长的命，我已做了21年，我会做到走不动的那天。铺好了路，我相信我后边的人会把这份事业好好地干下去，和我一样。"

"我没有做什么。对这片热土上的自然原生态的保护，我只是遵照了我心的方向。"

## 〉风回犹为旧罗衫 ——安顺行之一

海内篇 *HAI NEI*

　　屯堡，在贵州的安顺市所辖地区。屯堡的"堡"，不读"保"，而念"补"，让人一下子念不习惯。

　　最初我以为，屯堡是特指某一个城堡式的乡镇，其实不是，而是一种统称。600年前明太祖朱元璋将30万大军屯集于此，繁衍至今，所居住的地方涉及到安顺的三个区县、若干个乡镇，方圆80平方公里。这些乡镇都叫屯堡。

　　我在十六七年前去过一次安顺，是参加在贵阳举办的旅游晚间文娱工作会议，会后统一安排的。那时候旅游界流传着游客"白天看庙，晚上睡觉"的说法，游客的夜生活实在贫乏，确实需要开个全国性的会议促一促。至于为何在贵阳召开，不得而知。也许是贵州居住着土家族、苗族等，是个能歌善舞的地方，与会议的主题相吻合。还有一个重要原因，是借此机会安排大家参观著名的黄果树瀑布，以增加会议的吸引力。

　　那次，我们除了看黄果树瀑布，也看到了龙宫、红崖天书，还被带到

1990年12月，笔者第一次去安顺，在娄家庄与原住民一起吹笙。

娄家庄和蔡官村的山寨，先让你喝酒，再进寨看歌舞表演。因为是跟着大部队走，以为走了大半个贵州。其实，这些景点都集中在安顺地区。安顺，真是个神奇的地方。不过接待方并未提及到屯堡。直到我们不时看到，有穿古汉人服装的百姓在路上行走，感到好奇，问起来才得知：这是明代南京来的移民。所谓南京移民，自然是指朱元璋从南京调集过来的 30 万军队了。据说，以后又调回十万人马，再将十万"刁民"流放过去，就像"文革"期间将城里所谓"牛鬼蛇神"下放到农村一样。当时听到的有关屯堡的资讯也就这么多了。

前不久，我参加市政协会的一个考察团，有机会第二次去了贵州。这次，我们在贵阳机场落地后，就直接前往安顺。在安顺，照例要看黄果树瀑布、龙宫，还增加了一个叫天星桥的景区。考察团中有第一次来贵州的，都为黄果树瀑布的壮丽景观所震撼，感到特别兴奋。我算是旧地重游，未能兴奋起来，而是感慨于大自然风光依旧，人却老掉了牙。

让我关注和盼望的自然是屯堡了。这几年屯堡的不少乡镇经过整理、开发，已向游人开放。他们还曾到南京来做过寻根探访和旅游宣传。

接待方将我们带到一个叫天龙的屯堡。这是座居住着 5000 名"老南京"人的乡镇。走进去，有点像走进南京的淳溪老街的感觉。我说的仅是一种感觉，而所看到的则是另一番风貌。就说民宅吧，均为石头做的：墙是石块垒起来的，屋顶有的也是石片覆盖的。这些建筑显然是能工巧匠就地取材的杰作。我特别看到一处叫九道坎的，那阴冷的石板，那坚硬的石壁，那看过去暗幽幽的小弄和低矮的石门，好沧桑。遗憾的是，屯堡也出现不少新式房屋，在群体中显得那么和谐。接待方解释说，天龙屯堡占交通的优势，经济状况较好，居民有了钱就拆旧屋，盖新房，等到要搞旅游才醒悟过来。他还说，云峰八寨等屯堡，交通闭塞，整体建筑保存得就比较完好。未能去这些屯堡，未免感到没能过足瘾。

在天龙屯堡里所见，最显眼的是居民的衣着。男人们一律穿边扣长衫。女人们穿的则是大袖大襟长袍，腰间系织锦长腰带，袖口和襟边都饰有花边，与明清戏装相像。显然他们的装束沿袭了明清江南汉民族服饰的特征。

我们走过一个茶栈，两位中年妇女热情地招呼着，免费请我们喝碗茶。

她们自称是屯堡第22代居民，口语带有北方语音的色彩。我们还观看了有"戏剧活化石"之称的地戏。地戏，是屯堡人主要的文娱活动，由原始傩舞的分支军傩演变而来。演员们头戴木雕面具，背插小旗，腰系战裙，手持短刀长枪，仅凭一锣一鼓的击打，表演古三国的故事，大有当年屯兵作战的威风。

这就是我们看到的令人诧异的屯堡文化。

我在想，怎么会有如此这般的屯堡现象呢？和当地人闲聊，方有所感悟。屯堡人来自文明富裕的江南，到了这么一个荒蛮之地。他们有理由认为自己是最强的，最好的，始终固守着包括服饰、语言、生活方式等在内的传统文化，在一个封闭的地区将自身再封闭起来，年复一年，代代相袭。殊不知，江南已巨变，而屯堡仍依旧。当然，现在的情况已有变化。例如，屯堡妇女服饰最明显的特征是超大袖子，现在虽还是大袖，但比过去要小得多。毕竟袖子太大不方便。这是当地人告诉我的。这也就不难理解前面提到的屯堡房屋的拆建了。我想起小平同志的话，发展是硬道理。我认为，开放也是硬道理。没有开放，老那么封闭着，怎么发展呢？

风回犹为旧罗衫。十分有趣的是，封闭的屯堡成就了珍贵的屯堡文化。

007年4月走近天龙屯堡，一位大妈请我们喝大碗茶。

2013年再走进天龙屯堡，又遇见了这位倒茶的大妈。她似乎更年轻了。

天龙屯堡的地戏表演。

地戏的伴奏仅凭一鼓一锣。

然而，我们在着力保护屯堡文化的同时，真应该认真反思一下屯堡现象。

在告别安顺之前，看了市区一个民营企业办的古生物化石博物馆。那里面陈列的各种恐龙化石，多得像在展销工艺品，令人惊讶。特别是有个近八米长的巨型中国龙化石，看得人目瞪口呆。

安顺，不仅神奇，还让人感到深不可测。

1

明洪武二年（1369），来自南京的军队进驻"黔之腹、滇之喉"的安顺地区，"家口随之至黔"，既戍边，又垦荒，涌现出无数个村寨。这些个村寨后来被统称为屯堡。

屯堡人在那样一个蛮荒瘴疠之地，当然认为自身的文化是最文明的，最棒的，最强的。于是乎，他们将本已处于闭塞的大环境再自我封闭起来。其生活习俗代代相传，世世相袭，"躲进小楼成一统，管他春夏又秋冬"，到如今化作了"屯堡现象"。

这是我六年前游览安顺，偶尔走进天龙屯堡留下的印象，还为此写了篇随笔，题为《安顺：风回犹为旧罗衫》（收入散文集《行色》）。我之所以称之为"现象"，是当时仅凭直观的某个领悟。实际上，"屯堡现象"只是表象，往深处追，应该是一种非常独特的移民文化，也可以称作"屯堡文化"。

笔者和扎西（左一），与安顺旅游部门的吴忠平（右三）、余秋池（右四）等在流经鲍家屯的邢江河前留影。

## 2

今年三月中旬，我再一次来到安顺。那里的油菜花开得正欢，处处嫩黄嫩黄的，很美。

这一次，我是专门冲着屯堡去的，参加一个叫做"名人名嘴话屯堡"的活动。说是活动，其实就是往年油菜花旅游节揭幕的一个内容。安顺的油菜花旅游节已搞了十几届，今年为避嫌，不提节庆了，便以这么个活动来顶包。其实，旅游节庆应该不在中央反对铺张浪费的范围内，只是各地理解和掌握的尺寸不一样，少不了会上"矫枉过正"的保险。当然啰，关于节庆活动还得说上几句：传统节庆是自然形成的，政府只需予以服务与管理即可；现代旅游节庆，起初大多是政府主导的，到了一定阶段就可交给社会来办，使之真正成为市民和游客欢乐的节日。我们在活动现场外的小镇上，看到熙熙攘攘的人流赶集般的热腾，就觉得放弃培育了十多年的"油菜花旅游节"品牌，实在有点可惜了。

这次既然是冲着屯堡来的，我除了在中央人民广播台及若干地方台联合现场直播中"话"了一通屯堡外，一口气参观了鲍家屯、本寨、云山屯等几个有代表性的屯堡，还重访了天龙屯堡，再次惊读明朝之日月，甚而感觉触摸到了"明朝那些事儿"。作为南京人，犹有滋味在心头。

## 3

鲍家屯，大明屯堡第一屯。之所以称老大，是因为它是进驻安顺的第一支军队，在一个叫做杨柳湾的地方建立的第一个村寨。

鲍家屯由于"第一"，说是村寨，更像座军营，防御性特强。我们在村寨的入口处，看到的竟然是个瓮城。这个瓮城有两道城门，尽管内城门已不存在了，但仍留下明显的痕迹。想当年，外袭者一旦进入，寨主就可以关起门来"瓮中捉鳖"了。我是从没听说过、更没见过村落玩瓮城的，真是开了眼。倘若将瓮城修复，可谓乃当今天下第一村了。经过瓮城，便是呈八卦阵的石砌住宅。我们看到：每个住宅的墙体都凿有箭孔，箭孔的指向均为外袭者易于藏身的死角。住宅与住宅之间，有矮小旁门相通，便于互应。我们还登上五层楼高的石碉楼瞭望，整个村落状况尽收眼底。有意思的是：碉楼上还安置了特殊的瞭望设施，即使外袭者贴到碉楼墙根，也能从上至下一目了然。

鲍家屯，顾名思义是以鲍氏家族为主的村落。这是当年的振威将军鲍福宝创建的。大凡屯堡人，大多认为祖先来自南京的柳树湾（今蓝旗街）。鲍将军选择在安顺的杨柳湾设屯。其地名与南京的柳树湾几乎一个意思。可见鲍氏的思乡之苦、之情。当然，这只是我个人的主观推断。

其实，鲍氏乃徽州歙县人。自凤阳放牛娃朱元璋当上皇帝、定都南京后，大批徽州人涌入京城。他们的生活习俗也融入到了大明南京城。屯堡妇女身着镶花边的大袖长衫服装，被称之为"凤阳汉服"，便是佐证。

那么，鲍氏何以会选定杨柳湾呢？因那里的山如狮象、水如螺星，是一块负阴抱阳的风水宝地。尤其是村前的水仓，既有邢江河水的不断流入，又有水仓中"母亲泉"的自然涌出，水源十分充沛。古老的鲍家屯人，筑起若干级分水枢纽水仓坝，形成"鱼嘴分流"河道，达到无需劳力、自然灌溉的"一坝一水一片田"功能，真是将水仓利用到了极致。不仅如此，他们还建设了水碾房加工粮食。所谓水碾房，就是不使用人力或畜力，完全依靠水的位能转换成机械能作业。这样的水碾房过去有十多座，现在保留了一座。我们在古老的水碾房前，看见一方石碑，上刻联合国教科文组织授予的"古代水利示范工程"字样。这应该是鲍家屯的又一个看点。

4

鲍家屯的魅力，除了瓮城及八卦阵建筑、古水利工程两大亮点外，还在于善手工编织"丝头系腰"。前面提到过屯堡女子的"凤阳汉服"，实际上她们从头上的发式到脚下的凤头鞋，无不"凤回犹为旧罗衫"。特别是她们的腰带，俗称"丝头系腰"，更被视为珍贵的饰物。所谓"丝头系腰"，长一丈二，由棉麻线手工编织而成，两头则缀有尺余长的丝线。如此长的系腰，可在女性腰间围上四道，围好后打结让两头丝线甩出。围上这样的腰带，女性身体曲线毕现，行走时丝头飘逸，亦俗亦雅。难怪男性的山歌会唱："丝头系腰飘飘来，好似仙女下凡来。"

　　"丝头系腰"由于是纯手工制作,工艺又非常复杂,现在也只有鲍家屯能编织了。四乡屯堡女子想要得到一根"丝头系腰",就得到这里来订做。我们在现场观看了"丝头系腰"的编织,发现它是由上下两层棉麻线合成的,表面间断地织有几种标准花纹;上下两层棉麻线之间是缕空的,只有织到花纹部分是合二而一的,即虚实相间,既透气又牢固。整个编织过程,仅一人利用简易工具完成。编织一根系腰,大约需要四五个工作日。我问织者,如何织出花纹。答:有祖传的口诀,按口诀操作就行。我忽而发现,有副系腰上织着定做人的名字。这又是如何做到的呢?答:有的定做人会提出这个要求,就要满足他,收费也要高出不少。将人名织上去,当然无口诀,得动脑筋,边织边反复琢磨方能织出来。

　　这让我想起人类非物质文化遗产技艺类的南京云锦。其织造主要分前场、后场两个部分:前场是织;后场是编程序,也可以理解为编口诀。而"丝头系腰"的织者,一个人将前后场的活儿全包了,绝技呀。

　　鲍家屯人告诉我们:当初鲍氏入黔时,仅带过来"丝头系腰",却没有带来它的编织技术。为此,"丝头系腰"变得十分珍稀,成为代代相传

鲍家的手艺人在编织"丝头系腰"。

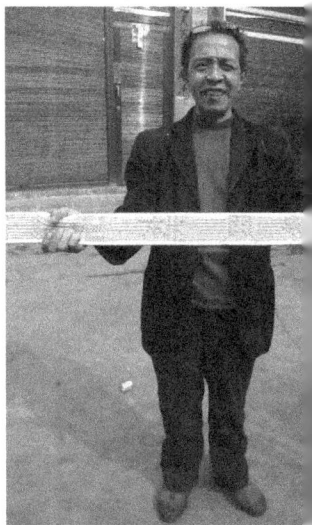

编织完成的"丝头系腰"上织有"桃风"二字。

的宝物。直至清雍正年间，有鲍氏十一代人不远千里，赶赴徽州歙县老家，将"丝头系腰"的编织技艺，包括皮线、梳板、带子刀等工具制作全都学了回来。如今，"丝头系腰"在徽州已经失传，却在安顺扎下了根。听这么一说，我悟得：在文化遗产中，非物质的较之物质的恐怕更难保护与传承。

鲍家屯现在也没几家在编织系腰，生产量有限，主要是为屯堡人提供服务，除了材料费外赚点辛苦钱。

同行的扎西·刘对我说：2008年他到鲍家屯，花了100元买了根系腰；过了两年，朋友托他来买，已是400元一根了。这回我们再问系腰价格，每根要800至1000元（不包括要织上名字的那种）。何以将系腰的价格摆给大家看呢，无非是从中更直接地面对近几年原材料价格的腾飞。这样的腾飞，往往在我们不知不觉中。

5

必须得说说同行者扎西·刘了。

必须说，是因为话"屯堡"，就少不了说"扎西·刘"。扎西·刘，写起来挺麻烦的，姑且简之为扎西吧。

扎西，西藏人？被忽悠了吧。此乃地地道道南京人，姓刘名涑，只因曾在青藏高原暴走十年，便取了个吉祥的别名。他现在江苏广电某部门工作，曾写作《臭美的马桶》等稀奇古怪的书籍，用他自己的话说，"一不小心"成了民俗专家。

扎西特别关注屯堡文化，数不清有多少次赴安顺做田野调查，为找到调查对象，竟有若干个春节在那里"泡"屯。这次与他结伴而行，从贵阳下飞机还没出机场，就被机场人员接上头了。接应我们的人姓沈，是沈万山第二十代的后裔。原来，扎西经反复调研，以为沈万山当年流放云贵，在安顺留有血脉；又从沈氏家谱中找出了若干名沈家后裔，其中就有机场的沈先生。听扎西说这件事，就像是在听故事。这个扎西，别看长得粗枝大叶，干起活来一点也不含糊，好棒！

我在天龙屯堡，再次领教了扎西的业绩：那里已象征性地建了座沈万山祠堂。祠堂内放置了一块南京明城墙城砖。这是由扎西联络南京电视台，经南京文物部门批准赠送的。在屯堡的核心九道坎前，南京电视台还立了方石碑，上刻"叶茂思根"。其间也倾注了扎西的心血。这是2002年的"那些事儿"。扎西，你太能耐了！

鲍家屯的妇女们。

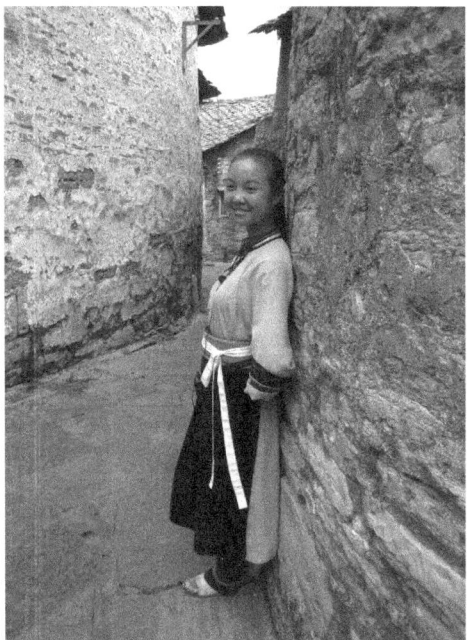

云峰屯堡纯朴、美丽的导游严翠平。

我不知道扎西是何时起走进屯堡，迷上屯堡文化的。作为一个南京人，忽而接触到千里之外的古老的南京移民群体，总会有一种情愫吧。何况诸如"臭美的马桶"之类，扎西的爱好很广泛。他对我说：今年计划坐船从头至尾走一趟大运河，并在沿河城市做田野调查。这是他第二次走大运河。第一次仍是他2002年的"那些事儿"。我为他的大运河计划喝彩。

我在想……想什么呢？

6

我还在想着六年前，第一次走进天龙得到的"屯堡现象"。之所以会有这个现象，是因为屯堡人自我封闭和保护、自我传承和发展使然。其中也不乏创新。例如，屯堡的建筑虽沿袭了江南三合院、四合院的模式，却不拘一格就地取材，巧妙地利用了大量的石料。云峰屯堡导游严翠平带我们参观本寨、云山屯时，开场白就是背诵石头歌谣："石头的街面，石头的墙；石头的瓦盖，石头的房；石头的碾子，石头的磨；石头的凳子，石头的缸。"南京素有石头城之称，主要出于历史文化的意义，而真正称得上石头城的应该就是屯堡。又如，屯堡地戏据说源于徽州傩舞。南京辖区的高淳至今流传着"跳五猖"，即是祭神的一种傩舞。而到了屯堡，傩舞已经发展为演绎三国故事等题材的戏剧。举上两例，是要表明以往屯堡文化的自我发展与创新。

时至今日，已是信息化、乃至数字化时代。屯堡不可能再自我封闭了，除非像朝鲜一样。可能吗？我们在参观云峰屯堡之本寨、云山屯时，发现村落里已很少有年轻人了。他们都外出谋生活去了。如此说来，屯堡文化也就无法再自我保护、传承与发展。这就需要社会的保护。我在这次电台现场直播"话屯堡"节目中，反复强调了这一点。

屯堡文化如何保护呢？我以为，首先要做好屯堡的保护性规划。这一点安顺地方上已经在做。关键是规划能否做得科学、合理、有操作性；规划做好了，能否严格执行。否则，神马都是浮云。再有，就是做好屯堡文化的整理。这是一项繁杂的基础工作。要多几个像扎西一样的人，沉下心来实实在在干事。必须承认，屯堡中有些东西想保是保不住的、也没有必要保住，那就将它们收入档案内，留在影像上，凝固在社会或家庭博物馆中。

还要说的是以旅游促保护。这并非因我是搞旅游的，才这么说。天龙是最早开放的屯堡，在那里，旅游确实起到了促进保护的作用。这是有目共睹的。有些东西，屯堡人以为该淘汰了，而游客喜欢，于是屯堡人就会将其保存下来，保护起来。这样做，有回报、能赚钱呀。屯堡人自我、自觉保护的认识和行动，才是最重要的，最可贵的。当然，发展旅游也要把握个度。游客带来人气，带来财源，也带来污染。人，往往会沦为最大的污染源。

7

·安顺之行的最后一站，是探秘旧州。

我用了"探秘"二字，显然过于夸张，有点故弄玄虚。这是因旧州并非屯堡，原本不在我们访问之列；更因被我视为"屯堡通"的扎西竟然也未来过旧州。全程陪同的安顺旅游部门吴忠平先生以及余秋池女士，让我们安顺之行在旧州"收关"，不知是无意还是有心而为之。

旧州，原先是安顺州府所在地。明洪武年间在距安顺州30多公里处修城池设普定卫。成化年间，州府迁入普定卫，州卫同治，旋即将安顺州改称旧州。至于安顺的得名，多半因那里在明初由土司掌管政权，对明王朝时服时叛。土司反叛被彻底平定后，称其"安顺"也就顺理成章了。现在的旧州，是安顺市西秀区所辖的一个镇，行政地位很低了，也就不大引起外界的关注。

旧州的主人带我们在城区走了一遭。听主人说：旧州历史上有过"九宫、八庙、三庵、四阁"的辉煌，可惜现在已无法感受到了。而给我的感觉：尽管城区容貌已显没落，但总体骨架保存完好，仍具大家望族之遗风。尤其是西上街，迎街的建筑为双台铺面，呈天井院式布局，成片相连，古韵律动。主人告诉我们：旧州要围绕旅游做文章，其总体规划和保护规划已编制完成，并开始启动世界银行贷款资金，进行旧城保护与改造。我倒以为：城镇建设应立足于长远，切不可急功近利地追逐旅游。旧州是安顺的根，有太多的历史文化资源，值得省市区三级的重视和提携。我们的目的是建设人文的、自然的美好家园。家园变美丽了，游客也就自然而然来了。

旧州之行，还让我心存一个疑问：想当年旧州是那一地区的政治、经济中心。那么，它与周边的众多屯堡有何关联呢？它对屯堡文化有无影响呢？在大家以往的"话屯堡"中，好像从未提及旧州，又是何故呢？"玩"民俗的扎西一定也意识到了这个问题。他不正经时酷呆了，而这回一本正经地说：有必要好好研究一下旧州的历史和民俗，有可能会带来对屯堡文化的再认识。

安顺的"收关"之行，留下了一个课题。

1

紫云，一个隶属于安顺市的苗族布衣族自治县的县名。

紫云，一个多美的名字。

紫云位于贵州省西南部，居住着彝族、白族、傣族等 26 个少数民族的居民。少数民族占全县人口的三分之二，当然，是以苗族、布衣族的居民为多。

我们的目的地是紫云格凸河国家级风景名胜区。

格凸，苗语，意为圣地。苗族有语言，无文字。据说有关部门正在用拼音记录苗语，以形成苗族文字。我以为：这是项很值得做的工作。

格凸河距安顺市也就 70 多公里。因高速公路尚在建设中，我们乘坐的中巴足足跑了两个半小时，方抵达这个苗家的圣地。今人行车如此，想必旧时也少有外人涉足。为此，这里的山山水水特别原生态，让我们下车后顿感心旷神怡，也领悟到"圣地"之含义。

群山环抱中的大河苗寨。

紫云格凸河风景区地域辽阔，有 50 多平方公里，以喀斯特地貌著称，尤其是以穿洞景观群为代表，所以全称为格凸河穿洞风景名胜区。

我们到的第一个地方，倒不是去"穿洞"，而是走访人文的大河苗寨。

这个苗寨，是地地道道的世外桃源。因为去那里，只有走水路，客从水入。倘若非走旱路，得在山里绕来绕去，累半死未必能找到北。

苗寨大约有几十户人家、百多亩良田，在群山环抱之中。苗家房屋的竹篱外墙、房瓦似已被出新。整体看去，寨子挺田园的，挺悠闲的，与奇峰、河谷、竹林、花草相呼应，犹如一幅山水画卷。不过，苗家的屋内就有点不忍目睹了。我和东南大学的季玉群教授走进一家住户，里面的灶台和起居混搭，脏兮兮的，似乎无立脚之处。迎上来的老太太，讲的是听不懂的苗语，也听不懂季教授标准的普通话。我们只能尴尬地退了出来。

大河苗寨如今已成为景区的一个游览点。如何对待景区内的原住民，是个比较棘手的课题。景区开发建设公司的邵先生明确地告诉我们：不会将原住民迁走。我十分赞许。现在，不少古镇、古村落的旅游开发，最简单、也是最野蛮的做法，就是将原住民扫地出门。例如，浙江乌镇的西栅，看起来效果极佳，细想不过是搞了个以老民居为背景的另类人造景观。当然，留住原住民，将他们融入其中，做起来确实很不简单，也缺乏现成的经验，但很人文，也很温馨，值得有志之士去尝试，去探求。

我们看到有户人家开了个旅舍，每铺每晚收费 20 元。那间 10 平方的"客房"塞了两张床，也是脏兮兮的，爱干净的人肯定没法去睡。尽管如此，还是让我们看到了一个好的开始。要让原住民融入其中，就要给他们时间，逐步改变其卫生习惯，最重要的是要引导和帮助他们脱贫致富。

我们午餐的人家，应该是苗寨最先富起来的户头了，比较讲环境卫生，可同时接待好几桌游客就餐。他们自家酿的 biang dang 酒，诱得大家开怀畅饮。他们搞的菜肴也有特色，端上来的野菜有的是头一次见到。其中一种叫藿麻，煲出来的汤碧绿碧绿，喝起来特别爽口。我连饮了两碗，而同桌的几位都忙着喝土鸡汤了。

顺便说一下，藿麻，就长在寨头村尾。陪同的邵先生提示我们：这种植物可用眼睛看，不可用手触，否则手会麻痒。同行的朱先生不信邪，伸出手摸了摸不该摸的，果然麻痒不已，而且麻痒状足足持续了一整天。它也太本事了！我们就给它取了个别名：小三。

### 3

我们是从水路进入大河苗寨的，午餐后再从水路前往天星洞。

天星洞，宽40米，高110米，巨岩横跨，洞壁石幔悬挂，上有悬棺若干，又名悬棺洞。据陪同的人说，所有悬棺都朝着苗族的东方故地方向。这说起来很遥远，与英雄史诗《亚鲁王》有关。亚鲁王是苗族的祖先。史诗是一部麻山苗人在丧葬仪式中对亡灵返回亚鲁王国时代历史唱诵的神圣诗篇。为此，史诗中对葬礼的描述十分详尽而复杂，透出苗族的祭祀方式、神圣感和整体性。从史诗中可知，上古时代的苗族是个足够强大的整体。《亚鲁王》由麻山苗人世世代代口授相传，而格凸河正是在麻山脚下。这让我们更加体会到格凸，即"圣地"的由来。

天星洞的悬棺，高悬七八十米，究竟如何"悬"上去的呢？答案是攀岩。

攀岩，原本就是麻山格凸人的传统标志。这自然与操作悬棺有关。悬棺，由六块榉木板经榫锚结构组合而成。攀岩者将其一块一块地运上悬崖，再现场拼接。悬棺的主人，则由攀岩者背上去归葬。尽管悬棺是整体卸成部件"悬"上去的，但由于洞壁与地面几乎呈90度，即便徒手攀岩也令人难以想象。

悬棺的习俗早成老皇历了。而今，麻山格凸之攀岩竟然后继有人，并冠以了新的称谓：蜘蛛人。

### 4

练就格凸蜘蛛人一身筋骨的，还有一种说法：攀岩采集燕窝使然。

我们的下一"穿"是大穿洞，因洞内有数万只燕子翻飞其间、筑巢栖息，又叫燕子洞。这正好与此种攀岩的说法相契合。

我们的船从天星洞开往燕子洞，中途在码头接上来一位皮肤黝黑、双臂健壮、走路有点跛的中年人。他叫黄小宝，46岁，苗家人，幼时患过小儿麻痹症，12岁练习攀岩，而今行走于绝壁胜于在平地，成了赫赫有名的蜘蛛人。他即将在燕子洞现场为我们表演徒手攀岩。这让我们既感惊讶，又充满期待。

船入燕子洞。

燕子洞比天星洞还要高大，两侧的洞壁也比天星洞的更为险恶。在一侧洞壁的垂直108米处插了面红旗，因距离高远，看上去仅是个小红点。这是黄小宝要攀登的目的地，目测之下，就觉得也太有点"天方夜谭"了。

黄小宝从船上跳下，走至绝壁，向上爬了几米算是热身，然后在一个小平台上脱去了皮鞋。看来他的攀岩，并没有任何保护措施，不仅徒手，还光脚。那双脚，其中的一只些许足疾，竟要与坚冷的岩石比试硬朗。

忽然，我们团队的两位女士要求立即停止表演，并喊出了声。她们认为，这样的表演太危险，太残忍，不忍心去看。她们又提出，即使表演停止了，也应该视同黄小宝已经圆满完成了演出，也要向黄小宝致敬。

在偌大的燕子洞里，她们的抗议声实在太微弱了。说时迟、那时快，黄小宝已经窜上去二三十米。他穿着件红色运动衫。那片红色在峭壁中时隐时现，化成了红点。也就那么三五分钟，两个红点交汇到了一起。我们明显感觉到：黄小宝已摘下红旗，在向我们挥舞了。惊险的还在后面：黄小宝往下回是面朝岩壁的，离我们越来越近时，忽而如同失去重心一般，单手扣住块岩石，转身面向观众。现场所有人的心为之一沉。还好，黄小宝不是偶尔的闪失，而是做了一个惊艳的亮相。

黄小宝"亚鲁王"般地回到了船上。

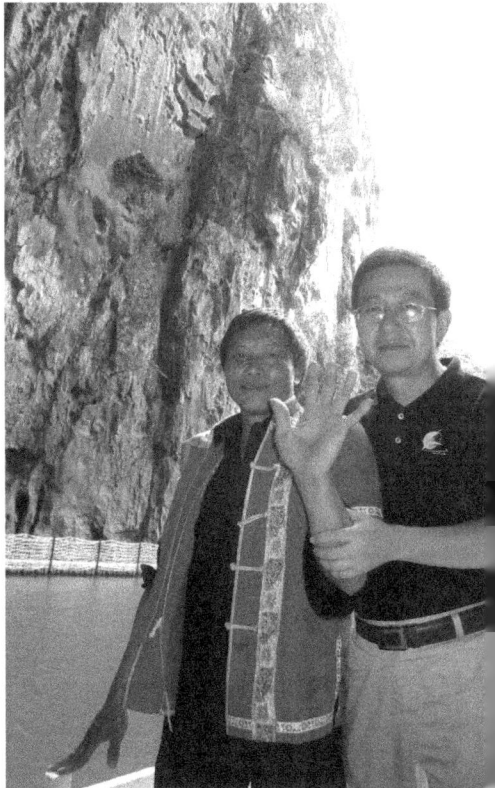

我们团队的夏宏伟让黄小宝亮出钢铁般的手。

我们的紧揪的心方得以平复。其实，男人与女人一样，内心都很柔软。我们男人也在自问，这样的攀岩表演，是不是过于冒险了，该不该继续搞下去，若继续搞下去应如何改进，改进了是否会丢失刺激性的魅力，那样的话还算不算蜘蛛人。这一连串的问题，自己将自己绕进去了。

黄小宝立于船头，挥动手臂向我们招呼。那手臂，实在太有力量了！我忽而觉得，我们扪心自问也好，做各种点评也好，却很少去想黄小宝的自我感受。他是为养家糊口，甘愿拿自己的生命在做儿戏？他有没有自豪感、成就感？他幸福吗？

黄小宝，你的梦想是什么呢？

黄小宝的内心世界究竟如何，不得而知。重要的不是大家的议论，而是黄小宝的想法和意愿。

5

游毕燕子洞（即大穿洞），原计划还要去与大穿洞为邻的穿上洞和盲谷，又听说附近有个"中国最后的穴居部落"，于是决定改变行程，直奔这个洞穴苗寨。

这回陪同的是景区管理部门的任先生。他事先给我们打了预防针：去这个地方，不是水路了，得爬山。他又补充一句：也没多少山路要爬，不会超过两公里。两公里，小菜一碟。看过了蜘蛛人黄小宝攀岩，还有什么不好爬的呢？

汽车载着我们在公路上跑了一阵，停了下来。接下去就得爬山了。山路都是石块砌成的台阶，挺好走的。不过，爬着爬着就有些气喘吁吁了。我问任先生：走了那么多路，仍看不到尽头，说是两公里，弄错了吧。任先生再次声明：不足两公里，只有1800米。他告诉我，这条路他走过无数次，得翻过山，才能看到目的地。路上的石阶是这几年铺设的，他参与了筑路，做过准确的测量。话虽如此，还是觉得区区1800米，怎么就那么长呢？有人递给我一根竹制的拐杖。这玩意儿，还真没有用过，挺给力的。山路虽短亦长，又要翻山越岭，我不得不走走停停。好在有任先生相陪，有手杖相助，又有几位落后分子押后，不用着急。我一路在想：山里人外出一趟得费多大劲呀。他们生活的艰辛有谁人可知呢。那么，究竟又是怎样的历史社会因素，让他们躲进山洞成一统呢？

终于，来到了村头，或者是寨头。那里有块大石头，上书"中洞"二字。原来前方的洞穴苗寨所在地，就叫中洞。

这时候我才发现，几位落后分子都聚上来了，手头也都多了根竹杖。

6

中洞苗寨，地方行政名称为水塘镇塔井村中洞组。也就是说，中洞居住的规模还达不到"村"或"寨"，而是一个"组"。

从"中洞"石头处再爬上一个小坡，便到了中洞。

中洞，又名棕洞，在海拔1100多米处。洞高50米，宽100米，深200米，目前居住着18户人家。人家的房屋在洞穴两侧，均为无顶木柱竹篱。由于洞大屋少，这个"组"的环境还是挺宽敞的，只不过卫生状况不甚理想。

我们欣喜地看到，中洞中有座小学教室及操场。教室的建筑也是无顶的，也无须有顶。操场立有两个篮球架，地上还有只足球。我踢了一脚，是瘪气的。据了解，学校早在五六年前就迁出了。如今教室荒废着，空旷而寂寞，只有学生们搬迁前的合影照片，让人们联想到这里曾经的朗朗读书声。

在中洞，大多住宅房门紧闭，看到的只有留守的老人与孩子。倒是靠近洞口的一个人家，门口摆放着待客的桌椅，门前的洞壁上则挂着不少来自北京、长沙等地户外俱乐部的旗帜，还拉着个微电影《我想要爸爸妈妈回家》摄制组的横幅。另有一处出现了韩文，想必也有韩国的旅行团找到过这里。我们中有人开始调侃，披露"棱镜"的美国斯诺登先生如能躲到这里来避难，肯定是最安全不过了。

南京大学的夏维中教授是我们团体的活跃分子，也是个特别顾家的好男人。他对我说，想不到会有这么个地方，否则一定要带些南京大学的纪念品留在这里。他的潜台词似乎是：洞穴里的小学堂，我们南京大学的人来啦！

洞口的这家人，设有小卖部和茶座，屋里屋外收拾得干干净净，又保存着众多的"旗帜"，显然是在做旅行者的生意了。这是否是中洞今后的

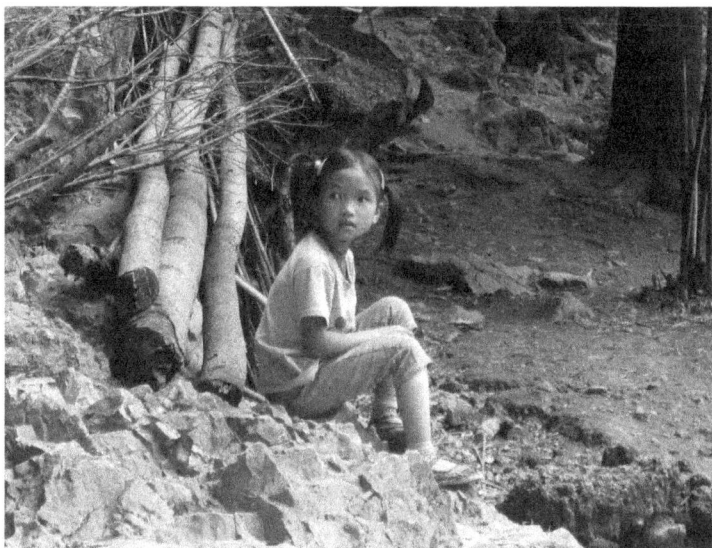

中洞苗寨的孩子在洞口。

一条出路呢？

实际上，地方行政部门对中洞苗"组"的存在，有着复杂的心态。他们认为至今仍有洞穴人家，是地方的耻辱。且不说洞穴学校已经转移，他们为了让洞穴人家又迁出来，特地在山谷里盖了一片新房。无奈搬入新房的只有二三户，大多户人家都安于现状、不肯动作。为此，他们一方面觉得特没面子，不愿意媒体作过度宣传；一方面又希望会有更多的人来此探奇，带动地方旅游经济的发展。

中洞问题成为了敏感的政治。中洞的出路何在，蛮难抉择。

我们团体中的张波先生说好，洞穴人家是特定时期的特定产物，其中不乏体现出原住民的智慧。在洞穴中居住，冬暖夏凉，连盖屋顶的钱都省下来了。而今，洞穴人家暂时不肯搬迁，完全可以理解。地方上大可不必有所顾忌。

我以为，重要的是保护好洞穴的现状。这是一个历史的人文纪录，是一种穴居部落的活化石。至于原住民的去留，应悉听尊便，充分尊重他们各自选择的生活方式。媒体加以正面的宣传，定能吸引众多的旅行者光顾。

紫云中洞苗寨。

中洞苗寨学堂。

还有，至今保存下来的学校教室，太宝贵了，一定不要废弃，可用于学校夏令营或企业拓展训练的课堂，也可以在此开办百家讲堂。在洞穴学堂里聆听一堂课，肯定会终身难忘。

这仅是个人的想法，仁智者各见。景区邵先生、任先生热情、认真的接待，无以回报，也只有提些参考意见。意见无论正确与否，我们的心是诚的。

### 7

再见了，紫云。再见了，中洞。

云紫霞艳。夕照下的紫云中洞人家，是那样的令人留连，令人回味。

尚未离开，我就想着要再来、再见了。

只是，那1800米的台阶，对这把年纪的我来说，再走一遍还是有点难，有点难……

## 1

"潘德明先生，对于你的壮举，我想用拿破仑的一句话奉送：中国是一个多病的、沉睡的巨人，但是当他醒来时，全世界都会震动。"

"我相信，你们有一个伟大的将来。我相信，当你们的国家站立起来，把自己的精神表达出来的时候，亚洲也将有一个伟大的将来——我们都将分享这个将来带给我们的快乐。"

这是 80 多年前，法国总统莱伯朗、印度著名诗人泰戈尔分别对中国旅行家潘德明说过的一番话。而今，他们的预见似已成为现实。

那么，一位西方的国家元首、一位世界的大文豪怎么与潘德明对上话的呢？这要从中国现代旅游兴起的徒步之旅说起。

## 2

民国旅游，是中国现代旅游业的初创阶段。那时期因国内时有战乱，更有关系民族存亡的抗日战争，旅游始终比较低调，尽管如此，却已具备了一定的厚度与广度，并且带有政治和科学的倾向，彰显出旅游无处不在的深邃的力量。

民国时期已经开展了观光之旅、宗教之旅、科考之旅、会议之旅、徒步之旅、救亡之旅等专项旅游。其中的徒步之旅，在所有专项旅游中占有重要的地位，在世界上也颇有影响。不过，也有学者指出：民国的徒步旅游，是受西方旅游风尚的影响。这是基于：当时的欧美青年兴起了徒步旅行，以此方式考察各地方的民情风俗和地理物产；而中国"西学东渐"已经成为一种潮流。这样的观点，我并不苟同。其实，徒步之旅，是中国古老的传统文化。最典型的代表是明代旅行家、地理学家、史学家徐霞客和他的《徐霞客游记》。2011 年，国务院批准将《徐霞客游记》的开篇日（5 月 19 日）定为了"中国旅游日"。

早期的民国徒步之旅，往往是与地质考察等科考结合在一起的。其代表人物为于文江先生。

于文江（1887—1936），字在君，江苏泰兴人。他以地质学和动物学双科在苏格兰葛拉斯哥大学毕业，于清宣统三年（1911）、也就是辛亥革命的那一年海归。他回国的当年，便带上书籍、仪器等，雇了九个挑夫，踏上无交通工具可行的云、贵山路。他在《漫游散记》中写道："每天所看见的，不是光秃秃的石头山，没有水，没有土，没有树，没有人家，就是很深的峡谷，两岸一上一下都是几百尺到三千尺；只有峡谷的支谷里面，或是石山的落水塘附近，偶然有几处村落……""通省没有车轮子的影子。"他怀揣《徐霞客游记》，常年跋山涉水考察，力倡"登山必到峰顶，移步必须步行"，"近路不走走远路，平路不走走山路"之准则，树立了实地调查采集的工作典范，也成为了中国地质事业的奠基人。

到了 20 世纪二三十年代，年轻人兴起了以旅游为目的徒步之旅，最有代表性的旅行团体是全国步行团和中国青年亚细亚步行团。这两个团体都是在同一年间从上海始发的。

## 3

全国步行团，于民国十九年（1930）二月北上，行至五月抵达北平（北京），因直奉战起而止步。由于年代久远及影像实物的缺失，此次活动的人数、具体行程经历相对比较模糊。

我们从民国十九年九月刊的《旅行月刊》（上海友声旅行团出版）上，找到了步行团的行踪。那上面刊登了"全国步行团消息"："全国步行团自出发以来，业经五月于兹，现已安抵北平，值兹溽暑，沿途备尝辛苦，复以津浦线上兵氛正炽，军事影响万难通过，只得于海州乘船赴青岛，而天津，行抵北平，所到各埠，深受各界欢迎。""消息"又称：步行团"预定由北平至北戴河趋沈阳。环游东北。而后赴蒙古，为一段落之结束。""消息"还披露：步行团有一位叫娄君侠的团员曾病卧青岛，痊愈后再度赶至团队；在天津还吸纳了金子平、司徒壁两位新人。看来：步行团至少到了天津，仍然雄心勃勃，充满勇往直前的信心；无奈到了北平面临战火，才被迫匆忙收兵。

至于全国步行团的人数，原先的说法是五人；最近，我们看到北京华辰拍卖公司在网上秀出的一个老相册，方知应该是九人。这个老相册是步行团的遗物，颇为珍贵。相册里有一张民国十九年二月九日在上海菱花照相馆拍摄的照片，是步行团全体团员计九人出发前的合影。照片的背面还有每位团员的签名。他们是：谢愤生、娄君侠、庄学本、姜锡杰、刘汉儒、梁达新、葛文烈、许增祥、徐荫棠。值得一提的是，相册中还有铁道部、交通部、国民政府行政处给步行团的批文，南京特别市政府颁发的护照等资料照片。可见当时官方对此次活动的肯定，以及在交通、邮电、住宿等方面的支持。

在步行团九人团体中，我们了解到其中的庄学本先生的些许资料。庄学本（1909—1984），著名纪实摄影师，中国影像人类学的先驱。他担任过《良友》《中华》《申报》画刊特约摄影记者，曾在四川、云南、甘肃、青海四省少数民族地区进行了近十年的考察，拍摄万余张照片，写下了近百万字的调查报告、游记以及日记，还于民国三十年（1941）举办过西康影展，吸引了20多万人前往参观。新中国成立后，他曾在《民族画报社》

全国步行团出发前全体摄影纪念。

任职，晚年不知何故被开除公职，"文革"期间又饱受迫害，心情抑郁至逝世。直到20世纪末，他的摄影作品在摄影史和人类学方面的贡献和地位，才被重新发掘定位。特别要指出的是，据庄学本先生之子介绍，其父参加的全国步行团的徒步之旅，是"对他人生道路和摄影生涯起到了根本性影响的活动""在路上成为他的生活选择"。

实际上，全国步行团成员大多为摄影师。他们的徒步之旅，一方面收集书刊资料，开展社会考察，一方面进行摄影活动。例如，他们在南京访问了知名教育家陶行知先生等。那个老相册，内中藏有莫愁湖、桃叶渡、午朝门、雨花台、石头城、紫金山、瘦西湖、小金山、十二圩、铁佛寺、鹤冢、文峰塔等景观照片，而且每幅照片旁均有与其相关传说或民俗的手写题记，是摄影师极为稀见的早期原版照片册。 只是，这些照片的拍摄，基本上集中在宁、镇、扬三地，仅反映了步行团活动的一点一滴。据民国十九年九月《旅行月刊》中的"全国步行团消息"报道："该团沿途收集之书籍，计至青岛后，书籍七百余种，杂志千余册，图表碑帖石刻照相标本三百余件，摄影照片数百张。现均寄存后方，经由陈子良君整理编号，闻将候该团遍历东北后，即公开展览云。"这些资料今何在，已不得而知。好在有这么一个相册存世，成为了全国步行团业绩的历史见证。

4

中国青年亚细亚步行团，较之全国步行团的成立晚四个月，是于民国十九年六月二十八日从上海南下的。在当年九月号的《旅行月刊》上，刊登了署名郭锡麒的文章"中国第一亚洲步行团"，详细记录了步行团的出发准备及出发盛况。

郭锡麒是上海的一位摄影师，也是位"酷好旅行探胜"者。他曾在南京探胜数月，拍摄了200多幅照片，从中精选出80幅汇集成《南京影像》。原国民政府主席林森亲为《南京影像》题名，并将影集作为文化礼品馈赠来访的海内外嘉宾。他的影集作品至今仍为南京文化人津津乐道。

郭锡麒在《旅行月刊》上的撰文，解释了之所以题为"中国第一亚洲步行团"，是因为"这个组织化团体化的步行亚洲的创始者，在中国是破天荒的第一个"。他在"导言"中还发出如此感慨："旅行是人生最快乐不过的一种生活，也是人生最难长期享受的一回事体；可是旅行还是以长期的、徒步的为最有价值、最可取法。因为旅行的时间长久，一步一步走去，才能深刻地观察一切民情风俗，尽量地饱尝湖光山色啊！"

据郭先生撰文：首先由友声旅行团等组织发起，登报征求步行团的团员，"初则踊跃加入者竟有六七十人"，后因种种的关系，最后确定为六男三女，计九人成行。他们是：冯冰魂、李梦生、黄越、王侠魂、陈悟、邱朗明、胡素娟（女）、崔小琼（女）、秋舫（女）。步行团启程的前两天，友声旅行团、东方图书出版社、《申报》和《时报》两报馆等有关方面代表两次设宴为其送行并演讲。其中，商务印书馆黄警顽先生的讲话具有一定的代表性。他说："诸君不辞跋涉，万里长征，且有三女同志加入，为中华民族扬眉吐气，一洗东亚病夫之奇耻，而革柔弱娇羞之恶名。这种行动，我最赞成，今特代表在座各公团，向贵团致十分敬意，并祝诸君长途健康！"女团员秋舫作了回应，大意是：要打倒几千年来重男轻女、锢蔽深禁、女子足不出户的习惯，先要反抗环境，欲为志气软弱的女同胞作前驱，为女界吐气，为国际增声誉云云。此外，不少社会名流及公团给步行

潘德明（左二）环游世界前与团员合影。

团赠送了题词的纪念物。其中有：于右任题"前进"；蔡元培题"志在四方，脚踏实地，多见多闻，归饷同志"；上海精武体育会题"鹏程万里"等。步行团是在六月二十八日上午8时许集中于上海北火车站出发的。各机关、公团、学校代表数百人为之饯别。黄警顽先生再次代表大家赠言："爱惜团体名誉，尊重公议决议；晚间睡眠宜足，留心冷热不调；到处唤醒民众；大家互助合作；随地访问笔记；体恤女友身心；注意民间疾苦；保持全体健康；唤起侨胞爱国；常寄佳音沪报。"继而步行团代表致答词，并齐呼："中华民族万岁！中国青年亚细亚步行团成功！"步行团九名男女壮士背负着呢毯、杂粮、水壶、油布、背囊、指南针、望远镜等行装，各约30磅，在爆竹声中踏上征途。

郭先生的撰文还披露了步行团的规划路线："该团以上海为总出发点，本拟从南京顺长江而西，经安徽、江西、湖北、湖南，到四川，以成都为第一期路线；再扩大组织，添置服用器物，开始向西康、青海方面进行，溯金沙江，穷江源，探河源，登昆仑山，过甘肃、新疆、边境，达帕米尔，经近东阿富汗、波斯、土耳其诸国，为第二期路线；然后归途，再往印度、缅甸、暹逻，和印度支那、马来半岛等处，为第三期路线。后因扩大旅行范围起见，变更初次计划，由上海出发，经浙江、福建、广东、广西，直趋印度支那，过暹逻而入英属马来半岛，以新加坡为第一期终点。至于第二、三两期路线，仍照前发表者进行。"

那么，步行团出发后的情况又如何呢？我们在同期的《旅行月刊》上看到刊登的一则"中国亚细亚旅行团消息"。此"消息"来自七月二十八日的报道。"消息"称："中国亚细亚步行团，自六月二十八日由北站出发时，团员共计九人。距出发后第一日，中有二人因病辍回。第二日又有二人病足，有一女团员，竟肿及膝盖，不得已退回上海。其余五人继续步行。经嘉兴时，该团交际主任黄越君患急性盲肠炎，在禾诊治一次，又后前进。过王店约十余里，突来盗匪三人，均佩枪械，喝令该团止步，从事搜索。该团以并无武器，抱无抵抗主义，任其搜检。结果劫去大洋八十六元。该团本欲折回就近军警机关报告，因旅费不能接济，祗得遄程赶进，于四日晚到杭。当由本团（注：友声旅行团）支部干事章友陶君妥为招待，并介绍与支部团员及新闻记者欢宴于聚丰园。翌日陪同畅游西湖汪庄、净慈寺、公园、西泠印社等处。该团深表感谢。复至浙省府谒主席张静江氏，承赠以'无远勿届'四字匾额。该团于七月中旬离杭沿途持匾前进，得以畅行无阻，唯于经济问题，绝少把握深翼沪地同志，源源接济，俾可专心前进，而竟全功。"这就是步行团出发后满月的情况。由此可知，步行团出师不利，不二日便损四将，再遭劫匪掠夺，直至杭州方稳定下来。

至于步行团以后又有哪些曲曲折折，未能找到更多资料，所知道的是尾声：步行团一路走来，抵达安南（今越南）海防市，尚有李梦生、胡素娟（女）等三人。他们在海防稍作逗留，继续南下海阳、河内，直至清化。此时，三人中又有两人离去返回，仅剩下了一人。这个人，就是本文开篇所述的与法国总统莱伯朗、印度诗人泰戈尔对话的中国旅行家潘德明。

## 5

潘德明（1908—1976），浙江湖州人，早年随父母迁居上海，就读于南洋高级商业学校，毕业后在南京的四牌楼经营一家叫"快活岭"的西餐馆。他是从南京出发，加入中国青年亚细亚步行团的。

可是，在亚细亚步行团始发九人名单中，并没有潘德明的名字。这是怎么回事呢？原来，潘德明从《申报》上看到了亚细亚步行团的消息，立即决定放弃"快活岭"的生意，加入到这个队伍之中。他从南京赶到上海，步行团早已启程。尽管如此，他仍然不改初衷，向商务书馆黄警顽求援，带着黄先生的介绍信追至杭州，方成为步行团的一员。不过，在《旅行月刊》追踪报道步行团的消息中，还是没有提到潘德明这个人。可见，最后加入步行团的潘德明很不起眼，并未进入公众的视线。然而，正是这位 22 岁的热血青年，坚持走到了最后。

民国二十年（1931）元旦，潘德明孤身一人来到西贡，购置一辆"兰翎"牌自行车，自制一本四公斤重的《名人留墨集》，做出了一个惊人的决定：环游世界。

自此，他或骑车，或步行，历经艰险，游弋了五大洲 40 多个国家，于民国二十六年（1937）七月返回中国上海。潘德明从南京迈开双脚，一走就是八年，走出了无限精彩。

在美国，罗斯福总统接见了潘德明，并赠送他一枚金牌。罗斯福对他说："这是美国人民赠送给你的。你应该享有荣誉。荣誉永远属于有奋斗精神的人。旅行家先生，希望你在今后的旅途中再勇敢些。"

在英国，首相麦克唐纳接见了潘德明。麦克唐纳深有感触地对中国旅行家说："世界像一部百科全书，不外出旅行，就像只读了那部书的一章一节。"

在法国，潘德明除了受到总统莱伯朗、总理达拉第的接见外，还拜访了在巴黎养病的张学良。张少帅在《名人留墨集》上写下了"壮游"二字，并与潘德明共进晚餐，还在临别时赠言："希望你一鼓作气，环游世界，为中国人争气！"

在希腊，首相维尼各罗斯接见潘德明时说："我从你身上看到了东方古国的觉醒。"

在德国，野心勃勃的希特勒为了解世界各地情况，竟然与潘德明详谈了两天，还为他画了一幅肖像。

在印度，潘德明除了与泰戈尔会面外，还受到了圣雄甘地及尼赫鲁的接见。甘地送给潘德明一张签名照和一面亲手制作的印度国旗。他对潘德明说："中印两国山水相邻，又都是人口众多、饱受列强欺负的国家。这一方面是由于近代政治的腐败，一方面是由于经济的落后。希望我们两国迅速地自强起来。"

在印度西行穿越伊朗境内大沙漠时，潘德明遭遇强盗洗劫，经百般央求，方让他仅留下《名人留墨集》和罗盘。

在埃及，潘德明受到中国留学生的追捧。他们自告奋勇充任他的向导。

在澳洲，潘德明成了土著毛利人的俘虏，被绑在树上，长矛对胸。正在大难临头之时，他急中生智，用新学的毛利语表明了自己的身份。顷刻间，俘虏成了座上客。主人请他喝蜂蜜酒，留他住宿，还派手持长矛、弓箭的武士护送，以免他受到其他部落的打劫。

……

潘德明的"壮游"，轰动全球。潘德明，就此成为世界上徒步及自行车环游五大洲的第一人，也成了中国的一张名片。

潘德明之"壮游"，随着岁月的流失几乎永远被沉没。1979年3月，在上海召开的体育工作会议上，有位叫季一德的体育记者偶然听到有关潘德明的事迹。出于记者职业的敏感，他随即进行了一次马拉松式的追踪采访，包括走访其家属，到上海和北京图书馆查阅资料，尤其是在上海永嘉路派出所清理行将销毁的废纸堆里，找到了潘德明出国护照、书信等原始资料，方使得这段极为珍贵的史实重新浮出江湖。

潘德明徒步旅行，并非个案。我们在《旅行杂志》中还找到了这样两则报道：

民国十八年（1929），也就是较之全国步行团和中国青年亚细亚步行团还要早一年，某军校学生陈尚英从广州出发，赴美洲秘鲁省视其父之墓。他在旅途中尝到步行的乐趣，于是徒步于北美、南美和欧洲之间，穿破靴鞋50多双，历程二万四千多公里，于民国二十六年（1937）返回广州。

民国二十年（1931），"一文弱书生"田曙岚"从上海北站出发，由

潘德明在巴厘岛与原住民留影。

潘德明在纽约帝国大厦楼顶留影。

特 别 篇
TE BIE

QIUQUE /263

浙而闽，由闽而粤"，历时两年走完全程。他仅在广东省（包括海南）的实程，"总计步行2552里，脚车（自行车）2008里，利用汽车2634里，利用轮船1283里，利用火车776里，利用民船440里，全共9693里，凡历50县"，途中记录了"海南岛的概况"等笔记。

类似这样的例子应该不在少数。

7

民国时期的徒步之旅，是有其政治和社会背景的。全国步行团的口号是："凭我两条腿，行遍全国路，百闻不如一见。前进！前进！前进！"中国青年亚细亚步行团在《申报》上发表的宣言："在历史上背负了五千余年的文明和创造的中华民族，不幸到了近世，萎靡和颓废，成了青年们普遍的精神病态。我们觉得时代的精灵，已在向我们欢呼。我们毫不客气地把这个伟大的重担肩负起来。我们决定以坚毅不拔的勇敢精神，从上海出发，逐步实践我们的目的。在每一步伐中，我们要显示中华民族历史的光荣，在每一个步伐中，给社会以极深刻的印象，一直到我们预定的途程的最终点。"潘德明正是读到这个宣言，满腔热血地抛弃了"快活岭"生活，加入步行团组织的。当他在越南西贡决定独自环游世界时，在《名人留墨集》的扉页上写下了"旅行世界自叙"。他自叙道："以世界为我之大学校，以天然与人事为我之教科书，以耳闻目见直接接触为我之读书方法，以风雪雨霜、炎荒烈日、晨星夜月为我之奖励金。德明坚决地一往无前，表现我中国国民性于世界，使知我中国是向前的，以谋世界上之荣光。"通过这些口号、宣言及"自叙"，可以看到民国时期中国青年励志的精神和为国人争荣光的社会责任感。

时至今日，徒步更多的是为健身，而非旅游了。取而代之的是私家车的自驾游，以及兼顾健身的自行车之旅。这与社会经济的发展是相关联的。诚然如此，徒步的价值观丝毫不曾褪色。这让我想奥林匹克运动的火炬传递，就是在徒步中完成的。

"徒步之旅"，已经成为现代旅游活动的一种形象和精神的象征。

8

"徒步之旅"，我们应该记住的民国时期的一段辉煌。

## 1

南京的第一家旅行社诞生于民国十三年（1924）六月，是上海商业储蓄银行旅行部的南京分部。民国十六年（1927）六月，上海商业储蓄银行旅行部从银行相对独立出来，改称中国旅行社。于此同时，银行在各地的旅行分部，包括南京、苏州、镇江、无锡的分部均改称旅行分社。这样，也就有了中国旅行社南京分社。

这里特别要说明的是，中国旅行社成立后于次年1月正式获准注册。民国政府交通部为之颁发了第元号旅行业执照。"旅行社"的称谓源于此，并成为旅游接待机构的专有名词，一直到现在依然如此。

江苏省地方志编纂委员会编写的《江苏省志·旅游业志》（江苏古籍出版社1996年出版）第六章第二节中记载："1927年，正式成立中国旅行社苏州分社。这是江苏历史上第一家专门的旅游接待机构。"这个说法明显有误。前面已经提到，中国旅行社苏州分社的前身，是上海商业储蓄银行旅行部的苏州分部。它比南京的旅行分部成立晚了一个月。为此，"江苏历史上第一家专门的旅游接待机构"，成立地点应该在南京，成立时间也应该提前到1924年6月。

我们也注意到，江苏省的"旅游志"是以1927年旅行部改称旅行社为起点的。倘若非得按这种方式计算，姑且那一年南京成为了特别市，已不属于江苏省，那么"江苏历史上第一家专门的旅游接待机构"，至少也应该是苏州、镇江、无锡三家，而不仅仅是苏州分社。

## 2

南京的第一家旅游接待机构，即上海商业储蓄银行南京的旅行分部，最初是在哪里营业的呢？

要找到这个地方，首先须弄清上海商业储蓄银行在南京的踪迹。上海商业储蓄银行，是由曾参与南洋劝业会的陈光甫先生于民国四年（1915）六月创办的，并于民国六年（1917）在南京的龙江路开设了下关办事处，又于民国九年（1920）年改办事处为分理处。次年，分理处迁至下关鲜鱼巷56号，并升格为分行。自此，南京分行在鲜鱼巷落下了脚。民国十二年（1923）八月，陈光甫先生在银行创立旅行部，并于次年在南京分行设立旅行分部。由此可知，南京首家旅游接待机构的地点就在鲜鱼巷，而且旅行分部改为中国旅行社南京分社时，地点依旧在鲜鱼巷。我们在民国《旅行杂志》第四卷三月号上还看到了这样一则报道：中国旅行社南京分社由于业务越来越繁忙，挤在银行大楼内办公已经越来越不适应。民国十九年（1930），该社在银行大楼对面（注：仍在鲜鱼巷）"觅新址一方，鸠工赶造，于本

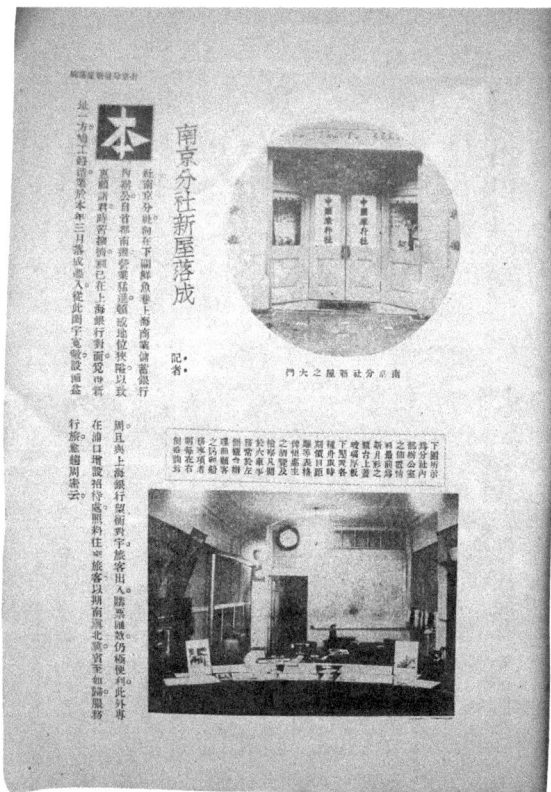

有关中国旅行社南京分社在鲜鱼巷新屋的落成报道，刊登在民国十九年（1930）的《旅行杂志》第四卷三月号上。

年三月落成迁入。"该社"与上海银行望街对宇，旅客出入，购票诚款，仍极便利。此外专在浦口增设招待处，料理来往旅客，以期南滇北冀，宾至如归，服务行旅，愈趋周密云。"

民国二十二年（1933），上海商业储蓄银行南京分行迁到了建康路。与此同时，中国旅行社南京分社也随之进驻。民国三十五年（1946）7月，南京分行又在鲜鱼巷原址开设了下关办事处，同时中国旅行社南京分社也在此设下关支社。除此而外，旅行社南京分社在几个重要窗口及院校都设立了分支机构，其中有中山路办事处、大行宫办事处、下关办事处、下关车站服务处、明故宫机场问询处、中央大学办事处、金陵大学办事处、金陵女子文理学院办事处等。由此可以看到，那时候中国旅行社南京分社的服务触角已经伸展到了大专院校。

3

那么，南京首家旅行社的旧址现在又如何呢？

遗憾的是，它在鲜鱼巷的旧址已全无踪影。实际上，像旅行社这样的专业机构，以往并未引起大家的关注。我的案头有一册下关区地方志办公室等2010年编印的《下关民国建筑遗存与纪事》，完全没有提到中国旅行社南京分社；还有一册下关区政协2012年编印的《下关揽胜》，内中"近代印记"篇列有江南水师学堂、扬子饭店、招商局南京分局等11处旧址，仍然没提到有过旅行社。2012年8月某日，民国旅游品收藏家钱长江来我们旅游学会，与我交流民国南京旅游的情报。我特地问到了鲜鱼巷的旅行社旧址。钱长江告之，早已不存在了，而且整个鲜鱼巷都在拆迁。我当场建议他去鲜鱼巷抢拍些照片资料，哪怕是拆除中的其他建筑也好。我以为，即使是鲜鱼巷拆没了，也应该在旅行社的旧址上立个铭牌，以纪念之。

幸运的是，它在建康路上的办公大楼仍在。这也是上海商业储蓄银行南京分行的旧址，现在由工商银行南京城南支行使用。南京出版社2010年出版的《南京民国建筑的故事》，讲到了建康路的这座老建筑，只是以为仅仅是上海商业储蓄银行南京分行，而不知还是中国旅行社南京分社。现在，这座大楼的外墙挂有2011年12月19日立的"江苏省文物保护单位"

铭牌。铭牌上仅注明为"上海商业储蓄银行旧址"，其实还应该加注"中国旅行社旧址"。这不能不说是个很大的缺失和遗憾。据了解，工商银行南京城南支行近日也已搬迁，大楼下一步作何用，不得而知。真诚地希望，大楼的主人在楼内辟上一角，搞一个陈列馆，展示民国旅行社及旅游活动，为城市的旅游文化做件有意义的事。

4

中国旅行社南京分社当时开展的业务，主要有游览、客运、货运、招待所以及其他社会服务等。

关于游览业务，分组团旅游和接待游览两种。组团旅游由短程逐步扩展到全国乃至出境游。在中国旅行社编印的《南京导游》中，将滁州列入南京近郊游线，应该是最短的跨省游程了。短程游线主要集中在京（南京）沪杭一带。海宁的观钱塘江大潮曾是热线之一。可见，那时候已开展专项游了。远程的如青岛、北平、广州等，均受到大众的欢迎。战后收复的台湾，

民国二十二年，旅行社迁至健康路。图中的办公大楼门额上标有两行单位名称。上行为"上海商业储蓄银行"，下行为"中国旅行社"。

20世纪40年代，健康路上这座大楼中的中国旅行社增设了店招。

其旖旎的风光也吸引了不少游客前往。中国旅行社还专门为此编辑出版了《台湾揽胜》。至于接待游览，主要是南京分社与上海总社相互之间的接应、配合和协作。入境游的接待更须如此。早期接待规模比较大的一次是：民国二十年（1931）与日本国际观光局的合作，在四月至五月间先后接待日本系列旅游团体计20余次、3000余人，游览上海、南京、苏州、杭州等地，颇有影响。我们还在上海友声旅行团发行的《旅行月刊》上看到这样一则报道：民国十九年（1930）八月，美国有一百余人的旅行团乘邮轮从大连经天津到上海，游览苏州、杭州、无锡、南京等地。类似这样的外国大型旅游团体一定还有不少。

关于客运业务，主要是代售铁路、公路、轮船与航空客票，是旅行社主要收入来源之一。其中，代售铁路客票的业务约占了七成。当时代售的做法与现在的不一样，不是向旅客收取手续费，而是从铁路方面领取代售佣金。值得一提的是：民国十八年（1929）秋，交通部首开京（南京）沪航空运输。这段航线的飞机客票，就是由中国旅行社在上海、南京两地的机构代售。也就是说，南京分社参与了中国最早的民用航空业务。当然，现在的旅行社已不光是代售机票，有实力的如省中旅、省国旅、省青旅、南京皇家国旅等都开展了包机业务。

关于货运，也是旅行社主要业务之一。旅行社起初是办理水上货运，至民国二十三年（1934）方获铁道部批准，经营铁路货运及包裹等运输业务。旅行社因其组织的健全性和服务的纯正性，深得工商业界乃至政府的信任。特别要提到故宫文物的南运，如此重要的任务就是交由旅行社完成的。我们收集到

现在，大楼挂有省级文物保护单位铭牌。铭牌上仅标"上海商业储蓄银行旧址"，未注明亦是"中国旅行社旧址"。

一张故宫文物南运至南京展出的入场券，地点在中央博物院筹备处（今南京博物院），时间为民国三十七年（1948）五月三十日至六月五日。这其间倾注了旅行社运宝护宝的心血。

这里需补充说明：旅行社的货运业务，发端于代客接送行李。比较典型的是，从上海到北平的火车过不了长江，旅客得在南京下关车站转轮渡，再到浦口换乘。在下关、浦口两地的行李提取、搬运、过磅、取票等手续，都是由旅行社承担的，而且不额外加收费用。这样周到的服务，深受消费者欢迎。

关于招待所。所谓招待所，就是通常所称的旅馆、饭店、客栈等。正如中国旅行社创造"旅行社"专有名词一样，"招待所"也是其独创，并被后人所沿用。中国旅行社之所以这样标新立异，是要让员工体会"招待"二字，以牢记其服务宗旨；再有就是增加其识别性，一看到"招待所"便知是中国旅行社的旅店。招待所始创于民国二十年（1931）七月，是在沈阳分社的楼上置客房数间，以接待有关商旅。以后先后在徐州、郑州、潼关等分社楼上附设招待所。民国二十四年（1935）八月，南京首都饭店开业。这是中国旅行社建设的规模最大的招待所之一，系三层楼建筑，置屋顶花园，有大小客房46间，每间均设写字台、化妆台、浴室等。饭店在接待方面趋于国际化，"所雇招待侍役，靡不先为训练，对于各国之习尚，中外人士之心理，悉心考察，施以相当之知识及应如何招待服务之工作。"饭店各式菜肴，制精味美，"即沪上著名之中西菜馆，亦较逊一筹。"（引自《旅行杂志》之《首都饭店》）首都饭店在南京光复后，一度兼作美军招待所。这个饭店一直经营至1951年，因中国旅行社业务已经亏损，只得将其出售予以弥补。它的建筑还在，如今是部队的招待所，即中山北路上的华江饭店。

关于其他社会服务。南京分社开办的业务还有会务接待、代办出国手续、经营旅行支票、代理保险业务、代理邮政电报等。其中的会务接待，类似于现在的会展旅游，也就是说那时候就在搞这项业务了。仅举一例：民国三十五年（1946），国民大会在南京召开。中国旅行社承国大秘书处邀请，协助与会者交通及接待工作。南京分社在国民大会堂、代表住所及机场等处设立问讯处，应答问讯、发售客票、接运行李、代办一切旅运手续，并负责在各码头、车站、机场进行接送。其工作人员统一制服，佩戴社徽，还配备擅长粤语及英语的员工，服务于来自全国以及国外的国大代表，受到大会的欢迎。

5

写到这里，得有个交代：中国旅行社是 1954 年 7 月歇业的，包括南京分社等在内的各地分社也随之关闭。唯民国十七年（1928）开设的中国旅行社香港分社、民国三十五年开设的中国旅行社台湾分社延续了下来。前者于 1951 年 7 月由新华社香港分社责成中国银行港澳管理处接管，并进行整顿和改组，重新登记注册为香港中国旅行社；后者于 1950 年 4 月按有关规定重新登记注册为台湾中国旅行社。

需说明的是：1954 年成立的中国旅行总社（原名中国华侨旅行服务总社）与中国旅行社没有任何关连。至于江苏省中国旅行社，是地方上于 1955 年自行成立的，接受中国华侨旅行服务总社的业务指导和接待任务。它初名为南京华侨服务社，与中国国际旅行社南京分社一套机构、两块牌子；1973 年单独建制，改称江苏省华侨旅行社，又因接待外籍华人需要，增挂了江苏省中国旅行社的牌子；1980 年方正式改称江苏省中国旅行社。有意思的是：2007 年，国家将包括江苏省中国旅行社在内的中国中旅集团并入中国港中旅集团（含香港中国旅行社）。如此这般，现在的江苏省中国旅行社与老牌的中国旅行社之间又有了些许血缘关系。

## >民国《南京游览指南》《新都游览指南》重版后记      2013.10.9

2011 年，南京出版社启动民国史料工程，连续发行了两辑旧作。这次应该是第三辑，选中 20 世纪 20 年代的《南京游览指南》《新都游览指南》两册，重新加以整理，重新出版发行，并找我补个后记。恰逢我们旅游学会在做民国南京旅游的研究，接此活儿，以为推辞不得。

民国旅游业，在当代旅游史上几乎是个空白。我在南京市旅游行政部门工作了 20 多年，曾几次参与省旅游志、市地方志旅游篇的编撰，由于资料不足，写到民国时期总会一笔带过，觉得自己挺无能的、挺不负责任的。而旅游界权威人士则认为：新中国成立以前，仅局部存在旅游活动，未形成产业。这个观点显然立不住足。实际上，中国现代旅游业的发端正是在民国时期，并初步形成了较为完整的产业链。最典型的标志是民国十二年（1923）八月，上海商业储蓄银行旅行部的诞生。这是中国第一家旅行代理机构。这个旅行代理机构很快拓展到全国各地，包括民国十三年（1924）六月，上海商业储蓄银行旅行部南京分部的建立。这也是南京的第一家旅行代理机构。应该说当时《南京游览指南》《新都游览指南》的出版发行，

民国十八年（1929）五月 5 版的《南京游览指南》（最新增订本）、民国十八年五月再版的《新都游览指南》。以上读本由钱长江收藏提供。

也是南京现代旅游业初现和发展的见证。

《南京游览指南》，由中华书局出版，与南京首个旅行代理机构同一年面市。以后这本"指南"每年都要再版一次，至民国十八年（1929）共发行五版，其中还有精装本。《新都游览指南》则是在南京定都后的第二年，即民国十七年（1928）由大东书局出版的。在那个时间段，"新都"成了南京的代言。也许正是因为南京升格为"新都"，城市建设方方面面都有了很大变化，才会有"指南"的另一个版本。这个新都的"指南"同样也再版过。由此可见，导游类的书籍在当时受欢迎的程度。

其实，早在清宣统二年（1910），就发行过导游书籍《金陵杂志》，以迎接南京的南洋劝业会召开。这是用方志体例撰写的旅游指南，前所未见，不仅为外地游客服务，对本地人也颇有裨益。至民国十一年（1922），又有《金陵杂志续集》出版，以满足读者不断的需求。南洋劝业会以及旅游指南，可以视作南京现代旅游的萌芽。

《金陵杂志》《金陵杂志续集》已被南京出版社列入南京稀见文献丛刊，合为一册重新出版，为旅游界提供了便捷研读的史料，做了件大好事。

2014 年 1 月南京出版社重新出版《南京游览指南》《新都游览指南》，并将其列入民国史料工程丛书。

《南京游览指南》《新都游览指南》，则是用说明文的方式全方位介绍南京或"新都"的吃住行游购娱，对游客来说更为实用，更具可操作性。这样的写作方式，至今仍被编写旅游手册的人普遍使用。

这两本导游书籍的最大特色，体现在对旅游区域的划分及介绍上。前者是模拟旅客从中正路（今白下路）出发，以"路"为区域，划分成6"路"讲解景点；后者则以"行程"来划分，共七个"行程"游线，可谓均为方便旅客游览用尽了心机。这里必须提到两书的作者。《南京游览指南》的作者叫陆依言，是中华书局的编辑，也是位语言学者，著有《国音发音法》《国语罗马字使用法》《交际国语会话》等作品。《新都游览指南》的作者叫方继之，其生平已无从查找，好像是大东书局的编辑。他们均为吴县人，看来都是文坛不知名的小人物。正是这样的小人物，在旅游园地里默默耕耘，供当下旅客采撷实惠的果实，也为今人留下了珍贵的旅游史料。

我之所以自去年始开展民国南京旅游的研究，一方面是由于若干年前编写旅游志时就动了这个心思，另一方面是很大程度依赖于有了这样的旅游史料。这要感谢信天游国际旅行社钱长江的收藏。钱长江是我们旅游学会的会员，也是位小人物，业余爱好旅游品收藏，不仅是这两本导游书籍的持有者，还收有7000余件旅游藏品，其中500余件是民国时期的。我曾邀请南京出版社的卢海鸣先生到钱长江处欣赏这些藏品。卢先生一眼相中的是这两本导游书籍，拟将其选入民国史料工程丛书之中。我和他都有个共识：它们不仅仅是看似普通的导游书籍，还是通过旅游的视角记录一个时间段一个城市的文献。

80多年前的陆衣言编《南京游览指南》、方继之编《新都游览指南》，如今即将付梓重现江湖。我十分感佩南京出版社开阔的独到的视野。我也要向包括钱长江在内的几位小人物鞠躬，敬礼。

## ›南京的城市（户外）名人雕塑杂谈

### 1

2008 年 8 月，我从南京市旅游局退休下来，随即接到局领导曹永林交办的一个活儿，编一本有关寺庙的册子。我将这本册子定名为《南京佛寺之旅》，邀约旅游局的季宁共同编写，并请栖霞寺主持隆相题写了书名。为了搞这本册子，我和季宁几乎跑遍了南京所有的寺庙。我还将册子设计成口袋书大小，以便于读者携带翻阅。册子完成后，颇受欢迎。

接下来，我和季宁先后撰写了《金陵成语之旅》《金陵神话传说之旅》，形成南京旅游文化丛书（口袋书）系列。其中的《金陵成语之旅》因题材新颖，被包括上海《新民晚报》在内的众多媒体作过大篇幅的报道。

再接下来，我就想续一册《南京的城市（户外）名人雕塑之旅》的口袋书。只不过，前三册都是市里交办的任务，有资金保障；而自己想续的仅为一厢情愿，虽已做了些案头工作，到头来还是选择了放弃。

### 2

我之所以想编写一册《南京的城市（户外）名人雕塑之旅》，是以为城市的名人雕塑从一个侧面代表了城市的历史文化，同时也反映出这座城

这是编写旳三册南京旅游文化丛书（口袋书）。原想续一册《南京城市（户外）名人雕塑之旅》，可惜未能如愿。

市的人文情怀。而且从名人雕塑切入，讲解其所在的景区景点，也最恰当不过。除了讲名人、说景点，还要在册子里介绍雕塑的创作者以及雕塑材质等，使雕塑家能够得到足够的尊重，也让读者从中获取雕塑艺术方面的知识。

我还想通过《南京的城市（户外）名人雕塑之旅》的编写，厘清我们的这座城市已为多少位名人塑了像，又是在哪一年为他或她塑像。沿着塑像时间的脉动，也可窥视出这座城市的价值取向、建设理念等方面的演变过程。

我关注城市名人雕塑比较早。1995 年，我与郑燕南主编《最新南京旅游指南》（南京出版社），就设置了"城市名人雕塑（户外）一览"栏目。在"一览"中共收集 16 位名人，按塑像设置的时间排列，先后是孙中山、毛泽东、范旭东、郑和、傅抱石、恽代英、周恩来、侯德榜、张闻天、陶行知、陈鹤琴、巴金、曹雪芹、孔子、孙权、颜真卿等。从中得知：南京解放后，除了将民国时期的孙中山塑像保存下来外，没再搞新的人物雕像，直至"文革"，出现了无数座毛泽东塑像；"文革"结束，经清理，保留了原栖霞十月公社等三四处毛泽东的塑像；而其他所有的人物塑像均为改革开放以来设置的。

这里得补充个材料：《扬子晚报》2014 年 9 月 11 日有篇《栖霞毛泽东塑像公园月底亮相》的报道。报道中提到，当年的毛泽东塑像由"十月公社的村民们自掏腰包、南京工艺雕刻厂高级工艺美术师朱至耀等设计制作"。其实，当时的朱至耀刚学徒满师，仅仅是参加了制作。参加制作的主要有刘梵天、徐令丰等人，而塑像的真正创作者是雕塑家陈远义。陈远义毕业于浙江美院，设计制作毛泽东塑像后，便从雕刻厂下放到吴县农村，现已去世。时至今日，我们是不该将他的创作成果轻易抹杀掉的。

2005 年，我主编《爱，是屋顶上的蓝：南京旅游全景手册》（上海文化出版社），收集到的城市名人塑像（户外）已增加到 30 余座。那还是九年前的事，如今增加的更多，未再做统计。假如现在来编写《南京名人雕塑之旅》，恐怕就不是一册口袋书能塞得进去的了。

　　我从小生活在南京，少儿时对城市印象最深的莫过于新街口的孙中山全身铜像。这也是迄今南京资格最老的一座城市（户外）名人塑像。

　　孙中山铜像，高为 2.9 米，重达 1 吨多，是日本友人梅屋庄吉先生赠送的。梅屋庄吉与孙中山是革命挚友。二次革命失败后，孙中山流亡到日本，就是住在梅屋家中。孙中山与宋庆龄结婚时，也是在梅屋家中举办茶会，以答谢前来祝贺的朋友。梅屋得知孙中山逝世后，变卖了家产，委托日本一流的铜像制作"筱原金作工场"铸造了四尊孙中山铜像。这四尊铜像由梅屋于 1929 年 3 月亲自送往中国，除了南京的一尊外，其他三尊分别安放在广州黄埔军校旧址、广州中山大学和澳门国父纪念馆。

　　南京的这尊孙中山铜像，原定置于中山陵，因中山陵工程尚未竣工，暂在中央陆军军官学校大礼堂前落脚。1942 年，汪伪政权为笼络人心，将其移置到了新街口广场。孙中山铜像这么一立，就立了 20 多年，一直到"文化大革命"的 1968 年 6 月，出于对铜像的保护，将其移到了中山陵广场南面的宝鼎基座上。1985 年 3 月，中山陵的藏经楼修葺一新，辟为孙中山纪念馆。孙中山铜像随之安放于纪念馆前。这样的归宿，应该正是梅屋先生当初所期许的吧。

　　前面说到的新街口广场，自 1929 年建成后一直是城市的核心，时至今

孙中山的玻璃钢（征求意见）塑像，现存放在中山陵的中山书院院落中。

日亦然。在这样一个位置设立怎样的雕塑，自然关系到整个城市的形象。实际上，早在1935年国民政府就顺应民意，勘定在新街口设立孙中山铜像，考虑到梅屋先生赠送的那尊应安放于中山陵，于是向全国征集孙中山塑像的新的设计稿。1936年，留美归国的上海雕塑家滕白也创作的"孙中山演说像"获得头奖，遗憾的是尚未付诸实施，南京就沦陷了。这才有了汪精卫为捞取政治资本，将存放在中央陆军官学校的现成的孙中山铜像用在了新街口广场。

自打新街口广场"文革"中将孙中山铜像撤出后，一直尝试摆放其他题材的雕塑，但均得不到公众的认可。其间曾搞过一个金钥匙的雕塑，拟表达城市对外开放的意思，结果被市民调侃为"走后门"。一直到1996年11月，一尊新的孙中山铜像竖立在了新街口广场中央。这是由雕塑家戴广文创作的，曾先做成玻璃钢材质的在广场征求市民意见，通过后再正式铸造铜像。那尊孙中山的玻璃钢塑像，现存放在中山陵的中山书院内。而新街口的孙中山铜像，曾因修地铁于2001年暂时撤出，又于2010年回迁。这尊铜像高5.37米，重6.2吨，回迁后与以往坐南朝北不同，改为了坐北朝南。

4

在南京的城市名人雕塑中，有一尊是经我手完成的。那就是坐落在乌龙潭公园的曹雪芹塑像。

大约20多年前，江苏省红楼梦学会向社会倡议在江宁织造府遗址为曹雪芹塑像。其遗址是在大行宫小学内，显然难以实现。我当时就职于南京市旅游局。市旅游局决定由旅游部门来为曹雪芹塑像。在局长李友明授意下，我邀请南大教授吴新雷等红学专家研讨，论证选址乌龙潭立像的可行性。那地块曾是随园的西花园。最终我们确定了选址，由南艺教授谌硕人创作雕塑。尽管当时市旅游局资金十分拮据，仍然想方设法筹资营造。1992年9月24日，曹雪芹的花岗石全身坐像在乌龙潭公园落成。这是南方首尊曹雪芹塑像，而且亦是迄今为止公认的最为传神的曹雪芹塑像。我代表策划和投资方，与江苏省红学会名誉会长、南京大学校长匡亚明和全国红学权威冯其庸共同为塑像揭幕。现在回想起来，那时候的我极不成熟，否则绝不会冒然和二老一起揭幕的。

应该说，以往对城市名人雕塑还是有一定的审批程序的。我就曾目睹溧水县（今溧水区）的崔致远塑像迁移一事。

崔志远，朝鲜新罗时代大学者，年青时入唐求学，一度做过溧水县尉，被韩国文史界评价为朝鲜汉文学的奠基人。1996年，一尊崔致远半身铜像在溧水县城主干道的一侧落成。韩国外宾、南京大学中韩文化学者等参加了塑像揭幕仪式。我也是参加者之一。揭幕仪式后，我与溧水有关人士交谈，得知因崔致远是外国人氏，为其塑像应经省外事部门审批，而又未来得及上报。听得出，对方谈及此事似乎有点底气不足。以后，我再去溧水，竟然找不到那尊塑像了，打探之下，原来已将其悄悄地移到溧水博物馆，不知是否与未经审批有关。我还专门前往查看，但见崔致远铜像静静地立于博物馆的庭园中，远离了喧嚣，挺好的。

2年9月24日，笔者与两位前辈在乌龙潭为曹雪芹塑像揭幕。

唐代新罗人崔致远铜质半身像，现坐落在溧水博物馆院落内。

　　前不久，南京通过媒体公开征集有关城市名人雕塑的意见，主要的议题是还应增设哪些名人的塑像。让市民直接参与这样的城市文化建设活动，很值得称道。我也想就这个话题谈一些个人的想法。

　　一个城市，为怎样的人物塑像，是一件很有讲究、比较严谨的事情。过去，南京几乎没有什么人物雕塑，可能是不批准或审批过严。现在，人物雕塑的设置似乎又比较随意，缺少综合评估，有点滥了。有点滥，不是说城市的人物雕塑已经太多，不是这个意思。问题在于就目前的状况而言，有的人物雕塑重复出现，给人感觉这座城市的名人有限；有的人物雕塑纯粹是为搞旅游而置，缺乏纪念意义，反倒使城市名人雕塑的整体品质有所下降。还有一个遗憾之处：若干处的雕塑作品均出于一二个名雕塑家（如吴为山）之手。这使得城市整体人物雕塑的艺术风格比较单调，让人产生审美疲劳；也反映出投资建设方的艺术视野窄小，以及迷信名雕塑家的保守意识和做法。这样的状况应得以调整或改变。

　　作为博爱之都的南京，前面讲到城市名人雕塑有点滥，其实又严重缺位。我以为急需补位的，首先应是为城市做出过杰出贡献的各领域的代表人物塑像。例如为中山陵建设呕心沥血的建筑师吕彦直、南京林荫大道的鼻祖傅焕光等。就说这位傅焕光先生吧，是我国著名的农林学家。中山大道及陵园路植有三板四带六排式的"法国梧桐"，便是他的作品，成为了全国的唯一。所谓法国梧桐，乃南京人的习惯叫法，实际上学名为英国悬铃木，是以美、法悬铃木杂交而成的二球悬铃木。傅先生在上海的法租界复兴公园考察时，选中了这个树种引入南京。他先是在陵园大道两侧引种了1034株，后又在整个中山大道（中山北路、中山路、中山东路）上广为种植，为城市筑起了一道绿色隧道。

　　这里还要特别介绍一位人物，即南京明城墙保护第一人朱偰先生。朱偰是柏林大学经济学哲学博士，亦是文史学家。早在20世纪二三十年代，他便开始进行南京有史以来首次文物普查，先后著有《金陵古迹图考》《金陵古迹名胜影集》《建康兰陵六朝陵墓图考》等。他跋山涉水，实地测量、摄影和写作，以为"余深惧南都遗迹，湮没无闻，后世之考古者，无从所求，故就三四年来考察所见，遗迹之犹幸存者，摄为照片，辑为图考，以保留历史遗迹于万一。"就在这些著作出版后不久，"万一"成现实：南京沦陷，许多文物古迹惨遭劫难。著作中许多照片呈现的风貌已不存，"图考"变得更加弥足珍贵，也成为后人文物保护之重要工具书。20世纪50年代，南京掀起拆城墙风潮，甚至中华门也面临被拆除的危机。朱偰第一个站了出来，从中央到地方奔走呼吁，锲而不舍，终于捍卫了明城墙的尊严。此外，他的1955年出版的著作《南京的名胜古迹》，也成为经典的旅游读物。可以这么说，朱偰亦是南京现代旅游第一人。现在，文化界、旅游界都在呼吁：在城市为朱偰塑一尊人物雕像。

我还以为，应倡导给对城市或行业有过贡献的普通小人物塑像。几年前，我去北海道游览，在昭和新山的山麓看到有一个人物雕塑，是位男子拱着腰用望眼镜观察山体。据导游介绍，昭和新山是自然造山运动形成的，仅两年时间长出了400多米高的一座山。观察山体的人物为当地一个小邮局的局长。他从昭和新山成长的第一天起，就注意到地壳的变化，追踪"变化"两年如一日，做了详细的记录，并将全部记录资料献给了国家。为纪念他默默无闻的贡献，立了这座塑像。这样的人物雕塑就很有纪念意义，也给游人增添了不少游览的乐趣。再有，今年4月我去游览台湾的太鲁阁公园。太鲁阁是在台湾首条横穿中部的中横公路上。台湾的中部均为高山峻岭，将其打通筑路当时真是难以上青天。导游将我们带到太鲁阁的燕子口。那里有一座名叫靳珩的半身塑像及"靳珩段长殉职碑记"。导游告诉我们，中横公路是大陆老兵的杰作。为修筑这条公路，许许多多老兵献出了宝贵的生命。靳珩段长是其中的杰出代表。为此，给他塑像以纪

南京火车站原有一幅铁路段长许朝元的浮雕（选自《旅行杂志》二十三卷五月刊）。

念之。段长，应该是施工队伍中最基层的"干部"了吧。不知何故，为这样的小人物树碑立像，给我的感觉特别好。又想起我在研究民国旅游文化时，看到中国旅行社 1949 年出刊的《旅行杂志》中有篇文章，报道了南京火车站为一位叫许朝元的段长塑像。这位段长是有着 30 年工龄的中国第一代铁路员工。当时看到这个报道，就觉得挺人文的，感动到我。这次在太鲁阁又见到一位段长的塑像，也就再一次感动到了我。

总之，城市给什么样的人物塑像，不在于是名人还是普遍人，只要是对城市有贡献的、有代表性的、有纪念价值的即可。选择什么样的艺术家给人物雕塑，也有讲究，不要局限于所谓的名雕塑家，更没有必要出自一两个雕塑家之手。选择对的人雕塑对的人物，那就对了。小人物的雕塑作品，往往会一鸣惊人。

一家之言，仅此而已。

2014.7.22

1

南京中华织锦村，于 1994 年 9 月在南京云锦研究所大楼的第三个楼层落成。弹指间，这个"楼"之"村"已度过了 20 个春秋。

这样一个旅游文化项目是如何形成的，又为何在"楼"中设"村"的呢？我作为项目的策划人之一，很想就这个话题说上几句。

2

南京中华织锦村项目，是南京市旅游局向国家旅游局申报，得到了国家旅游发展资金的支持，与南京云锦研究所共同完成的。

南京市旅游局成立于 1987 年 4 月。我在那一年从鼓楼区机关抽调出来参加组建，先是在局办公室主持工作，后到旅游市场开发处抓业务。当时的市旅游局仅为事业单位，办公设施、人力和资金都十分匮乏。面对极其困难的条件，市旅游局在局长李友明带领下竭尽全力，出色地完成了被外界视为不可能完成的三大项目，即与名古屋商工会所合资建设南京古南都饭店、与空军部队合作建立中国联航南京公司、在海南三亚建设金陵度假村。除了这几个市政府交办的大项目外，市旅游局还自加压力，将目光投向发展一些具有地方特色的小型旅游文化项目。其建设经费是争取国家旅游局对地方项目的补贴金。当时国家旅游局对南京大项目的资助是建设秦淮风光带，而通过市旅游局得到小项目补贴金并完成的有两个：一个是在清凉山公园建立了中华奇石馆，另一个就是中华织锦村。

3

中华织锦的文化核心，无疑是南京云锦。

我们之所以策划中华织锦村项目，是因为有南京云锦研究所这样厚重的文化基础。说实在的，市旅游局成立之初，我们连"旅游"的概念也不甚了解，只是直觉告之，要想吸引游客到南京来的眼球，就得拿出一两样独一无二的东西来，于是就相中了南京云锦。我们试图以南京云锦为核心扩展外延，搞一个旅游文化项目。这个项目就叫"中华织锦村"。

现在来看，当时定下"中华织锦村"的名称是很大气的，实际上我们确实也胸怀大志、野心勃勃，报上去的项目方案很有规模，也需要有大的投入。这自然得到了国家旅游局的关注，并获取了他们的项目资金补贴。问题在于，项目补贴金也就大几十万，要想建一个"村"简直是痴人说梦。而这个项目并未经市计委正式立项，也就是说没有任何地方资金的支撑。作为承办项目的南京云锦研究所，更是处于举步维艰时期，连职工的工资发放都成问题，更别说搞什么新项目了。怎么办呢？要么放弃，要么想方设法大题小做。当然，我们是绝不会选择放弃的。

应该说，当年的南京云锦研究所虽然贫困，但也很富有。它的富有，体现在拥有价值连城的云锦织造技艺及实物，还有一座六层高的大楼。这座大楼的第二层为所里内设的中国织锦工艺陈列馆，第三层则对外出租。我当时提出，能否将第三个楼层收回来做项目，采用话剧舞台布景方式搭出一个"村"来。我之所以会有这个想法，是因为年青的时候喜欢看话剧，而且还写过若干个话剧剧本。这个想法虽然有点怪怪的，但切合实际，而且仅用国家旅游局的项目补贴金就完全可以办到。何况，当时的云锦研究所隶属于市工艺美术公司，搭布景对他们来说也还不是什么难事。当然啰，

中华织锦村建立后，笔者陪外宾参观云锦研究所。

这也是没有办法的办法。这样的一个提议，立即得到云锦研究所的响应，并很快付诸实现。

4

南京中华织锦村的落成，虽然微小，但当时的社会反响还是相当不错的。这个在楼中设"村"的大题小做，遴选出傣、苗、黎、壮、藏、土家、维吾尔等七个少数民族，采用舞台搭景的形式展示他们的居住风貌、生活风俗、日用物品以及织机现场操作，形成了一个微型的鲜活的织锦村落。

我曾多次陪同外宾前往村落参观。他们都对中华多彩的织锦表达出浓郁的兴趣，有的还要上织机摆弄几下。这无疑对宣传古都南京，宣传中华文化起到了积极的作用。

我以为：它的意义还在于，伴随着云锦研究所度过了最艰难的时光，迎来了复苏。

2004年，南京云锦研究所在原有织锦工艺陈列馆基础上，正式成立南京云锦博物馆。博物馆一现身就显出皇家大气，也使得已经陈旧的中华织锦村相形见绌。2009年，南京云锦织造技艺被列入联合国的人类非物质文

一位外宾在中华织锦村参观，当场穿上民族服装织机。

化遗产名录，使其登上了世界文化宝藏的殿堂。原以为在这样一个背景下，布景式的中华织锦村已完成历史使命，可以谢幕了。然而，南京云锦研究所仍然将其完好地保留下来，作为南京云锦展示的一个补充或附件，并在其成立20周年之际举办纪念活动。这让我这个当事人感到十分欣慰。

5

在本文的尾声，还想补充几句。

我是因从事旅游工作与南京云锦结缘的；又是通过建设中华织锦村，对南京云锦有了由浅入深的认识，并成为它的忠实粉丝。

我以往组织大型旅游宣传促销团赴外地活动，总会将南京云锦摆在突出位置。印象比较深的活动，早期的不说了，后期的有：

2003年3月，市领导带团赴重庆，首次推出"博爱之都"城市旅游文化品牌。同年"非典"后上首都北京，在钓鱼台宾馆隆重宣传南京旅游。

2004年，南京牵头宁、镇、扬、马（马鞍山）四市赴东三省开展宣传促销活动。

2005年，新加坡为纪念郑和下西洋600周年，建郑和村。南京应邀在新加坡郑和村设以云锦为主题的南京馆，带去明万历皇帝十二团龙的龙袍复制品等展品，并安排云锦秀表演。

2006年，南京参加杭州世界休闲博览会，设南京馆，在馆中安装云锦木机，进行了为期半年的现场织锦演示。

我为南京云锦撰写的文章主要有《啊！云锦》（收入散文集《行色》，大众文艺出版社）、《南京云锦，天上人间金宝地》（收入散文集《闲话南京》，南京出版社）、《南京云锦与雨花石》及《南京土特产展览交流大会》（收入著作《守望南京：民国旅游寻寻觅觅》，南京出版社）。此外，我主编的《南京旅游研究》，为在上海世博会召开的"中国·南京云锦全球高层论坛"出刊了专辑。

以上的部分罗列，算是一个铁杆粉丝的铁杆表现吧。

### 1

虎啸啸兮似飞梭。

尽管尚深入在生机勃勃的虎年之中，不知怎么一来已在想兔年的春节了。虽说较之退休已赋闲许多，但仍感到要做的事情很多。其实，日子无需自始自终那么"虎"，还应该幽默一点，愉悦一点，或者说"兔"一点。

于是乎就有了题目"'兔'春节左右"。

### 2

南京的各大报纸，近日都大篇幅报道"万达"王建林捐款 10 亿，打造金陵大报恩寺及塔。闻之，大感困惑。

困惑的不止是我。不少股民、网民也提出了质疑：你王建林捐款，是企业行为还是个人出资？是前者就太不把股民权益当回事了吧。是后者，大家也就哑口了。不过也有人私底下会说，你王建林哪来那么多钱？这恐

洋人绘画的金陵大报恩寺塔。

怕是我等管不着了。

就算管不着 10 个亿的来处，去处也不对呀。捐款按规定只能捐给慈善机构，否则就不能抵扣企业或个人缴纳的税款。这个道理王建林懂。他是捐给了南京慈善机构，再由慈善机构将款项用于建大报恩寺及塔。这恐怕也不对，是要将"板子"转嫁到慈善机构身上了。因为慈善捐款是不可以搞什么大报恩寺及塔的，否则就犯了大忌。即使是大报恩寺及塔建成后免费开放，属公益事业，也还是不可以动用慈善捐款来建的。何况，新建大报恩寺及塔，真的是为了免费开放吗？

这真的让我们无比困惑。

（2010.11.17）

3

说到尚未开建的大报恩寺及塔会不会免费开放，"韶"得有点不着边际了吧。届时恐怕也轮不上我等来评头论足了。

之所以提到"免费"，是因为南京今年有两大动作：先是国庆节玄武湖免费开放，接下来是 11 月中山陵免费开放。这"两免"让南京十分长脸。其间有个小插曲：上海某小报记者电话采访，让我谈谈玄武湖的免费开放。其实早在 6 年前，我就建议玄武湖免费开放了，还写过一篇文章《玄武湖随想录》（收入散文集《印象》）。不过这一次，我倒觉得免费开放的前期准备过于仓促，尤其是抢在国庆黄金周实施，也有"作秀"的成分。通话以后，是否报道、何时报道出来，我一概不知。毕竟是上海的小报嘛。小报的记者不怎么厚道，文章登出来了也不寄份报纸给我看看。里面一定加油添醋了不少东西，否则也不至于平白无故地连累到令我尊重的单位领导。这样的结果让我很失望，内心十分不安。

这回，无论如何也"愉悦"不起来了。

退休了，姑且不说再为单位做点什么，至少不该添乱。

凭心而论，媒体的负面新闻尽管会走样，只要不是出自恶意，还是应该容忍的。这让我想起筹办亚运时的广州，"天天都能见到批评"，连前往采访的央视主持人白岩松都为之感到惊讶。亚运会前几个月，一场暴雨导致水漫广州城。当地媒体以广州童谣"落雨大，水浸街"为大标题，用大篇幅文章批判城市管理。没想到亚运会开幕式的开场乐舞竟也唱"落雨大，水浸街……"看！多大度，多大气。

"若批评不自由，则赞美无意义。"广州的城市领袖与市民共同信奉着这样一个信条。

咱们南京，文化的南京，博爱的南京，真该向人家广州致敬。

（2010.11.23）

4

广州的亚运会落幕了。中国队一举夺得199枚金牌。媒体紧盯着金牌做全方位报道，还为未能拿下200枚金牌感到惋惜。

面对主流媒体追逐的那么多金牌，国人似乎不那么热情了，有点麻木、冷血。有人调侃，再这么"拿"下去，亚运会要变成全运会了。有人挑刺：我们专业运动员和人家业余的不在一个起跑线上，比什么比？也有人质疑，金牌第一了，国民体质是否也是亚洲第一？还有人提出：开幕式如此奢华，有悖于当今潮流。

发出不同的声音，是一种成熟，反映了"不再人云亦云"的国民素质。

我之所以关注广州亚运会，是因为再过几年南京要搞青奥会。南京该做如何选择呢？

我以为：华丽开幕并非时尚，唯金牌是图更显平庸。青奥运，是体育的盛会，更应是文化的盛会。南京的青奥运理应独辟蹊径，让世界青年聚此展现文化，交流文化，让古老南京成为年轻人向往的文化都城。

（2010.12.1）

第二届青年奥林匹克运动会的会徽。

5

近日，与老友张波共同谋划，为汤山颐尚温泉酒店搞一个"名人与汤山"

长廊。我负责具体策划及文案工作，查阅了不少资料，得知，1927年国民政府定都南京后，将汤山定为休沐之地。

这就是说，早在70多年前，汤山就已经是国家级休闲度假区了。

这个国字号休闲度假区，经历了抗日、内战、阶段斗争以及文化大革命，多灾多难，早就将天赐之温泉抛出了云霄之外。而今，南京正在雄心勃勃地规划建设汤山新城，应该是老曲新唱。

汤山温泉的设施，有文字记载最早的是南唐时期的汤泉馆。这是由文字学家徐锴所建。民国时期国民党元老吴稚晖曾出面募款，拟复建汤泉馆，还策划将南朝江夏王刘义恭的《汤泉铭》勒石于侧，结果未能如愿。近现代最有名的是陶庐，由江宁绅士陶保晋于1919年所筑。蒋氏夫妇、张謇先生、吴稚晖先生等都曾在此浴温泉。陶保晋是位开拓者，对汤山发展有功，惜于晚节不保，沦为汉奸。不过，陶庐仍应是汤山温泉里程碑的设施。

我为颐尚温泉酒店文化廊撰稿，写到汤山温泉设施："古代有汤泉馆，近现代是陶庐，当今属颐尚。"这未免有吹捧"颐尚"之嫌。不过细想想，确实是"颐尚"带动了汤山温泉的发展，也在江浙沪掀起了温泉热潮。现在到了双休日，来"颐尚"浴温泉人那个多呀，如同"下饺子"一般。

温泉如此之热，未必是好事。看到"颐尚"赚钱了，周围城市纷纷玩起了温泉钻勘，据说有的地方深钻地下两千多米，不掘出温泉誓不收兵。地下水资源管理，似乎是个盲区。转眼间，扬州、滁州、常州、无锡、苏州都冒出了大型温泉浴场。如此滥伐，安知祸福？

（2010.12.6）

6

进入年度的最后一个月。

"立冬""小雪"已过，迎来"大雪"。北方的几波寒潮都是"急性子"，匆匆走过场。气象部门尚未宣布南京入冬。

树上的枫叶照样在红，给人以秋的依恋。

在这样一个时候，看到了南京公示的秦淮区总体规划。规划期限20年，明确表示要保护老城南。这个"表示"太晚了，又总算来了。好像是西方的一位诗人说过：秋天来了，春天还会远吗？

记得七八年前，写过一篇文章《绍兴：将大街改成小巷》（收入散文集《印象》）。说的是：大城市的旧城改造将小巷都消灭了；在新一轮城建中真应该把大街再改回来。那时期，我碰到秦淮区的一个头儿，问他能否在城南选择一片老居民区，哪怕规模小一点，原汁原味地保留下来。回答是很难找到有保留价值的地块。听后感到悲凉。

我一直希望能留住一片老城区。我的姑母住在城南一个叫五间厅的小巷深处，每次春节都要去她那里拜年。那里的巷景简直迷人极了。而现在，它已不复存在。我曾在《青岛：闲适与激情共燃》（收入散文集《行色》）一文中写道："不复存在的恐怕不仅是巷景，还是一种生活形态，一种城市的文化元素。偌大一个城市，保留小小的一个老城片区，难道就只能是一个愿景？"

现在，城市总算觉悟要保护老城区了。据说，已拆得一干二净的城南门东，要按老地图及拆前测绘资料加以恢复。说说而已吧。我曾做过咨询，老街小巷保留出新是可行的；拆完了再复建就没那么容易了，会受到各种制约。例如原先的小巷宽度如达不到安全通道标准，再想恢复，消防部门是不会开绿灯的。早知今日，何必当初呢？

我宁肯相信"恢复"仅仅是说说而已，图个嘴上快活。早几年拆除总统府大门对面的照壁，说好了要恢复的，也完全有条件恢复，不是至今不见恢复吗？

也是呀，神马都是浮云。

（2010.12.7）

7

即将过去的一年，收获之一是完成《金陵神话传说之旅》撰写并付梓。这是我退休后编的南京旅游文化丛书（口袋书）之三。前两册分别为《南京佛寺之旅》《金陵成语之旅》。南京旅游文化的富矿，可谓是采不尽，用不竭。

《金陵神话之旅》写作 23 篇，均为古代题材，唯有 1 篇是现代的，取自高淳炻器。

所谓炻器，是介于陶与瓷之间的一种改良性陶瓷制品，虽说质地比瓷器粗糙，但强度高、热稳定性好、铅镉溶出量低，适合微波炉、洗碗机等家用电器的使用。20 世纪六七十年代，新型家用电器纷纷问世或普及。日本率先研发出迎合需求的新材料陶瓷品，并从中国《康熙字典》中选出"炻"字，命名"炻器"。其实，在中国陶瓷史上也有过炻器，只不过来得不合时宜，被淘汰，被遗忘。

20 世纪七八十年代，高淳陶瓷厂——一个濒于倒闭的小厂，瞄准了国际陶瓷市场，研制生产出高品质的高淳炻器，与日本制品一比高下。不仅如此，高陶人近几年又新研制骨质瓷产品，欲在国际高端陶瓷商品中争得一席。当今世界三大高端陶瓷器具，是英国的骨质瓷、德国的硬质瓷、日本的强化瓷。中国缺席。而陶瓷是中国的发明。"中国"的英译"CHINA"就是陶瓷的意思。高陶人表示，要经过自己不懈的努力，让中国重新戴上"陶瓷"皇冠。这堪称是在谱写一则现代神话传说。

那么，将"高淳炻器"收录《金陵神话传说之旅》，与旅游何关？有关。高陶人建了一个颇有风情的陶艺苑。苑内设大型陈列馆和陶艺吧，让参观者来此沉浸于"陶艺"，感受于"陶乐"。这实际上是在搞工业旅游。

工业旅游的概念国外形成较早，也很成熟。我在德国和日本去过几个工业旅游项目，留下蛮深的印象。它们共同的出发点是，建设企业文化，弘扬企业品牌，培植潜在的消费群体，而并非是为"旅游"而搞"旅游"。

工业旅游进入我国是近几年的事，尚处在萌芽期。企业搞工业旅游的观念和意识都很稚嫩，或急功近利，或是被"旅游"。也有好的范例，比如陶艺苑。我最近还看到一则报道：一个叫"苏龙"的纺织科技企业在苏州震泽建起一个"麻立坊"。所谓"麻立坊"，是一座占地 1.6 万平方米、立体呈现亚麻历史文化及时尚产品的工坊式博物馆。"麻立坊"的题名无疑是北京"水立方"带来的灵感。一个企业将文化做到这个份上，实在让人敬重。

想必苏龙企业绝非是为搞工业旅游建"麻立坊"的。企业负责人观念很明确："企业没有文化，必然行之不远。"也可以这么理解：即使没有"旅游"这么回事，企业要深度发展，也应搞"麻立坊"，核心是企业文化建设。

2011 年的元旦不知不觉到来。

元旦，"元"为"初始"，"旦"指"日子"，合起来是一年的第一天。

元旦在夏代是农历正月初一，商代是十二月初一，周代则为十一月初一。秦始皇统一中国后，将农历十月初一作为岁首，与商周不同是四季仍沿用农历。汉代司马迁创"太初历"，以正月初一为元旦，实际上是回归到夏代规制，又称"夏历"。不过，历法经历代修补，农历与夏历已不完全等同，有了一定的差异。直至辛亥革命后，方采用了公历，将公元的 1 月 1 日定为"元旦"，将农历正月初一定为"春节"。

中国历史上一共产生过 102 部历法，可谓一朝天子一朝臣。历法尚如此，其他更亦然。这种历史的巨大惯性，至今未成强弩之末。举一例，我们的城市规划，包括开发重心、马路建设等总是一改再改，一变再变，好像无法科学规划。这恐怕与城市新官走马上任、权势易人有很大关联。似乎可以这么说，城市规划编制是否科学不重要，重要的是能否"与时俱进"。

（2011.1.2）

2011 年的春节，百兔欢腾，祥和暖心。唯一让人纠结的是不绝于耳的烟花爆竹声，炸得人无法入睡。

曾几何时，南京立法严禁内城燃放烟花爆竹，并划出区域指定燃放地点。那几年的春节，日子过得真蛮舒展的。不过，有人提出听不见爆竹声缺少了年味。还有人提出，不让人燃放爆竹，是剥夺了他们的权益。这么一闹，又立法取消了禁放。立法是件天大的事，怎么可以那么随便呢？

要说前者提到缺少年味，还有点道理。"爆竹一声迎新春"嘛。至于后者说的所谓人权，就太不讲理了。你解放了一部分人的"人权"，不是同样剥夺了另一部分的"人权"吗？特别是那些受到爆竹惊吓的老人或患者，他们的"人权"何在？

记得小的时候，盼着春节放爆竹。那时候的爆竹品种简单，是小鞭炮加"天地响"。能放上几小串鞭炮就很满足了，再搞上几个"天地响"，那就很奢侈了。现在不一样了，一串小鞭炮动辄几千响，上天入地的爆竹品种更是五花八门。去年春节据南京官方环境监测数据，已将天空"炸"成中度污染。今年亦然。沈阳"炸"没了一座白金超五星酒店。北京冯小刚22层楼的工作室也炸烧了。冯导自我调侃：今年要火。他去年未遭"炸"不也很火嘛。

我们城市的上空已很不清洁，常被霾层覆盖。我们怎么可以如此"狂欢"地给天空"火上添油"呢？我们的大脑是不是有了问题。

我要表达的意思是：春节燃放爆竹是传统习俗。时代和情况在变，包括爆竹的品种也有了很大的变化。"燃放"也得思变才是。例如，可以搞几座指定"燃放"的公园，园内还可以做一做"爆竹"文化。又如，研发无污染的新型爆竹，无烟无火，以音乐替代炸声。类似这样的想法应该很多，关键在于决策者愿不愿意去想、去做。

（2011.1.28）

10

也是在兔春节期间，海南的朋友来访。国企的人设宴款待他，他非得拉我作陪。陪就陪吧，现在我已很少乐意这样的应酬了。

席间，主人亮出了一种来自法国的葡萄酒，叫小拉菲。酒的口感相当不错，喝下去很舒畅。因之前未听说有此酒的品种或品牌，一打听，竟然是6000元一瓶。这还是小拉菲，去掉"小"的拉菲，一瓶价值上万元。这让我大吃一惊，再细细去喝，倍感酒的味道确实非同一般。

我边喝边想：欧美人喝葡萄酒，是抿上一小口慢慢品味。而国人是豪饮，一个人喝上一两瓶不在话下。这要喝掉多少人民币呀。太不敢往下想了。主人则向我炫耀，现在请客，上什么菜肴不重要，重要的是摆什么酒。所谓一分菜，十分酒，才上档次。

生活，原来可以这样。

若干天后，我与身边朋友聊"拉菲"新闻。谁料他们都视之为旧闻，笑我孤陋寡闻了。有朋友还对我说，他的青岛朋友经营拉菲酒十分给力，创造了营销奇迹，被法国授予骑士勋章。听后真有点哭笑不得。什么"骑士"呀，倒是可以给他戴上"经济汉奸"的桂冠。

我在自责：国人何以会这么热衷于"拉菲"呢？退一步说，国人何以不能研发出国字号的"拉菲"呢？

（2011.2.15）

11

央视纪录频道连续几日播放了八集纪录片《梁思成·林徽因》。我懊恼未能将其从头至尾看完整。看得残缺，心也残缺。无论如何，我得购碟完整地看，而且要将其珍藏。

我已是持"老人卡"的年纪，不知为什么看到好作品，还会像年轻时那般动情，那般落泪。而观《梁思成·林徽因》，感觉又不一样，眼中不含泪，心里在滴。

在观看"残缺"中，有两处最让人纠结。

一处是：抗战时间，林徽因随营建研究所避居四川李村，患重病终日卧床不起。在病榻上，她思考的不是别的，而是战后老百姓的安居问题，构思如何设计经济适用房，以解燃眉之急。这样一种境界，应令当今所有房产开发商汗颜。

另一处是：新中国建立后，梁思成携学生陈占祥做首都规划，史称"梁陈规划"。这个规划将中央行政中心定在西郊，以完整保存古城。结果无人理会，而采纳了苏联专家提出的围绕天安门设中央行政中心。这就形成了以后的一环、二环、三环、四环……"梁陈规划"受挫，梁先生并未气馁退而求其次，着力于保护文物古迹。保来保去，虽收效颇丰，但还是未能保住北京城墙。试想一下，假如当初实施的是"梁陈规划"，而今的首都又会是怎么一种风貌。

联想到南京幸存下来的明城墙。当年一马当先捍卫城墙的，是后来被打成"右派"的历史和经济学家朱偰。他将守望家园当成了自己终身的事业，堪称为"南京的梁思成"。正是这位朱先生,早在 20 世纪二三十年代,就自费走遍南京的山山水水,用现在的说法是进行了文物与旅游普查,著有《金陵古迹图考》《金陵古迹名胜影集》《建康兰陵六朝陵墓图考》等。他不仅功在文物保护,还是现代南京旅游的先驱者。文物和旅游界人士有意为其塑铜像纪念。近日我欲与南京旅游职业技术学院肖飞先生会晤,拟在他的一亩三分地实现这个心愿。

(2011.2.25)

12

我所在的旅游学会办公室,除会员外少有人光顾。这一日,郭先生来访,有点意外。他正在做创建"智慧旅游"的工作。我们的话题自然就扯到了"智慧旅游"。

啥叫"智慧旅游"?刚开始我还真有点"丈二"。陪同郭先生来访的小季插话,"智慧旅游"概念源于欧美提出的"智慧地球"、"智慧城市"。原来如此。

所谓"智慧地球"或"智慧城市",就是运用新一代信息技术,以整合、系统的方式进行更为科学的规划、建设和管理,服务于管理者,当然也惠及于大众。

20 世纪 20 年代,朱偰(前)等人在野外考察。

1958 年拆除蓝旗街、标营一带明城墙前的景象。选自朱偰摄影资料。

想起三十多年前，有专家提出"第三次浪潮"，预言信息和数字化将主宰世界。当时听了以为是"天方夜谭"、"痴人说梦"。没想到，这个不可思议的时代说来就来了。

郭先生问我怎么看"智慧旅游"。我虽对此很是无知，还是找出话说。我以为"智慧旅游"应在齐心协力建设"智慧城市"的指挥棒下开展。当然，也可以以"智慧旅游"作为突破口，建设"智慧城市"。那样一来要困难许多。

我又觉得，搞"智慧旅游"目的何在？这很重要。如果仅仅为是便捷于管理者，那么本应享有服务的大众就成了被管理者了。怎么说呢？举个例子。若干年前，开始施行刷卡乘公交。我买了张50元的公交卡，刷过一次就遗失了。我去挂失。管理者答复：那张卡只有被捡者或偷者使用一次，方能"锁"住；"锁"住了，才可以退款或换新卡。结果卡始终没"锁"住，卡里充值的钱也就这么被"智慧"掉了。这是我亲历的一件事。再举个例子。我们打咨询电话。过去是人工台服务，立马就能得到答复。现在呢，得听录音，问你咨询什么项目，然后教你按第几个数字；按好数字了，又问你咨询什么子项目，再让你按数字……几个回合下来，自己也弄不清要咨询的事到底属于哪个子项目了，只得挂上电话作罢。你瞧，电话那头"智慧"了吧，无须派人上岗，搞上一大堆数字，24小时为你服务。电话这头呢，是麻烦和无奈。我将一个复杂的智慧运用，以简单的方式叙说出来，把郭先生和小季都弄笑了。郭先生说：这正是如何搞"智慧旅游"的要点。

今年是兔年。有个成语，叫"狡兔三窟"。兔子是有智慧的，凿"三窟"以规避风险。搞"智慧旅游"，搞者首要的不是为自身凿"三窟"，不是让游者在高科技"三窟"中跌入八卦阵。

但愿兔年的"智慧旅游"充盈着智慧。

(2011.3.10)

13

与"堪舆学"专家骆家清先生谈天说地。

话题扯到了人的属相。骆先生告诉我，许多人都将自己的属相搞错了。怎么会呢？不可能吧。

骆先生说，现在大多数人以为"春节"这一天是属相交替的日子，其实有误。准确地说，应该是以"立春"这一天的上午10时为界。举例说明：今年春节是2月3日，立春是2月4日。那么，2月4日上午10时之前仍属虎年，之后方迎来兔年。原来是这样呀。

自以为有点学问，顷刻间变得相当无知。以往我还曾多次抱怨邮政部门以公历岁首发行生肖邮票是个误导，现在看来只不过是五十步笑百步。我甚而发现，以《"兔"春节左右》为题做文章也是谬误。本欲将题目换掉的，想想还是保留下来，并补上这一节，作为自己"无知"的一个印记。

属相，即十二生肖，是中国根深蒂固的民俗文化，历史最久，最深入人心，想不到现在也变得不完全清晰了。倒是不少年轻人更热衷于玩西方的星座。属相文化尚且如此，何况其他？传统的文化是根。失去了根，我们还能剩下什么呢？这非常值得我们沉下心来认认真真反思。

（2011.6.14）

> "龙"立春上下

### 1

去年初，搞过一篇文章《"兔"春节左右》（刊登在《南京旅游研究》2011年第6期上），是春节前后断断续续写的若干篇随笔，均有感而发，短的类似于微博，长的也就是个短文，集成了一大篇。

光阴逼人。仿佛眨了眨眼，又是新年了，也就想再续上一篇。题目未名"'龙'春节"。这是因写了《"兔"春节左右》后，堪舆学专家骆先生对我说：传统上生肖的交替应以"立春"为准，千百年来无不如此。这让我一时觉得自己相当无知。于是乎，这回用了"'龙'立春"。

### 2

农历正月初二，我和夫人打的上老姨家拜年，途中与的哥聊起来。他兴匆匆地告诉我：朋友春节生了个龙子。我就私底下在想：按谌舆学之说，还不是龙子，而是兔崽子。看来"无知"的不是我一个，是蛮多的平民百姓。

农历正月初七，南京晨报等几家报纸竟也邀请几位专家讨论"春节生的娃算不算龙宝宝"：有"春节派"的，以为当然算龙宝宝；有"立春派"的，主张仍应属兔；也有认为两者皆可的，属啥父母自由选。

一个千百年来家家户户都在运用的传承，本应不存争议，却打起了口水仗。

原来，中国黄历一直是以立春，即春节定生肖的。因辛亥革命之前，立春这一天就是春节。民国二年（1913），官方开始奉行公历，将春节改到了农历正月初一这一天。这就造成了以春节或立春两个日子定生肖的乱象了。不过，传统的"属相算命""推八字"等，仍是以立春生肖来推算的。

### 3

我之所以写前两节，是因为上一篇《"兔"春节左右》大多是对南京城市建设方面的感悟，而且大多为持不同"政见"，而本篇《"龙"立春上下》还会继续。我以为：倘若连定生肖这样简单的问题都存争议，那么城市建设方面的优劣就更难有定论了。我的意思是，兴许有人看了我的文章会不舒服，会动气。千万别这样。这只是我个人的想法和意见，未必优，很可能是劣。

### 4

大约是两年前，为撰写《金陵神话传说之旅》，乘车去浦口。

车过南京长江三桥，在一路口看见一个大型公益广告牌。广告牌在眼前一晃而过，上面好像写的是"三个代表"，以为不那么"与时俱进"了。何不大树特树"科学发展观"呢？我是最看好，也最看重"科学发展观"的。

归途，又经过那个广告牌，方看清上面写的是"转型发展、创新发展、跨越发展"十二个大字。原来，此"三个发展"非彼"三个代表"也。

我问同车的人，"三个发展"的出处何在？回答，这是全市为之奋斗的口号。听后一时失语，深感自己在政治上已经大大落伍了。

此"三个发展"既作为口号，一定是经过深思熟虑的。我是个好琢磨的人，以为前两个"发展"还算可行，第三个"发展"就不敢恭维了。何以呢？我个人理解，大凡事物的发展，总会有一定的规律可循。"转型""创新"都可以催化、加速发展，而"跨越"就有失科学原理了。总结以往，我们吞下的"跨越"苦果还算少吗？说到底，"跨越"应该还是"大跃进"的延续。滋生"大跃进"的土壤仍然很肥沃。浮夸、好大喜功、虚假繁华，很能博得一部分人的青睐。尽管"大跃进""放卫星"留下了惨痛教训，而它的惯性依旧强大。正因为此，我十分拥护的是"科学发展观"。

这么说，言重了吧。好在只是一个上了年纪人的一家之言，说说而已。

### 5

人上了年纪，喜欢怀旧。

小的时候，住家的附近有条河，叫进香河。河两侧的马路也叫进香河。我常在进香河走动，看着河水一天天变混，变浊，变黑，变臭。不知何时，河面被预制板覆盖了，河水变成了暗流。也就是说，进香河从人们的视野中永远消失了。幸好，进香河的路名没变，留下了踪影。

城市里，类似进香河的河川，有多少遭遇了同样的命运。

6

在进香河马路的东侧,有个高墙围死的地块。老百姓习惯叫它"老虎桥"。大人常会对调皮的孩子说:再不听话,送你进老虎桥。

老虎桥实际上是座关押犯人的监狱。因监狱大门正对着桥,桥上雕着凶巴巴的老虎,也就有了这么个称谓。

虽说我经常在进香河马路上行走,但从不知道老虎桥高墙里面有什么。偶尔也会看到剃了光头的犯人成群集队地在高墙外的墙根下劳作,旁边立有持枪荷弹的士兵。

老虎桥,始终给人一种充满罪恶的神秘的地狱。

老虎桥的高墙封闭状况,直到21世纪初被彻底打破。那时监狱已搬迁,地块被部队占用。这是地方以此与部队的总统府遗址西侧的土地作了置换。于是乎,高墙被拆除,部队建起三产用房及住宅,其中包括一座叫"世纪缘"

原首都监狱的东南部已被"世纪缘酒店"占领。

的酒店。

老虎桥监狱就这么消失了。消失了，反倒引起人们追寻。尤其是我们搞旅游的，很快意识到丢弃的极可能是个国宝。

原来，这是座颇具文化价值的监狱。它早在清末就已存在，叫江南地方监狱，亦称江苏模范监狱；民国初期曾名江苏江宁监狱、江苏第一监狱等；至民国三十四年（1945），正式命名为首都监狱。这里曾关押过中共创始人之一陈独秀。刘少奇的妻子何宝珍也曾被捕入此狱，后在雨花台就义。这里在抗战胜利后还曾收监了164名汉奸，包括汪伪行政院副院长周佛海、特务头目丁默村、伪南京特别市市长周学昌等。据史料记载，老虎桥监狱当年占地47184平方米，设东、西、南监及女监、病监五处。东西监为双扇形，各有四翼，以"忠、孝、仁、爱、信、义、和、平"八字区分；南监五翼以"温、良、恭、俭、让"五字区分。此外，还建有水牢、浴室、运动场、手术室以及工厂等。

这样一座设施完备的民国监狱建筑，无意识地"坚持"到了21世纪，但仍遭拆除，实在太不该了，也可惜了。而地方上用之置换来的总统府遗址西侧地块，其中一部分成了南京"1912"酒吧娱乐场所，实在太糟蹋了。

且不说老虎桥监狱原可以发挥游览参观之功能，就南京欲重点保护民国文化而言，倘若对曾经作为国家机器的"首都监狱"遗址都如此漠视，还奢谈什么保护呢？

## 7

20世纪90年代，市政建设出了个糗事：沪宁高速公路与南京城市的连接。

这条连接线，千不该、万不该，不该跨越钟山风景区、穿过中山门、直奔城市中心新街口。如此大度地将高速公路与城市中心直接连线，看似是要敞开城市大门，方便车辆进出。结果呢，不仅风景区受损、中山门的城门扭曲，而且中山门与新街口之间的中山东路拥挤不堪，进出极为受阻。

国内恐怕没有第二座城市会做出这样的事，倒是宁肯让连接线多绕一绕，以带动沿线的土地开发。要致富，先开路。这个基本常识，南京不屑或失常。

更糟糕的事还在后面：砍伐中山东路的行道树。

中山东路是城市的主干道，以绿荫长廊闻名全国。这条马路包括行道树，是因迎孙中山先生灵柩而建，还具有文物保护价值。尽管各界人士都奔走呼吁保护行道树，但自划定中山东路作为沪宁高速公路连接线的连接线，实际上就已经宣判了行道树的死刑。结果呢，中山东路横向六株梧桐树砍去了四株。马路虽得以拓宽，交通仍无法缓解；继而又规定外地牌照车辆不得进入，交通状况还是十分糟糕。再接下来，又会有何高招？

搞笑的是，砍了中山东路的行道树，两侧的建筑凸显出来，稍加建筑外饰，便在媒体上大声宣传建了一条景观路。又因建连接线导致中山门变型有倒塌趋势，于是将城门城砖换成轻型材料，美其名为中山门瘦身。呜呼。

我倒有个想法：果断地废掉沪宁高速公路南京连接线，恢复其原貌。

我曾于2005年写了篇短文《杭州：啊！湿地》（收入散文集《印象》），就提出了这么个想法。理由是南京的环城路，已经完全可以取代这条连接线。废掉这条连接线，受伤的钟山风景区就得以修补；中山门城门也不再扭曲；中山东路虽绿化无法还原，但交通肯定得以改善。

我不知道这样的主张是否可取。即使可取，又会有谁肯发出这样的指令呢？按照常规，"开路"才算政绩，"废除"算什么呢，何况还是要废除前人的"政绩"。我在那篇短文中写道："要知道，'废除'也是一种创作，而且首先要有创作的新理念，还要有足够的魄力和勇气。"

## 8

说到砍伐行道树的悲剧，也得说个捍卫瞻园路行道树的喜剧。

瞻园路位于夫子庙地区，原为两车道的马路。马路两侧有梧桐行道树。大约是在2004年，瞻园路拓宽为四车道马路。由于是拆除一侧的建筑拓路，这一侧人行的行道树就"跑"到了马路中间，成了车行的行道树。这其实是件蛮好的事，但有关部门认为这排树不在路幅正中，造成来往马路不对称，不符合规范，也有碍观瞻，要砍伐干净。我听说后去看了现场。那排树大约36棵，每棵的树干都已用黑漆画了圈，就像在死囚名字上用红墨打了勾

瞻园路中央的一排保留下来的行道树本来已判处了死刑。

一样，全部判了死刑。情况十万火急。

　　我在现场看到，那排树虽有所偏向，但一点也不妨碍交通，更不影响观瞻了。对称是美，不对称也是美呀。将其砍伐，实在太冤了。我紧急联系《扬子晚报》记者高女士，又联络有城市卫道士之称的东大黄教授，请他发起专家学者共同呼吁。新闻稿和呼吁书都搞出来了，而当地媒体不便报道，互联网又不像现在这样发达，只有曲线救树，通过《人民日报》华东版披露，不断给有关方面施压。树，终于起死回生。

　　我曾在短文《堵了伐，伐了堵》（收入散文集《行色》）中记录过这件事。之所以还写，是因为以这样的悲剧开始、喜剧告终的并不多见。现在大家去瞻园路，穿行在马路不正中的行道树绿荫下，一定已是熟视无睹，甚至漠然。殊不知，有多少人为保护它们进行过抗争。

## 9

我还有个想法：当年作出拓宽瞻园路的规划，其决策的本身可能就欠妥。

瞻园路是一条古老的马路，以明代魏国公徐达花园（即瞻园）命名。它虽在夫子庙地区，但闹中取静，幽幽的，细细的，长长的，十分可人。这样的街巷已经很少了，何以一定要拓宽呢？

## 10

市政建设有件事至今仍是个谜：虎踞路的高架路是否拆除，改地下隧道？

虎踞路，俗称城西干道，绝对是城西的一条交通动脉。城西干道是20世纪70年代修筑的。为建这条干道，曾将途经的有"虎踞"之称的清凉山一劈为二。劈出来的东部山体仍称清凉山，西部的叫石头城。倘若现在来筑路，可能就不至于劈山了，会保持山体的完整，改作钻山洞。

城西干道的高架路，就要"拜拜"了。

虎踞路上的高架路，是根据交通发展动态断断续续修的。严格的说，这不是一条完整的高架路，需高架处架之，无需处则落地，时起时伏，形成蛮特殊的蜿蜒的蛇状高架路。这也从一个侧面，反映南京那一阶段的经济和交通状况。接下来的几年城市快速发展，城西干道越来越拥挤不堪。

一年多前传出官方消息：拆除虎踞路高架，改筑地下隧道。有一阵，甚至公布了拆建的时间表，并计划在青奥会前完成。这引起众多质疑：改高架为隧道，并未增加通道，能在多大程度上改善交通？改建至少需要二三年时间，这个时间段城西的交通如何应对？城西高架并未使用多少时间，轻易拆除是否是极大浪费？

城市交通，匹夫有责。

我曾在的士上与的哥聊这件事。的哥说：城西高架至少还有 20 年使用年限，说拆就拆，真不把纳税人的钱当回事。有位旅行社的朋友小邓，提出了一个想法：干脆将城西干道西侧的外秦淮河做成河底隧道，不就又新增了一条城西干道了吗？我十分赞同这个极具创意的想法，以为凭借南京建造水下隧道的经验，做外秦淮的文章应该是熟门熟路。这样做，既无须拆迁扰民，又为外秦淮清淤；既保住了城西高架，又多了条城西新干道，多好的事呀。我曾征求过多位的哥的意见。他们都拍打驾驶盘叫好。

偶尔遇到市里的一位负责人，我将此计献上。这位负责人说：我们也有过考虑，只是行不通。问：为什么？答：水下隧道与陆地经纬连接上有问题。我当时没听明白，也就没再追问下去。事后回过味来：所谓经纬连接，可能是指南北向、东西向的地下与地上对接。南北向应该不会有太大问题；关键是东西向，如果要在草场门、清凉门等处上下对接确实不大可能。转而又想：何不就搞一条水下南北快速通道，中途不再上岸生"经"呢？这样一想，就觉得办法总还会有的，并非拆高架"华山一条路"。

说也蹊跷，自打宣称马上要拆除城西高架后，就不见了进一步动作，似乎已回心转意。其实不然。种种迹象表明，有关方面潜伏的"拆除"决策未变。"多展子"说出手就出手，来一个"奇袭"（这也是当下城建常用的招数），还有什么话可说呢？

（补白：以上的 1 节是去年 10 月写的随笔。文中所说的谜，现在已有了谜底。今年 1 月 18 日在报纸上登出了南京城建的总盘子，其中就有城西干道综合改造工程。据报道：城西干道自赛虹桥至古平岗段建设隧道，全长 6.5 公里，投资额为 6 亿元。读到这条新闻，除了遗憾，还是遗憾。难不成只有这一条路可走？好在这回没搞"奇袭"，提前安民告示，算是很大的进步了。据说改造工程要花费一年半时间。最大的担心是：城西干道一旦开拆，城西的 540 多天的交通日子恐怕无法安民。有关方面，都准备好了吗？）

11

在城西干道的定淮门之南，有一座小巧玲珑的古林公园。

去年4月，我约请正在编撰省旅游志的袁先生和赵先生去了一趟古林，就觉得在喧闹的城市有这么一处清静之地，实在是好。我当即感慨道：唯苍树绿荫，花卉飘香，养心怡情，乃慢生活之佳地也。

不几个月，听说要在公园内复建古林寺，就觉得有些不妥。又过几个月，复建古林寺的消息正式见报了，不光是建寺，好像还要大搞。这让我感到很无奈。好端端的一处古林，看来又要得不到安宁了。

有关方面执意要复建古林寺，当然是有依据的。古林公园本身就因寺而名。这座寺庙蛮有些历史，属南朝四百八十寺之一，最早是高僧宝志创建的观音庵，到了南宋淳熙年间改称古林庵。要说明的是，这里的庵并非通常以为的尼姑庵。其实，庵最早指类似茅棚的小草屋，即所谓"结草为庵"。文人墨客书斋亦有称庵的。自汉代以来，建了一批专供佛徒尼姑居住的庵堂，于是庵似乎成了尼姑出家行佛事的庙宇。也就是说，观音庵也好，古林庵也好，其实都是很小的寺庙。直至明代方改庵为寺，并明神宗敕赐"振古香林禅寺"寺额及"万古戒坛"匾额。这是因律宗第十三代传人古心律师在此主持，弘扬律宗戒法，使之名声大振，寺庙的规模也就越来越大。

如此来说，复建古林寺并无可非议。问题是阅其历史，还应观其地理。在南朝四百八十寺中不乏显赫的寺庙，现在有条件复建的又有几座呢？大名鼎鼎的金陵大报恩寺，原打算在原址恢复的，不也因缺少了地理空间而放弃了吗？古林寺所在的凤山，原

古林公园的盆景园旁要建古林寺？不会吧。

来足够大，随着历史变迁已经足够小。现在所谓的古林公园仅是寺庙遗址西侧一隅。这么一块巴掌地，如何复建古林寺？当然了，搞个古林庵可能也还凑合。不过这么一来，市民又会丧失个休憩的好去处。而这样的去处，城市里实在太少了。

据说南京欲打造"佛都"，复建古林寺可能是其计划之一。其实，并非是佛寺多，就能形成"佛都"。关键还要看质量。与古林寺相邻的清凉寺曾是南唐时期的佛教圣地之一，现在已经复建了，但规模小得只能称"庵"。与其是新建古林寺，倒不如集中精力将清凉寺搞得有个模样。再则，"佛都"还应体现在佛学研究上。已故佛教界权威赵朴初曾评价南京在历史上是"佛教学术中心"。倘若现在能将这个"中心"续下去，也是蛮有意义的。研究西方宗教的南京大学金陵神学院，在全国首屈一指。研究佛学的呢？看来打造"佛都"，并非易事。

## 12

南京理所当然打的一张牌应是"温泉之都"。

我曾在五六年前提出这么个想法。这是基于南京拥有汤山和汤泉两个千年温泉古镇，而且都曾与皇室有关。尤其是汤山，1560多年前江夏王刘义恭颂《汤泉铭》；1060多年前文字学家徐锴建"汤泉馆"。国内恐怕没有第二座城市，有这样的温泉和温泉设施的历史文献记录。接下来是1919年出现的首个现代温泉设施"陶庐"，再接下来是1927年国民政府定汤山为休沐之地。"温泉之都"非南京莫属。

今年春节刚过，世界温泉与气候养生联合会（简称世温联）秘书长索利曼和副主席乔瓦尼访问南京。之前，乔瓦尼已经单独来过一次。他们是为世温联第65届年会选址前来考察的。世温联成立于1937年，是历史悠久且颇具权威的全球温泉组织，除二战期间外每年都要在不同国家召开一次年会。他们的两次来访，我都参加了接待，还为之设计了旅游考察路线。之所以参与其中，是有前因。

话题要扯到去年8月，国旅联合邀请《中国温泉旅游》杂志执行主编赵先生参加汤山颐尚的活动。赵先生兼着世温联中国区域代表。赵先生，国旅联合的张先生，还有我在一起谈天说地。我和张先生都有个想法，希望通过赵先生联络世温联，支持在汤山建立亚泰温泉论坛永久会址。这一扯，话题就多起来，并获取了如下情报：中国温泉组织出台了温泉旅游服务标准，并拟在各地开办宣贯班；世温联 2012 年的第 65 届年会拟在中国选址召开。我当时听了挺冲动的，觉得这两件事经过努力都可以在南京实现。当然，我也只有能力做些外围诸如游说工作什么的。事情倒挺顺。今年初，我们旅游学会承办了全国第 3 期温泉旅游服务标准宣贯班。接下来便是世温联的两位先生来南京考察，当场宣布了南京作为第 65 届年会会址，并要与江宁区进行温泉系列的技术合作。不光如此，他们甚至主动提出，江宁汤山可以建世界的、而不是亚泰的温泉论坛永久会址。

令人觉得蹊跷的是，几乎与此同时，重庆市也开大会宣布世温联第 65 届年会将在本市举办。这究竟是怎么回事呢？原来去年底重庆搞温泉节，世温联的两位先生也去了重庆。当时，重庆方面强烈要求年会能选址在这座城市，还希望授予城市"世界温泉之都"铭牌。他们倒蛮爽快地同意授牌，也表达了可以在重庆召开年会的意向。注意，仅仅是意向而已。至于年会定址重庆，那是重庆人自说自话。

我曾于去年 11 月去过一趟重庆，方知重庆是个富含温泉的城市，号称"五方（东西南北中）十泉（十大温泉、百家温泉）"，一直在争取获得"世界温泉之都"的荣誉。我不知道重庆为何要这

世温联秘书长索利曼教授在颐尚温泉文化长廊上拍照。

般热衷于图此虚名。毕竟，世界上有不少著名的温泉，重庆的自然排不上号。而我之所以提倡南京打"温泉之都"牌，是因为一来历史上原本如此，无须谁来授牌；二来，温泉是"休闲"的一个方面的代言，可以通过此牌营造一座休闲城市，迎合休闲浪潮的到来。重庆呢，莫非要做世界的休闲之都？搞笑了吧。要做，充其量也只能做个世界红歌之都。

世温联的人愿意给重庆授牌，其实没多大实质性意义，而最终选择南京作为年会会址，很大程度是看重了南京的温泉历史。我们注意到一个细节：世温联秘书长索利曼先生在"颐尚温泉"参观"名人与汤山"文化廊时，十分认真和仔细。尽管文化廊图片没有注释外文，他仍然看得聚精会神，每幅图都要请翻译讲解。1560多年的汤山温泉历史，足以将他征服。

说实在的，我倒不在意世温联年会放在哪个城市召开，特别在意的是一定要在汤山建立温泉论坛永久会址。它的意义还不在于"温泉论坛"本身，而是借此塑造一个类似"博鳌"的地方会议品牌。这个品牌应该叫"汤山论坛"。有了这个品牌，许许多多的重要会议都会在这里召开。这无疑大益于城市会展旅游经济的发展，也大益于城市形象的提升。

## 13

立春过去数日，天空忽而飘起了雪。这是地地道道的龙年的第一场雪，没有下雨或雨夹雪的前奏，就这么直截了当地飘了下来。

我在从旅游学会回家的路上，六角状的雪花落在身上，太有"型"了。这真是个好兆头呀。我在今年第1期学刊的"寄语"中写了1个字："殷"。我以为，百姓生活殷实了，才会有条件旅游；百姓生活愈发殷实了，才会不光去观光，还要休闲度假。

"殷"，旅游人2012的期待。

## ›"蛇"立春前言

**特别篇 TE BIE**

1

前两年分别写过《"兔"春节左右》（收入《南京旅游研究》总第33期），《"龙"立春上下》（收入《南京旅游研究》总第41期）。转眼又要迎来蛇年，以为还应续下去，于是便有了这篇《"蛇"立春前言》。

2

2012年10月31日晚，南京青奥会组委会的季宁打电话告诉我，亚青运吉祥物"圆圆"刚刚揭晓。

亚洲青年运动会将于2013年在南京举办。

溧阳上黄中华曙猿雕塑。

小季说：你不会想到，吉祥物设计原型是并不被人们了解的"中华曙猿"。

中华曙猿，我倒是略知一二。巧而又巧的是：那天的白天，我正好在溧阳上黄中华曙猿出生地考察，当晚它就中彩了。我对小季说，这确实在意料之外，又绝对是在情理之中。亚青运吉祥物的选择实在太有眼力了。

中华曙猿，虽说大众不怎么认知，但对古人类学术界来说是最大的发现。它是人类祖先猿之鼻祖，因出生于中国，又是包括人类在内的一切高级灵长类动物的共同发端，才有了"中华曙猿"的称谓。而在发现中华曙猿之前，学术界普遍认为一切高级灵长类动物起源于距今大约3600万年的北非。这要比中华曙猿迟了800万到1000万年。

中华曙猿，是于20世纪80年代在溧阳上黄地区发现的，有大量的出土化石为证。我们在现场看到了雕塑工作者与考古家合作的中华曙猿塑像。它立起两只大耳，瞪着一双深凹的大眼，大嘴向下撇，拖着长长的尾巴，长相有点凶丑。不过，这是足尺放样的塑像，以便于观赏。实际上，它的体长只有十几厘米，体重也仅两百克左右。那样的一个类似小松鼠的身段，应该是蛮讨喜的。

这要感谢亚青运吉祥物设计者，将中华曙猿设计成圆圆的脑袋、圆圆的耳朵、红蓝绿三色的眼睛和嘴巴组成的"亚青圆圆"，实在太可爱了。这当然也要感谢南京亚青运组委会的独具慧眼，选用了并非来自本土的风物作吉祥物，体现了南京人的博大胸怀。不过，听说设计者后来根据组委会的意见，在"亚青圆圆"长长的尾巴上加了截南京特产雨花石的花纹。这又有点画蛇添足了。亚青运恰好在蛇年举行，无须添足吧。

中华曙猿出生地溧阳上黄，与南京是近邻，也可以视为大南京的范围。那里早在1998年就已划作保护区。据说这次要借亚青运吉祥物的影响力，搞一个"中国古动物地质公园"。因为那里除中华曙猿化石外，还有62种动物化石。我倒以为，还是应该重点打"中华曙猿"品牌，建"中华曙猿博物馆"或"中华曙猿地质公园"，内容上也可重点表现猿的进化以及进化到人。抓住了主角，60多个配角也就不愁无用武之地了。

3

2012年11月8日。我作为旅游界代表，参加了金陵晚报社组织的金陵新48景专家组评审。

金陵晚报社曾在8年前搞过一次金陵新48景评选。那一次，我也是专家评审组评委。记得评选揭晓两年后，也就是2007年，在我提议下，市旅游与邮政部门联合编印了《金陵新四十八景》邮票专辑，称之为"游""邮"合作。我担任了总策划并撰文。想不到这次我又应邀参加专家评审组，自我感觉"廉颇老矣，尚能饭也"。

这次评选活动，市委宣传部、市住建委、市旅游园林局、市规划局等部门都是主办单位，市民通过微博平台、读者平台等新媒体积极参与，规格和规模较之上一次都要大得多。

在评审会上，有专家提出：8年前搞过一次金陵48景评选，这次与上次是否会混淆？要不要换个名称？如，可以叫新南京 48 景。我倒不赞成更名。实际上"金陵 48 景"已成为一种文化，换一个叫法，会失去传统意义。如今城市发展日新月异，事隔八年再评金陵新景，也是理所当然的。我就在会上建议：这次评选可注明是"2012 年版"。这个意见得到了大家认同。事后，我找出《金陵新四十八景》邮票专辑翻看。专辑"前言"的署名是：2005 年版金陵新四十八景评委邢定康。我已不记得当时是怎么给自己署名的，不过那时候似乎就预感到，今后肯定还会再评金陵 48 景的。

评审中，南大教授胡阿祥、贺云翱等提出：评景首先是世界级的，其次是国家级的，然后才是省级市级的，而且应以点为主，不宜几景组合在一起。我是很赞同的。为此，我们将未列入初选名录的南京云锦博物馆、金陵刻经处增补了进来。我还竭力反对将南京长江大桥与二桥、三桥、四桥并在一起。其实，只有南京长江大桥才有独特的文化景观和内涵，才有资格入选，其他的只能称作政绩。

2005 年版金陵新 48 景邮票专辑。

2012 年版与 2005 年版的金陵新四十八景相比较，当然有了不小的变化。例如在乡村旅游项目中，入选 2005 年版的江心洲已趋于城市化，自然遭到淘汰。实际上，五六年前我就有此预感，还写了篇《江心洲的葡萄咋熟》的文章（收入散文集《行色》）。取而代之、入选到 2012 年版的是高淳慢城。

何为高淳慢城？具体是指高淳山乡桠溪的生态风光带。这个风光带，被偶尔来访的国际慢城联盟副主席、意大利波利卡市市长看中，认为基本符合了加入国际慢城组织的条件。2011 年 1 月，应高淳县旅游发展指导委员会邀请，我组织旅游学会会员专门举办了论坛，研讨如何塑造高淳桠溪国际慢城新形象（论坛内容已收入《南京旅游研究》总第 31 期）。那时候高淳县还处在申请加入国际慢城联盟的过程中。想不到高淳国际慢城一亮相便迅速窜红，成为 2012 年最风光的乡村旅游新景区。其实，游客们并不清楚国际慢城仅是某个国际组织的名称。他们被"慢城"的概念所迷惑，向往的是"慢"生活。在当下快节奏的工作和生活中，"慢"似乎变奢侈了。

4

2012 年 11 月 24 日，我们旅游学会在栖霞山陆羽茶庄开了个工作会议。

陆羽茶庄坐落在栖霞山之龙山山巅，四周环境十分优美。在其间开会，实在是个享受。可惜众多游客并不知道有这么个风水宝地，白白浪费了这么好的揽胜资源。

环境好，带来好心情，会也就开得舒畅。我在会上提出，学会明年重点做民国南京旅游研究的课题。这个意见很快达成了共识。我是基于两方面因素有这个想法的。一个是民国南京旅游研究缺位。我曾几次参加省市旅游志编写，有关民国旅游没多少资料，也就一笔带过。现在的地方志编写水平也就这么回事。另一个因素是结识了民国旅游收藏家钱长江。

认识钱长江，是在今年的 8 月。那一日，老旅行社人单永禧将钱长江带进了我的办公室。实际上钱长江也是老旅行社人，曾在南京出租汽车公司旅行社干过，后来是在信天游旅行社当上了老板。他比较低调，以往未曾与我打过交道。不过，他在同业人中并不低调，以喝酒豪放著称。老旅行社人提到钱长江，都说他酒量了得，只是没有一个人知道他还有个爱好：收藏。他的收藏比较专一，藏品以旅游书刊、旅游宣传品、各种旅游票据以及旅行用品为主，而且大多是民国时期的。这样的藏家，我还是头一次遇上。

钱长江将自己收藏的民国三十七年出版的《南京导游》小册子递给我。这本册子恰好与我的年龄一般大，别看只有三十几页厚薄，内容却十分丰富。我看到册中罗列了旅游服务机构，顺口问了一句：南京最早的旅行社在哪里？钱长江答：在下关鲜鱼巷，是上海商业储蓄银行开设的中国旅行社南京分社。我又问：旧址还在吗？答：早已不在了，而且整个鲜鱼巷正在拆迁。我一听就急了，懊恼自己的失职。我的案头有一册下关区政协今年初编印了的《下关揽胜》。内中"近代印记"篇列有江南水师学堂旧址、扬子饭店旧址、招商局南京分局等11处，就是没提到中国旅行社南京分社。看来像旅行社这样的专业机构，并不被人家重视，只有依赖于我们旅游人来关心呵护了。我当场建议去鲜鱼巷抢拍些照片资料，哪怕是正在拆毁的建筑。钱长江认为这个建议甚好，表示会马上、立即、火速行动。他说到做到，不仅给鲜鱼巷拍了照，还请电视人录了相，又收集了鲜鱼巷住户的门牌。

认识钱长江，有相见恨晚之感。我有意在做民国南京旅游研究的同时，要办一个民国南京旅游收藏品展览，将钱长江的"宝贝"向公众亮个相。这个想法不知能否在2013年付诸实现。

5

将旅游学会的工作会议安排在栖霞山是有预谋的，是要让参会的南大、东大等专家学者就便考察栖霞山的山岩资源。为何考察？说来话长。这里就长话短说：

那是四年前我在编写《南京佛寺之旅》时，与栖霞寺方丈隆相有过两次交流。隆相偶然提到，拟选址搞一穴新石佛龛，且有施主愿意捐款。我对隆相说：这个想法非常之好，非常有创意，但不宜搞一穴，应是搞一个新的千佛岩。可以一次性整体规划，然后精耕细作，精工细雕，哪怕是花上十年、二十年时间，逐步去完成。我以为：栖霞山千佛岩石窟是十分珍贵的六朝石刻遗存，千百年受损严重，尽管如今得以保护，但已影响到观赏性。栖霞有这样的历史文化背景，完全可以也应该将石刻继续下去，搞21世纪的佛文化石窟艺术。这是不是有点异想天开？

我曾将"异想天开"写进了《将栖霞石刻进行到底》《话寺（之二）》的文章（均在《南京旅游研究》刊物上发表，并收入散文集《秋潺》）中。这样的文章自然也就石沉大海。不过，有一个人将文章看进去了，而且在做梦了，甚至还真的想去逐梦了。那就是栖霞山风景区的负责人王俊。11月1日，我和几位朋友去栖霞山。王俊招待我们午餐。席间，偶尔提及4年前我的想法。再没想到的是，王俊告诉我：他一直在思考这个问题，而且将栖霞山上上下下爬了无数遍，选中一片山壁适合做石刻。这让我极为意外，也极为感动。于是乎便有了旅游学会11月24日的栖霞山陆羽茶庄工作会议。

王俊选中的地方，是在栖霞山之虎山的西北坡。王俊带我们去那里看地形。看后与会者都觉得是个好地方，可以在那里将栖霞石刻继续下去，可以做出好文章、大文章。这几年南京一直呼吁在景区建设上要有大手笔，如同无锡灵山胜境一般。实际上，做栖霞石刻的文章是个超大手笔，要比生造出来的灵山胜境强得多，遗憾的是"只缘身在此山中"，并未被决策者看好、看中。我所说的决策者，还不是单纯的某个部门负责人。这是一项系统工程，涉及到文化、宗教、城建、园林、旅游等诸部门。实施这样一个工程，确实是个梦。

为了这次考察，我特别邀请了省文史馆刘道藩老先生参加。刘道藩已75岁高龄，身体硬朗，讲话宏亮。栖霞寺"文革"后复建造佛，是以他为主完成的。他在佛像艺术上很有造诣，很支持我的想法，表示愿意为实现这个梦发挥余热。

这个梦能圆吗？

## 6

2012年11月29日，距南京亚青运吉祥物"圆圆"揭晓不到一个月，世青奥吉祥物也予以公布。这回是以南京特产雨花石为原型创作的"砳砳"。

"砳"字一冒头，居然不认识，实在惭愧了。这应是给全国人民上了堂文字普及课。"砳"，意为敲击石头发出来的声音。古人在采石、筑路的辛劳中，常常以石相击为娱乐，好给劈山开路增添点原始动力。如此说来，"砳砳"的寓意帅呆了。"砳"字的谐音也好，是"乐"。所以"砳砳"也被叫作"乐乐"。这正是世青奥所提倡和追逐的。话又说回来，以石（尽管是雨花石）玩吉祥物造型，不容易玩好，也很难玩出大彩。我还有个想法：

就中华曙猿与雨花石两物而言，前者倒更适合做世青奥吉祥物，后者做亚青运的也足足有余。这绝非是出于某种偏好，就物论物而已。

其实，我更偏好的倒是全国唯南京独有的雨花石。它是那般的玲珑晶莹、斑纹纷繁、艳而不俗、流动飘逸，充满传奇，真乃"天赐国宝"。它与奥林匹克运动也挺有缘分。1980 年汉城奥运会，中国代表团就曾以雨花石作为"幸运石"赠送给他国运动员。这次雨花石能成为奥运吉祥物，实在为之欣喜。

以往赏石者把玩雨花石，主要以观赏石表层天然象形的花纹为主，仅有花纹但不具象形的似乎就三文不值二文了。记得我刚搞旅游的时候，应该是 20 世纪 80 年代吧，曾到六合雨花石产地考察。我看到成麻袋、成麻袋的雨花石在装运，询问之下得知是作为建材出口到国外，就觉得太贱卖了，很是心疼。那时候我们穷呀，能出口创汇就算不错的了。

又记得十几年前，我去访问澳大利亚，到过一个制作销售"澳宝"的工坊。

笔者与刘道藩老先生（左一）在栖霞山陆羽茶庄。

所谓的"澳宝",就是澳大利亚特产的宝石,加工成戒指或挂件,煞是好看。我当时就在想:我们南京的雨花石有多种类型,其中一种就是宝石,为什么不可以将其深度加工销售呢?回国后,我向有关部门建言,得到的答案是工艺上不可行。尽管如此,这个想法始终未熄灭。

这几年,有位叫陈实的年轻人,将雨花石雕刻成艺术品,打出"石唯玉"的品牌,很受欢迎。不过,这还不是我想做的那种。前几天,原市工艺美术研究所的几位工艺师找到我,与我商讨旅游纪念品的研发。我又将这个想法提了出来。这回他们听得挺认真,以为现在工艺设备越来越先进,不妨可以做点尝试。

如同"澳宝"一样,什么时候能看到"雨花宝"或"南宝"呢?

7

2012 年 12 月 29 日,在晨光 1865 凡德艺术街区。

一个反映蔡元培、胡适、马相伯等十位民国教育大家事迹的"先生回来——全媒体致敬展"开展。策展人是深圳的文化人邓康廷。他以"先生"来称呼教育家,实在贴切。"先生"这个词,亲近且大气,可以俯身,也可以仰望。学者、政要、作家、名士等诸多称谓,在"先生"面前差不多都失去了光彩。他让先生"回来",也着实令人振奋。现如今,教育似乎已与金钱称兄道弟了。在这个背景下,真真实实企盼着"先生回来"。

深圳策展人告之:这个展览是今年诞生的,仅在深圳、北京做过两场,受到出乎意料的欢迎。这第三站就一定要在南京展,而且一定要在今年内实现。因为这十位先生都曾在南京工作、生活过,或来过并熟悉南京,都与南京有很深的渊源。今天,在即将告别 2012 年的今天,"先生回来"了。

开展这日,漫天飞雪。这恰好应了策展人的一句话:大江流日月,风雪故人来。

我是接到东南大学季玉群副教授通知,踏雪前往展会的。她知道我在研究民国南京旅游,便热心相邀。应该说,这十位先生都是与民国南京文化不可分的。还应该说,看历史,他们离去的背影,正是我们民族的正面。我在展厅内徘徊,感慨万分。不知何故,忽而联想到 20 世纪 50 年代,全

先生回来——全媒体致敬展。

国掀起对电影《武训传》的大批判。武训，这个清末的文盲，将自己讨来的每一块铜板都花在办义学的乞丐，埋进了黄土百余年后还遭到如此唾弃，又牵罪了一大批致力于教育的人士，包括出演武训的艺术家赵丹，真有点不寒而栗。先生回来了，意味深长。

在展厅，遇上了满头银发的老作家苏叔阳。他已是 77 岁高龄，整整大了我一轮，据说动过两次大手术，精神还是那么好。他为了南京的这么个小型展览，千里迢迢专程从北京赶过来，足见对十位前辈先生的尊崇之情。想当年他的作品《丹心谱》犹如"文革"后的一股春风，给我留下很深的印象。这次能邂逅苏老，一起交谈，还共进午餐，实在是给了我最丰盛的精神大餐。

还要提及的是，十位先生之一竺可桢，原先以为仅是著名的气象学家，现知也是教育大家，曾在浙江大学做过 13 年的校长。竺先生在南京时，担任过中央研究院气象研究所所长，创办了中国第一个现代气象台，即北极阁气象台。现在，在北极阁的山上立有竺可桢先生的铜像。铜像的创作者

笔者与老作家苏叔阳（左一）在"先生回来——全媒体致敬展"展会上。

还是我们旅游学会的会员，即包豪斯艺术设计的朱泽荣。这也是我们旅游学会的荣耀。

8

2013年1月4日，我们南京旅游学会2012年度年会在白鹭宾馆召开。这已是学会年会连续五年在1月4日的这个日子、在同一个地点举办了。

这次来开会的出乎预计的多，超出了去年换届大会的人数，准备的一百份纪念品不够发，蛮尴尬的。这当然是好事，人气旺呀。

两次来参加年会的市社科联领导赵德兴在大会上讲：旅游学会的年会固定了时间，固定了场所，已经形成了一个品牌。这话说的还真有点道理。

市旅游部门一把手汪振和赴会并发表了演讲，演讲后又匆匆赶下一场会议了。他与我们旅游学会挺有缘，早在2007年2月就以市政府副秘书长身份参加了学会的成立大会。2010年，他兼任了市旅游局局长，以后因机构调整，又先后成了首任（注：也是末任）市旅游园林局局长、首任市旅游委员会主任。这次他是以主任身份来开会的。旅游机构的变动之快，让我等感到有点气喘。

我作为旅游学会的会长，少不了要做工作报告。我的开场白是：按玛雅历法，2012 年 12 月 21 日应是世界的末日。这个日子显然没有到来，我们大家都还好好地活着。

我在报告中，再次提到凡德艺术街区正在举办的"先生回来——全媒体致敬展"，谈了点观后感。我建议大家都去看一看，毕竟与会的有许多是大专院校的老师，可以去好好地感受一下民国十位先生的风范。

会后有人对我说：听你的报告不累。因为没有套话，不说官话，还有点不正经，轻轻松松的。我是这么想的：学会本是社团，不配说官话了吧。我也是一路官话过来的，不想让自己再累，更不想让大家跟着累了。官话，总还是不可或缺的。何况，"十八大"后的官话风格也在改革。

9

2013 年 1 月 11 日，老婆到上海探亲，给我来电话说：到了上海，才知道南京有多脏。

怎么会呢？我也常去上海，虽说南京的卫生状况比不了上海，但也不至于有那么脏。次日，看到南京晨报刊登的消息："南京今年才过 11 天，空气污染有 7 天。"这才反应过来：她说的脏，不光是马路卫生，多半是指空气污染。

想起来了，我在去年 7 月刊《南京旅游研究》封面上，选用了一张照片。那张照片是晨报记者 2012 年 6 月 10 日拍的南京黄泥天。那一天，给我的印象太深刻了：早晨起身往窗外看，"天黄黄，地黄黄"，满眼尽是"黄金甲"，仿佛穿越到了六朝皇城的末日。我紧张了一阵，以为眼睛有病了。后得知，这天是南京的黄泥天，空气质量位列全国倒数第一。我之所以选用晨报记者拍的照片做封面，就是想让南京人记住这个羞愧日。只有牢牢记住，南京的未来才有希望。要知道，以往我们过于追逐发展的"钱"途，而失去了环境保护的基本常识。

2012 年 6 月 10 日《南京晨报》头版刊登的南京黄泥天大幅照片。

令人啼笑皆非的是，这次南京晨报在报道空气持续污染的同时，又告诫市民，"车不要洗了（注：洗了也白洗），出门戴个口罩吧。"还链接了个小常识："如何选口罩，这个有讲究"。如此不加掩饰的报道以往倒不多见。

过去的一年流行着一问：你幸福吗？假如我们真的生活在必须戴口罩的城市环境中，还会有此一问吗？

10

2013 年 1 月 16 日，南京上空仍然雾霾密布。好在据气象预告：冷空气即将袭来，大风能"干洗"雾霾。

这次老天爷发威，不仅南京遭殃，北京更甚。央视主播张泉灵在微博上发了首"朦胧"诗，记录了这场灾害："月朦胧，鸟朦胧，空气雾霾浓。山朦胧，树朦胧，喉咙有点痛。花朦胧，夜朦胧，医院排长龙。灯朦胧，人朦胧，宅家发大梦。"

南京晨报又有精彩报道：环保局长半夜耗在气象台"祈雨"。

环保局长注定是个悲剧性人物。城市的各种污染，都与他脱不了干系，遭罪的板子往往会打在他的屁股上。而面对制造污染源的决策者，他实在无力阻挡，甚至还得违心助力。这情何以堪！

想起看过一本杂志上的文章，题目是"我是印第安人，我不懂"。说的是：公元 1851 年，美国政府以金钱交换印第安人的土地。前来签约的一位叫西雅图的酋长，面对城市与白人，发表了著名的演讲。其中有这么几段话："你我的生活方式完全不同，印第安人的眼睛一见你们的城市就觉疼痛。你们没有安静，听不到春天里树叶绽开、昆虫振翅的声音，听不到池塘边青蛙在争论……你们的噪音羞辱我的双耳。这种生活，算活着？我是印第安人，我不懂。"后来美国的一个城市就以"西雅图"作为城市的名称。

21 世纪了，我们似乎并未读懂西雅图酋长的话。

11

2013 年 1 月 27 日，我去朝天宫古玩市场参观老南京文献史料藏品展的预展。

这个藏品展，展出了民国南京遗存的各种纸质文档，包括书籍、报刊、照片、地图、文稿、信函、证券、证章、单据等，计上千余件。许多资料如中央农业实验所的内部材料，闻所未闻，见所未见，十分珍贵。我惊讶南京还有这样的有心人和收藏家。

策展人是古玩市场的两位藏友。一位是小邱，在收藏界有点名气，除了字画，擅长收藏农业与中医药类文档。一位是小施，以金融证券类收藏著称。此次展览，就是由他们自发组织的，不易，难得，可贺，可嘉。

小邱告诉我：朝天宫古玩市场是 20 世纪 90 年代兴起的，很快在全国产生影响，赢得"北有潘家园，南有朝天宫"之称。到了 2010 年，朝天宫景区提档升级，嫌古玩市场连带地摊文化不雅观，将其逼走到附近的安品街。现在，尽管朝天宫古玩市场的名称没变，环境已大不如前。我以为此举真的缺少文化品位。古玩市场及地摊有碍观瞻吗？有碍吗？是有助吧。

这次小邱、小施个人办展，为收藏人争了气，也为古玩市场争了颜面。

12

2013 年 1 月 28 日，雾霾还在继续。

据《扬子晚报》：全省 13 市中，南京空气污染最重。而年初南京订下的蓝天计划，全年只允许有 44 天"污染指标"，不曾想仅 1 月份就用掉了一多半。

1 月 29 日，国际奥委会主席罗格来南京考察青奥会筹办情况，恰好遇上雾霾天。他在新闻发布会上回答记者有关雾霾的提问：相信青奥会期间空气质量会大不一样。这位主席先生似乎只顾及奥运会运动员的身体健康，无意间显露出忒自私的一面。

1 月 31 日，江苏大部分地区降水，空气质量有所好转。而南京，尽管在浦口发射了四枚催雨弹进行人工增雨，但污染依旧。《南京晨报》刊登了一张从火车站南望的照片：霾茫茫一片，什么也看不见。

整个 1 月，仅出现过六个蓝天，最终以"暗无天日"画上了句号。

13

2013 年 2 月 1 日。

昨日，光顾了看雾霾天，差点忘了记录我参加的活动：江苏省红楼梦学会理事会。

省红学会是个老牌学术团体，成立于 1982 年，南大匡亚明校长曾为首届学会名誉会长。去年 7 月学会换届，南京云锦研究所王宝林当选为第八届学会会长，我也成为了会员。我有过不少"被"组织的履历，唯省红学会是主动要求加入的，何以呢？

新会长王宝林是我事业上的知己、风雨同舟的战友，当然要顶。老会长何永康是我母亲的同事，在母亲逝世若干年后还曾写文章缅怀，让我深受感动。当然，这些都不足以说明我是否就有资格入选省红学会。老实说，我在红学研究上确也尚未入门，不过有一点可以炫耀：坐落在乌龙潭的曹雪芹塑像，是我一手策划完成的。

时间要推移到 20 多年前，省红学会几次呼吁在大行宫地带为曹雪芹塑像，未果。我当时就职于旅游部门，在老领导李友明授意下，邀请南大教授吴新雷等红学专家研讨，论证选址乌龙潭立像的可行性，最终确定由南艺教授谌硕人创作雕塑。1992 年 9 月 24 日，曹雪芹的花岗石全身坐像在乌龙潭公园落成。这也是祖国南方第一尊曹雪芹塑像。我代表投资建设方,与匡校长、红学权威冯其庸二老共同为塑像揭幕。有照片为证。我以为凭这么个老本,应该可以成为省红学会的一员。

在昨日的理事会上,遇到久违的吴新雷教授。兴致勃勃来开会的吴老已八十高龄,依然神采奕奕。我告之:朝天宫古玩市场搞的老南京藏品展,有他研究红楼梦的手稿。他听了特别高兴,表示一定要去看看。人对学识的追求本无止境,吴老如此,吾亦然。

14

2013 年 2 月 2 日,晚。

我站在金陵名人居住所的阳台上。不知从哪个方向传来噼里啪啦的爆竹声。漫漫雾霾天刚过,就有人又在人为地制造污染了。虽说这与燃煤、扬尘和尾气相比微不足道,但总还是在火上添油。环保意识的缺失,不仅出自地方上发展经济的急功近利、鼠目寸光,也来自于我们平民百姓自娱自乐的私欲。

千万别小瞧爆竹的"微不足道"。上两个春节的除夕夜,市民集中火力燃放,照样将天空炸了个中度污染。我曾在《"兔"春节左右》一文中加以了批判,不过是微弱的呼唤。老天爷,伤不起呀伤不起。

记得 20 世纪八九十年代,每逢除夕都是我在机关值班。半夜 12 点,我骑自行车往家赶,一路上爆竹声声,硝烟弥漫,骑得人心惊胆颤。后来南京立了法,严禁在内城燃放烟花爆竹,总算安定了几年。这也在全国开了个先河。不曾想这么一个讲文明、讲卫生的法规,遭到部分市民反对,最终以废止而告结。呜呼!社会文明之倒退,往往在不经意中。

今年早早来到的浓浓的雾霾天,本可以为重提禁放爆竹带来了契机。遗憾的是:没有。据媒体透露:南京还会正常供应烟花爆竹,只不过在品种上做了点调整,重污染的不卖了。也就是说,中、轻度污染的照样买卖、照旧燃放。市民同胞们:让我们都来抵制燃放吧,从自我做起,从点滴做起,千万别再干自毁蓝天的蠢事了。

## 15

2013 年 2 月 4 日，立春。

按中国传统的堪舆学之说：以立春这天的上午 10 时为界，属相更替。也就是说，今日 10 时后就进入蛇年了。不过，现在大多习惯了春节才是蛇年的开首。怎么会出现这样的改观？因为以往立春就是春节，而农历正月初一为元旦。到了民国二年（1913）奉行公历，元旦让给了公元 1 月 1 日，春节改到了农历正月初一。这本不该波及 2 月 4 日立春这天的生肖交接，但不知怎么弄的，有群体将它跟随春节转移到了农历正月初一，遂而约定俗成。只是，堪舆学者从不认同，从来还是以立春生肖来推算人事的。

我尊重堪舆学，于是将"立春"之前写的若干节文字整理出来，命题："蛇"立春前言。

# 后记

《求缺集》，是继《印象》（南方出版社，2006.6）、《行色》（大众文艺出版社，2008.5）、《秋潦》（华乐出版社，2010.7）行人三部曲之后，又一部散文随笔文集。

之所以题为"求缺"，是因为在朋友张波居室里看到一幅横匾，上书"求缺"二字，以为挺有哲理的，就用上了。有意思的是，在一次朋友的笔会上，挥毫的王先生问我想写什么，我随口应答"求缺"。于是乎，他工工整整地写了"求曲"二字，还自语道：这位先生境界就是高。"求缺"者非"求曲"也。尽管他弄错了我的意思，但我觉得"求曲"也挺有哲理的。

《求缺集》的开篇"小时候……"，是我对少儿时的零星记忆。我以为，每个人都会有自己人生经历的记忆。这些记忆，有的尽管无比辛酸，回想起来依然会带来丝丝苦甜。为此，我很看重"小时候……"，将之作为全集的"代序"。

《求缺集》收入的文章，大多写于2011年至2014年之间。这期间，我还著有《闲话南京》（南京出版社 2013.12）、《泊秦淮》（湖南地图出版社 2013.1）等，并花费一年半的时间完成了著作《守望南京：民国旅游寻寻觅觅》（南京出版社 2014.2），以及在总统府景区策展《民国南京旅游藏品展》（2013.9—2014.2）、在中山陵美龄宫策展《宋美龄书画陈列展》（2014.2启）等。2014年，我应江苏科技出版社约请，与南师大教授黄震方共同主编了八卷旅游文化丛书《美好江宁》。而今，《求缺集》亦将问世。简单作此小结，自感这几年还是有些收获的。

我在《行色》《秋潦》中，均附有"邢头写了一本书"，是摘录部分人士读我文章后发来的短讯或邮件。正是他们的鼓励，助推我笔耕不辍。此《求缺集》也延续了这一做法，以表达我对忠实的读者的心存谢意。

"南京博澜艺术设计"继《印象》《行色》《秋潦》行人三部曲后，再次承担了《求缺集》的装帧设计。我要对其表示深深的感谢。

在这里，我还要特别感谢南京青年国际旅行社、南京大华国际旅游有限公司、南京中北友好国际旅行社有限公司、中国国旅（江苏）国际旅行社有限公司、南京驴妈妈国际旅行社有限公司、南京集绩号旅游文化开发有限公司、南京秦淮正大旅游人才培训中心、南京信天游国际旅行社有限公司等单位对《求缺集》的关心和支持。谨以此书回报给予关心和支持的单位和个人。

谨以此书奉献给我的母校——南京市第九中学 90 诞辰。

谨以此书奉献给赋予我生命的父亲母亲。

谨以此书奉献给"小时候……"。

2014 年 10 月 5 日

于金陵名人居

**特别鸣谢**

南京青年国际旅行社

**鸣谢**

南京大华国际旅游有限公司

南京中北友好国际旅行社有限公司

中国国旅（江苏）国际旅行社有限公司

南京驴妈妈国际旅行社有限公司

南京集绩号旅游文化开发有限公司

南京秦淮正大旅游人才培训中心

南京信天游国际旅行社有限公司

# 附录：《邢头写了一本书》

## ——部分人士谈行人随笔

前天分手，昨天工作之余阅读大作（注：指《秋潦》），本想看半小时，哪知读了就放不下，看了一个下午。今天问田局长要了你的电话，特问另两部散文集（注：指《印象》《行色》）能否赐阅？如有其他作品，亦盼先睹为快。

优雅的文笔，浓郁的情趣，独特的见解，我读之如品文化美餐。谢谢。

——安徽大学商学院 章尚正

2011.5.17

昨天一口气读完《秋潦》，正至凌晨一时，感觉舒畅。多少年没有这种读书的感觉。感动有三：一是爱的人很精彩。爱事业、亲人、朋友，甚至小镇大城，一草一木。有爱了，别的就容易放下。二是坚守自己的信念，做自己。这样，在物欲横流的今天就不会迷失。三是你教会我很多工作原理。《秋潦》是你的散文集，也是我的工具书。想再读到你的《印象》和《行色》，想做你的学生。

——溧水县旅游局 陶巧良

2011.7.22

《印象》《行色》《秋潦》行人三部曲，从目录上看似乎是个人旅游史，但里面的每一篇文章都蕴含着强烈的思想火花。三部曲将人生旅途中的见闻感悟升华为对旅游文化、旅游经济的思考与实践。作为一名入行不久的旅游人，得暇我总乐于重翻几页三部曲，不为别的，只为能留南京旅游往昔之"印象"，壮南京旅游未来之"行色"。

——南京市旅游园林局 季宁

2011.11

通过赵永明先生的指点，我拜读了您的《行色》和《秋潦》，真真地被您的幽默逗得哈哈大笑，同窗再聚首的回忆也被您写得有声有色、百读不厌；第一次切菠萝蜜的"杯具"经历在您的笔下被还原后也是令我捧腹大笑。办公室的同事看到我痴痴大笑却不得其解，我也只是吐吐舌头糊弄过去，因为脑海总满是您双手被粘却找不到解决办法时的可爱模样……诚如我第一次被邀请喝广东老火靓汤，别人都喝了汤水，剩了汤里的食材不动，我却"剿灭"了全部食材，只剩汤水。众人打趣道："小胡是北方来的（据说广东人认为广东以北的都是北方，我这个湖北人自然也是北方人了），馒头、面条吃惯的人还不习惯喝汤。"霎时间，我的尴尬写满了整个脸，内心却十分开心：喝汤竟然是这样喝的！回老家了也普及普及老火靓汤。此后才明白，老火靓汤的精髓是汤也。

真真地被您的坦诚感动，也打心底敬仰您的真实。一个人可以完完全全抛开自己的全部社会身份，只当自己是个行人，行到某地，有了感触，写了文字，该提建议的就提建议了，别人做得不好的地方该批评的就批评了。在您记述的文字里从来没有刻意去称赞某个地方，就算有时候是受人之托要对某地写点文字，您也秉承实事求是的态度就事论事一番，对于发现的问题，还十分坦诚地提出了自己的建议。晚辈读过之后，自会明白每一言、每一句都是一位从事旅游工作多年的人的谆谆教诲，有善意的劝诫，也有温柔的批评。比如大东海边上不合理规划出现的"海景住宅区"，您是真的心痛了，才会生气了，但没有拍桌子骂人，反而是深深地自责，提出了发自内心的劝诫。

总是跟同龄人显得格格不入，可能我是个喜欢独自行走在路上、仔细观察生活、安静思考内心的每一次"被触动"吧。有时候也会像大多数年轻人一样讨厌社会风气太浮躁，不喜欢身边同龄人太虚浮，害怕人云亦云不用大脑思考而迷失自己品性的人太多。也许这里的外来人太多，随之带来的各样文化、各种思想也太多，广州就像一个"沙拉碗"，五颜六色却令人看不透里面的东西到底是哪样，因为被搅拌了。您的文字，字里行间流露的真诚和正直之态，是我这个后生应该努力吸取的精神营养。就算身处"沙拉碗"，依然可以众人皆醉我独醒，有自己的思考，做那个单纯、善良的乡下小孩。

您的文字，伏案很久之后抽空读几章是一种惬意，早晚等公交时翻阅几章亦是一种舒适，睡前躺在床上读几页或者幽默自嘲或者轻言劝诫更是一种精神调剂。

——《温泉旅游》杂志　胡碧霄

2012.5.24

我（注：指胡碧霄）电大同桌QQ发给我对《秋潺》的喜欢：

庞庞　2013-4-6 17：25：48

谢谢你的《秋潺》，我很喜欢，不仅知道了很多旅游盛地，而且字里行间有一种相通的感觉。很舒服，很优雅，很休闲。爱读。

你的两篇深度文采飞扬的散文（指《蓦然回首"明"月光》《紫云：夕照中洞人家》）酣畅淋漓，中午一气呵成读毕。

——安顺市旅游和体育局　吴中平

2013.11.20

邢老师您好！我是海口的晓琳，您的书我看了，很受启发，谢谢！圣诞节快乐！

2013.12.25

读先生的澳新随笔，我也向往企鹅归巢了。

——南京大学　胡阿祥

2014.1.14

认真看了您写的书，很喜欢那些饱含感情、温暖、智慧的文字，看似自然随性地书写，却能从文字中感受到您对生活、对社会、对历史的严肃和认真。这些正是我们年轻人所缺少的，亦是我所向往的。

——南京旅游职业学院　纪文静

2014.1.26

　　我是扬子晚报顾燕。很多年前跑旅游，您给了我很多支持与帮助。今天很高兴得到您的南京旅游系列书籍，让俺这个看世界的人知道了家乡的很多事，学到很多。

2014.4.1

　　很晚才回来，马上打开邮箱，查阅您发的《芬兰日记》。第一眼感觉怎么这么多的文字，也许是自己没耐心的表现吧。从文章里的关键词入手，结果一口气看完了。用几个词形容：跃然纸上，身临其境！本来只想给您说一声收到了，抑制不住地给您回信，也算读后感。

——芬兰侨务协会旅游公司中国代表处　顾涛

2014.9.23

（波哥：昨天和邢局聊到他的书，我说看了很有感触，那次恰逢飞机晚点，在机场看了好几篇，然后花了半小时写了这个《飘》。）

## 飘

原来想写成"漂"，随波逐流，多好！转念一想，"飘"更合适，随风而至，更随性、更轻盈。而且风所能到的地方远比水要多得多，广得多。

近日一位文化前辈送了我一本书《秋潺》，书中描写了作者儿时生活的城市，为我们复原了一幅幅充满温馨和人文气息的画面。几十年啦，作者伴着这座城市一起成长，见证了历史的沧桑和城市的变迁。突然觉得作者很幸福，他游历过世界许多国家的好山好水，但始终工作和居住在同一个城市，自己的成长和城市的成长融为一体。他象一股涓涓细流，亦如潺潺的秋水，滋润着这个城市。

相比之下，总觉得自己一直在飘，不知道根在哪？也不知道会落在何处？

我不到两岁离开出生的小村庄，不到十岁时从农村飘到城市，不到二十岁从一个省飘到另一个完全陌生的省去求学，不到24岁，飘到广州安身立命。后因为工作的原因，我走遍了广东各市县，继而飘过了祖国的大部份省市，也去了宝岛、东瀛和欧洲。

风越来越大，而我则越来越轻，风过无痕，而我已飘到了千里之外。

风不停，飘不止。飘欲止，而风不停。唯有将自己化作泥土，融入到大地，飘才能停下来！

然，我将融入哪片土地？

风将永恒，我或不在。

飘的意义就是找寻属于自己的那片归土！

——赵永明于 2012 年 1 月 12 日

## 读《以色列：与上帝角力的地方》及其他

邢老师：

午安！趁着新年刚过完，给您发这封信，主要是想道一声：0(∩_∩)0谢谢。谢谢您细腻的文字，在过去的一年里给予我的启迪；谢谢您对我的信赖，愿意我"胡编"您的文字；谢谢您在我有不解时的悉心解答。真心希望您，一切安好。

每当连续处理文件而深感头晕眼花、心里烦躁不已时，就会放下手头的工作，找出您的文章来阅读。有时候是在楼道间，有时候是在办公楼后面的绿草地上，有时候是在车水马龙的市区绿化带中，不管身在何处，打开您的这些文字之后，思绪很快就被带入其中：或平实的描绘，或顽皮幽默的调侃，或真心诚意的建议、规劝，娓娓道来的文字总是能帮我祛除工作中的"不舒服"，仿佛您在一旁轻言细语循循善诱、叮嘱教导。

《以色列：与上帝角力的地方》一文，反复拜读，只因为循着稳重清晰的足迹可以"神游"向往多年的以色列。我对于以色列的好奇，主要是来自于电影《出埃及记》里描述的摩西带领以色列先祖出埃及的故事，他们走过的地方，受过的各种苦难，还有后来关于耶稣的种种传说。当然，我本身对于犹太民族的尊敬和敬意，总是希望能够多了解一下。

您的这篇《以色列》文章，每一次重读都会有新的体会。之所以反复重读，是因为第二次重读获得了更深刻的体会。那天，我刚看完新上映的《少年派的奇幻漂流》（李安执导的，今年刚获得了奥斯卡大奖0(∩_∩)0˜），这部影片也是意在探讨宗教的信仰对于人的重要意义。而我依稀记得第一次拜读您的作品时，您在文章中有专门用文字论述"宗教信仰"这个问题的。于是，又重新读了第二次。读完您的文字之后，更加觉得李安的这部电影意味深长。

您在文中说到：这是否表明，我们每个人，无论何宗何派、还是无宗无派，哪怕拥有再多的现代科学知识，内心深处都还有极其柔弱的一面，尤其是在困境中总想寻求神的慰籍与力量。神的形象已经根深蒂固，在天上，也在我们体内。

我想说，是的，邢老师。在我们的内心深处都还是有极其柔弱的一面的，遇到了困境就会向上天祷告、祈求。说来，也觉得自己就像电影中的派（Pi）一样，什么样的宗教对我施展了它的魅力，我就相信什么。

有了这第二次重读，接下来就有了第三次、第四次，呵呵。百读不厌。最感动的是您在写给师母的明信片里的那句话。我今年也学着给我老爸和老妈写了一张贺卡：你们的孩子已长大，谢谢为我们的付出。以后身体健康就好，其他的，还有我们在。

老爸一直不好意思放在书桌上被来家里串门的人看到，就悄悄藏在柜子里。我妈倒是大大咧咧，嚷着要照着贺卡上的唐诗学认字。呵呵。真是多谢您给予我的启迪和各种悄无声息的影响、教诲。0( ∩ _ ∩ )0~

小时候，跟着虔诚的佛教教徒奶奶，每逢初一、十五都会去上香，为经常遭受各种不顺的父亲祈祷、求福。所幸，父亲现在越来越好，一家人努力至今，也终于在今年，在湖北老家盖了新楼房，父母一直相濡以沫、不离不弃。看到一家人其乐融融，我这个春节也过得最为舒心。所以，我相信，是我和奶奶的诚心感动了上天。到了广州这边，无意间了解到了基督教的魅力，心情不好或者有时候说话、处事欠妥当无意间伤了别人之后，也会到广州的石室圣心大教堂去祷告、忏悔。一旦遇到什么重大困境时，我会一边祈求各种菩萨，又一边祈求上帝。呵呵，您大概能想象得到我那时的囧样吧。所幸，每次遇到重大困境时，自己总是得到帮助，最终能化险为夷。事后，就会万分感谢给予帮助的人，对他们，哪怕只是一个鼓励的微笑我都心怀感激。

另外，这篇《以色列》您帮我纠正了"最后的早餐"和"最后的晚餐"两个地方的错误，是我自己一时没有仔细查阅两个地点的英译名，弄混淆了。这次，虽然您耐心为我解答了，但我自己也深深地明白：您用自己的宽容包容了我的莽撞和工作上的失误。我只有在日后吸取教训，做得更加认真和仔细。做文字工作的人，要更加小心求证才是。另外，您的每篇文章，基本没有错别字、错用的标点符号等问题，也是我一年多来一直努力学习的榜样。由此及彼，也努力将自己的其他文案工作做到更加谨小细微、细致。毕竟，白底黑字留下的都是"证据"，是要成为历史的。太多错误了，终究是不好的了。

　　寒假在家整理 2010 年去丽江的照片时，又想到了您的《丽江：发呆，艳遇》，重新拜读了。发了一条微博：

　　这里的每条小石板路都是卧式廊桥，嘀嘀嗒嗒走在上面的陌生人，一不小心就再见了。我猜，这大概就是艳遇的开始。当年读不懂回程中他们的怅然若失，如今借着邢老师的文字之光，略有所懂。

　　那年，我刚大学毕业，7 月上班，10 月去丽江参加惠普公司的培训会。那时的我，用我的师傅的话来说，就是个没长大的没心没肺的傻小孩，什么都不懂。呵呵 0( ∩ _ ∩ )0~

　　阅读还在继续，每一次都有收获，真是平静的幸福。十分感谢您给予我享受这种幸福的机会，希望 2013 年，可以看到您更多的出行美文哟。有照片分享也是十分期待的。

　　在此，十分感谢可以遇见您，遇见一个真性情的人。0( ∩ _ ∩ )0~

　　祝您：

一切安好！家里人也都安好！

2013.2.25<br>胡碧霄

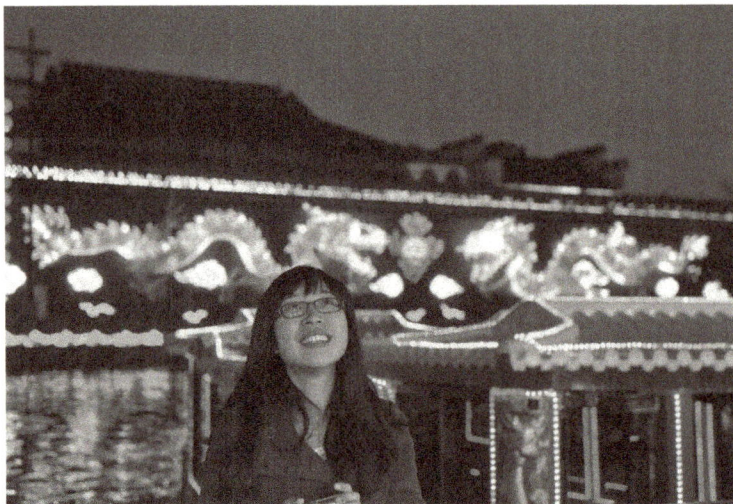

广州胡碧霄女士于 2012 年春节在南京夫子庙赏灯。